MENINO DE LUGAR NENHUM

GREENPEACE

A marca FSC é a garantia de que a madeira utilizada na fabricação do papel deste livro provém de florestas de origem controlada e que foram gerenciadas de maneira ambientalmente correta, socialmente justa e economicamente viável.

O Greenpeace — entidade ambientalista sem fins lucrativos —, em sua campanha pela proteção das florestas no mundo todo, recomenda às editoras e autores que utilizem papel certificado pelo FSC.

DAVID MITCHELL

Menino de lugar nenhum

Tradução
Daniel Pellizzari

Copyright © 2006 by David Mitchell
Proibida a venda em Portugal

Título original
Black Swan Green

Capa
Mariana Newlands

Imagem de capa
Ashley Cooper/ Corbis/ LatinStock

Preparação
Maria Cecília Caropreso

Revisão
Valquíria Della Pozza
Isabel Jorge Cury

Dados Internacionais de Catalogação na Publicação (CIP)
(Câmara Brasileira do Livro, SP, Brasil)

> Mitchell, David
> Menino de lugar nenhum / David Mitchell ; tradução Daniel
> Pellizzari. — São Paulo : Companhia das Letras, 2008.
>
> Título original: Black Swan Green.
> ISBN 978-85-359-1283-8
>
> 1. Ficção inglesa I. Título.

08-06251   CDD-823

Índice para catálogo sistemático:
1. Ficção : Literatura inglesa   823

[2008]
Todos os direitos desta edição reservados à
EDITORA SCHWARCZ LTDA.
Rua Bandeira Paulista 702 cj. 32
04532-002 – São Paulo – SP
Telefone (11) 3707-3500
Fax (11) 3707-3501
www.companhiadasletras.com.br

MENINO DE LUGAR NENHUM

Homem de janeiro

Nunca pise *no meu escritório.* É a regra do meu pai. Mas o telefone já tocou vinte e cinco vezes. Gente normal desiste depois de dez ou onze vezes, a menos que seja um caso de vida ou morte. Desiste, né? Meu pai tem uma secretária eletrônica com rolos enormes, que nem James Garner em *Arquivo Confidencial*. Mas de uns tempos pra cá ele parou de deixar a secretária ligada. Agora o telefone já tocou trinta vezes. Julia não escuta nada lá no sótão transformado em quarto, porque "Don't you want me?", do Human League, está tocando num volume ensurdecedor. *Quarenta* vezes. Minha mãe não escuta nada porque a máquina de lavar roupa entrou em seu ciclo frenético e ela está passando o aspirador na sala. *Cinqüenta* vezes. Isso não é normal. E se o meu pai foi estraçalhado por um caminhão na rodovia M5 e a polícia só conseguiu esse telefone do escritório porque todos os outros documentos dele queimaram? Desse jeito a gente pode perder a última oportunidade de ver nosso pai carbonizado no hospital.

Aí eu entrei no escritório, pensando na noiva entrando no quarto do Barba Azul mesmo tendo recebido ordens de não fazer isso. (Mas era isso mesmo que o Barba Azul esperava, claro.) O escritório do meu pai tem cheiro de notas de libra: um pouco de papel, um pouco de metal. Como as cortinas estavam fechadas, parecia ser noite, e não dez da manhã. Tem um relógio muito sério na parede, exatamente igual aos relógios muito sérios nas paredes da escola. Tem uma foto do meu pai apertando a mão de Craig Salt quando meu pai virou diretor regional de vendas da rede de supermercados Greenland (nunca entendi o que a Groenlândia tem a ver com supermercados). Em cima da mesa de aço fica o computador IBM do meu pai. Esses IBMs custam *milhares* de libras. O telefone do escritório é vermelho que nem os aparelhos das linhas especiais pra emergências nucleares, e tem botões que você aperta em vez de usar um disco como nos telefones normais.

Aí eu respirei fundo, peguei o telefone e falei nosso número. Pelo menos isso eu consigo dizer sem travar. Quase sempre.

Mas a pessoa no outro lado da linha não disse nada.

— Alô? — eu falei. — Alô?

A pessoa sugou o ar, como se tivesse se cortado com uma folha de papel.

— Está me ouvindo? Eu não estou ouvindo você.

Bem ao fundo, reconheci a música de *Vila Sésamo*.

— Se você está me ouvindo — lembrei de um documentário da Children's Film Foundation onde isso acontece —, dá uma pancadinha no telefone, uma só.

Não ouvi pancadinha nenhuma, só a música de *Vila Sésamo*.

— Acho que você ligou pro número errado — falei, meio em dúvida.

Um nenê começou a chorar e aí bateram o telefone.

Quando as pessoas ficam escutando, fazem um barulho de escutar.

Se *eu* escutei esse barulho, então elas *me* escutaram.

* * *

"Quem está na chuva é para se ensopar", como a srta. Throck-morton ensinou pra gente há *séculos*. Como eu meio que tinha um motivo pra ter entrado no quarto proibido, dei uma olhada pelas frestas da veneziana fininha do meu pai. Enxerguei as terras da igreja, a árvore antiga e os pastos que se estendiam até as colinas Malvern. Fazia uma manhã muito clara, com céu gelado e crostas brancas nas colinas, mas pro meu azar nenhum sinal de neve espessa. A cadeira giratória do meu pai lembra muito a cadeira na torre de laser da Millenium Falcon. Fiquei mandando bala no céu lotado de MiGs russos que sobrevoavam as colinas Malvern. Em pouco tempo dezenas de milhares de pessoas entre aqui e Cardiff deviam a vida a mim. As terras da igreja estavam tomadas de fuse-lagens retorcidas e asas cobertas de negro. Eu atirava nos pilotos soviéticos com dardos tranqüilizantes assim que eles se ejetavam das aeronaves. Nossos fuzileiros limpariam a sujeira com vassou-ras. Eu recusaria todas as medalhas. "Obrigado, mas não aceito, obrigado", eu diria pra Margaret Thatcher e Ronald Reagan quando viessem aqui em casa, convidados por minha mãe, "eu só estava fazendo o meu trabalho."

Meu pai tem um apontador sensacional preso na escrivani-nha. Os lápis ficam tão pontudos que serviriam até pra perfurar um colete à prova de balas. Os lápis H são os preferidos do meu pai, porque ficam mais pontudos. Eu prefiro os 2B.

Tocaram a campainha. Coloquei a veneziana do jeito que estava antes, conferi se não tinha deixado nenhum rastro da minha passagem, escapuli e desci a escada correndo pra ver quem era. Arrisquei a vida pulando os últimos seis degraus num único salto.

Era o Mongol, sorridente e espinhento como sempre. Mas o bigodinho dele tem ficado mais grosso. — Você nem imagina!

— O quê?

— Sabe o lago da floresta?

— O que tem ele?

— É que — Mongol conferiu se alguém estava ouvindo — ele *congelou* todinho! Metade dos garotos da cidade foi pra lá. É ou não é *matador*?

— Jason! — minha mãe surgiu da cozinha. — Você está deixando o frio entrar! Convide o Dean para dentro... *olá, Dean...* ou feche essa porta.

— Hã... vou dar uma saída, mãe.

— *Hã...* para onde?

— Vou tomar um pouco de ar fresco.

Foi um erro estratégico. — O que você está tramando?

Eu queria dizer "nada", mas o Carrasco resolveu me impedir. — E por que eu ia tramar alguma coisa? — tentei não encarar os olhos dela enquanto vestia meu casaco de lã azul-marinho.

— Posso saber o que sua parca preta novinha fez para magoar você?

Continuei sem conseguir dizer "nada". (A verdade é que usar preto significa que você se acha casca-grossa. Não dá pra esperar que adultos entendam isso.) — É que o meu casaco é um pouco mais quente, só isso.

— O almoço sai à uma *em ponto.* — Minha mãe voltou a trocar o saco do aspirador de pó. — Seu pai vem comer em casa. Ponha um gorro de lã, senão sua cabeça vai congelar.

Gorro de lã é coisa de bicha, mas posso enfiar no bolso depois que sair de casa.

— Até mais, senhora Taylor — disse o Mongol.

— Até, Dean — respondeu minha mãe.

Ela nunca gostou do Mongol.

* * *

Mongol tem a minha altura e é um cara legal, mas, *meu Deus*, como ele fede a molho de carne. Mongol usa umas calças curtas demais, compradas em bazares de caridade, e mora em Drugger's End, numa casinha de alvenaria que também fede a molho de carne. O nome verdadeiro dele é Dean Moran (rima com "Warren"), mas nosso professor de educação física, o sr. Carver, começou a chamar o coitado de "Mongol" na primeira semana e o apelido pegou. Quando a gente está sozinho eu chamo ele de "Dean", mas nomes não são apenas nomes. Os garotos mais populares geralmente são chamados pelo primeiro nome. Como Nick Yew, que é sempre "Nick", e só. Quem é só um pouquinho popular, como Gilbert Swinyard, ganha uns apelidos meio respeitosos, como "Yardy". Depois vêm os garotos como eu, que se tratam pelo sobrenome. Abaixo da gente vêm os garotos com apelidos mais sacaneados, como Moran, o Mongol, e Nicholas Briar, que é o Picolés Praia. Ser garoto é como estar no Exército, tudo é uma questão de hierarquia. Se eu chamasse Gilbert Swinyard de "Swinyard", ele chutaria minha cara. E se eu chamasse o Mongol de "Dean" na frente dos outros minha posição acabaria prejudicada. É preciso ter cuidado.

Garotas não entram tanto nesse jogo. Menos Dawn Madden, que na verdade é um garoto vítima de alguma experiência fracassada. Garotas também não brigam tanto. (Mas um pouco antes de a gente ser liberado pro Natal, Dawn Madden e Andrea Bozard começaram a berrar uma com a outra enquanto todo mundo estava na fila do ônibus depois da aula. "Puta!", "vagabunda!", socos nos peitos, puxões de cabelo, essa coisa toda.) Às vezes eu queria ter nascido mulher. Em geral, elas são bem mais civilizadas. Mas, se um dia eu admitisse isso em voz alta, ganharia um ESCAVADOR ANAL rabiscado no meu armário do colégio. Isso aconteceu com Floyd Chaceley depois que ele admitiu gostar de Johann Sebastian Bach. Olha, se soubessem que o Eliot Bolivar que publica poemas na revista paroquial de Black Swan Green sou *eu*, me espancariam com ferramentas de carpintaria atrás das quadras de tênis, até eu morrer. Depois pichariam o logotipo dos Sex Pistols na minha lápide.

Mas, enfim, eu e o Mongol estávamos indo pro lago quando ele me contou que tinha ganhado um autorama Scalectrix de Natal. Disse que no dia 26 o transformador do autorama explodiu e quase acabou com a família dele inteirinha. "Ah, tá bom", eu desdenhei. Mas o Mongol jurou pelo túmulo da avó que estava falando a verdade. Aí respondi que ele devia escrever pro *That's Life*, da BBC, e fazer a Esther Rantzen obrigar o fabricante a pagar uma indenização. Mongol achou que isso seria difícil porque o pai dele tinha comprado o Scalectrix de um *brummie*, no mercado de Tewkesbury, em plena véspera de Natal. Nem me arrisquei a perguntar o que significava *brummie*, porque de repente podia ser a mesma coisa que "bichona" ou "veado". Aí eu disse "Ah, sei" e o Mongol perguntou o que eu tinha ganhado de Natal. Eu tinha ganhado treze libras e cinqüenta centavos em vale-livros e um pôster da Terra Média, mas, como livros são coisa de bicha eu contei do Jogo da Vida que ganhei do tio Brian e da tia Alice. É um jogo de tabuleiro no qual vence o primeiro que levar o carrinho até o fim da estrada e tiver mais dinheiro no banco. Cruzamos a encruzilhada ao lado do *pub* Black Swan e entramos na floresta. Eu devia ter passado vaselina nos lábios, porque nesse frio eles ficam bem rachados.

Não demorou pra gente ouvir uns garotos berrando e gritando no meio das árvores. — O último a chegar no lago é *retardado!* — berrou Mongol, e saiu correndo antes que eu estivesse pronto. Não deu nem dois passos e tropeçou num sulco de pneu congelado, saiu voando e caiu de bunda no chão. Moran é infalível. — Acho que sofri uma concussão — ele disse.

— Pra sofrer uma concussão você precisa bater a cabeça. Por acaso seu cérebro fica na bunda? — Que frase. Pena que ninguém importante estava ali pra ouvir.

O lago na floresta estava *animal*. Umas bolhas minúsculas estavam presas no gelo, como nas balinhas Glacier Mints. Neal Brose tinha levado uns patins de gelo modelo olímpico. Alugava por cinco centavos, mas não cobrava nada do Pete Redmarley, porque, quando os outros garotos o viam patinando a toda a velocidade pelo lago, também ficavam com vontade de experimentar. Ficar em pé no gelo já é bastante difícil. Eu caí um monte de vezes até pegar o jeito de deslizar usando tênis. Ross Wilcox apareceu com o primo dele, Gary Drake, e Dawn Madden. Três ótimos patinadores. Drake e Wilcox já estão mais altos que eu. (Tinham cortado os dedos das luvas pra mostrar as cicatrizes que ganharam jogando Rainha Sarnenta, um jogo de cartas em que o perdedor sofre uns castigos horríveis. Minha mãe me *mataria* se fosse eu.) Errado sentou na ilhazinha que fica bem no meio do lago, onde geralmente vivem os patos, e berrava: *"Quebrou o cu! Quebrou o cu!"* pra todo mundo que caía. Como o Errado é meio ruim da cabeça porque nasceu cedo demais, ninguém chega a bater nele. Pelo menos não com muita força. Grant Burch andou no gelo com a bicicleta Raleigh Chopper do seu criado, Philip Phelps. Conseguiu se equilibrar por alguns segundos, mas aí tentou empinar e a bicicleta saiu voando. Quando ela aterrissou, parecia ter sido torturada até a morte por Uri Geller. Phelps abriu um sorriso meio dolorido. Aposto que estava pensando no que ia dizer pro pai dele. Aí Pete Redmarley e Grant Burch resolveram que o lago congelado seria um lugar perfeito pra brincar de Buldogues Britânicos. Foi só Nick Yew falar "Tá, tô nessa" pra tudo ficar resolvido. Eu odeio Buldogues Britânicos. Quando a srta. Throckmorton proibiu essa brincadeira na nossa escola primária depois que Lee Biggs perdeu três dentes, senti um alívio mortal. Mas naquela manhã qualquer garoto que negasse adorar Buldogues Britânicos pareceria uma bicha. Especialmente garotos da Kingfisher Meadows, como eu.

Uns vinte ou vinte e cinco garotos, mais Dawn Madden, se amontoaram pra ser escolhidos que nem escravos num mercado. Grant Burch e Nick Yew formaram a dupla de capitães de um dos times. Pete Redmarley e Gilbert Swinyard eram os capitães do outro. Ross Wilcox e Gary Drake foram escolhidos antes de mim por Pete Redmarley, mas fui escolhido por Grant Burch na sexta leva, que não era tardia demais a ponto de ser constrangedora. No fim sobraram só Mongol e Errado. Grant Burch e Pete Redmarley fizeram piada: "Ah, não, podem ficar com esses dois, a gente quer *ganhar*". Mongol e Errado tiveram que rir, fazendo de conta que tinham achado graça naquilo. Talvez Errado tivesse mesmo achado engraçado. (Mongol não achou. Quando todo mundo desviou o olhar, ele estava com a mesma cara da vez em que a gente estava brincando de esconde-esconde e mandamos ele se esconder. Levou uma hora pro coitado notar que ninguém saiu procurando por ele.) Como Nick Yew venceu no par ou ímpar, nosso time começaria sendo os Corredores, enquanto o time do Pete Redmarley seria os Buldogues. Os casacos dos garotos menos importantes foram colocados nas extremidades do lago pra servirem de marcos a ser alcançados e defendidos. Garotas (menos Dawn Madden) e pirralhos foram retirados do gelo. Os Buldogues de Redmarley formaram um grupo bem no meio, enquanto nós, os Corredores, deslizamos até nosso ponto de partida. Meu coração batia forte. Buldogues e Corredores se agacharam, como atletas de corrida. Os capitães puxaram o grito.

— Buldogues Britânicos! Um Dois *Três*!

Aí a gente avançou, berrando igual camicases. Tropecei (acidentalmente de propósito) assim que a primeira onda de Corredores se chocou com os Buldogues. Isso faria os Buldogues mais corajosos lutarem contra nossa linha de frente. (Buldogues precisam manter os dois ombros de um Corredor encostados no gelo por tempo suficiente pra gritar "Buldogues Britânicos Um Dois Três"). Com sorte, minha estratégia serviria pra abrir algum espaço pra desviar e correr até nosso objetivo. De início meu plano funcionou muito bem. Os irmãos Tookey e Gary Drake se chocaram contra Nick Yew. Uma perna chutou minha canela, mas consegui seguir adiante sem cair. Só que Ross Wilcox veio com tudo pra cima de mim. Tentei me livrar dele, mas Wilcox agarrou meu pulso com força e tentou me puxar pra baixo. Mas, em vez de tentar me libertar, agarrei o pulso *dele* com mais força ainda e joguei ele pra bem longe, em cima de Anthony Little e Darren Croome. *Matei a pau*, sem dúvida. O sentido de jogos e esportes não é participar, nem mesmo vencer. O sentido de jogos e esportes é humilhar os oponentes. Lee Biggs tentou me derrubar com uma jogada de rúgbi fracassada, mas me livrei dele sem problemas. Ele se preocupa demais com os dentes que sobraram na boca pra conseguir ser um Buldogue decente. Fui o quarto Corredor a chegar ao objetivo. Grant Burch gritou "Bom trabalho, *Jacey*, meu garoto!". Nick Yew se livrou dos Tookeys e de Gary Drake e também chegou. Mais ou menos um terço dos Corredores foram capturados e viraram Buldogues na vez seguinte. Isso é uma das coisas que odeio em Buldogues Britânicos. Você é forçado a ser um traidor.

Mas, enfim, aí todo mundo gritou: "Buldogues Britânicos Um Dois TRÊS!" e avançou como antes, só que desta vez eu nem tive chance. Ross Wilcox, Gary Drake e Dawn Madden vieram direto pra cima de mim. Fiz de tudo pra desviar, mas não deu. Eu não tinha chegado nem na metade do lago quando me pegaram. Ross Wilcox agarrou minhas pernas, Gary Drake me derrubou e

Dawn Madden sentou em cima do meu peito, prendendo meus ombros com os joelhos. Fiquei ali deitado, deixando eles me transformarem em Buldogue. No fundo, sempre vou ser um Corredor. Gary Drake machucou minha coxa, o que pode ou não ter sido proposital. Dawn Madden tem olhos cruéis como os de uma imperadora chinesa. Às vezes basta um único olhar na escola pra que eu pense nela o dia todo. Ross Wilcox pulou e deu um soco no ar, como se tivesse marcado um gol em pleno Old Trafford. Retardado. — Tá bom, Wilcox, tá bom — eu disse. — Três contra um, parabéns — Wilcox fez um sinal de "vai se foder" com uma das mãos e correu pra outra batalha. Grant Burch e Nick Yew começaram a girar os braços como se fossem moinhos e avançaram contra um grupo de Buldogues. Metade saiu voando.

Aí Gilbert Swinyard esvaziou os pulmões gritando *"EM-PIIIIII-LHAAAAAAR!"*. Foi o sinal pra que todos os Corredores e Buldogues que estavam no lago se atirassem uns em cima dos outros, formando uma imensa, barulhenta e inquieta pirâmide de garotos. A brincadeira foi meio que esquecida. Fiquei pra trás, fingindo estar mancando um pouco por causa da coxa machucada. Aí ouvimos o som de uma motosserra na floresta, avançando a mil pela trilha, direto pra cima da gente.

A motosserra não era uma motosserra. Era Tom Yew em cima da sua Suzuki *off-road* roxa de cento e cinqüenta cilindradas. Pluto Noak vinha na carona, sem capacete. Paramos na hora com os Buldogues Britânicos porque Tom Yew é uma lenda em Black Swan Green. Tom Yew serve na Marinha Real, numa fragata chamada HMS *Coventry*. Tom Yew tem todos os discos do Led Zeppelin que existem e sabe tocar o início de "Stairway to heaven" na guitarra. Tom Yew já apertou a mão de Peter Shilton, goleiro da seleção inglesa. Pluto Noak é uma lenda menos gloriosa. Largou a escola no ano passado, sem nem fazer as provas pra tirar o diploma de ensino médio. Agora trabalha na fábrica de torresmo de Upton-upon-Severn. (Correm boatos de que Pluto Noak fumou maconha, mas obviamente não era o tipo de maconha que transforma o cérebro em couve-flor e faz você pular de telhados pra ir cair em linhas de trem.) Tom Yew estacionou a Suzuki ao lado do banco que fica na parte mais estreita do lago e depois sentou ali mesmo, meio de lado. Pluto Noak deu um tapinha nas costas dele pra agradecer a carona e foi falar com Colette Turbot. De acordo com Kelly, a irmã do Mongol, eles tiveram relações sexuais. Os garotos mais velhos sentaram no banco de frente pra ele, como os discípulos de Jesus. Aí distribuíram cigarros. (Agora Ross Wilcox e Gary Drake fumam. E o pior é que Ross Wilcox perguntou pro Tom Yew alguma coisa sobre o escapamento da Suzuki, e Tom Yew respondeu como se Ross Wilcox também tivesse dezoito anos.) Grant Burch mandou seu criado Phelps correr até a vendinha do Rhydd pra comprar um chocolate Yorkie (aquele do slogan *Não é para Garotas!*) e uma latinha de Top Deck (que tem um pouco de álcool), berrando "Mandei *correr!*" pra impressionar Tom Yew. Nós, os garotos do escalão intermediário, sentamos ao redor do banco, em cima da terra congelada. Os garotos mais velhos começaram a falar das melhores coisas que tinham passado na tevê entre o Natal e o Ano-Novo. Tom Yew começou a falar que tinha visto *Fugindo do inferno*, e todo mundo concordou que qualquer outro filme era uma porcaria comparado a *Fugindo do inferno*, especialmente naquela parte em que o Steve McQueen é apanhado pelos nazistas no arame farpado. Mas aí o Tom Yew disse que tinha achado o filme meio comprido demais, e todo mundo concordou que o filme era um clássico mas demorava *séculos* pra terminar. (Eu não assisti ao filme porque minha mãe e meu pai ficaram vendo o especial de Natal *The Two Ronnies*. Mas fiquei prestando atenção na conversa pra poder fingir que tinha assistido, quando as aulas começassem na segunda-feira.)

Por algum motivo, o assunto mudou e virou "a pior maneira de morrer".

— Ser mordido por uma mamba verde — opinou Gilbert Swinyard. — É a cobra mais mortal do mundo. Os órgãos explodem e o mijo se mistura com o sangue. Pura *agonia*.

— Pura agonia, sim — fungou Grant Burch —, mas você morre bem rápido. Quer saber o que seria pior? Ter a pele arrancada como se fosse uma meia. É isso que os índios apaches fazem com você. Os melhores levam uma noite inteira pra fazer isso.

Pete Redmarley contou que tinha ouvido falar de um tipo de execução vietcongue. — Eles tiram sua roupa, amarram você e enfiam queijo processado no seu rabo. Aí trancam você num caixão que tem um cano. Aí botam uns ratos esfomeados dentro do cano. Os ratos comem o queijo todinho e depois continuam mastigando você por *dentro*.

Todo mundo olhou pro Tom Yew, esperando uma resposta.

— Tem uma coisa que eu sempre sonho — ele demorou um século pra dar uma tragada no cigarro. — Eu estou com o último grupo de sobreviventes depois de uma guerra atômica. A gente está caminhando por uma estrada. Não tem carro nenhum, só mato. Toda vez que olho pra trás vejo menos gente. A radiação vai pegando um por um. — Deu uma olhada pro Nick, o irmão dele, e depois pro lago congelado. — Não é morrer que me incomoda. O problema é saber que eu vou ser o último.

Ninguém falou nada por um tempinho.

Ross Wilcox chegou perto da gente. Levou um século pra dar uma tragada no cigarro, cheio de pose. — Se não fosse o Winston Churchill, todos vocês iam estar falando alemão.

Ah, claro. Como se Ross Wilcox tivesse alguma chance de evitar ser capturado e liderar um grupo de resistência. Morri de vontade de falar pra aquele tapado que, *na verdade*, se os japoneses nunca tivessem bombardeado Pearl Harbour, os Estados Unidos nunca teriam entrado na guerra, a Grã-Bretanha teria passado fome até se render e Winston Churchill teria sido executado como criminoso de guerra. Mas eu sabia que não podia fazer isso. Tinha uma coleção inteira de palavras traváveis nisso tudo e naquele janeiro o Carrasco andava bem impiedoso. Aí eu falei que ia dar uma volta pra mijar, me levantei e caminhei um pouco pela trilha que levava até a vila. — Ei, Taylor! — berrou Gary Drake. — Se você sacudir o pinto mais de duas vezes, já virou *sacanagem*! — Isso fez Neal Brose e Ross Wilcox morrerem de rir. Fiz um sinal da vitória com os dedos sem nem me virar pra trás. Esse papo de sacudir o pinto é a mania do momento. Não confio em ninguém a ponto de perguntar o que significa.

Árvores sempre são um alívio depois que saio do meio de pessoas. Gary Drake e Ross Wilcox podiam estar rindo da minha cara, mas, à medida que as vozes ficavam mais fracas, menos eu sentia vontade de voltar. Eu me *desprezava* por não ter dado uma lição no Ross Wilcox sobre aquela conversa de falar alemão, mas teria sido *pior* que a morte se eu tivesse começado a travar enquanto falava. A geada que cobria os galhos espinhosos começava a derreter, e gotas gorduchas ping-ping-pingavam. Isso me acalmava um pouco. Ainda restava um pouco de neve meio empedrada em pontos que o sol não alcançava, mas não era suficiente pra fazer bolas de neve. (Nero costumava matar seus convidados fazendo-os comer comida misturada com vidro moído, só porque achava engraçado.) Vi um pintarroxo, um pica-pau, uma pega, um melro e bem ao longe acho que escutei um rouxinol, mas não tenho certeza se eles aparecem por aqui em janeiro. Então, bem onde a trilha quase escondida que dá na Casa na Floresta se encontra com a trilha principal que dá no lago, escutei um garoto ofegante correndo na minha direção. Me espremi entre dois pinheiros com troncos em forquilha, pra me esconder. Phelps passou voando, agarrado ao chocolate Yorkie do seu mestre e a uma lata de Tizer. (Top Deck deve estar em falta na vendinha do Rhydd.) Por trás dos pinheiros, enxerguei uma coisa. Parecia uma trilha que subia o barranco. Conheço *todas* as trilhas desta parte da floresta, pensei, mas não essa. Pete Redmarley e Grant Burch recomeçaram a brincadeira de Buldogues Britânicos quando Tom Yew foi embora. Isso não era motivo pra eu voltar. Com vontade de ver onde ela ia dar, segui a trilha.

Como só existe uma casa na floresta, é assim que ela é chamada: a Casa na Floresta. Dizem que uma velha mora lá, mas não sei o nome dela e nunca a vi. A casa tem quatro janelas e uma chaminé, como num desenho de criança. É cercada por um muro de tijolos da minha altura, com um matagal ainda mais alto. Nossas brincadeiras de guerra na floresta sempre passaram longe da casa. Não porque ela seja mal-assombrada ou algo assim. É que essa parte da floresta não presta mesmo.

Mas naquela manhã a casa parecia tão decadente e tão bem trancada que duvidei que alguém ainda morasse ali. E minha bexiga estava quase explodindo, e esse é o tipo de coisa que faz a gente tomar menos cuidado. Aí eu mijei no muro coberto de gelo. Tinha acabado de assinar meu autógrafo em amarelo fumegante, quando um portão enferrujado se abriu com um rangido baixinho e uma velhinha dos tempos do preto-e-branco apareceu. Ficou ali parada, olhando bem pra mim.

Meu mijo secou.

— Nossa! Desculpa! — Fechei o zíper, esperando levar um *baita* sermão. Minha mãe esfolaria vivo qualquer garoto que ela encontrasse mijando na cerca da *nossa* casa, e depois jogaria o corpo na caixa de compostagem. Mesmo se fosse eu. — Não sabia que tinha alguém morando... aqui.

A velha enrugada continuou olhando pra mim.

Gotinhas de xixi molharam minha cueca.

— Meu irmão e eu nascemos nessa casa — ela começou a falar. Tinha um pescoço com pele frouxa, que nem um lagarto. — Não temos intenção nenhuma de ir embora.

— Ah... — eu ainda não tinha certeza se ela estava prestes a abrir fogo contra mim. — Legal.

— Como vocês fazem barulho, garotos!

— Desculpa.

— Acordar meu irmão foi muita falta de respeito.

Minha boca parecia colada. — Não fui eu que fiz tanto barulho. Juro.

— Tem dias — disse a velhinha sem piscar — que meu irmão adora a garotada. Mas em dias assim, ah, puxa vida, ele fica injuriado.

— Desculpa mesmo.

— Você vai ficar *bem* arrependido — ela fez uma careta — se meu irmão botar as mãos em você.

As coisas silenciosas ficaram altas demais e não dava mais pra ouvir as coisas altas.

— E ele está... hã... por aqui? Agora? Seu irmão, digo.

— O quarto dele continua do mesmo jeito que foi deixado.

— Ele está doente?

A velha fez que nem tinha me escutado.

— Agora eu preciso ir pra casa.

— Você vai ficar *bem* arrependido — ela mexeu a boca cheia, como os velhos fazem pra não babar — quando o gelo quebrar.

— O gelo? Ali no lago? Ele está bem sólido.

— Vocês *sempre* dizem isso. Ralph Bredon dizia isso.

— Quem?

— Ralph Bredon. O filho do açougueiro.

Aquilo não parecia muito certo. — Agora eu preciso ir pra casa.

* * *

O almoço no número 9 da Kingfisher Meadows, em Black Swan Green, Worcestershire, foi Panquecas Crocantes da Findus, sabor Queijo & Presunto, batatas onduladas de forno e couve-de-bruxelas. Couve-de-bruxelas tem gosto de vômito recém-saído do estômago, mas minha mãe falou que eu precisava comer *cinco* sem abrir a boca pra reclamar. Caso contrário, não comeria a sobremesa, que era musse de caramelo da Angel Delight. Minha mãe não admite que a mesa das refeições seja utilizada como cenário da "insatisfação adolescente". Antes do Natal, perguntei por que não gostar do sabor de couve-de-bruxelas tinha a ver com "insatisfação adolescente". Aí minha mãe me mandou parar de ser um Garotinho Espertalhão. Eu deveria ter calado a boca, mas comentei que meu pai nunca a forçava a comer melão (que *ela* odeia) e que ela nunca forçava meu pai a comer alho (que *ele* odeia). Aí minha mãe ficou *maluca* e me mandou pro quarto. Quando meu pai voltou, levei um sermão sobre "arrogância".

Também não ganhei dinheiro nenhum naquela semana.

Mas, enfim, nesse almoço cortei minhas couves-de-bruxelas em pedacinhos e cobri tudo com ketchup. — Pai?

— Jason?

— O que acontece com o corpo de quem se afoga?

Julia revirou os olhos, igualzinho a Jesus na cruz.

— É um assunto meio mórbido pra mesa de refeição. — Meu pai ficou mastigando a panqueca. — Por que você quer saber?

Seria melhor nem mencionar o lago congelado. — Bem, é que no livro *Aventura no Ártico* aparecem dois irmãos, Hal e Roger Hunt, que são perseguidos por um vilão chamado Kaggs, que cai no...

Meu pai ergueu a mão pra dizer *Chega*!

— Bem, na *minha* opinião o senhor Kaggs é devorado pelos peixes. Até sobrarem somente os ossos.

— Tem piranhas no Ártico?

— Peixes comem qualquer coisa macia. Claro, se ele caísse no Tâmisa o corpo apareceria sem demora. Mas o Tâmisa sempre entrega seus mortos, o Tâmisa é assim.

Meu plano de desorientação tinha funcionado. — E se ele caísse através do gelo? Num lago, digamos. O que aconteceria com ele? Será que ficaria... totalmente congelado?

— O *Coiso* — gemeu Julia — está sendo *nojento* enquanto a gente come, mãe.

Minha mãe enrolou seu guardanapo. — Lorenzo Hussingtree recebeu uma nova linha de azulejos, Michael — (O aborto que chamo de irmã lançou um sorriso vitorioso na minha direção.) — Michael?

— Sim, Helena?

— Acho que podemos passar no *showroom* do Lorenzo Hussingtree a caminho de Worcester. Azulejos novos. São *lindíssimos*.

— Imagino que Lorenzo Hussingtree também cobre preços *lindíssimos*.

— Já que vamos mesmo fazer uma reforma, por que não fazer direito? Nossa cozinha está vergonhosa.

— Helena, por que...

Às vezes Julia percebe o início de discussões antes mesmo dos nossos pais. — Posso descer?

— *Querida*... — Minha mãe parecia magoada de verdade. — Temos musse de caramelo da Angel Delight.

— É uma delícia, mas posso comer a minha à noite? Preciso voltar a estudar Robert Peel e sua turma. E, além disso, o *Coiso* acabou com o meu apetite.

— Você encheu a pança de bombons da Cadbury com a Kate Alfrick — contra-ataquei. — Foi *isso* que acabou com o seu apetite.

— E quem sumiu com os bombons de chocolate com laranja, *Coiso*?

— Julia — minha mãe suspirou. — Eu *gostaria* que você não chamasse o Jason desse jeito. Ele é seu único irmão.

— E já é o bastante — disse Julia, e se levantou.

Meu pai se lembrou de uma coisa. — Algum de vocês esteve no meu escritório?

— Eu não, pai — Julia caminhou até a porta, farejando sangue. — Deve ter sido meu encantador, honesto e obediente irmão mais novo.

Como ele sabia?

— É uma pergunta bem simples. — Meu pai devia ter provas irrefutáveis. Só conheço um adulto que blefa com garotos. É o diretor do nosso colégio, o sr. Nixon.

O lápis! Quando Dean Moran tocou a campainha, devo ter deixado o lápis no apontador. *Maldito* Mongol. — Pai, seu telefone ficou um *tempão* tocando, uns quatro ou cinco minutos, juro, aí...

— Qual é a regra — meu pai nem quis me ouvir — sobre entrar no meu escritório?

— Mas eu achei que podia ser uma emergência, aí atendi e tinha uma... — o Carrasco me impediu de falar "pessoa" — alguém no outro lado da linha, mas...

— Acho — meu pai interrompeu, com a palma da mão levantada em sinal de *PARE!* — que só fiz uma pergunta.

— Sim, mas...

— *Que* pergunta eu acabo de fazer?

— "Qual é a regra sobre entrar no meu escritório?"

— Isso mesmo. — Às vezes meu pai é cortante como uma tesoura. *Corta*, corta, *corta* e corta. — E por que você não *respondeu a* essa pergunta?

Aí Julia fez uma coisa estranha. — Que engraçado.

— Não estou vendo ninguém rir.

— Não, pai. É que um dia depois do Natal, quando você e a mamãe levaram o Coiso pra Worcester, o telefone do escritório começou a tocar. Tocou por *séculos*, sério. Não me deixava estudar direito. Por mais que eu repetisse pra mim mesma que não era um paramédico desesperado ou algo do tipo, tudo indicava que podia ser. Quase fiquei maluca. Não tive escolha. Falei "alô", só que a pessoa no outro lado da linha não disse nada. Aí eu desliguei, porque podia ser um pervertido.

Meu pai ficou quieto, mas o perigo não tinha passado.

— Comigo foi igual — arrisquei. — Só não desliguei na hora porque achei que talvez não estivessem me ouvindo. Tinha um nenê no fundo, Julia?

— Certo, vocês dois. Chega desse papo de detetive particular. Se algum palhaço está ligando pra incomodar, não quero *nenhum* de vocês atendendo, sob hipótese alguma. Se acontecer de novo, desconectem o cabo do telefone. Entendido?

Minha mãe ficou sentada sem dizer nada. Aquilo não parecia muito certo.

Quando meu pai gritou "OUVIRAM *BEM?*", foi como se um tijolo tivesse quebrado uma janela. Julia e eu levamos um susto. — Sim, pai.

Minha mãe, eu e meu pai comemos nossa musse de caramelo sem dizer nada. Nem me arrisquei a olhar pros meus pais. *Eu* não tinha como pedir pra sair da mesa mais cedo, porque a Julia já tinha usado essa cartada. Estava bem claro por que *eu* estava em apuros, mas só Deus sabia por que minha mãe e meu pai não estavam mais falando um com o outro. Depois da última colherada de musse, meu pai disse:

— Excelente, Helena. Obrigado. Jason e eu cuidaremos da louça. Não é, Jason?

Minha mãe deixou escapar um som silencioso e então foi pro outro andar.

Meu pai lavou a louça cantarolando uma música silenciosa. Passei a louça suja pelo passa-pratos e entrei na cozinha pra ajudar meu pai. Eu deveria ter ficado quieto, mas achei que conseguiria fazer o dia voltar ao normal se dissesse a coisa certa. — Pai, por acaso — (o Carrasco *adora* dificultar minha vida com esta palavra) — rouxinóis aparecem por aqui em janeiro? Acho que ouvi um deles cantando hoje cedo. Lá na floresta.

Meu pai estava passando bombril numa panela. — Como eu vou saber?

Insisti. Meu pai geralmente gosta de conversar sobre natureza, essas coisas. — Mas e aquele passarinho no asilo do vovô? Você disse que era um rouxinol.

— Ah. Interessante você se lembrar disso. — Meu pai ficou olhando fixamente pros pingentes de gelo no caramanchão do quintal. Aí um barulho saiu de dentro dele, como se meu pai tivesse entrado numa competição pra eleger o Homem Mais Infeliz do Mundo, Edição 1982. — Presta atenção nesses copos, Jason, ou vai acabar derrubando algum. — Meu pai sintonizou na Radio 2 pra ouvir a previsão do tempo e começou a recortar o Guia Rodoviário de 1981. Meu pai comprou o Guia Rodoviário de 1982 no dia em que ele saiu. Naquela noite, a temperatura na maior parte das Ilhas Britânicas despencaria muito abaixo de zero. Motoristas da Escócia e do norte da Inglaterra deveriam tomar cuidado com a camada de gelo nas estradas, e a população da região central deveria ficar preparada pra enfrentar um forte nevoeiro.

Quando subi pro meu quarto, joguei um pouco de Jogo da Vida, mas controlar dois jogadores ao mesmo tempo não tem muita graça. Kate Alfrick, amiga da Julia, apareceu pra estudar. Mas as duas só ficaram fofocando sobre quem andava pegando quem no último ano e ouvindo compactos do Police. Meus bilhões de problemas vinham à tona como cadáveres numa cidade inundada. Meu pai e minha mãe no almoço. O Carrasco assumindo o controle do alfabeto. Se eu continuar assim, vou ter que aprender linguagem de sinais. Gary Drake e Ross Wilcox. Nunca foram exatamente meus melhores amigos, mas naquele dia tinham se unido contra mim. Neal Brose também fez parte disso. E eu também estava preocupado com a velhinha da floresta. Por quê?

Eu queria encontrar um buraco no chão pra me enterrar e deixar tudo isso pra trás. Semana que vem faço treze anos, mas treze parece bem pior que doze. Julia reclama o tempo inteiro de ter dezoito anos, mas do meu ponto de vista ter dezoito anos parece *animal*. Nada de horário fixo pra dormir, mesada em dobro, e no aniversário de dezoito anos a Julia foi pra boate Tanya em Worcester com seus mil e um amigos. De todas as discotecas da Europa essa boate é a *única* que tem laser de xenônio! Não é *matador*?

Meu pai pegou o carro e saiu pela Kingfisher Meadows, sozinho.

Minha mãe ainda deve estar no quarto. Ela tem passado cada vez mais tempo por lá.

Pra me animar, coloquei no pulso o Omega do meu avô. Meu pai me chamou no escritório dele um dia depois do Natal e falou que tinha uma coisa muito importante pra me dar. Uma coisa do meu avô. Uma coisa que meu pai estava guardando pra quando eu ficasse maduro o suficiente pra cuidar dela sozinho. Era um relógio. Um Omega, modelo Seamaster de Ville. Meu avô comprou esse relógio em 1949 de um árabe de verdade, de carne e osso, num porto chamado Aden. Aden fica na Arábia e já pertenceu à Grã-Bretanha. Meu avô usou esse relógio todos os dias de sua vida, até na hora em que morreu. Em vez de dar medo, esse fato torna o Omega ainda mais especial. O mostrador é prateado e largo como uma moeda de cinqüenta centavos, mas é bem fininho. "Essa espessura é sinal de um excelente relógio", explicou meu pai, sério como se estivesse num velório. "Ao contrário desses negócios de plástico que os adolescentes de hoje em dia colocam no pulso para desfilar por aí."

O esconderijo que arranjei pro meu Omega é uma obra-prima. Em termos de segurança, só perde pra lata de caldo de carne OXO que escondo embaixo de uma tábua solta no piso. Usei um estilete pra escavar um buraco num livro de aparência tenebrosa, chamado *Marcenaria para rapazes*. Esse livro fica na minha estante, no meio de livros de verdade. Julia vive entrando no meu quarto, mas nunca descobriu esse esconderijo. Sei disso porque deixo uma moedinha de meio centavo equilibrada em cima do livro, na parte que fica no fundo da estante. E, além disso, se a Julia tivesse descoberto o esconderijo, certamente teria copiado minha idéia matadora. Já vasculhei a estante *dela* atrás de lombadas falsas e não encontrei nada.

Ouço um carro desconhecido no lado de fora. Um Volkswagen Jetta azul-celeste avançava bem devagar, perto da calçada, como se a pessoa estivesse conferindo o número das casas. Quando chegou ao fim do nosso beco sem saída, a motorista (deu pra ver que era uma mulher) fez um retorno, parou por um tempinho e aí voltou a avançar pela Kingfisher Meadows. Eu deveria ter decorado a placa do carro pra ver se não estava na lista de veículos procurados pela polícia.

Meu avô foi o último dos meus avós a morrer e o único do qual tenho lembranças. Mas nem são muitas. Desenhando estradas com giz nas pedras do quintal dele pros meus carrinhos Corgi. Assistindo *Thunderbirds* no bangalô de Grange-over-Sands, tomando refrigerantes chamados Dandelion e Burdock.

Dei corda no Omega parado e ajustei a hora pra um pouquinho depois das três.

Aí o Gêmeo Inexistente murmurou: *Vá para o lago*.

Um ponto onde a trilha no meio da floresta fica mais estreita é marcado, pelo toco de um olmo. Errado estava sentado nesse toco. O nome verdadeiro do Errado é Mervyn Hill. Uma vez a gente estava trocando de roupa pra aula de educação física, ele baixou as calças e todo mundo viu que ele estava de fralda, todo errado. Devia ter uns nove anos. Grant Burch foi o primeiro a apelidar ele de Errado, e faz anos que ninguém chama o cara de Mervyn. É mais fácil trocar de globo ocular que trocar de apelido.

Mas, enfim, Errado estava fazendo carinho numa coisa peluda e cinza-claro aninhada em seu braço. — Achado não é roubado, eu vi primeiro.

— Tá bom, Errado. O que é isso aí?

Errado tem manchas nos dentes. — Não vou mostrar!

— Ah, vai. Pra *mim* você pode mostrar.

Aí o Errado balbuciou: — KitKat.

— KitKat? O chocolate?

Errado mostrou a cabeça de um gatinho adormecido. — Minha gatinha KitKat! Achado não é roubado, eu vi primeiro.

— Uau. Uma gatinha. Onde você achou?

— Perto do lago. Bem cedinho, antes de todo mundo chegar. Aí eu a escondi quando a gente brincou de Buldogues Britânicos. Dentro duma caixa.

— E por que não mostrou pra ninguém?

— Porque senão o Burch, o Swinyard, o Redmarley e aqueles *bobalhões* iam tirar ela de mim, ué! Achado não é roubado, eu vi primeiro. Escondi ela direitinho. Agora eu voltei.

Errado é imprevisível. — É bem quietinha, né?

Errado fez carinho na gatinha e não disse nada.

— Posso pegar ela no colo, Merv?

— Só se você não contar *nadinha* pra ninguém — Errado me encarou, desconfiado. — Aí pode fazer carinho nela. Mas tira as luvas. Machuca.

Tirei as luvas de goleiro e estendi as mãos pra tocar na gatinha. Errado jogou o bichinho em cima de mim. — Agora é todinha *sua*!

Pego de surpresa, apanhei a gatinha.

— Todinha! — Errado voltou correndo pra vila, morrendo de rir. — *Todinha*!

A gatinha estava fria e dura como um pacote de carne congelada. Só aí notei que estava morta. Deixei ela cair. Fez um barulho pesado.

— Achado — a voz do Errado ia ficando mais fraca — não é roubado!

Usei dois gravetos pra colocar a gatinha em cima de uma moita de fura-neves.

Tão imóvel, tão digna. Deve ter morrido congelada à noite. Coisas mortas mostram o que você também vai ser um dia.

Imaginei que ninguém ia estar no lago congelado, e não tinha mesmo pessoa alguma por lá. Estava passando *Superman 2* na tevê. Assisti a esse filme há uns três anos, no cinema de Malvern. Era aniversário do Neal Brose. Não é um filme ruim, mas não valia a pena abandonar meu lago congelado particular só pra assistir de novo. Clark Kent abre mão dos poderes só pra ter relações sexuais com Lois Lane numa cama toda brilhante. Quem faria uma troca tão imbecil? Podendo *voar*? Desviar mísseis nucleares pro espaço? Fazer voltar o tempo girando o planeta de trás pra diante? Relações sexuais não podem ser uma coisa *tão* boa assim.

Sentei no banco vazio pra comer um pedação de bolo de gengibre jamaicano e depois fui pro gelo. Sem outros garotos olhando, não caí *nenhuma* vez. Dei voltas e mais voltas bem rápidas no sentido anti-horário, como uma pedra sendo girada na ponta de uma corda. Árvores recurvadas tentaram encostar os dedos na minha cabeça. Gralhas faziam crá... crá... crá, como velhos que esqueceram por que subiram a escada.

Meio que um transe.

A tarde tinha acabado e o céu se transformava em espaço sideral quando notei outro garoto no lago. Patinava na mesma velocidade que eu e acompanhava minha trajetória, mas sempre do outro lado do lago. Quando eu estava no meio-dia, digamos, ele estava às seis. Quando eu chegavas às onze, ele estava às cinco, sempre do lado oposto. Primeiro achei que era só um garoto da vila me sacaneando. Achei até que podia ser Nick Yew, porque era meio atarracado. Mas o estranho é que, se eu olhasse diretamente pro garoto por mais de um instante, ele era meio que engolido por uns espaços escuros. Nas primciras vezes pensei que ele tivesse ido pra casa. Mas aí eu dei outra meia-volta no lago e ele reapareceu, bem no canto do meu campo de visão. Atravessei o lago pra interceptar o garoto, mas ele desapareceu antes que eu chegasse à ilha que ficava bem no meio. Quando recomecei a dar voltas, ele apareceu de novo.

Vai embora, implorou o Verme ansioso que tenho dentro de mim. *E se for um fantasma?*

Meu Gêmeo Inexistente odeia o Verme. *E se for um fantasma?*

— Nick? — perguntei. Minha voz saiu como se eu estivesse num ambiente fechado. — Nick Yew?

O garoto continuou patinando.

— Ralph Bredon? — tentei.

A resposta do garoto levou uma volta inteira pra chegar até mim.

Filho do açougueiro.

Se um médico me falasse que o garoto do outro lado do lago era fruto da minha imaginação e que a voz dele eram apenas palavras que eu tinha pensado, eu nem ia discutir. Se Julia me falasse que eu estava tentando me convencer de que Ralph Bredon estava lá pra me sentir mais especial do que sou, eu nem ia discutir. Se algum místico me falasse que um exato momento num exato lugar pode servir de antena pra captar sinais bem fracos de pessoas esquecidas, eu nem ia discutir.

— E como é? — perguntei. — Não é frio?

A resposta levou outra volta pra me alcançar.

Você se acostuma com o frio.

Será que os garotos que se afogaram no lago com o passar dos anos se importavam que eu invadisse o teto deles? Será que *queriam* que novos garotos afundassem no gelo pra servir de companhia? Será que sentiam inveja dos vivos, mesmo que o vivo fosse eu?

— Pode me mostrar? — gritei. — Mostrar como é?

A lua surgiu nadando no lago celeste.

Patinamos uma volta.

O garoto-sombra continuava ali, patinando agachado, exatamente como eu.

Patinamos outra volta.

Uma coruja ou algo parecido cruzou o lago, voando baixo.

— Ei! — gritei. — Tá me ouvindo? Eu quero saber como...

O gelo sumiu debaixo dos meus pés. Por um instante confuso fiquei pairando no ar, a uma altura improvável. Tão alto quanto Bruce Lee dando um chute de caratê. Eu sabia que não ia cair no macio, mas não imaginei que o choque fosse ser tão *doloroso*. O choque foi do meu tornozelo até o meu queixo e correu por meus dedos, como se fosse um cubo de gelo rachando ao ser colocado num líquido quente. Não, era algo maior que um cubo de gelo. Era como um espelho, derrubado da altura do Skylab. Ao se chocar com o solo, esmigalhou-se em adagas, espinhos e farpas invisíveis. Isso aconteceu *bem* no meu tornozelo.

Girei e deslizei até parar meio desajeitado na margem do lago. Durante um tempinho só consegui ficar ali deitado, perdido naquela dor *sobrenatural*. Até Giant Haystacks, o mestre da luta livre, teria chorado um pouquinho. — Filho-da-mãe — suspirei pra conter as lágrimas. — Filho-filho-filho-da-mãe! — Por entre as árvores impassíveis eu escutava o som da estrada, bem baixinho, mas não tinha como andar até lá. Tentei me levantar e caí de bunda no chão, fazendo uma nova careta de dor. Não conseguia me mexer. Se eu ficasse onde estava, morreria de pneumonia. Não tinha idéia do que fazer.

— Você — suspirou a velhinha. — Imaginamos que não demoraria para você aparecer por aqui de novo.

— Machuquei — minha voz estava toda torta —, machuquei o tornozelo.

— É mesmo?

— Tô morrendo de dor.

— Aposto que sim.

— Posso telefonar pro meu pai e pedir que ele venha me buscar?

— Não gostamos de telefones.

— Pode buscar ajuda? Por favor?

— Nós *nunca* saímos de casa. Não à noite. Não aqui.

— Por favor — a dor não ia embora e era tão intensa quanto guitarras a todo o volume. — Eu não consigo andar.

— Eu entendo de ossos e juntas. Acho melhor você entrar.

Dentro da casa estava mais frio do que fora dela. Às minhas costas, ferrolhos deslizaram e uma tranca girou. — Vá — disse a velhinha. — Vá até a sala de estar. Irei para lá assim que seu remédio estiver pronto. Mas não faça barulho de jeito nenhum. Você vai se arrepender bastante se acordar meu irmão.

— Tá bom... — dei uma olhada ao redor. — Onde fica a sala de estar?

Mas a escuridão tinha tomado conta e a velhinha tinha sumido.

Bem no final do corredor dava pra enxergar uma faixa de luz embaçada, e foi para essa direção que eu caminhei mancando. Só Deus sabe como eu tinha conseguido andar com o tornozelo machucado pela trilha cheia de curvas e raízes que vinha do lago congelado até aqui. Mas eu tinha conseguido, pois ali estava eu. Passei por um lance de escada. Graças a um pouco de luar que vinha do andar superior, enxerguei uma fotografia pendurada na parede. Mostrava um submarino num porto que parecia ficar no Ártico. A tripulação estava no convés, batendo continência. Continuei caminhando. A faixa de luz ainda estava distante.

A sala de estar era um pouquinho maior que um guarda-roupa bem amplo. Estava lotada de coisas que pareciam saídas de um museu. Uma gaiola de papagaio vazia, uma prensa de roupas, um aparador enorme, uma foice. E também muito lixo. Uma roda torta de bicicleta, uma chuteira coberta de barro. Pendurados num cabide, patins muito antiquados. Não tinha nada moderno ali dentro. Nem uma lareira. Não tinha nada elétrico, exceto uma lâmpada fraquinha à mostra no teto. Plantas cabeludas estendiam as raízes esbranquiçadas pra fora de vasinhos. *Nossa*, que sala mais fria! O sofá afundou com meu peso, fazendo um barulho asssssssssim. Tinha outra entrada, com uma cortina de miçangas servindo de porta. Tentei encontrar a posição em que meu tornozelo doeria menos, mas ela não existia.

Acho que o tempo passou.

A velhinha apareceu com uma tigela de louça e um copo cheio de alguma coisa turva. — Tire essa meia.

Meu tornozelo estava mole e inchado como um balão. A

velhinha apoiou minha batata da perna num banquinho e ficou de joelhos. Seu vestido farfalhou. Além do coração batendo nos meus ouvidos e da minha respiração irregular, não se ouvia som nenhum. Aí ela mergulhou a ponta dos dedos na tigela e começou a passar uma gosma parecida com massa de pão no meu tornozelo.

Meu tornozelo tremeu.

— É um cataplasma — ela explicou, agarrando minha canela. — Para diminuir o inchaço.

O cataplasma meio que fazia cócegas, mas a dor era violenta demais e eu estava fazendo muito esforço pra não sentir frio. A velhinha continuou espalhando a gosma até não sobrar mais nada, cobrindo totalmente meu tornozelo. Aí me estendeu o copo com o líquido turvo. — Beba isto.

— Tem cheiro de... marzipã.

— É para beber. Não para cheirar.

— Mas o que é?

— Ajuda a fazer a dor passar.

O rosto dela indicava que eu não tinha escolha. Engoli o líquido de um golão só, como se fosse Leite de Magnésia. Era grosso como xarope, mas não tinha gosto de nada. — Seu irmão está dormindo lá em cima? — perguntei.

— E onde ele estaria, Ralph? Agora fique quieto.

— Meu nome não é Ralph — protestei, mas ela fez que não ouviu. Resolver esse mal-entendido exigiria um esforço tremendo, e agora que eu tinha ficado quieto já não conseguia mais lutar contra o frio. O engraçado foi que, assim que me rendi, uma sonolência maravilhosa me arrastou pra baixo. Visualizei minha mãe, meu pai e Julia sentados em casa, assistindo ao *The Paul Daniels Magic Show*, mas o rosto deles se desmanchava como reflexos no verso de colheres.

Acordei cutucado pelo frio. Eu não sabia onde estava nem quem era. Não tinha nem noção da hora. Minhas orelhas pareciam queimadas de frio e eu conseguia enxergar meu hálito. Havia uma tigela de louça em cima de um banquinho e meu tornozelo estava coberto por uma crosta de alguma coisa rígida e esponjosa. Aí eu me lembrei de tudo e sentei. A dor no pé tinha sumido, mas minha cabeça estava meio esquisita, como se um corvo tivesse ficado preso ali dentro e estivesse tentando sair. Limpei o cataplasma do tornozelo usando um lenço sujo de catarro. Era inacreditável, mas meu tornozelo tinha desinchado. Estava curado. Parecia mágica. Coloquei a meia e o tênis, me levantei e tentei pisar no chão. Senti uma fisgada, mas só porque estava prestando muita atenção. Cheguei perto da cortina de miçangas e falei: — Olá?

Nenhuma resposta. Atravessei a cortina de miçangas e entrei numa cozinha minúscula, com uma pia de pedra e um forno gigantesco. Era tão grande que um garoto caberia lá dentro. O forno estava aberto, mas seu interior era tão escuro quanto o interior daquela sepultura rachada embaixo da igreja Saint Gabriel. Eu queria agradecer à velhinha por ter curado meu tornozelo.

Tente abrir a porta dos fundos, lembrou o Gêmeo Inexistente.

Mas ela não abria. Nem a janela com vidros jateados. As trancas e os ferrolhos tinham sido pintados havia tanto tempo que não abririam sem a ajuda de uma ferramenta pontiaguda. Eu quis saber que horas eram e apertei os olhos pra conferir o Omega do meu avô, mas não enxerguei nada porque a cozinha minúscula estava muito escura. E se fosse tarde da noite? Eu ia voltar pra casa e meu chá estaria me esperando debaixo de um pires de pirex. Meus pais ficariam *malucos* se eu não voltasse antes do chá. E se já tivesse passado da meia-noite? E se tivessem avisado a polícia? *Meu Deus.* E se eu tivesse dormido um dia inteiro e já fosse a noite do *outro* dia? Uma fotografia da minha escola já teria sido publicada no *Malvern Gazetteer* e no *Midlands Today*, com um apelo a possíveis testemunhas. *Meu Deus*. Errado ia contar que me viu caminhar na direção do lago congelado. Neste exato momento, mergulhadores poderiam estar me procurando por lá.

Era um pesadelo.

Não, pior. De volta à sala de estar, olhei pro Omega do meu avô e *não* enxerguei hora nenhuma. "*Não*", minha voz gemeu. A tampa de vidro e os ponteiros das horas e dos minutos tinham sumido. Só restava o ponteiro dos segundos, completamente torto. Deve ter sido quando eu caí no gelo, só pode. A caixa estava escancarada, com metade das engrenagens pra fora.

O Omega do meu avô passou quarenta anos dando a hora certa.

Eu matei ele em menos de quinze dias.

Tremendo de medo, caminhei pelo corredor e disse "Olá" bem baixinho quando parei ao lado da escada. Tudo continuava silencioso como uma noite da era glacial. — Preciso ir! — estava preocupado com o Omega esmigalhado, preocupado por estar naquela casa, mas mesmo assim não me atrevia a gritar por medo de acordar o irmão. — Preciso voltar pra casa — falei, um pouco mais alto. Nenhuma resposta. Resolvi sair pela porta da frente. Quando amanhecesse eu ia voltar pra agradecer. Não foi difícil abrir os ferrolhos, mas a tranca antiquada foi outra história. Ela não abria sem a chave, e ponto final. Eu ia ter que subir e acordar a velhota pra conseguir a chave. Se ela ficasse aborrecida, azar o dela. Alguma coisa, *alguma coisa*, precisava ser feita a respeito da catástrofe que o relógio esmagado representava. Só Deus sabia o que poderia ser feito, mas eu não podia fazer nada dentro da Casa na Floresta.

A escada ficava cada vez mais íngreme. Não demorou pra eu ter que usar as mãos pra me apoiar nos degraus de cima, senão ia acabar caindo. *Como* aquela velhinha conseguia descer e subir aqueles degraus usando aquele vestido enorme? Era um mistério. Acabei chegando a um patamar minúsculo, com duas portas. Dava pra enxergar um fio de luz por uma janela entreaberta. Uma das portas devia ser o quarto da velhinha. A outra devia ser o quarto do irmão.

Como a esquerda tem um poder que a direita não tem, agarrei a maçaneta de ferro da porta esquerda. Ela sugou todo o calor da minha mão, do meu braço, do meu sangue.

Scrit-scret.

Congelei.

Scrit-scret.

Um besouro relógio-da-morte? Um rato no sótão? Um cano congelando?

De que quarto vinha aquele *scrit-scret*?

Quando girei a maçaneta de ferro, ela soltou um rangido em espiral.

Um luar poeirento iluminava o sótão, filtrado pela cortina com rendas em forma de flocos de neve. Acertei no palpite. A velhinha estava deitada, coberta por uma colcha, ao lado de um jarro de água com uma dentadura dentro. Estava imóvel como uma duquesa de mármore num túmulo de igreja. Arrastei os pés no piso pouco firme, nervoso só de pensar em acordar a velhinha. E se ela tivesse esquecido quem eu era e achasse que eu era um assassino e gritasse pedindo ajuda e tivesse um derrame? O cabelo dela se espalhava pelo rosto, como algas. Uma nuvem de hálito escapava da boca da velhinha a cada dez ou vinte pulsações. Era a única coisa que provava que ela era feita de carne e osso como eu.

— Está me ouvindo?

Não. Eu ia ter que sacudir a velhota até ela acordar.

Minha mão estava quase encostando no ombro dela, quando aquele *scrit-scret* recomeçou, vindo de *dentro* da velhinha.

Não era um ronco. Eram espasmos de morte.

Vá pro outro quarto. Acorde o irmão dela. Ela precisa de uma ambulância. Não. Quebre a janela e caia fora. Corra até Black Swan e peça ajuda pro Isaac Pye. Não. Eles vão querer saber por que você estava na Casa na Floresta. E o que você ia dizer? Você nem sabe o nome dessa mulher. É tarde demais. Ela está morrendo. Tenho certeza. O *scrit-scret* está crescendo. Ficando mais alto, mais inquieto, mais penetrante.

A traquéia dela incha enquanto a alma da velhinha é espremida pra fora do coração.

Seus olhos gastos se abrem de repente, como os olhos de uma boneca, negros, vidrados, atônitos.

Da fenda negra que é sua boca, escapa uma nevasca.

Um rugido silencioso paira no ar.

Sem ir a lugar nenhum.

Carrasco

Escuro, claro, *escuro*, claro, *escuro*, claro. Mesmo na velocidade máxima, os limpadores de pára-brisa do Datsun não conseguiam dar conta da chuva. Quando um caminhão imenso passou na outra pista, espirrou tanta água que chegou a fazer espuma no pára-brisa. Era como se a gente estivesse passando por um lava-rápido. Naquela condição de visibilidade, eu mal consegui enxergar os dois radares do Ministério da Defesa girando na sua velocidade inacreditável, aguardando todo o poderio bélico das forças do Pacto de Varsóvia. Eu e minha mãe não conversamos muito no caminho, acho que por causa do lugar pra onde ela estava me levando. (O relógio do carro mostrou 16:05. *Exatamente* às 17:00 horas ia acontecer minha execução pública.) Quando parou o carro na frente da faixa de segurança, perto do salão de beleza fechado, minha mãe perguntou se meu dia tinha sido bom. Aí eu respondi "Foi o.k.", e perguntei se o dia dela também tinha sido bom. Ela respondeu: — Ah, foi brilhantemente criativo e profundamente satisfatório, obrigada por perguntar. — Minha mãe pode ser bem sarcástica, mesmo que me censure quando faço a mesma coisa. — Recebeu algum cartão pelo Dia dos Namorados? — ela quis saber. Respondi que não, a mesma coisa que eu diria se tivesse recebido algum. (Até cheguei a receber um cartão, mas joguei fora. Dizia "Chupa Minha Pica" e estava assinado por Nicholas Briar, só que a letra parecia a do Gary Drake.) Duncan Priest recebeu quatro. Neal Brose recebeu sete, ou pelo menos foi o que ele disse. Ant Little descobriu que Nick Yew recebeu *vinte*. Não perguntei se minha mãe tinha recebido algum. Meu pai sempre repete que o Dia dos Namorados, o Dia das Mães e o Dia dos Goleiros Manetas não passam de invenções conjuntas dos fabricantes de cartões, das floriculturas e das indústrias de chocolate.

Mas aí minha mãe me largou no sinal de Malvern Link, bem ao lado da clínica. Esqueci meu diário no porta-luvas, e, se o sinal não tivesse ficado vermelho, minha mãe teria ido pro Lorenzo Hussingtree com ele no carro. ("Jason" não é o nome mais legal que alguém pode ter, mas na *minha* escola qualquer "Lorenzo" seria queimado até a morte com um bico de Bunsen.) Com o diário a salvo dentro da minha mochila, cruzei o estacionamento inundado da clínica pulando de um ponto seco a outro. Meio que parecia James Bond saltando nas costas de crocodilos. No lado de fora da clínica, vi uns alunos da escola Dyson Perrins, do segundo ou terceiro ano. Tinham visto meu uniforme inimigo. Todo ano, de acordo com Pete Redmarley e Gilbert Swinyard, os alunos do quarto ano da Dyson Perris e os alunos do quarto ano da nossa escola matam aula pra se encontrar numa arena secreta cercada de arbustos em Poolbrook Common e brigar em grupo. Quem fica com medo e não vai é uma bicha. Quem conta pra algum professor *morre*. Parece que uns três anos atrás Pluto Noak deu uma surra tão grande no garoto mais casca-grossa da Dyson Perris que o hospital de Worcester precisou costurar a mandíbula dele de volta no crânio. Pra comer, ele ainda precisa usar canudinho. Tive sorte de estar chovendo forte demais pros garotos da Dyson Perrins se preocuparem comigo.

41

* * *

Como era minha segunda consulta no ano, a recepcionista bonita da clínica me reconheceu. — Vou avisar a senhora De Roo que você chegou, Jason. Pode sentar — ela disse. Gosto dela. Como sabe por que estou aqui, não insiste em ficar batendo papo. Isso acabaria comigo. A sala de espera tem cheiro de desinfetante Dettol e plástico quente. Quem fica sentado ali nunca parece ter muita coisa de errado. Mas eu também não pareço, acho, pelo menos não só de olhar. Todo mundo senta bem perto um do outro, mas o único assunto que temos pra conversar é a coisa sobre a qual a gente menos quer falar: "E então, por que *você* está aqui?". Uma velhinha estava fazendo tricô. O som das agulhas se fundia com o som da chuva. Um homem de olhos úmidos, parecido com um *hobbit*, se balançava devagar pra frente e pra trás. Uma mulher que parecia ter cabides no lugar do esqueleto lia *A longa jornada*. Na sala de espera tem um cercadinho pra bebês, com uma pilha de brinquedos gastos de tanto serem enfiados na boca, mas naquele dia estava vazio. O telefone tocou e a recepcionista bonita atendeu. Acho que era uma amiga, porque ela cobriu o bocal do telefone com a mão em concha e baixou o tom de voz. *Meu Deus*, eu invejo *qualquer* pessoa capaz de falar o que quiser ao mesmo tempo que está pensando, sem precisar fazer um teste mental pra cortar as palavras traváveis. Um relógio do elefante Dumbo tiquetaqueava assim: *a — ma — nhã — ce — do — lo — go — vai — che — gar — me — lhor — ar — ran — car — o — cé — re — bro — com — u — ma — co — lher — vo — cê — não — con — se — gue — nem — con — tar — até — dez — co — me — ce — e — re — co — me — ce — e — re — co — me — ce — de — no — vo.* (Quatro e quinze. Ainda tenho dezesseis horas e cinqüenta minutos de vida.) Pego uma *National Geographic* caindo aos pedaços. Uma matéria falava sobre uma americana que ensinou chimpanzés a usar linguagem de sinais.

* * *

Quase todo mundo acha que travar e gaguejar é a mesma coisa, mas a diferença é tão grande quanto entre diarréia e prisão de ventre. Gaguejar é quando você diz o comecinho da palavra e não consegue mais parar de repetir. *Ga-ga-ga-ga*guejar. Travar é quando você empaca depois do comecinho da palavra. Assim. *Tra... VAr!* Eu venho pra sra. De Roo porque travo. (Esse é mesmo o nome dela. É holandês, não australiano). Comecei a vir naquele verão em que não choveu e as colinas Malvern ficaram marrons, cinco anos atrás. Uma tarde a srta. Throckmorton estava brincando de Forca no quadro-negro. A sala estava iluminada pelo sol. No quadro-negro, dava pra ler

RO—X——OL

Qualquer débil mental podia adivinhar essa. Levantei a mão. A srta. Throckmorton disse: "Sim, Jason?" e foi *aí* que minha vida se dividiu entre Antes do Carrasco e Depois do Carrasco. A palavra "rouxinol" explodiu dentro do meu crânio mas *não queria sair*. O "R" saiu direitinho, só que quanto mais esforço eu fazia pra falar o resto, mais o nó da forca apertava. Lembro da Lucy Sneads cochichando com a Angela Bullock, segurando o riso. Lembro de Robin South olhando sem piscar para aquela cena bizarra. Eu teria feito a mesma coisa se não estivesse acontecendo comigo. Quando gente como eu trava, os olhos saltam pra fora, a boca passa a abrir e fechar como num peixe capturado por uma rede e a pessoa começa a tremer e a ficar vermelha como um atleta de queda-de-braço enfrentando um adversário à altura. Deve ser uma cena bem engraçada.

Mas pra mim não teve graça nenhuma. A srta. Throckmorton estava esperando. Todos os garotos e garotas da sala estavam esperando. Todas as gralhas e todas as aranhas de Black Swan Green estavam esperando. Todas as nuvens, todos os carros em todas as rodovias, até a sra. Thatcher, na Câmara dos Comuns, tinham congelado, prestando atenção, observando, pensando *Qual o problema de Jason Taylor?*

Mas não fazia diferença quanto eu estava chocado, apavorado, ofegante e constrangido, não importava quanto eu estivesse parecendo um *babaca*, não importava quanto eu me *odiava* por ser incapaz de pronunciar uma palavra simples na minha própria língua. Eu *não conseguia* dizer "rouxinol". Acabei tendo que dizer "Não tenho certeza, professora", e a srta. Throckmorton respondeu "Entendo". E ela tinha entendido mesmo. Telefonou pra minha mãe à noite e uma semana depois me levaram pra sra. De Roo, a fonoaudióloga da clínica de Malvern Link. Isso foi há cinco anos.

Deve ter sido nessa época (talvez naquela mesma tarde) que minhas travadas ganharam a aparência de um carrasco, um homem que executa outros na forca. Beiçudo, nariz torto, bochechas de rinoceronte e olhos vermelhos de quem nunca dorme. Imagino ele no berçário do hospital Preston, brincando de *uni-duni-tê*. Imagino ele encostando o dedo nos meus lábios miudinhos, cochichando *É meu*. Mas é pelas mãos, e não pelo rosto, que sinto ele de verdade. Os dedos compridos que se afundam na minha língua e apertam minha traquéia, fazendo tudo dar errado. Palavras que começam com "N" sempre foram algumas das favoritas do Carrasco. Quando eu tinha nove anos, odiava que me perguntassem "Quantos anos você tem?". Eu sempre acabava mostrando nove dedos, como se estivesse sendo muito esperto, mas sabia que a outra pessoa ficava pensando: *Mas por que esse otário não fala, hein?*. O Carrasco também gostava de palavras que começam com R, como "rouxinol", mas ultimamente ele tem me dado uma folga e anda mais ocupado com as que começam com

"S". É um problema. Se você pegar qualquer dicionário e procurar a letra com mais verbetes, vai ver que é a letra S. Vinte milhões de palavras começam com N ou com S. Meu maior medo, além de os russos começarem uma guerra nuclear, é o Carrasco se interessar por palavras que começam com J, porque aí *não vou conseguir dizer nem meu próprio nome.* Eu precisaria mudar de nome legalmente, mas meu pai nunca ia deixar.

O único jeito de despistar o Carrasco é sempre pensar na frase seguinte, e, se alguma palavra travável aparecer, eu mudo a frase pra não travar. Claro, preciso fazer isso sem que a pessoa com quem estou conversando perceba. Ler dicionários, como eu faço, ajuda nesses dribles, mas tenho sempre que prestar atenção na pessoa com quem estou falando. (Se eu estiver falando com outro garoto de treze anos e disser "astucioso" pra não travar ao dizer "sabido", todo mundo vai rir da minha cara. Garotos não podem usar palavras adultas como "astucioso". Não na Escola Integral de Upton-upon-Severn.) Outra estratégia é ganhar tempo dizendo "Hã...", na esperança de que o Carrasco se desconcentre e eu consiga dizer a palavra sem ele notar. Mas se você ficar dizendo "Hã..." o tempo inteiro, vai ficar parecendo um retardado. E se um professor me faz uma pergunta cuja resposta é uma palavra travável, é melhor fingir que não sei. Não consigo nem calcular quàntas vezes já fiz isso. Às vezes os professores perdem a paciência (especialmente se acabaram de passar metade da aula explicando algum assunto), mas *qualquer coisa* é melhor que ganhar o título de "Gaguinho da Escola".

Isso é uma coisa da qual eu sempre escapei *por pouco,* mas amanhã de manhã, às nove e cinco, finalmente vai acontecer. Vou ter que ficar na frente do Gary Drake, do Neal Brose e da minha turma *inteira* pra ler um trecho do livro do sr. Kempsey, *Orações simples para um mundo complicado.* O texto vai incluir *dúzias* de palavras traváveis que eu *não* vou poder substituir e *não* posso fingir que não sei, porque vão estar bem ali, impressas na página. O

Carrasco vai fazer a festa enquanto eu leio, sublinhando todas as suas palavras prediletas que começam com letras traváveis, cochichando no meu ouvido: *"Aqui*, Taylor, agora tenta *essa!"*. Eu *sei*. Com Gary Drake, Neal Brose e todo mundo assistindo, o Carrasco vai *esmagar* minha garganta, *torcer* minha língua e *deformar* meu rosto. Vou ficar pior que aquele cara com paralisia cerebral que apareceu na tevê, o Jocy Deacon. Vou travar como nunca travei na vida. Às 9:15, meu segredo vai estar se espalhando pela escola inteira como um ataque de gás venenoso. Quando o primeiro recreio terminar, não vai mais valer a pena estar vivo.

A coisa mais horrorosa que já ouvi na vida foi o seguinte. Pete Redmarley jurou pelo túmulo da avó dele que é verdade, então deve ser mesmo. É sobre um garoto do último ano que estava fazendo as provas pra conseguir o diploma de ensino médio. Ele tinha uns pais satânicos, que fizeram uma pressão terrível pra ele só tirar notas máximas, e, quando chegou a hora de fazer as provas, o garoto entrou em colapso e não conseguia nem entender as perguntas. Aí ele fez o seguinte: pegou duas canetas Bic no estojo, segurou a parte pontuda na frente dos olhos, se levantou e deu uma cabeçada na mesa. Bem ali, no meio da sala de provas. Espetou as canetas nos olhos com tanta força que só sobraram uns dois centímetros pra fora dos buracos sanguinolentos. O sr. Nixon, nosso diretor, teve que se apressar pra encobrir tudo e impedir que saísse no jornal, e assim por diante. É uma história maluca e terrível, mas neste exato momento eu prefiro matar o Carrasco desse jeito a deixar que ele me mate amanhã cedo.

Estou falando sério.

Como os sapatos da sra. De Roo fazem barulho, dá pra saber quando ela está chegando pra me buscar. Deve ter uns quarenta anos, talvez até mais, tem cabelo cor de cobre bem fino e usa uns broches de prata enormes nas roupas floridas. Ela entregou uma pasta pra recepcionista, estalou a língua olhando pra chuva e disse: — Ora, ora, a estação das monções chegou à escura Worcestershire. — Concordei que estava mesmo caindo um toró. Aí me afastei com ela bem rápido, pra evitar que os outros pacientes descobrissem por que eu estava ali. Seguimos pelo corredor, passando pelas placas cheias de palavras como PEDIATRIA e ULTRA-SOM. (Nunca que um ultra-som ia conseguir ler o *meu* cérebro. Eu ia conseguir enganar o safado pensando em todos os satélites do sistema solar.) — Fevereiro é *tão* sombrio nesta parte do mundo — comentou a sra. De Roo —, não acha? Não é exatamente um mês, mas uma manhã de segunda-feira que dura vinte e oito dias. Você sai de casa no escuro e volta para casa no escuro. Em dias de chuva como hoje, é como viver dentro de uma caverna, por trás de uma cachoeira.

Contei pra sra. De Roo que eu tinha ouvido falar que os garotos esquimós ficam algum tempo debaixo de lâmpadas ultravioleta pra não pegarem escorbuto, porque lá no pólo Norte o inverno dura praticamente o ano inteiro. Sugeri que ela pensasse em comprar uma cama de bronzeamento artificial.

— Vou pensar nisso — respondeu a sra. De Roo.

Passamos por uma sala onde um bebê urrava depois de tomar uma injeção. Na outra sala, uma garota sardenta da idade da Julia estava sentada numa cadeira de rodas. Não tinha uma das pernas. Pensei que ela adoraria trocar minhas travadas pela perna que não estava mais lá. Talvez ser feliz dependa do sofrimento dos outros. E isso vale pra todo mundo. Depois de amanhã cedo, as pessoas vão olhar pra mim e pensar: *Bem, minha vida pode ser um pântano de merda, mas pelo menos eu não sou o Jason Taylor. Pelo menos eu consigo* falar.

Fevereiro é o mês predileto do Carrasco. Quando chega o verão, ele fica sonolento e hiberna até o outono. Aí eu consigo falar um pouco melhor. Na verdade, depois das minhas primeiras visitas à sra. De Roo, há cinco anos, na época da primavera todo mundo achou que eu estivesse curado das travadas. Mas foi só novembro chegar pro Carrasco acordar de novo, assim que a minha rinite diminuiu. Em janeiro ele já tinha recuperado a boa forma, por isso lá fui eu de volta pra sra. De Roo. *Este* ano o Carrasco está pior que nunca. Há duas semanas tia Alice ficou lá em casa. Uma noite eu estava descendo a escada e ouvi ela dizer pra minha mãe: "*Sinceramente*, Helena, quando você vai fazer alguma coisa a respeito da *gagueira* dele? É suicídio social! Eu nunca sei se termino a frase para ele ou se deixo o pobre garoto dependurado na corda". (Bisbilhotar é meio empolgante porque a gente fica sabendo o que as pessoas realmente pensam, mas, por outro lado, faz você sofrer pelo mesmo motivo.) Depois que tia Alice voltou pra Richmond, minha mãe conversou comigo e disse que não faria mal nenhum eu ir à sra. De Roo de novo. Falei que tudo bem, porque na verdade era isso mesmo que eu queria, mas não tinha pedido porque estava com vergonha e porque mencionar minhas travadas faz com que elas fiquem ainda mais reais.

O consultório da sra. De Roo tem cheiro de Nescafé. Ela bebe Nescafé Gold o tempo inteiro. Dentro tem dois sofás gastos, um tapete cor de gema de ovo, um peso de papel que parece um ovo de dragão, um estacionamento de brinquedo da Fisher-Price e uma máscara zulu enorme, lá da África do Sul. A sra. De Roo nasceu na África do Sul, mas um dia o governo mandou ela sair do país em vinte e quatro horas ou seria colocada na prisão. Não por ter feito alguma coisa errada, mas porque é isso que eles fazem na África do Sul se você não concorda que todas as pessoas de cor têm de ficar presas que nem gado dentro de reservas enormes sem escolas, hospitais nem trabalho, morando em cabanas de barro e palha. Julia disse que a polícia da África do Sul nem sempre leva a sério essa história de prisão, e que muitas vezes atira as pessoas do alto de prédios e diz que elas tentaram fugir. A sra. De Roo e o marido dela (um neurocirurgião indiano) fugiram de jipe pra Rodésia, mas foram obrigados a deixar pra trás tudo que tinham. O governo ficou com tudo. (Ela foi entrevistada pelo *Malvern Gazetteer*, por isso sei tanta coisa.) Como o verão da África do Sul acontece na época do nosso inverno, fevereiro pra eles é um mês agradável e quente. A sra. De Roo ainda tem um sotaque meio engraçado. "Sim" é "zim" e "não" é "non".

— E então, Jason — ela começou. — Como vão as coisas?

A maioria das pessoas só quer ouvir um "Bem, obrigado" quando pergunta uma coisa dessas pra um garoto, mas, no caso da sra. De Roo, a pergunta é sincera. Aí confessei pra ela tudo sobre a reunião de grupo do dia seguinte. Falar sobre minhas travadas é quase tão constrangedor quanto travar, mas com ela não tem problema. Como o Carrasco sabe que não pode se meter com a sra. De Roo, finge que nem está ali. Isso é bom, porque prova que eu *consigo* falar como uma pessoa normal. Mas também é ruim porque se a sra. De Roo não enxerga direito o Carrasco, como vai conseguir derrotar o desgraçado?

A sra. De Roo perguntou se eu tinha conversado com o sr. Kempsey sobre me dispensar por algumas semanas. Contei que eu tinha feito isso e que a resposta dele tinha sido a seguinte: "Mais cedo ou mais tarde todos precisamos enfrentar nossos demônios, Taylor, e sua hora está chegando". Nas reuniões de grupo, todos os alunos lêem, em ordem alfabética. Agora chegamos ao "T", de "Taylor", e pro sr. Kempsey isso é tudo o que importa.

A sra. De Roo fez um barulho que significava *Entendo*.

Nenhum de nós falou nada por um instante.

— Algum progresso com seu diário, Jason?

Esse diário é uma idéia nova, sugerida pelo meu pai. Ele telefonou pra sra. De Roo e comentou que, por causa da minha "tendência a recaídas anuais", achava que seria adequado me dar "lições de casa" adicionais. Aí a sra. De Roo sugeriu que eu escrevesse um diário. Uma ou duas linhas por dia, nada mais, pra eu escrever quando, onde e com qual palavra eu tinha travado, e como tinha me sentido. A Semana Um ficou assim:

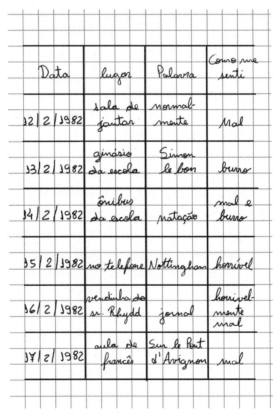

— Então é mais uma tabela — comentou a sra. De Roo — do que um diário, no sentido clássico? — (Na verdade, eu tinha escrito tudo aquilo na noite anterior. Não é mentira nem nada, só umas verdades que inventei. Se eu anotasse *todas* as vezes que preciso driblar o Carrasco, o diário ia ter a grossura de uma lista telefônica.) — Muito informativo. E você caprichou nas linhas... — Perguntei se eu precisava continuar escrevendo o diário. A sra. De Roo respondeu que meu pai ia ficar decepcionado se eu não fizesse isso, então talvez fosse melhor continuar.

Aí a sra. De Roo pegou o metrônomo. É um pêndulo invertido, sem relógio nenhum. O tiquetaque dos metrônomos serve pra marcar ritmos. Como o metrônomo é bem pequeno, prefiro chamar de metro*gnomo*. Geralmente são usados por estudantes de música, mas fonoaudiólogos também usam. Você lê em voz alta no ritmo das batidas, assim: *dor — me — ne — nê, — que — a — cu — ca — vem — pe — gar*. Hoje a gente leu no dicionário um bocado de palavras que começam com N, uma por uma. Fica *mesmo* bem mais fácil falar, mas eu não posso sair por aí com um metrognomo no bolso, né? Garotos tipo o Ross Wilcox iam dizer "O que é isso, Taylor?", arrancar o pêndulo num *nano*ssegundo e comentar "Que negócio mais vagabundo".

Depois do metrognomo, li em voz alta trechos de um livro que a sra. De Roo guarda pra mim, chamado Z *for Zachariah*. O livro conta a história de uma garota chamada Anne. Ela mora num vale com um sistema climático especial que serve de proteção depois que uma guerra nuclear envenenou o resto do país e matou todo mundo. Até onde ela sabe, Anne pode ser a única pessoa viva em todas as Ilhas Britânicas. É um livro absolutamente sensacional, mas um pouco deprimente. Talvez a sra. De Roo tenha sugerido essa leitura pra eu me sentir mais afortunado que a Anne, apesar das minhas travadas. Empaquei um pouco em duas palavras, mas só dava pra perceber se você estivesse prestando atenção. Sei que a sra. De Roo estava dizendo *Viu, você* consegue *ler em voz alta sem travar*. Mas tem coisas que nem fonoaudiólogos entendem. Muitas vezes, mesmo nas piores fases, o Carrasco deixa eu falar o que me dá

51

na telha, até mesmo palavras que começam com letras perigosas. Isso (a) cria uma esperança de eu estar curado, que o Carrasco pode destruir mais tarde com prazer, e (b) permite que eu faça os outros garotos pensarem que sou normal, ao mesmo tempo que mantém vivinho da silva o medo que sinto de descobrirem o meu segredo.

Tem mais. Uma vez escrevi os Quatro Mandamentos do Carrasco.

> 1º mandamento:–
> Tu te esconderás de fonoaudiólogos.
> 2º mandamento:–
> Tu estrangularás o Taylor quando ele estiver com medo de travar.
> 3º mandamento:-
> Tu pegarás o Taylor de surpresa quando ele não estiver com medo de travar.
> 4º mandamento:-
> Quando o Taylor virar "Gaguinho" aos olhos do mundo, ele será todo teu.

Quando a consulta terminou, a sra. De Roo quis saber se eu estava mais confiante pra reunião de grupo. Ela ia adorar que eu dissesse "Claro!", mas só se eu estivesse sendo sincero. Respondi:
— Não muito, pra ser sincero. — E aí perguntei se travadas são como espinhas, que acabam desaparecendo à medida que a gente cresce, ou se garotos que travam se parecem mais com brinquedos que vieram com a fiação errada de fábrica e ficam estragados pra vida toda. (Também existem adultos que travam. Um deles aparece num programa de humor que passa domingo à noite na BBC1,

chamado *Open All Hours*. Ronnie Barker interpreta um vendedor que gagueja tanto, de um jeito tão engraçado, que o público *se mija* de rir. Só de lembrar que *Open All Hours* existe, eu me encolho todo, que nem uma embalagem de plástico atirada no fogo.)

— Zim — disse a sra. De Roo — É uma boa pergunta. Em resposta, posso dizer que depende. A fonoaudiologia é uma ciência imperfeita, Jason, porque falar é uma coisa muito complexa. São setenta e dois músculos envolvidos na produção da fala humana. Neste exato momento, para falar esta frase, meu cérebro está empregando um número de sinapses na casa das dezenas de milhões. Não espanta que um estudo determine que doze por cento das pessoas têm algum problema de fala. Não espere uma cura milagrosa. Na grande maioria dos casos, o progresso não surge ao se tentar liquidar o problema. Se você tentar usar a força de vontade para fazer o problema sumir, ele acaba voltando com mais intensidade. Entende? Pode soar como uma loucura, mas na verdade tudo é uma questão de compreender o problema, de encontrar um modo de lidar com ele, de respeitá-lo, de não sentir medo. Zim, ele vai reaparecer de vez em quando, mas, se você souber *por que* isso acontece, saberá também como controlar aquilo que o faz reaparecer. Lá em Durban eu tinha um amigo que havia sido alcoólatra. Um dia, perguntei como ele tinha se curado. Meu amigo respondeu que isso nunca havia acontecido. "Como assim?", eu quis saber. "Faz três anos que você não bebe nem uma gota!" Então ele respondeu que tinha se tornado um alcoólatra abstêmio. Meu objetivo é esse. Ajudar pessoas a deixarem de ser gagos que gaguejam para se tornarem gagos que não gaguejam.

A sra. De Roo não é boba, e tudo isso faz sentido.

Mas não ajuda nadinha na porcaria da reunião de grupo 2KM de amanhã cedo.

No jantar, torta de carne com rim. Gosto dos pedaços de carne, mas rim me dá vontade de pegar um balde e sair vomitando. Preciso tentar engolir os pedaços de rim sem mastigar. Esconder os pedaços no bolso é arriscado demais. Na última vez que tentei fazer isso, Julia me pegou no flagra e abriu o bocão. Meu pai estava conversando com a minha mãe. Falava de um novo vendedor *trainee* da nova *superstore* dos supermercados Greenland em Reading, chamado Danny Lawlor.

— Ele acabou de sair de um curso de administração e é irlandês como Hurricane Higgins, o jogador de sinuca, mas pode apostar que esse garoto não apenas beijou a pedra de Blarney, mas engoliu uns pedaços dela. Que lábia impressionante! Enquanto eu estava por lá, Craig Salt apareceu para reforçar o temor disciplinar das tropas. Danny o fez *comer na mão dele* em cinco minutos cravados. Tem futuro como executivo, esse rapaz. Ano que vem, quando Craig Salt me repassar o relatório nacional de vendas, vou promover esse Danny Lawlor e não quero nem saber se me acusarem de favorecimento ilícito.

— Os irlandeses sempre precisaram usar a cabeça para sobreviver — respondeu minha mãe.

Meu pai nem lembrou que era dia de fonoaudióloga até minha mãe mencionar que tinha preenchido um cheque gordo no Lorenzo Hussingtree em Malvern Link. Meu pai perguntou o que a sra. De Roo tinha achado da sua idéia de eu fazer um diário. Ao saber que ela tinha achado "muito informativo", meu pai melhorou ainda mais de humor.

— "Informativo"? Indispensável, isso sim! Princípios de Administração Eficiente podem ser aplicados em vários campos. Como falei para Danny Lawlor, o valor de qualquer um está nos dados que possui. Sem dados, somos como o *Titanic* atravessando sem radar um Atlântico coalhado de icebergs. Resultado? Colisão, desastre, boa noite.

— O radar não foi inventado na Segunda Guerra Mundial?
— Julia cravou o garfo num pedaço de carne. — E o *Titanic* não afundou antes da Primeira?

— Mas o princípio, ó filha minha, é uma constante universal. Sem fazer registros, não há como analisar nenhum progresso. Isso vale para vendedores, para educadores, para militares, vale para *qualquer* pessoa inserida num sistema. Um belo dia, durante sua brilhante carreira na corte criminal de Londres, você aprenderá isso da pior maneira possível e vai pensar: "Ah, se eu tivesse dado ouvidos ao meu querido e sábio pai. Ele tinha toda a razão".

Julia bufou como um cavalo, e ela só pode fazer isso porque é Julia. *Eu* nunca poderia revelar ao meu pai o que realmente penso desse jeito. Sinto as coisas que não digo apodrecendo dentro de mim como batatas mofadas dentro de um saco. Pessoas que travam ao falar são incapazes de vencer discussões, porque assim que você trava J-j-já era, p-p-perdeu, G-g-ga-ga-guinho! Se eu travo falando com meu pai, ele faz a mesma cara de quando apareceu em casa com sua bancada Workmate da Black & Decker e descobriu que faltava um saquinho de parafusos importantíssimo. O Carrasco *adora* essa cara.

Depois que eu e Julia terminamos de lavar os pratos, minha mãe e meu pai sentaram na frente da tevê pra assistir a um novo programa de auditório chamado *Blankety Blank*, apresentado por Terry Wogan. Os competidores precisam adivinhar a palavra que falta numa frase. Se derem o mesmo palpite que um grupo de celebridades, ganham prêmios inúteis, como uma pilha de canecas.

De volta ao meu quarto, comecei meu dever de casa sobre feudalismo pra aula da sra. Coscombe. Mas aí acabei me envolvendo com um poema sobre um patinador num lago congelado que quer tanto saber como é estar morto que chega a se convencer de que está conversando com um garoto afogado. Datilografei o poema na minha máquina de escrever, uma Silver Reed Elan 20 manual. Adoro o fato de ela não ter o número 1, o que força você a usar a letra "l" no lugar.

Acho que eu salvaria minha Silver Reed se nossa casa pegasse fogo, agora que o Omega Seamaster do meu avô estragou. Isso foi pior que um pesadelo.

Aí de repente o rádio-relógio anunciou 21:15. Eu tinha menos de doze horas. A chuva batucava na minha janela. Não é só nos relógios que percebo o ritmo dos metrognomos, mas também na chuva, nos poemas e na respiração.

Os passos de Julia atravessaram meu teto e desceram a escada. Ela abriu a porta da sala e perguntou se podia telefonar pra Kate Alfric pra falar sobre um dever de casa de economia. Meu pai respondeu "Tudo bem". Nosso telefone fica no corredor, pra ser mais difícil abusar dele. Se eu sair de fininho pra escada e ficar na minha posição de vigia, escuto praticamente tudo.

— Sim, sim, *recebi* o cartão de Dia dos Namorados, achei muito meigo. Mas *olha só*, você *sabe* por que estou ligando! Você passou?

Pausa.

— Diz logo, Ewan! *Passou?*

Pausa. (Quem é Ewan?)

— *Excelente! Sensacional! Fantástico!* Se você não tivesse passado, ia ganhar um pé na bunda. Claro. Não posso ter um namorado que não dirige.

("Namorado?" "Pé na bunda?") Risos abafados e mais uma pausa.

— Não! *Não! Duvido!*

Pausa.

Julia fez aquele barulho *ohhh!*, parecido com um gemido, que ela faz sempre que morre de inveja. — Meu Deus, por que *eu* não tenho um tio podre de rico que me dá carros esporte de presente? Me dá um dos seus? Ah, você tem mais tios do que precisa...

Pausa.

— Pode *apostar*. Que tal sábado? Ah, você tem aula a manhã inteira. Vivo esquecendo...

Aulas no sábado de manhã? Esse Ewan deve estudar na escola Worcester Cathedral. Que chique.

— ...no café de Russel e Dorrell, então. Uma e meia. Kate me dá uma carona.

Uma risada manhosa de Julia.

— Não, claro que *ele* não vai comigo. O *Coiso* passa os sábados se escondendo atrás de árvores ou se enfiando em buracos.

O barulho do *Noticiário das Nove* preencheu o corredor quando a porta da sala se abriu. Julia mudou o tom de voz. — Sim, Kate, essa parte eu peguei, mas ainda não entendi a pergunta nove. Melhor conferir suas respostas antes da prova. Tá... legal. Obrigada. A gente se fala de manhã. Boa noite.

— Resolveu seus problemas? — perguntou meu pai da cozinha.

— Quase tudo — disse Julia, fechando o zíper do estojo.

Julia é uma mentirosa de primeira. Ela se inscreveu pra cursar direito na universidade e já recebeu ofertas de vários lugares. (Um advogado precisa ser um bom mentiroso. Isso todo mundo sabe.) Só de pensar num garoto se agarrando com a minha irmã sinto vontade de pegar um balde e sair vomitando, mas vários caras do último ano se interessam por ela. Aposto que Ewan é um desses garotos cheios de autoconfiança que usam loção pós-barba Blue Stratos, sapatos de bico fino e cabelo igual ao do Nick Heyward, da banda Haircut 100. Aposto que Ewan usa frases elegantes e perfeitamente ensaiadas, igual ao meu primo Hugo. Falar bem é a mesma coisa que comandar um exército.

Só Deus sabe que emprego *eu* vou conseguir ter. Não posso ser advogado, isso é certo. Não dá pra travar no tribunal. Também não dá pra travar em sala de aula. Meus alunos me crucificariam. Não existem muitos empregos em que você não precise falar. Poeta profissional eu não posso ser, porque uma vez a srta. Lippetts falou que ninguém compra poesia. Eu podia virar monge, mas igrejas são mais chatas que ficar vendo televisão fora do ar. Minha mãe fazia a gente ir à escola dominical da igreja Saint Gabriel quando a gente era menor. Isso transformava todas essas manhãs em sessões de tortura causadas pelo tédio. Depois de uns meses, até minha mãe acabou entediada. Ficar trancado num mosteiro seria *mortal*. Que tal vigia de farol? Acho que eu acabaria me sentindo solitário depois de tantas tempestades, crepúsculos e sanduíches de queijo processado Dairylea. Mas acho melhor eu ir me acostumando a ser solitário. Que garota sairia com alguém que trava ao falar? Que garota dançaria com uma pessoa dessas? A última música da discoteca do centro comunitário de Black Swan Green acabaria muito antes que eu perguntasse *Q-q-q-uer d-d-d-d-d-dançar?* E se eu travar no meu casamento e não conseguir nem dizer "Aceito"?

— Você estava escutando a minha conversa?

Julia apareceu na minha porta, olhando pra dentro do quarto.

— Hein?

— Você ouviu. Estava bisbilhotando meu telefonema agorinha mesmo?

— Que telefonema? — Minha resposta foi rápida e inocente demais.

— Se quer saber minha opinião — o olhar fixo da minha irmã fez meu rosto começar a ferver —, não é exagero nenhum querer um pouco de privacidade, Jason. Se *você* tivesse algum amigo pra

quem telefonar, eu não ficaria ouvindo escondida. Pessoas bisbi-
lhoteiras não passam de *vermes*.

— Eu não estava bisbilhotando! — protestei, como um
menino chorão.

— Então por que sua porta está escancarada, se estava
fechada há três minutos?

— Não... — (o Carrasco se agarrou no "Sei" e tive que cance-
lar a frase, como um retardado) — Qual é o problema? O quarto
estava quente. — (o Carrasco deixou "quente" em paz) — Fui ao
banheiro. O vento abriu a porta.

— O vento? Ah, é. Tem um furacão aqui na escada. Mal consigo ficar em pé.

— Eu *não* estava ouvindo a sua conversa!

Julia ficou quieta por tempo suficiente pra deixar claro que
ela sabia que eu estava mentindo. — Quem disse que você podia
pegar meu *Abbey Road* emprestado?

O LP estava no meu toca-discos vagabundo. — Você nem
escuta esse disco.

— Mesmo *se* fosse verdade, isso não transforma o disco em propriedade sua. Você nunca usa o relógio do vovô. Isso torna o relógio
propriedade *minha*? — Ela entrou no meu quarto pra pegar o disco,
passando por cima da minha mochila da Adidas. Julia deu uma
olhada na minha máquina de escrever. Tropeçando de vergonha,
escondi o poema com meu corpo. — Então você concorda — ela
disse, sutil como um quebra-noz — que não é exagero querer um
pouco de privacidade? E se este disco tiver *um* arranhão, você *morre*.

Não foi *Abbey Road* que escutei vindo pelo meu teto, mas
"The man with the child in his eyes", da Kate Bush. Julia só escuta
"The man with the child in his eyes" quando está muito emotiva
ou menstruada. Julia deve ter uma vida sensacional. Ela tem

dezoito anos, daqui a uns meses vai embora de Black Swan Green, tem um namorado com carro esporte, ganha o dobro de mesada e consegue que os outros façam o que ela quer usando *palavras*.

Só palavras.

Julia começou a escutar "Songbird", do Fleetwod Mac.

Nas quartas-feiras meu pai sai da cama quando ainda está escuro, porque precisa dirigir até Oxford pra reunião semanal no quartel-general dos supermercados Greenland. Como a garagem fica embaixo do meu quarto, escuto o Rover 3500 rosnando até eu acordar. Quando está chovendo, como hoje, os pneus fazem *shsssssh* nas poças d'água e a chuva *eshpirrasguicha* no portão aberto. Meu rádio-relógio anuncia 6:35 em algarismos brilhantes, verdes como o Mekon, vilão das revistinhas do Dan Dare; me restam cento e cinqüenta minutos de vida, e nada mais. Eu já enxergava as linhas e colunas de rostos na minha sala de aula, como numa tela de *Space Invaders*. Gargalhando, confusos, chocados, com *pena*. Quem é que decide quais defeitos são engraçados e quais são trágicos? Ninguém ri de cegos ou faz piadas com quem precisa de pulmões artificiais.

Se Deus fizesse cada minuto durar seis meses, eu estaria na meia-idade na hora do café-da-manhã e morto assim que entrasse no ônibus da escola. Poderia dormir pra sempre. Tentei esquecer o que aconteceria comigo ficando deitado e imaginando que o teto era a superfície nunca explorada de um planeta de classe G na órbita de Alfa Centauro. Lá não tem ninguém. Eu nunca precisaria dizer uma só palavra.

— Jason! Hora de se levantar! — gritou minha mãe lá de baixo. Sonhei que tinha acordado numa floresta enevoada e encontrado o

Omega do meu avô inteirinho, brilhando como se estivesse pegando fogo. Aí ouvi um barulho de corrida e achei que era um Fantasma correndo de volta pra casa, no cemitério da igreja Saint Gabriel. Minha mãe gritou de novo: — Jason! — e conferi a hora: 7:41.

Consegui grunhir um "Já vou!" meio zonzo e mandei minhas pernas saírem da cama pro resto do corpo ter que ir junto com elas. No espelho do banheiro, pro meu azar, nenhum sinal de lepra. Pensei em colocar uma toalha de rosto quente na testa, deixar secar e aí reclamar pra minha mãe que estava com febre, mas ela não é fácil de enganar. Minha cueca vermelha da sorte estava pra lavar, então me conformei em usar a amarelo-banana. Como não é dia de educação física, não importa. Lá embaixo, minha mãe assistia ao novo programa matinal da BBC1 enquanto Julia fatiava uma banana sobre a sua granola Alpen.

— Bom dia — falei. — Que revista é essa?

Julia mostrou a capa da *Face*. — Se tocar nessa revista enquanto eu estiver fora, esgano você.

Eu é que *deveria ter nascido*, chiou o Gêmeo Inexistente, *e não* você, *sua vaca.*

— Essa expressão no seu rosto tem algum significado? — Julia ainda não tinha esquecido a noite anterior. — Parece que você molhou a cama.

Eu podia ter revidado perguntando se Julia esganaria *Ewan* caso *ele* encostasse na *Face*, mas se fizesse isso estaria admitindo que *era* um verme bisbilhoteiro. Meu cereal Weetabix estava com gosto de serragem. Quando acabei de comer, escovei os dentes e coloquei os livros do dia na minha mochila da Adidas e as canetas Bic dentro do estojo. Julia já tinha saído. Ela vai pro prédio do último ano da nossa escola com a Kate Alfrick, que já passou no exame de direção.

Minha mãe estava no telefone, contando do novo banheiro pra tia Alice. — Espera um pouco, Alice. — Minha mãe cobriu o bocal do telefone com a mão. — Pegou o dinheiro do almoço?

Fiz que sim com a cabeça. Decidi que ia falar da reunião de grupo pra ela. — Mãe, tem uma...

O Carrasco estava bloqueando "coisa".

— Vai logo, Jason! Assim você perde o ônibus!

Fora de casa, tudo era vento e água, como se uma máquina de fazer chuva estivesse apontada sobre Black Swan Green. A Kingfisher Meadows tinha se transformado num monte de muros ensopados de chuva, comedouros de pássaros pingando água, gnomos encharcados, lagoinhas transbordantes e jardins de pedra molhados. Um gato cinza-lua ficou me olhando da varanda seca do sr. Castle. *Queria* que tivesse um jeito de um garoto se transformar num gato. Cruzei o portão da trilha pra cavalos. Se eu fosse Grant Burch, Ross Wilcox ou qualquer um dos garotos dos conjuntos habitacionais lá de Wellington End, matava aula, pulava esse portão e andava pela trilha pra cavalos até chegar ao lugar pra onde ela vai. Podia até ver se ela não vai até o túnel perdido que passa por baixo das colinas Malvern. Mas garotos como eu simplesmente não podem fazer isso. O sr. Kempsey notaria *na hora* minha ausência no meu temido dia de reunião de grupo. Telefonariam pra minha mãe durante o recreio. O sr. Nixon se meteria no assunto. Meu pai receberia um telefonema e teria que abandonar sua reunião de quarta-feira. Fiscais escolares sairiam me procurando com seus cães farejadores. Eu seria capturado, interrogado, esfolado vivo e *ainda assim* o sr. Kempsey me forçaria a ler um trecho de *Orações simples para um mundo complicado*.

Quando você pensa nas conseqüências, desiste na hora.

Ao lado do Black Swan, garotas se amontoavam embaixo de guarda-chuvas. Garotos não usam guarda-chuva, porque isso é coisa de bicha. (Menos Grant Burch, claro, que se mantém seco fazendo seu criado Philip Phelps carregar uma imensa sombrinha de golfe.) Meu casaco de lã até que mantém a metade superior do meu corpo mais ou menos seca, mas, na esquina da rua principal, um Vauxhall Chevette passou a mil por uma poça gigante e encharcou minhas canelas. Fiquei com as meias molhadas e sujas de lama. Pete Redmarley, Gilbert Swinyard, Nick Yew, Ross Wilcox e esse pessoal todo estavam brigando na lama, mas, assim que me aproximei, o ônibus escolar chegou com seus faróis que lembram olhos de boneca. Norman Bates, ao volante, olhou pra gente como um funcionário insone de matadouro olhando pra um monte de porcos gordos. Entramos no ônibus e a porta se fechou. Meu relógio Casio anunciava 8:35.

Em manhãs chuvosas, o ônibus escolar fede a garotos, arrotos e cinzeiros. Nos bancos da frente ficam as garotas que embarcam em Guarlford e Blackmore End e só conversam sobre o dever de casa. Os garotos mais cascas-grossas vão direto pro fundo do ônibus, mas até gente como Pete Redmarley e Gilbert Swinyard se comporta quando Norman Bates está ao volante. Norman Bates é um desses sujeitos totalmente transtornados, com quem ninguém se atreve a brincar. Uma vez o Pluto Noak resolveu abrir a saída de emergência sem motivo nenhum. Norman Bates foi até o fundo do ônibus, pegou o Pluto Noak, puxou o garoto até a frente e literalmente jogou ele pra fora do ônibus. Pluto Noak gritou, caído numa vala: — Eu vou processar você, hein! Você machucou meu *braço*!

Como resposta, Norman Bates tirou o cigarro do canto da boca, desceu os degraus do ônibus e botou a língua pra fora como se fosse um maori. Aí apagou o cigarro, com a brasa ainda bem viva, na própria língua. Bem devagar. A gente chegou a ouvir o chiado. Aí Norman Bates jogou a bagana no garoto caído na vala.

Depois ele voltou pro volante, sentou e arrancou o ônibus.

Desse dia em diante, nunca mais mexeram na saída de emergência.

Dean Moran embarcou na parada de Drugger's End, quase na vila. — Ei, Dean. Pode sentar aqui se quiser — falei. Moran gostou tanto de me ouvir usando seu nome verdadeiro na frente de todo mundo que abriu um sorriso enorme e veio quase correndo.

— *Nossa* — falou. — Se continuar chovendo assim, na hora de voltar pra casa o rio Severn vai ter inundado tudo lá em Upton. E em Worcester. E em Tewkesbury.

— É mesmo — eu estava sendo amistoso tanto pro meu bem quanto pro dele. Hoje à noite, no ônibus de volta, eu teria muita sorte se o Homem Invisível aceitasse sentar ao lado de J-j-j-ason T-t-taylor, o g-*ga*-g-gaguinho da e-*es*-*esss*-essscola. Moran e eu jogamos Ligue-4 na janela embaçada. Ele já tinha vencido uma partida antes de a gente chegar a Welland Cross. Moran está na 2W, a turma da srta. Wyche. É a antepenúltima turma. Mas o Moran não tem nada de burro, nada mesmo. É que todo mundo pegaria no pé do coitado se ele tirasse notas boas demais.

Um cavalo preto estava imóvel num campo alagado. Parecia sofrer muito, mas nem de longe tanto quanto eu sofreria dentro de vinte e um minutos.

O sistema de aquecimento debaixo do nosso banco tinha grudado as calças do uniforme nas minhas canelas. Alguém soltou um peido com cheiro de ovo. Gilbert Swinyard berrou: — Errado soltou uma bomba de gás! — Aí o Errado abriu o sorriso marrom de sempre, assoou o nariz num pacote de Monster Munch e atirou pra frente. Mas sacos de batata frita não voam direito, e o troço acabou caindo em Robin South, na fila de trás.

Antes que eu me desse conta, o ônibus entrou na escola e todo mundo desceu. Em dias de chuva a gente espera o sinal no saguão, em vez de ficar no parquinho. Naquela manhã a escola estava tomada de pisos escorregadios, jaquetas impermeáveis úmidas e quentes, professores repreendendo alunos por gritar, alunos do primeiro ano brincando de pegar pelos corredores sem autorização e garotas do terceiro ano andando de braço dado pelos corredores, cantando uma música dos Pretenders. O relógio ao lado do túnel onde os alunos ficam de castigo na hora do almoço avisou que me restavam oito minutos de vida.

—Ah, Taylor, excelente — o sr. Kempsey beliscou o lóbulo da minha orelha. — Precisamente o aluno que eu procurava. Venha comigo. Quero depositar algumas palavras em seu órgão auditivo. — O professor responsável pela minha turma me conduziu pela passagem sombria que levava à sala dos professores. Entrar na sala dos professores é como estar na presença de Deus. É impossível fazer isso e continuar vivo. Mas a porta estava bem na minha frente, entreaberta. Fumaça de cigarros escapava em ondas como *fog* na Londres de Jack, o Estripador. Aí viramos e entramos no almoxarifado. O almoxarifado é uma espécie de cela provisória pros garotos que fizeram merda. Fiquei tentando imaginar o que *eu* teria feito.

— Há cinco minutos — anunciou o sr. Kempsey — uma ligação telefônica foi transferida para mim. Essa ligação dizia respeito a Jason Taylor. Foi realizada por uma pessoa que deseja o seu bem.

Com o sr. Kempsey não tem jeito, você precisa esperar.

— Essa pessoa rogou que eu realize um ato de clemência no último instante.

Aí o sr. Nixon, o diretor do colégio, entrou na sala correndo, emitindo vapores de raiva e *tweed*.

— Senhor?

O sr. Kempsey reagiu à minha confusão com uma careta. — Poderia eu afirmar que a reunião de grupo desta manhã é por você encarada com um nível de apreensão que poderia ser descrito como "pavor paralisante"?

Senti as vibrações da magia branca da sra. De Roo, mas nem me atrevi a imaginar que pudesse ser minha salvação — Sim, professor.

— Sim, Taylor. Parece que sua dedicada fonoaudióloga sustenta que um adiamento da nobre provação desta manhã pode acarretar uma elevação duradoura em seu nível de autoconfiança *vis-à-vis* as Artes da Retórica e da Oratória. Você apóia essa proposta, Taylor?

Entendi tudo que ele tinha falado, mas ele esperava que eu parecesse atordoado. — Como assim, professor?

— Você *quer* ou *não* ser liberado da palestra matinal deste dia? Respondi: — Quero muito, professor. Quero, sim.

O sr. Kempsey comprimiu a boca. Todo mundo acha que parar de travar tem alguma relação com mergulhar nas águas profundas do medo, passar por batismos de fogo. As pessoas vêem na tevê gagos que um belo dia são forçados a subir no palco em frente a mil pessoas e então, num passe de mágica, uma voz perfeita se faz ouvir. *Viu*, todos sorriem, *ele sempre foi capaz! Tudo de que precisava era um empurrãozinho amigo! Agora está curado.* Mas isso é uma bobagem *sem tamanho.* Se acontece de vez em quando, é apenas o Carrasco obedecendo ao Primeiro Mandamento. Mas é só voltar uma semana depois e dar uma boa olhada no gago "curado". Você vai ver. A verdade é que águas profundas afogam. Batismos de fogo causam queimaduras de terceiro grau.

— Você não poderá passar a vida toda fugindo da perspectiva de falar em público, Taylor.

Quer apostar?, o Verme desafiou.

— Eu sei, professor. É por isso que estou fazendo de tudo para me aperfeiçoar. Com a ajuda da senhora De Roo.

O sr. Kempsey não entregou os pontos de primeira, mas senti que eu tinha escapado. — Muito bem. No entanto eu imaginava que você tivesse mais fibra, Taylor. Só posso concluir que me enganei.

Fiquei olhando o sr. Kempsey se afastar.

Se eu fosse o papa, fazia a sra. De Roo virar santa. Na hora.

Em sua palestra sobre *Orações simples para um mundo complicado*, o sr. Kempsey mencionou que é possível chover por quarenta dias e quarenta noites em nossa vida, mas que Deus prometeu à humanidade que um dia surgirá o arco-íris. (Julia acha um absurdo que histórias bíblicas ainda sejam ensinadas como fato histórico em 1982.) Então cantamos aquele hino que diz *Tudo de bom que nos rodeia vem do céu que nos protege, sou grato ao Senhor, oh sou grato ao Senhor por to-do s-e-e-u a-mor.* Achei que a reunião tinha acabado, mas, depois que o sr. Kempsey leu as circulares e os avisos do sr. Nixon, Gary Drake levantou a mão.

— Desculpe, professor, mas achei que hoje era a vez do *Jason Taylor* falar para a turma. Eu estava bastante ansioso por ouvir o que ele teria a dizer. Ficou para a semana que vem?

Todas as cabeças da nossa turma giraram na minha direção.

Suor brotou de cinqüenta lugares diferentes de todo o meu corpo. Fiquei olhando pras nebulosas de giz no quadro-negro.

Depois de segundos que mais pareceram horas, o sr. Kempsey respondeu: — Sua defesa vigorosa do protocolo consagrado é louvável, Drake, e sem dúvida altruísta. Contudo, detenho informações confiáveis indicando que o aparato vocal de Taylor está em condições desfavoráveis. Assim sendo, seu colega foi dispensado por motivos praticamente médicos.

— Então ele vai falar na semana que vem, professor?

— O alfabeto segue em frente a despeito das fragilidades humanas, Drake. Na próxima semana será a vez de T, de Michelle Tirley, e Não Nos Compete Discutir o Porquê.

— Não parece muito justo, o senhor não acha?

Mas que diabos *eu* fiz pro Gary Drake?

— A vida é constantemente *in*justa, Drake — o sr. Kempsey trancou o piano. — Apesar de nossos esforços. Precisamos encarar seus desafios à medida que se apresentam. Quanto mais cedo você aprender essa lição — em vez de olhar pro Gary Drake, nosso professor *me* encarou —, melhor.

A quarta-feira começa com os dois períodos de matemática com o sr. Inkberrow. Esses dois períodos talvez sejam a pior aula da semana. Normalmente eu me sento perto de Alastair Nurton na aula de matemática, mas nessa manhã ele tinha sentado perto de David Ockeridge. Como o único lugar vago ficava ao lado de Carl Norrest, bem na frente da mesa do sr. Inkberrow, tive que sentar lá. Chovia tanto que as chácaras e os pastos do lado de fora pareciam se dissolver e formar uma única mancha branca. O sr. Inkberrow devolveu os cadernos de exercícios entregues na última semana e começou a aula fazendo algumas perguntas facílimas pra "ativar o cérebro".

— Taylor! — ele me pegou tentando olhar pro outro lado.

— Sim, professor?

— Você está precisando se concentrar um pouco, *hmm?* Se *a* é onze, *b* é nove e *x* é o produto de *a* vezes *b*, qual o valor de *x*?

Resposta ridícula de tão fácil. Noventa e nove.

Mas "noventa e nove" é uma palavra com duplo-N. Duplamente travável. O Carrasco queria se vingar por eu ter escapado da execução. Deslizou os dedos pela minha língua e agarrou minha garganta, apertando as veias que levam oxigênio ao cérebro. Quando o Carrasco se comporta desse jeito, sei que vou parecer um *completo* idiota se me forçar a dizer a palavra. — Cento e um, senhor?

Os garotos mais inteligentes da turma gemeram.

Gary Drake gargalhou bem alto. — O moleque é um gênio!

O sr. Inkberry tirou os óculos, soprou nas lentes e limpou-as com a ponta da gravata. — Então você está me dizendo que nove vezes onze é igual a "cento e um", correto? *Hmm.* Permita que eu faça uma pergunta adicional, Taylor. Por que nos damos ao trabalho de sair da cama pela manhã? Pode me responder, *hmm?* Por quê, ah por quê, ah *por que* diabos a gente se *dá ao trabalho?*

Parentes

— Chegaram! — gritei assim que o Ford Granada Ghia branco do tio Brian apareceu na Kingfisher Meadows. A porta de Julia continua fechada, como quem diz *Grande coisa*, mas um festival de ruídos de gente se aprontando soou no andar de baixo. Como eu já tinha tirado da parede o mapa da Terra Média, escondido o globo e qualquer outra coisa que o Hugo pudesse achar infantil, fiquei sentado em frente à janela. Ventou tanto durante a noite que King Kong parecia estar tentando arrancar nosso telhado, e só agora a força do vento começava a diminuir. Do outro lado da rua, o sr. Woolmere jogava longe pedaços de sua cerca destruída. Tio Brian estacionou o Granada ao lado do Datsun Cherry da minha mãe. Primeiro saiu tia Alice, irmã da minha mãe. Aí meus três primos, os Lamb, saíram de uma só vez do banco de trás. Primeiro Alex, com uma camiseta THE SCORPIONS LIVE IN 1981 e uma faixa na cabeça, no estilo do tenista Björn Borg. Alex tem dezessete anos, espinhas que parecem tumores de peste bubônica e um corpo três vezes maior que ele. Depois veio o mais novo, Nigel, o Respingo. Estava muito ocupado resolvendo um cubo mágico em alta velocidade. Por último saiu Hugo.

Hugo encaixa no próprio corpo como uma luva. Ele é dois anos mais velho que eu. "Hugo" seria um nome maldito pra maioria dos garotos, mas em Hugo é como se fosse uma auréola. (Além disso, os Lamb estudam numa escola particular em Richmond, onde ninguém pega no seu pé se você é afetado, mas sim se você não é afetado o *bastante*.) Hugo vestia um moletom preto com zíper na frente, sem capuz, jeans Levi's com fecho de botões, botas de bico fino e uma daquelas pulseiras trançadas que você usa pra indicar que não é mais virgem. O Hugo é o queridinho da sorte. Quando Alex, Nigel e eu ainda estamos trocando Euston Road por Old Kent Road mais trezentas libras e torcendo pra ganhar o dinheiro da Parada Livre, Hugo já tem hotéis em Mayfair e Park Lane.

— Você *conseguiu!* — minha mãe saiu de casa e abraçou tia Alice.

Abri uma frestinha de janela pra ouvir melhor.

Enquanto isso meu pai surgiu da estufa, todo paramentado com sua roupa de jardinagem. — Que tempo furioso você trouxe, Brian!

Tio Brian fez esforço pra sair do carro e, brincando, deu um passo pra trás como se estivesse impressionado ao ver meu pai. — Mas vejam só que intrépido horticultor!

Meu pai sacudiu a pá de jardim. — Essa ventania *arruinou* meus narcisos! Temos um cara de confiança que cuida de quase todo o jardim, mas ele não pode vir antes de terça-feira, e, como diz o velho provérbio chi...

— O senhor Broadwas é uma dessas figuras impagáveis que só se encontram em vilarejos — interrompeu minha mãe. — Vale o dobro do que lhe pagamos, porque o coitado precisa desfazer todos os danos causados pelo Michael.

— ...como diz o velho provérbio chinês, "Palavras do sábio: pala uma semana de felicidade, alanje esposa. Pala um mês de felicidade, mate polco. Pala uma vida inteila de felicidade, plante jaldim". Bem divertido, hein?

Tio Brian fingiu ter achado aquilo bem divertido.

— Quando Michael ouviu seu antigo provérbio chinês na *Hora das Perguntas dos Jardineiros*, um dia desses — minha mãe comentou —, o porco veio *antes* da esposa. Mas olha só esses três garotos! Cresceram de *novo*! O que você anda botando nos sucrilhos, Alice? Seja lá o que for, quero um pouco para dar ao Jason.

Isso foi um chute nas costelas.

— Bem — disse meu pai. — Vamos entrar antes que o vento nos leve.

Hugo recebeu o sinal telepático e olhou pra cima.

Aí eu meio que acenei.

O armário de bebidas só é aberto quando recebemos visitas ou parentes. Tem cheiro de verniz e vapores de xerez. (Uma vez, quando todo mundo tinha saído, provei um pouco de xerez. Parece desinfetante Domestos em forma de xarope.) Minha mãe me fez colocar uma cadeira da sala de jantar na sala de estar, porque estava faltando um lugar. Essas cadeiras pesam uma tonelada. Bati a canela de um jeito *bem* feio, mas fingi que não tinha sido nada. Nigel se afundou no pufe e Alex ficou com uma das poltronas, onde começou a batucar. Hugo sentou no tapete, de pernas cruzadas. Quando minha mãe me repreendeu por não ter trazido cadeiras suficientes, ele respondeu: — Estou bem aqui, tia Helena, obrigado.

Julia *ainda* não tinha aparecido. — Vou descer num *minuto*! — tinha gritado umas vinte horas atrás.

Como sempre, meu pai e tio Brian começaram discutindo o caminho entre Richmond e Worcestershire. (Cada um deles usava a camisa de golfe que tinha ganhado do outro no Natal.) Meu pai achava que ir pela A40 teria economizado vinte minutos do caminho pela A419. Tio Brian discordava. Aí tio Brian falou que na viagem de volta pensava em dirigir até Bath por Cirencester e depois pela A417, e o rosto do meu pai se encheu de horror.

— Pela A417? Atravessar as Cotswolds num feriado bancário? Brian, seria o inferno na terra!

— Tenho certeza de que o Brian sabe o que está fazendo, Michael — comentou minha mãe.

— A417? *Purgatório!* — Meu pai já folheava seu *Guia Rodoviário das Cidades Britânicas*. Tio Brian olhou pra minha mãe de um jeito que dizia *Se isso deixa o camarada feliz, tudo bem.* (Esse olhar me irritou.) — Contamos com certas inovações neste país, Brian, as chamadas "vias expressas"... aqui, você desce pela M5 até o Entroncamento 15... — Meu pai cravou o dedo no mapa. — Aqui! Então segue sempre pro leste. Não precisa ficar parado em Bristol. Pela M4 até o Entroncamento 18, então pela A46 até Bath. Brincadeira de criança.

— Na última vez em que visitamos Don e Drucilla — tio Brian nem olhou pro *Guia Rodoviário das Cidades Britânicas* —, fizemos exatamente isso. Pegamos a M4 ao norte de Bristol. Adivinha? Congestionamento. Ficamos presos no trânsito por duas horas! Não foi, Alice?

— Demorou mesmo um bom tempo.

— Duas horas, Alice.

— Mas — retrucou meu pai — isso aconteceu porque você pegou um contrafluxo quando a nova pista estava sendo construída. Agora dá pra voar pela M4. Não tem tráfego algum. Eu garanto.

— Obrigado, Michael — disse tio Brian, quase gemendo —, mas não sou muito "fã" de dirigir em vias expressas.

— Bem, Brian — Meu pai fechou o *Guia Rodoviário das Cidades Britânicas.* — Se você é "fã" de se arrastar a cinqüenta por hora no meio de um comboio de *trailers* geriátricos, pegar a A417 até Cirencester é o caminho ideal para você.

— Venha nos dar uma ajuda, Jason, por favor.

"Dar uma ajuda" significava "fazer tudo". Minha mãe estava mostrando a cozinha recém-reformada pra tia Alice. Um cheiro de carne escapava do forno. Tia Alice acariciou os azulejos novos, dizendo *"fabuloso!"*, enquanto minha mãe servia copos de Coca-Cola pra mim, Alex e Nigel. Hugo tinha pedido um copo de água gelada. Aí despejei um pacote de Twiglets num prato. (Os adultos pensam que os garotos gostam de Twiglets, mas esses salgadinhos têm gosto de fósforo queimado coberto de pasta de levedura Marmite.) Aí coloquei tudo numa bandeja, deixei no passa-pratos, dei a volta e levei a bandeja até a mesinha de centro. Era muito injusto *eu* ter que fazer tudo. Se em vez de Julia fosse eu que ainda estivesse no quarto, já teriam mandado um esquadrão da SWAT.

— Estou vendo que você foi bem treinado pelas *memsahibs* — comentou tio Brian. Fingi saber o que era uma *memsahib*.

— Brian? — meu pai acenou com a garrafa. — Mais xerez?

— Ora, e por que não, Michael? E por que não?

Alex grunhiu quando estendi seu copo de Coca. Pegou um punhado de Twiglets.

Nigel soltou seu alegre "Muito obrigado!" e também pegou seus Twiglets.

Hugo disse "Valeu, Jace" pela água e "Não, obrigado" pros Twiglets.

Tio Brian e meu pai deixaram de lado o assunto Dirigir e passaram pra Recessão.

— Não, Michael. — disse tio Brian. — Você está enganado, pela primeira vez na vida. O ramo da contabilidade é mais ou menos imune às estagnações econômicas.

— Não *me* diga que seus clientes não estão sentindo o arrocho...

— "Arrocho"? Pela madrugada, Michael, eles andam tomando socos na boca! Falências e concordatas de manhã, à tarde e à noite! Fomos pegos de surpresa, confesso. Pelas costas! Vou dizer uma coisa, sou grato àquela mulher em Downing Street por esta... como é mesmo essa última moda?...anorexia financeira. Nós, que cuidamos das contas, estamos nos dando muito bem! E como os bônus de parceria são relativos aos lucros, este que vos fala está em ótima situação.

— Acho difícil — provocou meu pai — que empresas falidas voltem a ser clientes.

— Mas quando a oferta é infinita — tio Brian engoliu seu xerez — quem se importa? Não, não, *eu* tenho pena é de vocês, o pessoal do comércio. Essa recessão vai *exterminar* muita gente do varejo antes de chegar ao fim. Pode escrever.

Acho que não, protestou o dedo inquieto do meu pai. — A marca registrada do gerenciamento antenado é o sucesso nos anos de vacas magras, não o lucro nos anos de abundância. O desemprego *pode* estar na casa dos três milhões, mas os supermercados Greenland admitiram dez *trainees* de gerência neste trimestre. Os clientes querem alimentos de qualidade a preços de atacado.

— Relaxa, Michael — tio Brian fingiu se render. — Você não está numa reunião de vendedores no litoral. Mas acho que está com a cabeça enfiada na areia. Até os conservadores falam em "apertar os cintos"... os sindicatos estão acabados, não que eu ache isso uma coisa ruim. Mas a indústria automobilística vem sofrendo uma hemorragia de vagas... os portos estão definhando... a indústria siderúrgica implodindo... todos agora encomendam navios da maldita Coréia do Sul, que nem sei onde fica, em vez de prestigiar a indústria local... O camarada Scargill faz ameaças de revolução... É difícil imaginar que a longo prazo isso não vai ter algum efeito nas vendas de comida congelada. Alice e eu nos preocupamos, sabe?

— Bem — meu pai se recostou —, fico contente em saber que você e Alice se preocupam comigo, Brian. Mas o varejo está se mantendo vivo e os supermercados Greenland estão firmes e fortes.

— Fico muito feliz em saber disso, Michael. Feliz mesmo.

(Eu também. O pai do Gavin Coley foi demitido da Metalbox em Tewkesbury. O aniversário dele em Alton Towers foi cancelado, os olhos dele afundaram alguns milímetros no crânio e um ano depois seus pais se divorciariam. Kelly Moran me contou que o pai continua desempregado.)

Hugo estava usando um cordão fino de couro no pescoço. Senti vontade de ter um igual.

Quando os Lambs visitam a gente, sal e pimenta se transformam magicamente em "os condimentos". O almoço teve como entrada coquetel de camarão servido em cálices de vinho, como prato principal costeletas de cordeiro decoradas, *pommes duchesse* e aipo refogado e gratinado, com bolo de sorvete com merengue flambado de "pospasto", em vez de "sobremesa". Usamos os anéis de guardanapo de madrepérola. (Meu pai os trouxe de Burma, na mesma viagem em que buscou o Omega Seamaster que esmigalhei em janeiro.) Antes de comer a entrada, tio Brian abriu o vinho que tinha trazido. Julia e Alex ganharam um cálice cheio, Hugo e eu só metade, "e uma provinha para você, Nigel".

Tia Alice fez seu brinde habitual. — Às dinastias Taylor e Lamb!

Tio Brian fez *seu* brinde habitual. — Estou de olho em você, moleque!

Meu pai fingiu achar isso bem divertido.

Todos brindamos (menos Alex) e tomamos um gole.

Dá pra apostar que meu pai vai erguer o cálice contra a luz e dizer *"Muito* suave!". Não foi dessa vez que ele nos decepcionou. Minha mãe fez cara feia, mas meu pai nunca percebe. — Isso não se pode negar, Brian. Você não consegue escolher um vinho ruim. — É fabuloso receber seu carimbo de aprovação, Michael. Comprei um engradado pra me dar de presente. É produzido num vinhedo perto daquela cabana encantadora que alugamos nos lagos no ano passado.

— Vinho? Na região dos Lagos? Em Cumbria? Ah, acho que você está enganado, Brian.

— Não, não, Michael, não estou falando dos lagos *ingleses*, mas dos lagos *italianos*. Na Lombardia. — Tio Brian rodopiou o vinho dentro do cálice, depois cheirou e encheu a boca. — Mil novecentos e setenta e três. Notas de amora, melão e carvalho. Mas concordo com seu julgamento de especialista, Michael. Não é uma safrinha nada má.

— Bem — disse minha mãe. — Atacar, pessoal!

Depois do primeiro *round* de elogios, tia Alice falou: — Este ano as coisas vão muito bem na escola. Não é, garotos? Nigel é o capitão do clube de xadrez.

— Presidente — corrigiu Nigel —, na verdade.

— Tudo bem! Nigel é *presidente* do clube de xadrez. E Alex anda fazendo coisas incríveis no computador da escola, não é, Alex? Eu não consigo nem me acertar com o negócio que grava vídeo, mas...

— Na verdade, Alex está *quilômetros* à frente dos professores — interrompeu tio Brian. — O que mesmo você anda fazendo no computador, Alex?

— FORTRAN. BASIC — Alex falava como se aquilo fizesse ele sentir dor. — PASCAL. Programação Z-80.

— Você deve ser *tão* inteligente — comentou Julia, tão empolgada que não consegui descobrir se estava sendo sarcástica ou não.

— Ah, pode *apostar* que o Alex é inteligente — respondeu Hugo. — O cérebro de Alexander Lamb é a fronteira final da ciência britânica.

Alex fez cara feia pro irmão.

— Esse negócio de computadores tem muito futuro — meu pai encheu a colher de camarões. — Tecnologia, *design*, carros elétricos. É *isso* que deviam ensinar nas escolas. Não poemas de Wordsworth e essa bobajada toda. É como eu estava falando para Craig Salt, nosso diretor-geral, dia desses...

— Concordo plenamente com você, Michael. — O rosto de tio Brian assumiu a expressão de um gênio maligno anunciando um plano de dominação mundial. — É por isso que o Alex está ganhando uma nota novinha de vinte libras para cada nota A que tira este ano, e uma nota de dez libras para cada B... Para comprar seu próprio computador IBM. — (Eu sentia minha inveja pulsando como dor de dente. Meu pai diz que recompensar estudos com dinheiro é "negligência".) — Nada supera a motivação através do lucro, não concorda?

Minha mãe se intrometeu. — E você, Hugo?

Finalmente eu ia poder analisar o Hugo sem fingir que não estava fazendo isso.

— Acho que o mais relevante, tia Helena — Hugo tomou um gole d'água —, é que andei tendo sorte em algumas competições da equipe de canoagem.

— Hugo — arrotou tio Brian — anda *banhado* em glória! Por mérito próprio, já deveria ser o camaradinha que manda nos outros remadores. Mas um figurão gordo e escroto... oops, perdoem minha língua... que é dono de metade da Lloyd's Insurance ameaçou ter um chilique caso seu Pequeno Lorde Herbert Bababum não fosse indicado. Como é mesmo o nome do moleque, Hugo?

— Você deve estar falando de Dominic Fitzsimmons, pai.

— "*Dominic Fitzsimmons*"! Eu nem conseguiria *inventar* um nome desses, você conseguiria?

Torci pra que os holofotes iluminassem a Julia. Torci pra que minha mãe não mencionasse o concurso de poesia na frente do Hugo.

— Jason venceu o Concurso de Poesia das Bibliotecas dos Condados de Hereford e Worcester — anunciou minha mãe. — Não foi, Jason?

— *Eu tive* que escrever esses poemas. — A vergonha queimava minhas orelhas e eu só conseguia olhar pro prato de comida. — Pra aula de inglês. Eu nem... — testei a palavra *sabia* algumas vezes, mas notei que ia me fazer travar que nem um retardado — Eu nem *imaginei* que a senhorita Lippets fosse me inscrever nesse concurso.

— Não esconda seu brilho! — gritou tia Alice.

— Jason ganhou um dicionário esplêndido — disse minha mãe. — Não foi, Jason?

Alex, o Escroto, lançou seu sarcasmo de um jeito imperceptível aos radares adultos. — Eu *adoraria* ouvir seu poema, Jason.

— Não dá. Estou sem meu caderno.

— Que pena.

— O *Malvern Gazetteer* publicou os poemas vencedores — disse minha mãe. — E até incluíram uma foto do Jason! Procuro o jornal depois do almoço.

(Até as lembranças eram torturantes. Mandaram um fotógrafo para a escola e me fizeram posar na biblioteca lendo um livro, como se eu fosse o imperador de todas as bichas-loucas.)

— Ouvi falar — tio Brian estalou os beiços — que poetas contraem doenças bem feias de damas parisienses de má reputação e acabam morrendo em quartinhos abafados em frente ao Sena. É um belo plano de carreira, hein, Mike?

— Que camarões maravilhosos, Helena — tia Alice comentou.

— Congelados — respondeu meu pai. — Do Greenland de Worcester.

— *Frescos*, Michael. Do peixeiro.

— Ah. Nem sabia que ainda existiam peixeiros.

Alex desencavou o concurso de poesia. — Pelo menos conta pra gente sobre o que era o poema, Jason. Sobre os primeiros botões da primavera? Ou era um poema de amor?

— Imagino que você não acharia grande coisa, Alex — comentou Julia. — Faltam à obra de Jason a sutileza e a maturidade dos *Scorpions*.

Hugo fez um barulho com a boca pra tirar sarro do Alex. E pra me dizer de que lado ele estava. Fiquei tão agradecido que quase cheguei a sentir vontade de beijar Julia. Quase.

— Nem foi *tão* engraçado — Alex resmungou para Hugo.

— Pare com essa cara feia, Alex. Arruína sua beleza.

— *Meninos* — alertou tia Alice.

A molheira chique em forma de barquinho foi passada pela mesa. Entre o creme de batatas e os bolinhos em miniatura, criei um Mediterrâneo de molho. Gibraltar era a ponta de uma cenoura.

— Atacar! — disse minha mãe.

Tia Alice foi a primeira a comentar. — As costeletas estão divinas, Helena.

Tio Brian forçou um sotaque italiano bem vagabundo. — Dêréte na boca!

Nigel sorriu, com um ar de adoração.

— O segredo é a vinha-d'alho — minha mãe falou pra tia Alice. — Depois passo a receita.

— Ah, Helena, não saio daqui sem ela!

— Aceita mais um pouco de vinho, Michael? — Tio Brian encheu o cálice do meu pai (já era a segunda garrafa) antes que ele pudesse responder. Depois encheu o próprio cálice. — Não repare, Michael. Obrigado. Estou de olho em você, moleque! Helena, estou vendo que seu pagodemóvel ainda não foi para o grande ferro-velho oriental do céu.

Minha mãe fez sua expressão de perplexidade educada.

— Seu *Datsun*, Helena! Se você não cozinhasse tão bem, seria difícil perdoar essa violação da Primeira Lei dos Automóveis. Nunca confie num japa ou nas porcarias que ele faz. É um dos raros casos em que os alemães estão certos. Já viram as propagandas do novo Volkswagen? Tem um japonês desse tamanhinho correndo de um lado para o outro atrás do novo Golf, que de repente cai do teto e esmaga o safado! Eu me *molhei todo* na primeira vez a que assisti. Não foi, Alice?

— Tio Brian — Julia limpou a boca com o guardanapo —, sua câmera não é Nikon?

— Também não vejo nada de errado — disse Hugo — com a tecnologia dos aparelhos de som japoneses.

— Ou os chips de computador — completou Nigel.

Aí eu também quis falar. — As motos deles também são clássicas.

Tio Brian encolheu os ombros, duvidando. — É exatamente o que estou querendo dizer, meninos e meninas! Os japoneses pegam a tecnologia de todo mundo, encolhem para ficar do tamanho deles e depois vendem ao mundo inteiro. Certo, Mike? Mike? Você concorda comigo *pelo menos* nisso? O que mais se poderia esperar da única potência do Eixo que não se desculpou pela guerra? Eles se safaram. Ilesos.

— Duzentos mil civis mortos por bombas atômicas — disse Julia — e mais dois milhões incinerados por bombas incendiárias não é exatamente o que *eu* definiria como "ilesos".

— Mas o *cerne* da questão — (tio Brian nunca escuta o que não quer) — é que os japas *ainda* estão em guerra. São donos de

Wall Street. Londres é a próxima. Caminhando de Barbican até o meu escritório, seriam necessários uns... vinte pares de mãos para contar todos os sósias de Fu Manchu que passam por você na rua. Escuta isso, Helena. Minha secretária comprou um daqueles... comémesmonomedessetroço... vocês sabem, aqueles riquixás motorizados... um Honda Civic. Isso aí. Um Honda Civic marrom-cocô. Ela saiu da revendedora dirigindo o carro e no primeiro trevo... não estou brincando... o cano de descarga desabou... *inteirinho.* É por isso que eles são tão competitivos. Produzem lixo. Entenderam? Não se pode ter tudo nesta vida. Não sem ao menos pegar uma infecção fúngica bem nojenta. Não é, Mike?

— Julia, por favor, me passe os condimentos — meu pai pediu pra Julia.

Hugo e eu trocamos um olhar. Por um instante, ficamos sozinhos numa sala cheia de estátuas de cera.

— Meu Datsun — minha mãe ofereceu o aipo gratinado pra tia Alice, que fez um gesto de *não, obrigada* — foi aprovado com honras na revisão anual que fiz na semana passada.

— Não me diga — fungou tio Brian. — E essa revisão anual foi feita no mesmo lugar que vendeu esse pagodemóvel a você?

— E por que eu faria em outro lugar?

— Ah, Helena — tio Brian sacudiu a cabeça.

— Não estou entendendo aonde você quer chegar, Brian.

— Helena, Helena, Helena.

Como Hugo pediu "só uma lasquinha" do bolo de sorvete, minha mãe serviu um pedaço gigantesco, do tamanho da fatia do meu pai. — Pelo amor de Deus, você está em fase de crescimento! — (arquivei essa desculpa pra usar no futuro) — Atacar, pessoal, antes que o sorvete derreta.

Depois da primeira colherada, tia Alice falou: — De outro mundo!

— Muito bom, Helena — disse meu pai.

— Mike — falou o tio Brian —, você não vai deixar essa garrafa pela metade, não é? — Aí ele serviu o cálice do meu pai e depois o cálice dele, que levantou na frente da minha irmã. — Estou de olho em você, garota! Mas um dia ainda vou entender por que uma jovem nitidamente tão talentosa não está tentando entrar numa das Duas Grandes. Lá na Richmond, falando sério, é Oxford isso, Cambridge aquilo, de manhã, de tarde e de noite. É ou não é, Alex?

Alex mexeu a cabeça bem de leve por um quarto de segundo pra dizer que sim.

— De manhã, de tarde e de noite — disse Hugo, muito sério.

— Nosso orientador vocacional, o senhor Williams — Julia usou a colher pra pescar um pingo de sorvete antes que caísse na toalha de mesa —, tem um amigo na associação de advogados de Londres. Pelo que ele diz, se eu quiser me especializar em direito ambiental, Edimburgo ou Durham são mesmo os lugares que...

— Então me *desculpa*. — Tio Brian cortou o ar com um golpe de judô. — Desculpe, desculpe, mas o senhor Williams, sem dúvida um galês enrustido, o senhor *Williams* precisa tomar um banho de alcatrão, ser coberto de penas, ser amarrado em cima de uma mula e mandado de volta pra Haverfordwest! O que importa na universidade não é aquilo que se *aprende*, mas — tio Brian já estava vermelho — com *quem* você forma uma *rede de contatos*! E *apenas* em Oxbridge é possível formar uma rede com a elite de amanhã! Não é brincadeira. Se eu tivesse estudado na universidade certa, teriam me convidado para virar sócio dez anos atrás! Mike... Helena! Não me digam que vocês vão ficar parados enquanto sua primogênita joga a vida fora na Universidade de Findomundoshire?

O aborrecimento tomou conta do rosto de Julia.

(Esse é o momento em que eu geralmente bato em retirada pra algum lugar seguro.)

— Edimburgo e Durham têm boa reputação — respondeu minha mãe.

— Sem dúvida, sem dúvida, mas *o que você precisa lembrar* é o seguinte: — tio Brian estava quase se esgoelando — "São as *melhores* do mercado?". E a *resposta é* "Mas de *jeito nenhum!*". Pela madrugada, esse, *esse é exatamente* o problema das escolas públicas. São fabulosas para fulaninhos e sicraninhas medíocres, mas por acaso testam os limites dos mais inteligentes e capazes? De *jeito nenhum!* Para esses sindicatos de professores, "inteligente" e "capaz" são palavrões.

Tia Alice colocou a mão no braço do tio Brian. — Brian, acho que...

— Nem comece com essa história de "Brian"! Eu me recuso a ser tratado desse jeito quando o *futuro* da nossa única sobrinha está correndo perigo! Se minha preocupação me torna um esnobe, então que se foda, perdoem minha língua, mas eu *vou ser* o esnobe mais desgraçado que *conheço* e vestirei a carapuça com orgulho! Por que alguém com *cérebro* para estar em Oxbridge considera a hipótese de estudar na Escociolândia? Isso simplesmente *desafia* minha *compreensão*. — Tio Brian esvaziou o cálice num gole só. — Bem, a menos que talvez... — A expressão no rosto do meu tio mudou da indignação pra safadeza em três segundos. — Ah, sim... a menos que exista um jovem garanhão escocês de *kilt* que você anda escondendo de todo mundo, hein, Julia? Hein, Mike, hein? Hein, Helena? Já pensaram nisso, hein?

— *Brian...*

— Não se preocupe, tia Alice — Julia sorriu. — Tio Brian sabe que eu preferiria me envolver num acidente de carro a discutir minha vida particular com ele. Pretendo estudar direito em

84

Edimburgo, e todos os Brian Lambs de amanhã terão que montar sua rede de contatos sem mim.

Eu nunca me safaria se dissesse uma coisa dessas. *Nunca.*

Hugo ergueu seu cálice. — Falou e *disse*, Julia!

— Ah. — Tio Brian deu uma risada que parecia um soluço.

— Acho que você vai longe no mundo do direito, minha jovem, mesmo se *insistir* numa universidade de segunda classe. Você domina perfeitamente a arte do *non-secateur.*

— É fabuloso receber seu carimbo de aprovação, tio Brian.

Uma pausa constrangedora mugiu como uma vaca.

— Viva! — zombou tio Brian. — Ela insiste em ter a última palavra.

— Tem um pedaço de aipo grudado no seu queixo, tio Brian.

O lugar mais frio da nossa casa é o banheiro do andar de baixo. No inverno, a bunda congela e gruda no assento. Julia já tinha se despedido dos Lamb e ido pra casa da Kate Alfrick estudar história. Tio Brian tinha subido pro quarto de hóspedes, pra "descansar os olhos". Alex tinha ido pro banheiro pela terceira vez. Cada uma delas durou mais de vinte minutos. Nem sei o *que* ele podia estar fazendo por lá. Meu pai estava mostrando sua nova Minolta pro Hugo e pro Nigel. Minha mãe e tia Alice passeavam pelo quintal, sem se incomodar com o vento. Fiquei encarando meu rosto no espelho em cima da pia, tentando encontrar alguma semelhança com Hugo. Seria possível me transformar nele usando apenas a força de vontade? Célula por célula. É o que Ross Wilcox está fazendo. No primário ele era um magricelo qualquer, mas agora ele fuma com os garotos mais velhos, como Gilbert Swinyard e Pete Redmarley, e as pessoas chamam ele de "Ross" em vez de "Wilcox". Então deve ter algum jeito de fazer isso.

Eu tinha sentado pra me ocupar com uma bela cagada

quando ouvi vozes que ficavam cada vez mais altas. Bisbilhotar é errado, eu sei, mas *eu* não tinha culpa se minha mãe e tia Alice resolveram conversar *bem* ao lado da janelinha do banheiro, né?

— Não precisa se desculpar, Helena. Brian foi... Deus, eu podia ter *atirado* nele!

— Michael faz o pior dele vir à tona.

— Não, vamos... Helena, e esse alecrim! É quase uma árvore. Não *consigo* fazer meus temperos vingarem. Só a hortelã. Está crescendo sem parar.

Uma pausa.

— Fico pensando — disse minha mãe — o que papai acharia deles. Se pudesse ver os dois agora, digo.

— Brian e Michael?

— Sim.

— Bem, primeiro ele diria "Eu avisei!". Depois arregaçaria as mangas, escolheria um argumento oposto a qualquer coisa que eles estivessem discutindo e não abandonaria o ringue até que os dois levassem uma surra e ficassem mudos, concordando com tudo.

— Isso é meio cruel.

— Menos cruel que o papai! Mas com a Julia ele sofreria um bocado.

— Verdade. Ela tem... opiniões fortes.

— Pelo menos ela tem opiniões fortes sobre a campanha de desarmamento nuclear e a Anistia Internacional, Helena, em vez de se importar com Meaty Loaf ou com os Deaf Leopards.

Uma pausa.

— Hugo está ficando encantador.

— "Encantador" é *um* modo de ver as coisas.

— Você não viu como ele insistiu em lavar a louça? Não deixei, claro.

— Sim, ele sabe como ser gentil. Jason continua terrivel-mente quieto. Como andam as coisas com a fonoaudióloga?

(Isso eu não queria ouvir, mas não tinha como sair do banheiro sem puxar a descarga. Se eu puxasse, elas iam descobrir que eu tinha bisbilhotado. Fiquei preso ali.)

— A passo de lesma. É uma moça sul-africana chamada senhora De Roo. Ela diz que não podemos esperar curas milagro-sas. Não temos esse tipo de esperança. Ela diz que precisamos ter paciência com ele. Nós somos pacientes. E é isso.

Uma longa pausa.

— Sabe, Alice, mesmo após tantos anos eu *ainda* acho difícil de acreditar que mamãe e papai se foram para *sempre*. Que estão mesmo... mortos, e não fazendo um cruzeiro pelo oceano Índico, incomunicáveis por seis meses. Ou... Qual é a graça?

— Imagine ter que agüentar o papai num cruzeiro! Isso seria o verdadeiro purgatório!

Minha mãe não disse nada.

Uma pausa ainda mais longa.

— Helena, não quero me intrometer — a voz de tia Alice mudou de tom —, mas desde janeiro você nunca mais mencionou aqueles telefonemas misteriosos.

Uma pausa.

— Desculpe, Helena, eu não deveria ter metido o nariz...

— Não, não... ora, você é a única pessoa com quem posso conversar sobre isso. Não. Não houve mais telefonemas. Sinto um pouco de culpa por ter tirado conclusões precipitadas. Sei que foi só uma tempestade num copo d'água. Uma tempestade inexis-tente, por sinal. Se não fosse... você sabe, aquele "incidente" do Michael há cinco anos e meio, ou sei lá quando foi, isso nem teria passado pela minha cabeça. Enganos e linhas cruzadas aconte-cem o tempo todo. Não acontecem?

("Incidente?")

— Claro — respondeu tia Alice. — Claro. Você não... falou...

— Confrontar Michael seria como cavar uma sepultura.

(Fiquei tão arrepiado que chegou a *doer*.)

— Seria *mesmo* — admitiu tia Alice.

— Na maior parte do tempo, um *trainee* qualquer dos supermercados Greenland sabe mais o que se passa na cabeça do Michael que sua própria mulher. Olha, agora eu sei por que mamãe parecia quase sempre tão triste.

(Não entendi. Não queria entender. Queria. Sei lá.)

— Agora você está sendo depressiva, mana.

— Perto de você é inevitável, Alice. *Você* é glamorosa. *Você* conhece violonistas chineses e músicos de rua astecas bem moreninhos. Quem está no teatro esta semana?

— *Boom-Boom*, o espetáculo itinerante de Basil Brush.

— Viu?

— O agente dele é um chato de galochas. Parece até que cuida do Liberace, e não de um ator de televisão decadente fazendo de tudo para tentar se manter relevante.

— *Show business* é isso aí.

Uma pausa.

— Helena, eu sei que já falei isso umas vinte mil vezes, mas você precisa de desafios maiores do que fazer bolos de sorvete. Este ano a Julia vai deixar o ninho. Por que *você* não pensa em voltar a trabalhar?

Pausa curta. — Primeiro porque estamos em recessão. As pessoas estão sendo demitidas, e não contratadas. Segundo, porque sou uma dona de casa depressiva. Terceiro, porque não moro perto de Londres, mas nas profundezas de Worcestershire, onde não existem muitas oportunidades. Quarto, porque não trabalho desde que o Jason nasceu.

— Mas qual o *problema* de ter tirado uma licença-maternidade de treze anos?

Minha mãe riu uma só vez, do jeito que as pessoas riem quando não estão com vontade.

— Até o *papai* se gabava das suas criações para os amigos do clube de golfe. Eu vivia ouvindo *Helena* isso, *Helena* aquilo.

— *Eu* só ouvia *Alice* isso, *Alice* aquilo.

— Bem, isso era típico do papai, não? Vamos. Mostre onde você está pensando em colocar o jardim de pedras...

Puxei a descarga e usei o desodorizador, prendendo a respiração. Névoa Alpina é um cheiro muito enjoativo.

O Rover 3500 do meu pai fica sempre numa das garagens, mas como minha mãe costuma estacionar o Datsun Cherry na entrada, a outra garagem fica vaga. Numa das paredes estão as bicicletas. As ferramentas do meu pai ficam em prateleiras bem organizadas, em cima da bancada. As batatas, num saco sem fundo. A garagem vaga também serve de abrigo em dias de ventania, como hoje. Como meu pai fuma lá dentro, tem sempre um cheiro de cigarro. Gosto até das manchas de óleo no piso de concreto.

Mas a melhor coisa é o alvo de dardos. Dardos matam a pau. Adoro o barulho que eles fazem quando se cravam no alvo. Adoro arrancar os dardos. Convidei Hugo pra jogar e ele disse "Claro". Mas aí Nigel disse que também queria. — Grande idéia — comentou meu pai. Aí nós três fomos pra garagem jogar Dia-e-Noite. (Mire no 1 até acertar o 1, depois no 2 até acertar o 2, depois no 3, e assim por diante. Ganha quem chega primeiro ao 20.)

Cada um de nós atirou um dardo pra ver quem ia começar. Hugo acertou o 18, eu acertei o 10, Nigel acertou o 4.

— Mas e aí? — Nigel me perguntou enquanto o irmão dele acertava o 1 com o primeiro dardo. — Já leu *O Senhor dos Anéis?*

— Não — mentiu o Verme, pro Hugo não achar que eu estava sendo amiguinho do Nigel.

Hugo errou o 2 com o dardo seguinte, mas acertou com o terceiro.

— É *animal* — Nigel comentou.

Hugo arrancou os três dardos do alvo e me passou. — Nigel, *ninguém* mais fala "animal".

(Tentei lembrar se eu tinha falado "animal" desde que os Lamb chegaram.)

Errei o 1 com os dois primeiros dardos, mas acertei com o terceiro.

— Boa — disse Hugo.

— Na escola a gente teve que ler *O Hobbit*. — Nigel pegou os dardos. — Mas *O Hobbit* é meio que só um conto de fadas.

— Tentei ler *O Senhor dos Anéis* — comentou Hugo —, mas é *ridículo*. Todo mundo se chama *Gondogorn* ou *Sarulon* e fica correndo de um lado pro outro dizendo coisas tipo "Esta floresta ficará *coalhada* de orcs ao cair da noite". E aquele Sam? *"Oh, Mestre Frodo, mas que liiinda a sua adaga."* Ah, sai *dessa*! Deviam proibir as crianças de *encostar* nesse tipo de pornografia homoerótica. É disso que você gosta, Nigel?

Nigel errou o alvo e o dardo quicou na parede.

Hugo suspirou. — *Cuidado*, Nigel. Vai estragar os dardos do Jace.

Eu devia ter falado "não tem problema" pro Nigel, mas o Verme não disse nada.

O segundo dardo do Nigel se cravou na parte externa do alvo. Errou.

— Jace — Hugo começou, como quem não quer nada —, você sabia que pesquisas científicas comprovam que homossexuais não sabem atirar dardos?

Fiquei tenso ao perceber que Nigel estava quase chorando.

Hugo sabe como abalar a sorte alheia.

O terceiro dardo do Nigel acertou sem força nenhuma o

canto do alvo e caiu no chão. Ele explodiu. — Você *vive* colocando os outros contra mim! — Estava vermelho de raiva. — *Odeio* você, seu *filho-da-puta*!

— Que coisa feia, Nigel. Você sabe o que significa "filho-da-puta" ou só está imitando seus amiguinhos do clube de xadrez, como sempre?

— *Sim*, tá bom?

— *Sim*, você sabe o que significa "filho-da-puta" ou *sim*, você só está imitando seus amiguinhos?

— *Sim*, eu sei o que significa "filho-da-puta". E *você* é um fiho-da-puta!

— Bem, se *eu* sou um filho-da-puta, você está afirmando que a nossa mãe transa com todo mundo por aí, mesmo sendo casada, certo? Você está afirmando que a mamãe pula a cerca, é isso?

Lágrimas surgiram nos olhos do Nigel.

Aquilo não ia acabar bem. Eu sabia.

Hugo estalou a língua, satisfeito. — Papai não vai gostar muito de ouvir essa acusação. Olha, por que você não vai dar uma volta? Por que não vai brincar com o seu cubo mágico por aí? Jason e eu prometemos que vamos fazer de tudo pra esquecer essa história toda.

— Peço desculpas pelo Nigel. — Hugo acertou o 3, errou e acertou o 4. — É um bobo alegre. Precisa aprender a sacar quando não é bem-vindo. Um dia ele vai me agradecer pela tutela. Mas infelizmente creio ser impossível ajudar o Alex, o nerd das cavernas.

Forcei uma risada, tentando entender como o Hugo consegue transformar palavras como "tutela" e "creio" em algo forte, em vez de soar como uma bicha. Errei, acertei o 2 e depois o 3.

— Ted Hughes visitou a nossa escola no semestre passado — mencionou Hugo.

Graças a esse comentário, eu *sabia* que ele não me desprezava por causa do concurso de poesia. — É mesmo?

Hugo acertou o 5, o 6 e depois errou. — Autografou meu *The hawk in the rain.*

— *The hawk in the rain* é excelente. — Acertei o 4, errei e errei.

— Prefiro os poetas da Primeira Guerra. — Hugo acertou o 7, acertou o 8 e errou. — Wilfred Owen, Rupert Brooke, essa turma toda.

— Sei. — Acertei o 5, errei, acertei o 6. — Também gosto mais deles, na verdade.

— Mas George Orwell é o cara. — Acertou o 9, errou, errou. — Tenho tudo que ele escreveu, inclusive a primeira edição de *1984.*

Errei, errei, acertei o 7. — *1984* é mesmo *incrível.* — (Na verdade, comecei a achar tudo muito chato naquela parte interminável do O'Brien e nunca terminei o livro.) — E *A revolução dos bichos.* — (Esse a gente teve que ler na escola.)

Hugo acertou o 10. — Se você não leu os textos jornalísticos — quase errou —, não pode dizer que conhece Orwell. — Quase errou de novo. — Saco. Vou mandar pra você uma coletânea de ensaios chamada *Dentro da baleia.*

— Obrigado. — Acertei o 8, o 9 e o 10 na sorte, e fingi que não tinha sido nada de mais.

— Que rodada *sensacional!* Bem, Jace, que tal a gente animar as coisas? Você tem algum dinheiro aí?

Eu tinha cinqüenta centavos.

— Certo, eu cubro essa aposta. O primeiro que acertar o 20 ganha cinqüenta centavos.

Metade da minha mesada era um risco meio grande.

— Vamolá, Jace. — Hugo abriu um sorriso enorme, como se ele realmente fosse com a minha cara. — Não seja um Nigel. Pode jogar mais uma rodada. Dou três arremessos de bônus.

Aceitar a aposta me deixaria mais parecido com o Hugo. — Tá bom.

— Grande garoto. Mas é melhor nem mencionar isso pros papais e mamães. — Hugo indicou a parede com a cabeça. — Senão a gente vai passar o resto da tarde jogando Ludo ou Jogo da Vida, vigiados de pertinho.

— Claro. — Errei, acertei a parede, errei.

— Que azar — disse Hugo. Errou, acertou o 11, errou.

— Como é ser remador? — Fiz 11, errei, fiz 12. — O máximo que eu fiz até hoje foi andar nos pedalinhos no parque de Malvern.

Hugo deu risada, como se eu tivesse contado uma ótima piada. Sorri, fazendo de conta que tinha sido intencional. Ele errou três vezes tentando acertar o 12.

— Que azar — falei.

— Ser remador é fenomenal. Exige agilidade, esforço, ritmo e velocidade. Tempere tudo isso com respingos, gemidos e a respiração de um companheiro de equipe. Agora que parei pra pensar, remo parece sexo. Aniquilar os adversários também é divertido. Como diz nosso professor: "Garotos, participar não importa, o importante é vencer!".

Acertei o 13, o 14 e o 15.

— Meu Deus! — Hugo parecia impressionado de verdade. — Você não está facilitando as coisas pra mim, hein, Jace? Diz uma coisa, que tal faturar uma libra à minha custa? — Hugo tirou uma carteira linda do bolso da Levi's e sacudiu uma nota de uma libra na minha frente. — Do jeito que você está jogando hoje, só vai ter que atirar mais cinco dardos pra ser dono desta coisinha. E aí, seu cofre de porquinho aceita o desafio?

Se eu perdesse, ficaria sem dinheiro nenhum até o sábado seguinte.

— Aaaaaaah — Hugo provocou. — Não seja covarde logo *agora*, Jace.

Escutei Hugo falando de mim com os outros Hugos do clube de remo. *Meu primo Jason Taylor é um* baita *bobo alegre.* — Tá bom.

— *Tá bom!* — Hugo colocou a nota no bolso da calça. Aí acertou o 12, o 13 e o 14 e fez uma cara de surpresa. — Ué, será que minha sorte está voltando?

Meu primeiro dardo acertou a parede. O segundo quicou no metal que rodeia o alvo. O terceiro eu errei.

Sem nem piscar, Hugo acertou o 15, o 16 e o 17, um depois do outro.

Passos se aproximaram da porta da garagem, vindos da porta dos fundos. Hugo praguejou em voz baixa e me olhou como quem diz *Deixa comigo.*

Nem tinha como ser diferente.

— Hugo! — Tia Alice entrou com tudo na garagem vaga. — Pode me explicar por que o Nigel está chorando tanto?

A reação de Hugo merecia um Oscar. — *Chorando?*

— Sim!

— *Chorando?* Mãe, às vezes não dá pra *acreditar* nesse garoto!

— Não estou pedindo que você *acredite* em nada! Quero uma *explicação!*

— Mas o *que* eu tenho pra explicar? — Hugo deu de ombros, como se não soubesse de nada. — Jason convidou a mim e ao Nigel pra jogar dardos. Como o Nigel ficava errando sem parar, resolvi dar umas dicas, mas ele foi embora todo irritadinho. E falando um monte de palavrões. Por que esse garoto é tão competitivo, hein, mãe? Lembra quando o pegamos inventando palavras só pra vencer nas Palavras Cruzadas? Será que é só uma fase?

Tia Alice se virou pra mim. — Jason, qual a sua versão do que aconteceu?

Mesmo que Hugo tivesse vendido Nigel pra uma fábrica de sabão, o Verme diria a mesma coisa. — Foi mesmo bem como o Hugo falou, tia Alice.

— Ele pode voltar — Hugo garantiu — assim que passar o chilique. Se você não se importar, Jace, é claro. Nigel nem queria ter chamado você *daquilo*.

— Não me importo nem um pouco.

— Tenho outra idéia. — Tia Alice sabia que estava encurralada. — Sua tia Helena está com pouco café em casa e seu pai vai precisar de uma caneca bem grande quando acordar. Escolho vocês dois como voluntários para comprar mais. Jason, mostre o caminho ao seu inocente primo, já que vocês são tão amigos.

— Mãe, nosso jogo está *quase* acabando, então...

Tia Alice permaneceu impassível.

Isaac Pye, dono do *pub* Black Swan, entrou na sala de jogos pra ver que confusão era aquela. Hugo estava na máquina Asteroids, cercado por mim, Grant Burch, o criado de Burch, Philip Phelps, Neal Brose, Ant Little, Oswald Wyre e Darren Croome. Nenhum de nós conseguia acreditar. Fazia vinte minutos que o Hugo estava jogando com a *mesma* moeda. A tela estava tão *lotada* de asteróides flutuantes que eu morreria em no máximo três segundos. Mas Hugo presta atenção na tela inteira de uma só vez, e não só no asteróide mais perigoso. Quase nunca usa os motores. Não desperdiça torpedos. Quando o óvni aparece voando em ziguezague, ele só larga uma chuva de torpedos se a tempestade de asteróides não estiver violenta demais. Se estiver, ele ignora o óvni. Só usa o botão de hiperespaço em último caso. O rosto de Hugo continua sempre tranqüilo, como se ele estivesse lendo um livro muito interessante.

— Não me diz que aquilo ali é três *milhão*! — disse Isaac Pye.

— Quase três milhões e *meio* — respondeu Grant Burch.

Quando a última vida de Hugo *finalmente* explodiu numa chuva de estrelas, a máquina soltou um monte de bipes e anunciou que O Maior Placar de Todos os Tempos tinha sido superado. Quando isso acontece, o escore continua gravado mesmo ao desligarem a máquina. — Gastei cinco libras pra chegar a dois *milhão* e meio uma noite dessas — resmungou Isaac Pye — e achei que *aquilo* era o limite máximo. Rapaz, eu te daria uma cerveja, mas tem dois polícia à paisana ali no bar.

— Você é muito gentil — Hugo disse a Isaac Pye. — Mas eu não me arriscaria a levar um sermão por pilotar bêbado uma nave espacial.

Isaac Pye deu uma risadinha e voltou pro balcão, sem pressa nenhuma.

Hugo colocou suas iniciais como JCS.

— O que significa? — Grant Burch mordeu a isca.

— "Jesus Cristo Superstar."

Como Grant Burch deu risada, todo mundo também riu. Nossa, como fiquei orgulhoso. Neal Brose ia contar pro Gary Drake que Jason Taylor andava com Jesus Cristo.

— Quantos anos você levou pra ficar tão bom? — quis saber Oswald Wyre.

— Anos? — o sotaque do Hugo tinha ficado um *pouquinho* menos afetado e um *pouquinho* mais londrino. — Dominar um fliperama não exige tanto tempo.

— Mas então você deve ter gastado uma boa grana — disse Neal Brose. — Pra ganhar tanta prática e tal.

— Dinheiro *nunca* é problema pra quem tem cérebro.

— Ah, é?

— Dinheiro? Claro que não é problema. Basta identificar uma demanda, providenciar a oferta, deixar os clientes felizes e eliminar os adversários.

Neal Brose decorou tudinho.

Grant Burch tirou um maço de cigarros do bolso. — Quer um cigarro, parceiro?

Se Hugo dissesse "Não", arruinaria a impressão que tinha acabado de causar.

— Valeu — Hugo deu uma olhada no maço de Players Number 6 —, mas se não for Lambert & Butler minha garganta fica *horas* toda fodida. Não leva a mal.

Decorei tudinho. Que jeito sensacional de escapar dos cigarros.

— Sei como é — disse Grant Burch. — Acontece comigo quando fumo Woodbines sem filtro.

Ouvimos Isaac Pye repetindo a frase de Hugo no balcão. — "Eu não me arriscaria a levar um sermão por pilotar bêbado uma nave espacial!"

Curiosa, a mãe de Dawn Madden tentou enxergar Hugo pelo meio da fumaça do *pub*.

— Escuta, os peitos daquela mulher são *de verdade?* — cochichou Hugo. — Ou aquilo é um par de cabeças sobressalentes?

O sr. Rhydd cola uns plásticos amarelos como Lucozade na vitrine, pra evitar que os produtos desbotem. Mas esses "produtos" são sempre pirâmides de peras enlatadas, e os plásticos na vitrine fazem o interior da vendinha parecer uma fotografia da era vitoriana. Hugo e eu conferimos o quadro de avisos com seus anúncios de Legos usados, gatinhos necessitados de um lar, máquinas de lavar em estado de novas por £10 ("Ou faça sua oferta") e promessas de ganhar centenas de libras trabalhando nas horas vagas. Assim que você entra na vendinha do sr. Rhydd, sente um cheiro que lembra sabonete, laranjas podres, jornais. Num dos cantos fica o guichê dos correios, onde a sra. Rhydd vende selos e licenças para cães. Mas não hoje, porque hoje é sábado. Até que a sra.

Rhydd parece bem comum pra alguém que trabalha com a Lei de Segurança Nacional. Na vendinha tem um mostruário cheio de cartões com homens pescando com roupas que lembram o príncipe Philip e legendas do tipo "Neste Dia dos Pais". Ou dedaleiras num jardim campestre com a legenda "Para Minha Querida Avó". Empilhadas nas prateleiras, latas de sopa de letrinhas, ração Pedigree e arroz-doce Ambrosia. Tem várias caixas de brinquedos vagabundos, que ninguém nunca vai comprar porque são uma porcaria. Uma máquina de raspadinha produz copos cheios de neve com cores de canetinha hidrocor, mas nunca está ligada em março. Atrás do balcão ficam os cigarros e as prateleiras de cerveja e vinho. Nas prateleiras mais altas estão os potes com todos os tipos de bala e doce que só se encontram por aqui, sempre vendidos em sacos de papel pardo.

— Uau — disse Hugo. — É a terra das grandes emoções. Morri e fui parar na Harrods.

Aí Kate Alfrick, a melhor amiga de Julia, entrou de repente e chegou ao balcão no mesmo instante que a mãe de Robin South. A mãe de Robin South deixou Kate ser atendida primeiro, porque Kate só queria uma garrafa de vinho. Ela pode comprar álcool porque acabou de fazer dezoito anos.

— Obrigado. — O sr. Rhydd estendeu o troco pra Kate. — É uma festa?

— Na verdade, não — disse Kate. — Amanhã à noite meus pais voltam de Norfolk. Achei uma boa idéia fazer um jantar pra receber os dois. Isto — ela tamborilou os dedos na garrafa — é o toque final.

— Bem pensado — disse o sr. Rhydd. — Bem pensado. E como posso lhe ser útil, senhora South?

Kate passou pela gente a caminho da saída. — Olá, Jason.

— Olá, Kate.

— Oi, Kate — disse Hugo. — Sou primo dele.

Kate analisou Hugo por trás de seus óculos de secretária russa. — Esse é o tal Hugo.

— Só estou há três horas em Black Swan Green — Hugo fez uma expressão divertida de supresa — e *já* estão falando de mim?

Contei pro Hugo que Julia tinha ido estudar na casa da Kate.

— Ah, *essa* Kate. — Hugo apontou pro vinho. — Liebfraumilch?

— Isso — Kate respondeu, com um tom de *E por que isso seria da sua conta?* — Liebfraumilch.

— É meio doce. Você parece mais seca. Faz mais um tipo *chardonnay*.

(Os únicos vinhos que *eu* conheço são tinto, branco, espumante e rosado.)

— Talvez você não conheça vinhos tão bem quanto imagina.

— Talvez, Kate. — Hugo arrumou o cabelo com a mão. — Talvez. Bem, não quero continuar atrapalhando os seus estudos. Sem dúvida você e Julia estão dando duro. Espero que nos cruzemos novamente qualquer dia desses.

Kate deu um sorriso que parecia uma careta. — Se fosse você, esperaria sentado.

— Não vou esperar, Kate. Não. Seria imprudente. Só que o mundo tem suas surpresas. Posso ser um homem jovem, mas *isso* eu já aprendi.

Ao chegar à porta, Kate olhou pra trás.

Hugo estava com sua expressão de *Viu?* engatilhada.

Kate foi embora indignada.

— Mas — Hugo me fez lembrar do tio Brian — que *delícia*.

Estendi o dinheiro do café pro sr. Rhydd. — Não me diga que é gengibre cristalizado de *verdade* naquele pote bem lá no alto — quis saber Hugo.

— Pode apostar, meu jovem. — O sr. Rhydd chama todos os garotos de "meu jovem" pra não ter que decorar nosso nome. Assoou seu narigão de boneco. — Como a mãe da senhora Yew era uma grande apreciadora, eu sempre encomendava. Mas ela faleceu e deixou esse pote quase intacto.

— Fascinante. Minha tia Drucilla, que visitaremos em Bath em alguns dias, *adora* gengibre cristalizado. Peço desculpas por forçar o senhor a subir a escada novamente, mas...

— Não é problema nenhum, meu jovem. — O sr. Rhydd enfiou o lenço no bolso. — Não é mesmo problema nenhum. — Aí ele arrastou a escada, subiu e estendeu as mãos na direção do pote.

Hugo olhou ao redor pra ter certeza de que não tinha mais ninguém na loja.

Aí se curvou pra frente até encostar o peito em cima do balcão, meteu as mãos entre os degraus da escada a no máximo quinze *centímetros* de distância dos pés do sr. Rhydd, pegou um maço de cigarros Lambert & Butler e voltou à posição inicial.

Atordoado, perguntei, mexendo a boca sem fazer som nenhum: *O que você está fazendo?*

Hugo enfiou os cigarros dentro da cueca. — Você está bem, Jason?

Lá em cima, o sr. Rhydd mostrou o pote. — Este aqui, meu jovem? — Suas narinas eram fossas recheadas de uma escuridão peluda.

— Sim, é precisamente esse, senhor Rhydd — respondeu Hugo.

— Muito bem, muito bem.

Eu estava me *cagando* de medo.

E *aí*, enquanto o sr. Rhydd descia a escada com cuidado, Hugo pegou dois bombons Crème Egg da Cadbury da bandeja no balcão e enfiou no bolso do meu casaco de lã. Se eu *protestasse* ou tentasse colocar os bombons de volta, o sr. Rhydd ia perceber. Como toque final, no instante em que os pés do sr. Rhydd encostaram no chão e ele se virou de frente pra nós, Hugo passou a mão num pacote de pastilhas Fisherman's Friend e enfiou no *mesmo* bolso em que tinha colocado os bombons. Chegou a fazer barulho. O sr. Rhydd limpou a poeira do pote. — Quanto vai querer, meu jovem? Cem gramas?

— Cem gramas seria *excelente*, senhor Rhydd.

— Por que você — (o Carrasco bloqueou "surrupiou" e *depois* "roubou", aí usei "afanou", que é meio grosseiro) — afanou os crivos? — Eu queria escapar da cena do crime o mais rápido possível, mas um pequeno engarrafamento tinha se formado atrás de um trator e a gente não tinha como atravessar o cruzamento.

— Plebeus fumam "crivos". *Eu* fumo cigarros. Eu não *"afano"*. "Afanar" é coisa de plebeu. Eu *"libero"*.

— Então por que você "liberou" os... — (agora eu não conseguia dizer "cigarros").

— *Siiim?* — Hugo provocou.

— Lambert & Butlers.

— Se você quis dizer "Por que você liberou os cigarros?", fiz isso porque fumar é um prazer simples, sem nenhum efeito colateral confirmado além de câncer de pulmão e doença cardíaca. Quando isso acontecer, já pretendo estar morto há muito tempo. Se você quis dizer "Por que escolheu os Lambert & Butlers?", fiz isso porque nem se morasse na *rua* eu admitiria ser visto fumando outra coisa, exceto Passing Clouds, que aquele velho bêbado lamentável naturalmente não oferece em sua vendinha de interior.

Eu ainda não tinha entendido. — Você não tem dinheiro pra comprar?

Meu primo achou engraçado. — Eu *pareço* não ter dinheiro?

— Então por que correr o risco?

— Ah, um cigarro liberado é mais saboroso.

Agora eu sabia como tia Alice tinha se sentido na garagem. — Mas por que pegou também as Fisherman's Friends e os Crème Eggs?

— As pastilhas servem pra me proteger do senhor Bafo de Tabaco. Os bombons serviram pra me proteger de você.

— De mim?

— Você nunca me entregaria se também estivesse carregando material liberado nos bolsos, não é?

Um caminhão-tanque passou bem perto da gente, soltando fumaça.

— Não entreguei você quando fez o Nigel chorar.

— Eu fiz o Nigel chorar? *Quando* eu fiz ele chorar?

Aí notei a casa da Kate Alfrick, ou melhor, notei um MG prata estacionado na frente da casa. Um cara que sem dúvida nenhuma não era a Julia abriu a porta pra Kate quando ela se aproximou, levando o vinho. Uma frestinha se abriu nas cortinas do andar de cima. — Ei, olha...

— Vamos atravessar — Hugo avançou por um espaço livre. — Ei, olha o quê?

Cruzamos a rua às pressas e pegamos a trilha que ia até o lago na floresta.

— Nada.

— Não, não, não, não, não. Você está segurando o cigarro como um nazista de Hollywood. Relaxa! Segure como se fosse uma caneta-tinteiro. Assim. Agora, que se faça a luz... — Meu primo enfiou a mão dentro da jaqueta. — Você precisa ter um isqueiro pra impressionar as buças de qualidade, é claro, mas isqueiros entregam o ouro se forem encontrados no seu bolso por Nigels intrometidos. Portanto, teremos que nos contentar com estes fósforos na aula desta tarde.

O lago estava inquieto, coberto de ondulações que iam e voltavam.

— Nem vi você liberar esses fósforos no senhor Rhydd.

— Peguei daquele metaleiro no *pub*. Aquele que me chamou de "parceiro".

— Você afanou os fósforos do Grant Burch?

— Não se apavore. Por que "Grant Burch" suspeitaria de mim? Nem aceitei aquele cigarro vagabundo que ele ofereceu. Mais um crime perfeito.

Hugo acendeu um fósforo, protegeu a chama com a mão em concha e estendeu na minha direção.

Um vento repentino arrancou o Lambert & Butler dos meus dedos. Caiu entre as ripas do banco. — Ah, saco — falei, me abaixando pra pegar. — Foi mal.

— Pega outro e não diga "foi mal". Terei mesmo que doar o tabaco excedente pra fauna local. — Meu primo estendeu o maço de Lambert & Butlers. — Um traficante sensato *nunca* se arrisca a ser pego em posse do material.

Olhei pro maço que ele estava oferecendo. — Hugo, agradeço muito por... você sabe, por me ensinar e tal, mas, pra ser sincero, não acho que...

— Jace! — Hugo fingiu surpresa. — Não me diga que está dando pra trás logo *agora*! Achei que tínhamos decidido livrar você dessa virgindade constrangedora.

— Tá... mas acho que... hoje não.

A ventania golpeou cegamente a floresta ansiosa.

— "Hoje não", é?

Fiz que sim com a cabeça, com medo de que ele se irritasse.

— A escolha é sua, Jace. — Hugo parecia bem tranqüilo. — Ora, somos amigos, não é? Eu nunca o forçaria a fazer algo contra a sua vontade.

— Obrigado. — Eu me senti idiota de tão grato.

— Mas — Hugo acendeu o próprio cigarro — é meu dever fazer com que você saiba que isto não se resume a fumar um modesto cilindro cancerígeno.

— Como assim?

Hugo fez uma careta, como se estivesse num dilema entre falar alguma coisa ou ficar quieto.

— Pode falar. Vai.

— Você precisa ouvir algumas verdades cruéis, primo. — Ele deu uma tragada profunda. — Mas primeiro eu preciso saber que *você* sabe que estou fazendo isso pro seu próprio bem.

— Tá — (o Carrasco se apossou de "bom"). — Entendi.

— Jura?

— Juro.

Dependendo do clima, os olhos do Hugo ficam verdes ou cinzentos.

— Essa sua postura "hoje não" *é* um câncer. Um câncer em seu caráter. Retarda o seu desenvolvimento. Os outros garotos percebem isso e passam a desprezá-lo. "Hoje não" permite que esses plebeus do Black Swan deixem você nervoso. "Hoje não", posso *apostar*, é a raiz desse seu problema de fala. — (uma bomba de vergonha explodiu minha cabeça) — "Hoje não" o condena a ser um lacaio de autoridades, de valentões, de *qualquer* prevalecido. Eles percebem que você nunca oferecerá resistência. Hoje não, nem nunca. "Hoje não" o torna escravo de qualquer regra, por mais mesquinha que ela seja. Até mesmo da regra que diz — (Hugo começou a falar em falsete, como se fosse uma ovelha) — "*Não, fumar faz* MAL! *Não dê ouvidos ao safado do Hugo Lamb!*". Jason, você *precisa* matar "hoje não".

Isso era tão espantosamente verdadeiro que só consegui tentar sorrir.

— Eu já fui igual a você, Jace — continuou Hugo. — Igualzinho. Sempre com medo. Mas existe outro motivo pelo qual você *precisa* fumar este cigarro. Não por ser o primeiro passo pra se tornar alguém que seus colegas caipiras vão respeitar, em vez de explorar. Não porque um cara jovem fumando um cigarro de homem maduro é mais atraente pras mulheres que um menino tomando sorvete. Mas pelo seguinte. Vem cá. Vou cochichar pra você. — Hugo chegou tão perto que os lábios dele encostaram na minha orelha e dez mil volts explodiram por todo o meu sistema nervoso. (Por uma fração de segundo tive uma visão de Hugo, o Remador, avançando sobre a água, deixando pra trás borrões de catedrais e barrancos, bíceps se contraindo e relaxando por baixo da roupa, com namoradas espalhadas por toda a margem do rio. Namoradas dispostas a usar a língua onde ele mandasse.) — Se você *não* matar "hoje não" — Hugo forçou uma voz de *trailer* de filme de terror —, *um dia você vai acordar, olhar no espelho e dar de cara com Brian e tio Michael!*

— *Isso*, garoto... inspire... pela boca, não pelo nariz...
Aquele bocado de imundície gasosa saiu da minha boca.
Hugo fez cara feia. — Você não tragou pra dentro do pulmão, Jace?
Sacudi a cabeça dizendo que não, com vontade de cuspir.
— Você precisa *tragar*, Jace. Pra dentro do pulmão. Senão é igual a sexo sem orgasmo.
— Tá bom — (na verdade nem sei o que é orgasmo, além de ser um apelido pra alguém que faz alguma idiotice). — Certo.
— Vou apertar seu nariz pra você não trapacear — disse Hugo, lacrando minhas narinas com os dedos. — Respira fundo... mas não exagera... e deixe a fumaça entrar junto com o ar.
Aí Hugo usou a outra mão pra fechar minha boca. O ar estava frio, mas as mãos dele estavam quentes. — Um, dois... três!
E a imundície gasosa e quente entrou. Inundou meus pulmões.

— Segura — Hugo insistiu. — Um, dois, três, quatro, cinco e... — soltou meus lábios — ...*pra fora.*

A fumaça escapou como um gênio saindo da lâmpada.

O vento dispersou o gênio.

— E isso — disse Hugo — é tudo que você precisa fazer. Nojento. — Legal.

— Com o tempo você vai gostar. Fuma o resto desse cigarro. — Hugo se empoleirou no encosto do banco e acendeu mais um Lambert & Butler. — Em termos de espetáculos aquáticos, digamos que não estou nem um pouco impressionado com o seu lago. É aqui que ficam os cisnes?

— Black Swan Green não tem cisne nenhum. — A segunda tragada me enjoou tanto quanto a primeira. — É meio que uma piada aqui na vila. Mas em janeiro o lago estava *clássico.* Congelou todinho. A gente chegou a brincar de Buldogues Britânicos no gelo. Depois acabei descobrindo que uns vinte garotos já se afogaram nesse lago.

— E quem pode culpar esses infelizes? — Hugo suspirou. — Black Swan Green pode não ser o cu do mundo, mas oferece uma bela vista dele. Você está meio pálido, Jace.

— Tô legal.

O primeiro jorro de vômito arrancou um barulho *GÃÃÃRRRRRR* de dentro de mim e se derramou na grama enlameada. Dava pra ver pedaços de camarão e cenoura no meio daquela mistura quente. Um pouco de vômito espirrou nos meus dedos estendidos. Era quente como arroz-doce quente. E ainda tinha mais. Mesmo de olhos fechados eu enxergava um cigarro Lambert & Butler saindo do maço, como numa propaganda. O segundo jorro era amarelo que nem mostarda. Lutei por oxigênio como um homem preso numa cabine pressurizada. *Rezei* pra que tivesse terminado. Aí vieram três jatinhos curtos e ferventes, mais líquidos e mais doces. Acho que era o bolo de sorvete.

Ah, *Meu Deus.*

Lavei a mão suja de vômito no lago e limpei do rosto as lágrimas que meus olhos vomitavam. Estava superenvergonhado. Hugo tentava me ensinar a ser um garoto igual a ele, mas eu não conseguia nem fumar um único cigarro.

— Desculpa — limpei a boca. — Desculpa mesmo.

Mas Hugo não estava nem olhando pra mim.

Hugo se contorcia em cima do banco, a cabeça de frente pro céu revolto.

Meu primo chegava a soluçar de tanto rir.

Trilha

Meu olhar passeou como uma aranha pelo pôster de acarás-negros se transformando em cisnes brancos, pelo mapa da Terra Média, pelo marco da porta, pelas cortinas em chamas com meu sol da primavera, até mergulhar na claridade.

Ouvir a respiração das casas faz a gente flutuar.

Mas, como ficar na cama até mais tarde não tem tanta graça sem outras pessoas acordadas por perto, acabei levantando. As cortinas da escadaria ainda estavam fechadas, porque quando minha mãe e Julia foram pra Londres ainda estava escuro. Meu pai está em outra reunião de fim de semana em Newcastle-under-Lyme. Ou Newcastle-on-Tyne. Hoje a casa é toda minha.

Primeiro eu mijei com a porta do banheiro escancarada. Depois entrei no quarto de Julia e coloquei pra tocar o disco do Roxy Music. Julia ficaria *doidinha*. Aumentei o volume até quase estourar. Meu pai ficaria tão transtornado que a cabeça dele chegaria a *explodir*. Aí me esparramei no sofá listrado da Julia ouvindo uma música esquisita chamada "Virginia Plain". Com o dedão do pé, girei o penduricalho de conchinhas que a Kate Alfrick tinha dado de aniversário pra Julia uns anos atrás. Só porque eu podia. Depois fucei na cômoda da minha irmã, procurando algum diário secreto. Mas quando encontrei uma caixa de absorventes internos fiquei com vergonha e parei.

No escritório gelado do meu pai, abri o arquivo e respirei o ar metálico. (Um pacote importado de cigarros Benson & Hedges tinha aparecido depois da última visita do tio Brian.) Aí fiquei rodando na cadeira giratória da Millenium Falcon, lembrei que era Primeiro de Abril, peguei o telefone intocável do meu pai e falei "Alô? Craig Salt? Quem fala é Jason Taylor. Escuta aqui, Salt: você está demitido. *Como assim*, por quê? Porque você é um orgasmo gordo, ora essa. Passe a ligação para Ross Wilcox agora mesmo! Ah, Wilcox? Jason Taylor. Escuta, mais tarde o veterinário vai passar por aí para acabar com o seu sofrimento. Tchautchau, seu escroto. Foi horrível conhecer você".

No quarto cor de creme dos meus pais, me sentei na frente da penteadeira da minha mãe, usei a musse de cabelo da L'Oréal pra deixar meu cabelo bem espetado, pintei uma listra no estilo Adam Ant no rosto e coloquei um broche de opala em cima do olho. Olhei através dele pro sol, procurando cores secretas que ninguém jamais batizou.

No andar de baixo, uma faixa de luz bem fininha escapava pela fresta no meio das cortinas da cozinha, dividindo ao meio uma chave Yale dourada e este bilhete:

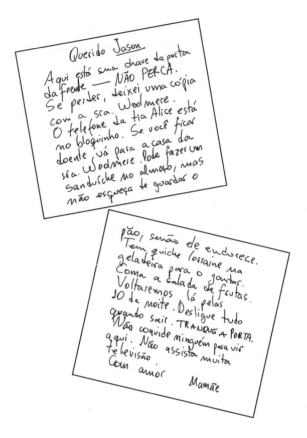

Uau. Minha própria chave de casa. Minha mãe deve ter resolvido deixar essa chave pra mim na última hora, um pouco antes de sair. O normal é esconder uma cópia dentro de uma galocha que fica na garagem. Subi a escada correndo e peguei um chaveiro que tio Brian tinha me dado, com um coelho de gravata-borboleta. Pendurei o chaveiro na calça e desci escorregando pelo corrimão. No café-da-manhã, comi um bolo de gengibre jamaicano da McVitie's e tomei um coquetel de leite, Coca-Cola e Ovomaltine. Nada mau. Ah, bem melhor que nada mau! Cada *horinha* de hoje é um bombom Black Magic me esperando dentro da caixa. Troquei a estação no rádio da cozinha, da Rádio 4 pra Rádio 1.

Estava tocando aquela música *genial* do Men at Work, aquela da flautinha. Comi *três* bolinhos French Fancies da Marks & Spencer, direto do pacote. Formações em V de pássaros migratórios cruzavam o céu. Nuvens que pareciam sereias pairavam sobre as terras da igreja, sobre a árvore antiga, sobre as colinas Malvern. Nossa. *Morri* de vontade de ir junto com elas.

E o que me impedia?

Usando galochas verdes, o sr. Castle lavava o Vauxhall Viva com uma mangueira de jardim. A porta da frente da casa dele estava aberta, mas o saguão estava escuro como breu. Tão escuro que a sra. Castle podia estar bem ali, me observando. É difícil ver a sra. Castle. Minha mãe a chama de "pobrezinha" e diz que ela sofre dos Nervos. Sofrer dos Nervos é contagioso? Como eu não queria estragar o brilho daquela manhã com minhas travadas, tentei passar pelo sr. Castle sem ser percebido.

— Bom dia, meu rapaz!

— Bom dia, senhor Castle — respondi.

— Vai a algum lugar em especial?

Sacudi a cabeça. Não sei por quê, mas o sr. Castle me deixa nervoso. Uma vez ouvi meu pai dizer pro tio Brian que ele é maçom. Isso tem alguma coisa a ver com bruxaria e pentagramas.

— É que a manhã está tão... — (o Carrasco bloqueou *bonita*) — tão... agradável...

— Ah, mas não é? Mas não *é*?

Raios de sol líquidos escorriam pelo pára-brisa do carro.

— Com *quantos* anos você está, Jason? — quis saber o sr. Castle, como se tivesse passado dias discutindo o assunto com uma equipe de especialistas.

— Treze — respondi, imaginando que ele devia achar que eu ainda tinha doze.

— Treze, é? Mesmo?

— Treze.

— Treze... — O olhar do sr. Castle ficou meio perdido. — Um ancião.

A trilha começa no portão que fica perto do início de Kingfisher Meadows. A prova está na placa verde que diz TRILHA PARA CAVALOS. Tem até o desenho de um dos bichos. Por outro lado, onde a trilha *termina* é uma questão bem mais nebulosa. O sr. Broadwas diz que ela acaba de repente em Red Earl Wood. Pete Redmarley e Nick Yew dizem que uma vez andaram pela trilha com seus furões, pra caçar coelhos, e descobriram que ela foi obstruída por uma nova propriedade em Malvern Wells. Mas meu boato preferido diz que a trilha leva ao sopé do morro Pinnacle. Chegando lá, basta abrir caminho pelo meio de arbustos espinhosos, heras venenosas e insetos agressivos pra achar a entrada de um túnel muito antigo. Se você andar por esse túnel, acaba chegando a Herefordshire. Perto do obelisco. Como faz muito tempo que ninguém sabe onde foi parar esse túnel, quem encontrar vai aparecer na primeira página do *Malvern Gazetteer*. Não seria o *máximo*?

Eu resolvi seguir a trilha pra cavalos até chegar ao seu misterioso fim. Seja lá onde ele fique.

A primeira parte da trilha não tem nada de misteriosa. Todos os garotos da vila já passaram por ela um milhão de vezes. Cruza uns quintais até chegar ao campinho de futebol. O campinho, na verdade, é só um terreno baldio atrás do centro comunitário. O dono do terreno é o pai do Gilbert Swinyard. Quando as ovelhas do sr. Swinyard não estão por lá, a gente pode jogar futebol. Usamos casacos como as traves dos gols e a bola nunca sai de jogo. Às vezes o placar fica alto como em partidas de rúgbi. Uma partida pode durar *horas*, até o penúltimo garoto voltar pra casa. Tem vezes que todo o pessoal de Welland e Castlemorton vem de bicicleta e aí o futebol mais parece uma batalha.

Hoje cedo não tinha nem uma sombra no campinho. Só eu. Era bem provável que mais tarde começaria o futebol. Nenhum dos jogadores ia saber que Jason Taylor tinha estado lá antes deles. Eu já estaria bem longe dali. Talvez cruzando as profundezas das colinas Malvern.

Moscas gordas se alimentavam de bosta de vaca com cor de curry.

Nas cercas vivas, folhas novas brotavam dos galhos que nem espuma.

Sementes deixavam o ar grosso que nem calda.

Chegando ao bosque, a trilha pra cavalos se misturava com outra, mais cheia de crateras que a lua. Como os galhos das árvores se entrelaçavam, só dava pra enxergar pedacinhos do céu. Era escuro e frio. Acho que teria sido bom ter trazido um casaco. Desci uma ladeira, fiz uma curva e cheguei a uma cabana com telhado de palha, feita com tijolos cobertos de fuligem e madeira deformada. Andorinhas estavam pousadas nas calhas. PARTICULAR, dizia uma placa no portão de ripas de madeira, onde normalmente fica o nome da cabana. Flores brotavam no jardim, de todas as cores, como num pacote de balas. Azuis, cor-de-rosa, amarelas. Tive a impressão de ouvir um barulho de tesouras. Tive a impressão de ouvir um poema escapando pelas frestas da cabana. Fiquei um minuto parado, ouvindo, como um pintarroxo faminto tentando ouvir minhocas.

Talvez tenham sido dois minutos. Ou três.

* * *

Os cachorros se *atiraram* em cima de mim.

Eu me atirei pra trás e caí de bunda na trilha.

O portão fez barulho, mas, graças a Deus, continuou fechado.

Dois, não; *três* dobermans pulavam uns por cima dos outros, se atirando no portão e ficando em pé sobre as patas traseiras, latindo como doidos. Mesmo depois que eu levantei eles continuavam da minha altura. Eu devia ter caído fora quando tive chance, mas aqueles cachorros tinham presas pré-históricas, olhos de cão raivoso, línguas que pareciam pernis defumados e correntes de aço ao redor do pescoço. Tinham peles de camurça, entre o preto e o marrom, que não envolviam somente corpos de cachorros, mas também outra coisa. Uma coisa que precisava matar.

Eu estava com medo, mas não conseguia parar de olhar pra eles.

Aí levei um baita cutucão naquele osso que é o toco de uma cauda.

— Cê tá provocando meus menino!

Virei pra trás. A boca do homem estava toda torta. O cabelo dele era preto igual fuligem, mas tinha uma mecha branca que parecia feita de merda de passarinho. Ele segurava uma vara que parecia capaz de rachar um crânio. — Cê tá *provocando* meus menino!

Engoli em seco. As leis na trilha pra cavalos são diferentes das leis das trilhas normais.

— Num gosto nada disso. — Ele deu uma olhada pros dobermans. — CALABOCA!

Os cachorros ficaram quietos e se afastaram do portão.

— Ah, cê é mesmo *corajoso*, hein. — O homem ficou me analisando. — Fica provocando meus menino daqui *desse* lado do portão.

— São... belos animais.

—Ah, é? É só eu mandar que os meus menino fazem *picadinho* de você. Aí cê ainda vai dizer que são *belos animal*?

—Acho que não.

—Acho que não. Cê mora nesses casarão novo, né?

Fiz que sim com a cabeça.

— Eu sabia. O pessoal daqui respeita meus menino, não é que nem vocês da *cidade*. Cês chega aqui e fica andando pra lá e pra cá, deixa os portão tudo aberto, bota essas mansão que parece casa de boneca nas terra onde a gente trabalha tem várias geração. Eu tenho é nojo. Olha só pra você.

— Eu não queria incomodar. Juro.

Ele sacudiu a vara. — Cai fora daqui.

Comecei a andar bem rápido e só olhei pra trás uma vez. O homem não tinha tirado os olhos de cima de mim.

Mais rápido, avisou o Gêmeo Inexistente. *Corre!*

Congelei quando vi o homem abrindo o portão. Do jeito que ele acenou, até parecia brincadeira. — *PEGA O SAFADO, MENINADA!*

Os três dobermans negros vieram galopando direto pra cima de mim.

Corri o mais rápido que pude, mas eu sabia que era impossível um garoto de treze anos correr mais rápido que três dobermans furiosos. Saí correndo pelo bosque, aí pisei em falso num buraco na grama, saí voando e desabei de barriga no chão, ficando sem ar. Enxerguei pelo canto do olho o lombo de um cachorro pulando. Gritei que nem uma garotinha, me encolhi todo e fiquei esperando que as presas se afundassem nas minhas costelas e no meu tornozelo, enchendo tudo de saliva até começarem a rasgar e dilacerar e por fim os bichos saírem correndo com meu saco, meu fígado, meu coração e meus rins.

Um cuco cantou bem pertinho de mim. Já devia ter passado um minuto.

Abri os olhos e levantei a cabeça.

Nenhum sinal dos cachorros nem do dono deles.

Uma borboleta que não era inglesa abriu e fechou as asas a poucos centímetros de mim. Com cuidado, me levantei.

Eu estava com uns machucados que até davam orgulho. Meu coração ainda batia rápido e de forma irregular. Mas de resto eu estava bem.

Bem, mas envenenado. O homem dos cachorros me desprezava por eu não ter nascido aqui. Ele me desprezava por eu morar lá em Kingfisher Meadows. Não dá pra discutir com esse tipo de ódio. É como tentar discutir com dobermans enlouquecidos.

Ainda seguindo a trilha pra cavalos, saí do bosque.

Teias de aranha cobertas de orvalho estalavam ao se romperem no meu rosto.

O pasto estava cheio de ovelhas desconfiadas e cordeiros bem novinhos. Os cordeiros chegavam bem perto, balindo que nem aqueles carros porcarias da Fiat, idiotas de tão felizes por me verem ali. O veneno dos dobermans e seu dono tinha começado a ficar um pouco mais fraco. Algumas das ovelhas que cuidavam dos cordeiros chegaram um pouco mais perto. Elas não confiavam muito em mim. Como sempre acontece com ovelhas, não conseguiam entender por que eu estava sendo tão gentil com elas. (Seres humanos também precisam ficar de olho em qualquer bondade sem motivo. Na verdade elas sempre têm motivos, e os motivos não costumam ser bondosos.)

Mas, enfim, eu estava bem no meio do pasto quando vi três garotos no barranco da antiga ferrovia. Bem no Tronco Oco, perto da ponte de tijolos. Eles já tinham me visto. Se eu mudasse o caminho, saberiam que eu estava com medo de me encontrar com eles. Aí fui direto na direção deles. Fiquei mascando um chiclete Juicy Fruit que achei no bolso. De vez em quando eu batia um pênalti num galho qualquer, só pra parecer mais cascagrossa.

Ainda bem que fiz tudo isso. Os três garotos eram Grant Burch, seu criado Philip Phelps e Ant Little. Estavam fumando um cigarro. De dentro do tronco saíram Darren Croome, Dean Moran e Errado.

Grant Burch gritou de cima do tronco: — Tudo bem, Taylor?

— Veio ver a briga? — quis saber Phelps.

Gritei do barranco: — Que briga?

— Eu — Grant Burch apertou uma narina com o dedo e soltou um torpedo de catarro quente da outra — contra Ross Punhetão Wilcox Terceiro.

Boas notícias. — E por que a briga?

— Ontem à noite eu e o Swinyard estávamos jogando Asteroids no Black Swan, certo? Aí o Wilcox apareceu como se fosse o Rei do Pedaço, sem falar nada, e *largou o cigarro dentro da minha bebida*. Porra, nem acreditei! Aí eu perguntei "Você fez isso de propósito?" e o Wilcox disse "Que é que você acha?", e aí eu falei "Você vai se arrepender, *Boca de Boceta*".

— *Clássico!* — Philip Phelps abriu um sorriso. — "Boca de Boceta!"

— Phelps. — Grant Burch fez uma cara de desprezo. — Não me interrompa quando eu estou falando.

— Desculpa, Grant.

— Como eu estava dizendo, *aí* eu falei "Você vai se arrepender, *Boca de Boceta*". E o Wilcox disse "Quero ver". Aí eu falei "Então vamos ali fora", e o Wilcox disse "Bem coisa sua escolher um lugar onde o Isaac Pye pode aparecer pra te salvar". Aí eu disse "Tá bom, *Queijinho de Pica*, então *você* escolhe". Aí o Wilcox disse "Amanhã de manhã, no Tronco Oco, nove e meia". Aí *eu* disse "Melhor chamar uma ambulância, *Escavador Anal*. A gente se vê por lá.

— Wilcox é *doido* — disse Ant Little. — Você vai *cagar* ele a pau, Grant.

— É — disse Darren Croome. — Claro que vai.

Ótimas notícias. Ross Wilcox anda montando uma espécie de gangue na escola, e deixou bem claro que eu estou na mira dele. Grant Burch é um dos garotos mais cascas-grossas do terceiro ano. Se Wilcox apanhar, vai ficar com fama de perdedor e ninguém mais vai falar com ele.

— Que horas são, Phelps?

Phelps conferiu o relógio. — Quinze pras dez, Grant.

— Parece que ele ficou com medo — sugeriu Ant Little.

— Vamos esperar até as dez — insistiu Grant Burch. — Depois vamos pra Wellington Gardens chamar Wilcox pra brincar. Ninguém se safa depois de ser tão babaca *comigo*.

— E o pai dele, Grant? — quis saber Phelps.

— O que tem o pai dele?

— Ele não mandou a mãe do Wilcox pro hospital?

— Não tenho medo de um mecânico doido. Me dá outro cigarro.

— Agora só tenho Woodbines, Grant — murmurou Phelps. — Desculpa.

— *Woodbines*?

— Era tudo que minha mãe tinha na bolsa. Desculpa.

— E os Number 6 do seu pai?

— Não tinha nada. Foi mal.

— Meu Deus! Tá *certo*. Passa um desses Woodbines. Quer um cigarro, Taylor?

— Ele "parou de fumar" — disse Ant Little, tentando me ridicularizar. — Né, Taylor?

— Mas voltei — falei pro Grant Burch enquanto subia o barranco.

Dean Moran me ajudou a passar pela parte escorregadia. — Tudo bem?

— Tudo bem — falei pro Moran.

— *Iii-RRRÁÁÁÁ!* — Errado cavalgava o Tronco Oco, chicoteando o próprio traseiro com um galho flexível. — Vou chutar o *rabo* desse moleque com tanta força que ele vai parar no meio da semana que vem! — Errado deve ter tirado isso de algum filme.

Um garoto de escalão intermediário como eu não pode recusar um convite de um garoto mais velho como Grant Burch. Segurei o Woodbine como meu primo tinha ensinado e fingi tragar bem fundo. (Na verdade, segurei a fumaça na boca.) Ant Little estava torcendo pra que eu botasse os pulmões pra fora. Mas aí eu soprei a fumaça como se já tivesse feito aquilo um milhão de vezes e passei o cigarro pro Darren Croome. (Por que uma coisa tão proibida como fumar tem um gosto tão horrível?) Olhei de relance pro Grant Burch pra ver se ele tinha ficado impressionado comigo, mas ele estava olhando na direção do portão da igreja Saint Gabriel. — Olha só quem finalmente me aparece.

Os adversários ficaram se encarando na frente do Tronco Oco. Grant Burch é uns bons três ou cinco centímetros mais alto que Ross Wilcox, mas Ross Wilcox é mais forte. Gary Drake e Wayne Nashend vieram como capangas. Wayne Nashend tinha sido um dos punks de Upton, depois virou um dos New Romantics de Upton por um tempinho e agora era um *mod* de Upton. É burro como uma pedra. Gary Drake não é burro. Está na minha turma da escola. Mas como Gary Drake é primo do Ross Wilcox, eles estão sempre juntos.

— Cai fora daqui e volta chorando pra mamãe enquanto é

tempo — Grant Burch falou pro Ross Wilcox. (Essa foi cruel. Todo mundo sabe a história da mãe do Ross Wilcox.)

Ross Wilcox cuspiu uma bola de catarro nos pés de Grant Burch. — Então *faz* eu cair fora.

Grant Burch olhou pro catarro em seu tênis. — Você vai limpar esta merda aqui com a língua, *Boca de Boceta*.

— Quero *ver*.

— Que cara é essa, tá cagando nas calças?

— Que original, *Burch*.

Ódio tem cheiro de fogos de artifício usados.

Na escola, brigas matam a pau. Todo mundo grita "BRIIIIIIIIIIIIIIIIIIGAAA" e corre direto pro coração do negócio. Aí o sr. Carver ou o sr. Whitlock abrem caminho, afastando o público. Mas a briga dessa manhã tinha mais sangue-frio. Até meu corpo se encolhia a cada soco, automaticamente, igual a perna levanta quando a gente assiste na tevê alguém pulando de um lugar bem alto. Grant Burch jogou o peso do corpo pra cima do Ross Wilcox, que caiu na hora.

Ross Wilcox conseguiu acertar um soco fraco, mas teve que girar de lado pro Grant Burch não ficar em cima dele.

Grant Burch agarrou a garganta de Ross Wilcox. — *Veado!*

Ross Wilcox agarrou a garganta de Grant Burch. — *Veado é você!*

Ross Wilcox deu um soco na cabeça de Grant Burch. Isso *doeu*.

Grant Burch prendeu a cabeça de Ross Wilcox com uma chave de braço. Isso doeu *mesmo*.

Ross Wilcox foi sacudido de um lado pro outro, mas não se rendia. Grant Burch deu um murro na cara dele. Ross Wilcox conseguiu soltar uma das mãos e enfiar os dedos na cara de Grant Burch.

Grant Burch empurrou Ross Wilcox e deu um chute nas costelas dele.

Aí eles levantaram e se bateram de cabeça, como carneiros.

Ficaram se agarrando, grunhindo com os dentes cerrados.

Um fio vermelho-escuro começou a escorrer do nariz do Grant Burch e caiu no rosto do Ross Wilcox.

Ross Wilcox tentou dar uma rasteira em Grant Burch.

Grant Burch se defendeu da rasteira dando uma rasteira em Ross Wilcox.

Ross Wilcox se defendeu dessa rasteira dando outra rasteira em Grant Burch.

Nessa altura eles já estavam engalfinhados bem na beira do barranco.

— Cuidado! — berrou Gary Drake. — Vocês estão na beirinha!

Agarrados um no outro, os dois se balançavam, se seguravam, se sacudiam.

E rolaram pelo barranco .

Lá embaixo, Ross Wilcox já estava de pé. Grant Burch estava meio sentado, apoiando a mão direita na esquerda e fazendo uma careta de agonia. *Merda*, pensei. Sangue e terra cobriam o rosto de Grant Burch.

— Ahhh — gozou Ross Wilcox. — Agora chega, né?

— Eu *quebrei* o pulso — gemeu Grant Burch. — Seu *cagão*!

Ross Wilcox cruzou os braços, muito à vontade. — Parece que você perdeu, né?

— Eu não *perdi* merda nenhuma, seu cagão. Foi *empate*!

Ross Wilcox sorriu pra Gary Drake e Wayne Nashend. — Grant *Boca de Boceta* Burch tá chamando *isto aqui* de "empate"! Bem, então vamos logo pro segundo *round*. Vamos resolver esse empate, e aí?

A única esperança de Grant Burch era transformar a derrota num acidente. — Ah, *claro*, Wilcox. *Claro* que vou fazer isso com o pulso quebrado.

— Tá querendo que eu quebre teu outro pulso, é?

— Ah, isso seria *tão* casca-grossa! — Grant Burch conseguiu se levantar. — Phelps! A gente está de *saída*!

— Isso, isso, vai embora. Volta pra mamãe.

Grant Burch não se arriscou a dizer *Pelo menos eu tenho mãe*. Em vez disso, encarou com raiva seu criado, que estava pálido e imóvel. — PHELPS! Não me *ouviu*? Tá surdo? A GENTE ESTÁ DE SAÍDA!

Philip Phelps voltou à vida e deslizou sentado pelo barranco. Mas Ross Wilcox bloqueou o caminho dele. — Você não se cansa de receber ordens desse retardado, Phil? Ele não é seu *dono*. Você *pode* mandar ele à merda. O que ele vai fazer?

— PHELPS! — berrou Grant Burch. — Eu não vou *repetir*!

Phelps pensou nisso por um instante, não duvido. Mas aí ele se esquivou de Ross Wilcox e saiu correndo atrás do seu mestre. Com a mão boa, Grant Burch fez um sinal de "vai se foder" pra Ross Wilcox, sem olhar pra trás.

— Ei! — Ross Wilcox apanhou um torrão de terra. — Os amantes esqueceram o café-da-manhã!

Acho que Grant Burch tinha proibido o Phelps de olhar pra trás.

A trajetória da granada de terra parecia perfeita.

E era. Explodiu bem na nuca do Phelps.

Foi uma briga arriscada pro Ross Wilcox, mas acabou muito bem. Com o escalpo de Burch nas mãos, Wilcox passa a ser o garoto *mais* casca-grossa do segundo ano. Aposto que vai ser convidado pra se tornar membro dos Fantasmas. Ele ficou sentado em seu trono no Tronco Oco. Ant Little falou: — Eu *sabia* que você ia ganhar do Grant Burch, Ross!

— Eu também — disse Darren Croome. — Comentei isso quando a gente estava vindo pra cá.

Ant Little tirou um maço de Number 6 do bolso. — Quer um cigarro?

Ross Wilcox pegou o maço inteiro.

Ant Little pareceu gostar daquilo. — Onde foi que você botou esse brinco na orelha, Ross?

— Eu mesmo botei. Usei uma agulha esterilizada com vela. Dói pra caralho, mas é muito fácil.

Gary Drake esfregou um fósforo Swan Vesta no tronco, pra acender.

— Vocês dois... — Wayne Nashend apertou os olhos olhando pra mim e pro Dean Moran. — Vocês tavam aqui com o Burch, né?

— Eu nem *sabia* da briga — protestou Dean Moran. — Estou indo pra White Leaved Oak visitar minha avó.

— A *pé*? — riu Ant Little. — White Leaved Oak fica depois da colinas Malvern. Vai demorar séculos. Por que seu pai não leva você de carro?

Moran parecia constrangido. — Ele está doente.

— Anda enchendo a cara de novo, né? — disse Wayne Nashend.

Moran olhou pra baixo.

— Então por que sua mãe não leva você?

— Ela não vai deixar meu pai sozinho, né?

— E *você*? — cuspiu Gary Drake. — Jason Taylor, Presidente da Associação dos Lambedores de Saco de Grant Burch. O que *você* está fazendo aqui?

Eu não podia simplesmente dizer "Dando uma caminhada" porque dar caminhadas é coisa de bicha.

— *Iii-RRRÁÁÁÁ!* — Errado cavalgava o Tronco Oco, chicoteando o próprio traseiro com um galho flexível. — Vou chutar o *rabo* desse moleque com tanta força que ele vai parar no meio da semana que vem!

—*Você*, Errado — Darren Croome apontou o dedo —, seu lugar é no hospício de Little Malvern.

— Mas e aí, Taylor? — Não é tão fácil distrair Ross Wilcox.

Cuspi meu chiclete sem gosto, procurando desesperado por alguma saída. O Carrasco tinha se agarrado na base da minha língua e todas as letras do alfabeto ficaram traváveis.

— Ele também está indo pra casa da minha avó — disse Dean Moran.

— Você não contou isso pra *gente*, Taylor — acusou Ant Little. — *Antes* de o Ross cagar o Burch a pau.

Consegui responder: — Ninguém *perguntou*, Little.

— Eu e o Taylor íamos nos encontrar aqui — Moran continuou. — Estava combinado. Ele também vai pra minha avó. Vamos, Jason, melhor ir andando.

A plantação de árvores de Natal era escura como um eclipse e tinha cheiro de água sanitária. Era um exército inteiro, filas e mais filas de árvores. Mosquinhas, nanicas como vírgulas, invadiam nossos olhos e narinas. Eu deveria ter agradecido ao Moran por ter me salvado no Tronco Oco, mas fazer isso seria admitir que eu realmente estava precisando de ajuda. Em vez de agradecer, contei dos dobermans. Só que isso não era novidade pro Moran.

—Ah, Kit Harris? Conheço bem *esse* aí. Ele se divorciou três vezes da *mesma* mulher. Alguém tem que estudar a *cabeça* dessa infeliz. Kit Harris só ama uma coisa, os cachorros dele. Acredite se quiser, mas ele é professor.

— *Professor?* Mas ele é maluco.

— Pois é. Dá aula num reformatório lá pros lados de Pershore. O apelido dele é "Texugo", por causa da mecha de cabelo branco. Ninguém diz isso na cara dele, claro. Uma vez um dos garotos do reformatório cagou bem em cima do capô do carro dele. Adivinha como o Texugo descobriu quem era o responsável?

— Como?

— *Enfiando agulhas de bambu debaixo das unhas de todos os garotos*, um por um, até alguém dedurar o garoto que tinha cagado.

— Pára com isso!

— Juro por Deus. Foi a minha irmã Kelly que contou. Nos reformatórios a disciplina é mais rígida, é pra isso que eles existem. Primeiro o Texugo tentou fazer o garoto ser expulso. Mas o diretor do reformatório não deixou, porque quem é expulso do reformatório vai direto pra cadeia. Aí, umas semanas depois, o Texugo organizou um jogo aberto em Bredon Hill. À noite.

— O que é jogo aberto?

— É tipo um jogo militar, um jogo de guerra. Também fazem isso nos escoteiros. Um time tem que capturar a bandeira do outro, essas coisas. Mas, enfim, na manhã seguinte o garoto que cagou no carro do Texugo *sumiu*.

— E pra onde ele foi?

— Exatamente! O diretor contou pra Interpol que o garoto fugiu durante o jogo aberto. Isso acontece o tempo todo nos reformatórios. Mas a Kelly investigou tudo a fundo. Agora você tem que jurar sobre o seu próprio túmulo que nunca vai contar isso pra ninguém.

— Juro.

— Sobre o seu próprio túmulo.

— Sobre o meu próprio túmulo.

— Kelly estava na vendinha do Rhydd quando o Texugo apareceu. Isso foi *três semanas* depois do sumiço do garoto, certo? Tá bom. O Texugo comprou pão e tal. Quando ele estava indo embora, o senhor Rhydd perguntou: "Não vai levar ração pros cachorros, senhor Harris?". E o Texugo respondeu o seguinte: "Os menino tão fazendo uma dieta especial, senhor Rhydd". Assim, bem maligno. "Os menino tão fazendo uma dieta especial." Aí, logo depois que ele saiu, a Kelly ouviu o senhor Rhydd falando pra avó do Pete Redmarley que fazia *três semanas* que o Texugo não comprava mais latas de ração Pedigree.

— Hã. Tá — falei, sem entender muito bem aonde ele queria chegar.

— Não precisa ser o Gênio da Grã-Bretanha pra entender *o que* os dobermans do Texugo comeram naquelas três semanas, certo?

— O quê?

— O Texugo estava alimentando os cachorros com o garoto que tinha sumido!

— Meu Deus! — Senti um calafrio de verdade — *Nossa.*

— Por isso, se tudo que o Texugo fez foi soltar aqueles merdinhas pra cima de você — Moran deu um tapinha no meu ombro —, você se deu bem.

Uma vala que fedia a peido tinha inundado a trilha pra cavalos. Corremos pra pegar impulso e pulamos. Meus poderes atléticos superiores agiram a meu favor. Moran encharcou um dos pés até a altura do tornozelo.

— Mas e aí, pra *onde* você estava indo, Jace?

(O Carrasco bloqueou "lugar nenhum".) — Eu estava só por aí. Fazendo nada.

O tênis do Moran fazia um barulho de molhado. — Mas você deve estar indo pra algum lugar.

— Bem — confessei. — Ouvi falar que a trilha pra cavalos

pode levar a um túnel que passa por baixo das colinas Malvern. Pensei em conferir pra ver se é verdade.

— O túnel? — Moran parou e meio que deu um tapa no meu ombro, sem acreditar. — É pra lá que *eu* estou indo!

— E aquela história da casa da sua avó em White Leaved Oak?

— Eu vou chegar *lá* quando encontrar o túnel perdido, entendeu? Aquele que os romanos construíram pra invadir Hereford.

— Romanos? Túneis?

— Como acha que eles expulsaram os vikings, hein? Eu pesquisei, sabe. Trouxe até uma tocha e um rolo de corda, pensei em tudo. São *três* túneis por baixo das colinas Malvern. Um foi feito pela British Rail pro trem que vai pra Hereford. É assombrado pelo fantasma de um engenheiro que usa um macacão cor de laranja com uma listra preta bem onde o trem passou por cima dele. O segundo é um túnel do Ministério da Defesa.

— Um o *quê*?

— Um túnel escavado pelo Ministério da Defesa pra servir de abrigo antinuclear. A entrada fica na seção de jardinagem da Woolworths em Great Malvern. Juro por Deus. Uma das paredes da seção de jardinagem é falsa. Serve pra esconder a porta de um cofre-forte, igual ao que tem nos bancos. Quando soar o alerta de quatro minutos, o pessoal do Setor de Radares do Ministério da Defesa, que fica lá em Malvern, vai ser escoltado até a Woolworths pela polícia do Exército. Os vereadores de Malvern também vão poder entrar, junto com o gerente da Woolworths e o assistente dele. Aí a polícia do Exército vai usar armas pra afastar os compradores em pânico e depois também vai entrar. Antes vão pegar as vendedoras mais bonitinhas e levar junto com eles, pra garantir a procriação. Pelo jeito minha irmã não vai ter chance, né? Aí a porta vai se fechar e a gente vai explodir e seguir direto pro Paraíso.

— Não foi a Kelly que contou tudo isso pra você, né?

— Que nada. Sabe o cara de quem meu pai compra bosta de cavalo pro jardim? Um amigo dele trabalha no bar do Setor de Radares.

Então deve mesmo ser verdade. — Nossa.

Quando uns galhos de pinheiros se mexeram, vi um par de chifres que me lembraram Herne, o deus da caça. Mas era só um galho. — Acho que então a gente podia unir forças — sugeri. — E procurar o terceiro. O túnel perdido.

— Mas aí — Moran tentou chutar uma pinha, só que errou — quem é que vai dar a entrevista pro *Malvern Gazetteer*?

Dei um pontapé e fiz uma pinha voar pela trilha escura. — Nós dois.

Saia correndo por um campo de margaridas a toda a velocidade, mas fique olhando pro chão. É matador. Estrelas cheias de pétalas e cometas de dentes-de-leão riscam o universo verde. Quando Moran e eu chegamos ao celeiro, a viagem intergaláctica tinha deixado a gente tonto. Eu gargalhava mais que o Moran porque o tênis seco dele não estava mais seco. Estava brilhando, coberto de bosta de vaca. Fardos de palha formavam uma rampa até o telhado de ferro do celeiro. Subimos. Daquele ponto, a árvore antiga que dá pra enxergar do meu quarto não se balança da esquerda pra direita, mas da direita pra esquerda. — Este celeiro é um lugar ideal pra montar um ninho de metralhadora — comentei, exibindo minhas habilidades militares.

Moran arrancou do pé o tênis coberto de bosta e se deitou.

Eu me deitei também. O telhado enferrujado estava morno como uma bolsa de água quente.

— Isto é que é vida — suspirou Moran depois de um tempo.

— Pode apostar — concordei depois de um tempo.

— Apostar é contra a minha religião — disse Moran na mesma hora.

Eu *sabia* que ele ia dizer isso. — Que *original*.

Ovelhas e cordeiros baliam nos pastos que a gente tinha deixado pra trás.

Um trator rugia nos campos que a gente tinha pela frente.

— *Seu* pai enche a cara? — quis saber Moran.

Se eu dissesse que sim, estaria mentindo, mas se eu dissesse que não meu pai ia parecer uma bicha. — Ele toma uns drinques quando o tio Brian visita a gente.

— Não estou falando de tomar uns drinques. Ele chega a ficar *tão podre de bêbado* que... que nem consegue falar direito?

— Não.

Esse *Não* transformou um metro em um quilômetro.

— Não — Moran fechou os olhos. — É, não consigo ver seu pai fazendo isso.

— Mas também não consigo ver o seu pai fazendo isso. Ele é tão legal e engraçado...

Um avião brilhou, prateado como mercúrio no azul-escuro das alturas.

— Maxine diz assim: "Papai está ESCURECENDO". Ela tem razão. Ele ESCURECE. Ele começa... bem, você sabe, ele toma umas latinhas e começa a falar alto e fazer piadas sem graça nenhuma e a gente tem que rir. Os vizinhos começam a bater nas paredes pra reclamar. Meu pai bate de volta, xinga eles de tudo que é nome... aí ele se tranca no quarto, mas leva umas garrafas. Aí a gente ouve ele quebrando as garrafas. Uma por uma. Aí ele dorme até passar. Depois, quando ele está arrependido, fica todo "ah, nunca mais encosto nesse troço...". Isso chega a ser pior que os porres... Vou te contar, é como se um cara escroto e chorão que não vale nada aparecesse de repente e invadisse o corpo do meu pai enquanto dura o porre, mas só eu... e minha mãe, Kelly, Sally e Max... só a gente sabe que aquilo *não é ele*. O resto do mundo não sabe, entende? Ficam dizendo *Esse aí é o Frank Moran mostrando a verdadeira face*. Só que não é isso. — Moran virou a cabeça pra mim. — Mas é. Mas *não é*. Mas é. Mas *não é*. Ah, como é que *eu* vou saber?

Um minuto doloroso se passou.

Verde é feito de amarelo, azul e nada mais. Mas, quando você *olha* pro verde, não tem como saber onde foram parar o amarelo e o azul. Isso tem alguma coisa a ver com o pai do Moran. Isso tem alguma coisa a ver com todo mundo e com todas as coisas. Só que muitas coisas teriam dado errado se eu tentasse dizer isso pro Moran.

Moran fungou. — Tá a fim de uma bela garrafa gelada de Woodpecker?

— Sidra? Você trouxe sidra?

— Não. Meu pai tomou todas. *Mas* — Moran vasculhou a mochila — eu trouxe uma latinha de Irn Bru.

Irn Bru tem gosto de chiclete líquido com gás, mas aceitei porque eu não tinha trazido nada pra beber, e Irn Bru é melhor que nada. Achei que ia poder tomar água limpa direto na nascente, mas até aquele ponto eu só tinha visto água naquela vala que fedia a peido.

A latinha de Irn Bru explodiu na mão do Moran como se fosse uma granada. — Merda!

— Cuidado com essa Irn Bru. Deve ter sacudido demais.

— Ah, não diga? — Moran me tomou o primeiro gole e lambeu o refrigerante que tinha escorrido pela mão dele. Em troca, dei uns bombons Caramel da Cadbury pra ele. Tinham vazado pra fora da embalagem, mas tiramos as sujeirinhas e deu pra comer. Tive um ataque de rinite e espirrei umas dez ou vinte vezes num lenço cheio de catarro seco.

Uma trilha de fumaça cortou o céu.

Mas o céu se curou sozinho. Sem reclamar.

* * *

CRAAAAAAUUUCCC!

Eu já tinha escorregado por metade do telhado curvo do celeiro, meio dormindo, meio acordado, antes de recuperar o equilíbrio.

Três corvos monstruosos formavam uma linha no lugar onde o Moran estava deitado.

Do Moran, nem sinal.

Os bicos dos corvos lembravam punhais. Seus olhos gordos tinham planos cruéis.

— Caiam fora!

Corvos sabem quando têm chance contra você.

O sino da igreja Saint Gabriel badalou umas onze ou doze vezes. Não consegui contar direito porque os corvos estavam me deixando nervoso. Minúsculos dardos de água me acertavam no rosto e no pescoço. O tempo tinha mudado enquanto eu dormia. As colinas Malvern sumiram debaixo de pancadas de chuva, a alguns campos de distância. Os corvos pairaram no ar e foram embora.

Moran também não estava dentro do celeiro. Obviamente ele tinha resolvido não dividir comigo a primeira página do *Malvern Gazetteer*. Que traidor! Mas, se ele queria brincar de Scott da Antártida versus Amundsen da Noruega, por mim tudo bem. Moran nunca ganhou de mim em *nada* nesta vida.

O celeiro fedia a sovaco, palha e mijo.

A chuva começou a desabar, quicando no telhado como rajadas de balas e metralhando as poças ao redor do celeiro. (Se Moran, o Desertor, ficasse encharcado e pegasse pneumonia, bem feito pra ele.) A chuva apagou o século XX. A chuva transformou o mundo em tons de branco e cinza.

Um arco-íris duplo descia sobre o gigante adormecido das colinas Malvern, terminando na fortaleza da Idade do Bronze, que fica no topo do morro Worcestershire. Antigos habitantes da Britânia foram massacrados pelos romanos bem ali. O sol parecia um melão, pingando um brilho cheio de vapor. Comecei uma marcha de soldado, correndo cinqüenta passos e caminhando outros cinqüenta. Decidi que se passasse pelo Moran não ia dizer nem uma palavra. O traidor seria ignorado. A grama úmida protestava debaixo dos meus tênis. Passei por cima de um portão meio torto e cruzei um padoque com obstáculos pra cavalo feitos com cones de trânsito e postes listrados. Depois do padoque tinha um terreno que parecia uma fazenda. Duas torres de silagem brilhavam como versões vitorianas de espaçonaves Apollo. Flores em forma de trombone escalavam treliças como se fossem cobras. Uma placa caindo aos pedaços dizia VENDO ESTRUME DE CAVALO. Um galo jovem e arrogante vigiava suas galinhas. Lençóis e fronhas brancas, encharcados de chuva, pendiam de um varal, acompanhados de calcinhas e sutiãs rendados. Uma trilha coberta de musgo desaparecia numa subida em direção à estrada que ia pra Malvern. Passei por uma cocheira e dei uma espiada na escuridão quente que fedia a estrume.

Consegui enxergar três cavalos. Um mexeu a cabeça, outro bufou e o outro ficou me encarando. Continuei andando. Se uma trilha pra cavalos passa pelo meio de uma fazenda, ela não pode ser particular. Mas fazendas não parecem nada públicas. Senti medo de ouvir algo como *Um invasor! Mas que ofensa! Vai levar uma surra!* (Antes eu achava que "ofensa" tinha alguma coisa a ver com Céu e Inferno, por causa do pai-nosso.)

Mas, enfim, passei por mais um portão e cheguei a um campo de tamanho médio. Estava sendo arado por um trator John Deere que abria sulcos gosmentos. Gaivotas pairavam por trás do arado, aproveitando pra pegar minhocas gordas sem fazer esforço. Fiquei escondido até o trator se afastar da trilha pra cavalos.

Aí comecei a andar rápido como um agente das forças de operações especiais do Exército.

— TAYLOR!

Fui pego antes de ter tempo de correr.

Dawn Madden estava sentada na cabine de um trator muito velho, descascando um graveto. Usava uma jaqueta de aviador e botas Doc Marten com cadarços vermelhos, salpicadas de lama.

Recuperei o fôlego. — Tudo bem — (senti vontade de falar "Madden" porque ela tinha me chamado de "Taylor") —, Dawn.

— Vai tirar o pai da forca? — Sua faca descascava anéis fibrosos de madeira.

— Hein?

Dawn Madden imitou meu *Hein?* — Por que você está correndo?

Ela tem o cabelo preto que nem petróleo, num estilo meio punk. Deve usar gel. Eu ia adorar passar gel no cabelo dela. — Eu gosto de correr. Às vezes. Porque sim.

— Ah, é? E o que você está *fazendo* nesta altura da trilha?

— Nada. Eu estava só por aí. Fazendo nada.

— Então você pode fazer nada bem ali — apontou pro capô do trator.

Eu queria muito obedecer. — Por quê? — Eu queria muito não obedecer.

Ela usava um batom vermelho como balas de goma de groselha. — Porque eu estou mandando.

— Mas e aí — escalei o pneu dianteiro —, o que *você* está fazendo aqui?

— Eu *moro* aqui, sabia?

O capô molhado do trator molhou minha bunda. — Naquela fazenda? Ali atrás?

Dawn Madden abriu o zíper da jaqueta de aviador. — Naquela fazenda. Ali atrás. — Seu crucifixo era pesado e negro, igual aos crucifixos dos góticos. Ficava aninhado entre seus seios discretos.

— Achei que você morava naquela casa do lado do *pub*.

— Morava. Mas era barulhenta demais. E o Isaac Pye, dono do lugar, é um escroto. Não que *ele* — Dawn Madden indicou com a cabeça o trator que arava o campo — seja muito melhor.

— Quem é ele?

— Meu padrasto oficial. Aquela casa é dele. Tem *alguma* coisa que você saiba, Taylor? Agora é lá que eu e minha mãe moramos. Eles se casaram no ano passado.

De repente eu me lembrei. — E ele é legal?

— É teimoso que nem um touro. — Ela me olhou como se eu estivesse por trás de uma cortina invisível. — Pelo barulho que *eles* fazem em algumas noites, não deve ser a única coisa de touro que ele tem. — O ar úmido acariciou a garganta de chocolate ao leite de Dawn Madden.

— Aqueles pôneis na cocheira são seus?

— Andou bisbilhotando, é?

O trator do padrasto fazia o caminho de volta, vindo na nossa direção.

— Só dei uma olhada na cocheira. Juro.

Ela voltou a se ocupar com a faca e o graveto. — Custa uma fortuna manter esses cavalos. — Descascou, descascou, descascou. — *Aquele cara* está deixando a escola de equitação guardar os cavalos aqui enquanto fazem uma reforma. Quer saber mais alguma coisa?

Ah, umas quinhentas. — O que você está fazendo?

— Uma flecha.

— Pra que você quer uma flecha?

— Pra usar com o meu arco.

— Pra que você quer um arco-e-flecha?

— Pra-pra-*pra*, que-*que*-que-que? — (Por um instante de horror, achei que ela estava tirando sarro das minhas travadas, mas acho que foi só impressão.) — Você é sempre cheio de perguntas, né, Taylor? Meu arco-e-flecha serve pra caçar garotos e matar um por um. Sem eles o mundo fica melhor. Puro lixo, é disso que os garotos são feitos.

— Puxa, valeu, obrigado.

— De nada.

— Posso ver sua faca?

Dawn Madden atirou a faca em cima de mim. Por puro acaso o cabo, e não a lâmina, acertou minhas costelas.

— Madden!

O olhar dela dizia *O que foi?* Os olhos de Dawn Madden parecem mel bem escuro.

— Você podia ter cravado essa faca em mim!

Os olhos de Dawn Madden parecem mel bem escuro. — Ah, coitadinho do Taylor.

O trator barulhento chegou perto da gente e começou a fazer uma curva lenta. O padrasto de Dawn Madden emitiu raios de ódio na minha direção. Terra cor de ferrugem escorria das lâminas do arado.

Dawn Madden berrou na direção do trator com uma voz de caipira retardada: — "Num importa se cê é sangue do meu sangue ou não, mocinha, mas quero mais *respeito* nessa casa ou senão cê vai ser posta daqui pra fora, e nem pense que eu tô blefando, porque eu nunca blefo não, hein!".

O cabo da faca estava morno e grudento do suor da mão dela. A lâmina era afiada o bastante pra decepar um membro. — Legal esta faca.

— Tá com fome? — quis saber Dawn Madden.

— Depende.

— *Fresco.* — Dawn Madden tirou um pão doce achatado de

dentro de um saco de papel. — Mas não vai recusar um pedaço disto aqui, né? — Aí ela arrancou um pedaço e sacudiu na minha direção.

O glacê brilhava. — Tá bom.

— Aqui, Taylor! Aqui, cachorrinho! *Vem*! Isso, garoto!

De quatro, me arrastei pelo capô na direção dela. Não que nem um cachorro, mas tomando cuidado pra ela não me atirar em cima das urtigas. Com Dawn Madden, nunca se sabe. Quando ela se inclinou na minha direção, enxerguei as saliências dos mamilos dela. Estava sem sutiã. Minha mão se moveu na direção dela.

— Baixa as patas! Na boca, cachorrinho!

E foi assim que ela me alimentou. Direto na boca, usando a flecha.

Glacê de limão, massa com canela, passas doces e picantes.

Dawn Madden também comeu. Enxerguei o pão mastigado dentro de sua boca. Agora, mais de perto, percebi que o crucifixo tinha um Jesus bem magrinho. Jesus devia estar se aquecendo no corpo dela. Cara de sorte. Logo o pão doce terminou. Com delicadeza, ela espetou a cereja na ponta da flecha. Com delicadeza, eu tirei a cereja de lá usando os dentes.

O sol brilhou.

— Taylor! — Dawn Madden olhou pra ponta da flecha. Sua voz ficou furiosa. — Você *roubou* a minha cereja!

A cereja empacou na minha garganta. — Você... me deu.

— Você *roubou* a minha cereja, porra, e agora vai *pagar* por isso!

— Dawn, você...

— Desde quando *você* tem permissão pra me chamar de *Dawn*?

Era o mesmo jogo, um jogo diferente ou jogo nenhum?

Dawn Madden cutucou meu pomo-de-adão com a flecha. Ela chegou tão perto de mim que senti seu hálito doce. — Eu *pareço* estar brincando, Jason Taylor?

Aquela flecha era pontiaguda *mesmo*. Talvez eu conseguisse desviar antes que Dawn Madden perfurasse minha traquéia. Talvez. Mas não era tão simples. Pra começo de conversa, meu pau duro estava do tamanho de um doberman.

— Você precisa *pagar* pelo que roubou. É a *lei*.

— Não tenho dinheiro.

— Então pensa bem, Taylor. De que outro jeito você pode me pagar?

— Eu... — Fiquei olhando pra uma covinha na bochecha dela. Pêlos minúsculos aveludavam o espaço entre os lábios de pétala e o nariz de moleca. Um leve sorriso. Dois reflexos de Jason Taylor me encaravam da superfície daqueles olhos de corça. — Eu... eu tenho umas balas Polo de frutas no bolso. Mas estão grudadas uma na outra. Vai dar trabalho pra separar.

Um encanto se quebrou. A flecha se afastou da minha garganta.

Dawn Madden voltou pro lugar do motorista no trator com uma cara de tédio.

— O que foi?

Ela respondeu com um olhar de nojo, como se eu tivesse me transformado em calças boca-de-sino num balaio de roupas usadas do mercado de Tewkesbury.

Eu queria que a flecha voltasse pra onde tinha estado pouco tempo atrás. — *O que foi?*

— Se você não estiver fora das nossas terras quando eu terminar de contar até vinte — Dawn Madden colocou um chiclete Wrigley's Spearmint dentro da sua linda boca —, vou contar pro meu padrasto que você me bolinou. Se você não estiver fora quando eu chegar ao trinta, vou dizer pra ele que você — a língua dela lambeu a palavra — *enfiou* o dedo em mim. Juro por Deus.

— Mas eu nunca *encostei* em você!

— Meu padrasto guarda a espingarda em cima do armário da cozinha, Taylor. Vai que ele confunde *você* com um *toelhinho maloto*, Taylor. Um... dois... três...

A trilha pra cavalos continuava por um local que algum dia tinha sido um pomar. O mato e os cardos cheios de espinhos tinham crescido tanto que chegavam ao meu cotovelo. Caminhar por ali era como atravessar um rio. Eu ainda estava pensando em Dawn Madden. Não dava pra entender. Acho que ela meio que gostava de mim. Nunca que ela ia dar o único pão doce que tinha pra qualquer garoto que aparecesse por lá. E pode apostar que eu gostava muito da Dawn Madden. Mas gostar de garotas é perigoso. Perigoso não, é que não é nada simples. *Pode* ser perigoso. Primeiro os garotos da escola *acabam* com você. Ficam dizendo coisas como "Uuu, um *bebê* vem aí" quando alguém aparece de mãos dadas no corredor. Garotos que gostam da mesma menina podem puxar briga com você só pra ela ver que está saindo com um bosta. Depois, quando o casal se assume, como Lee Biggs e Michelle Tirley, você precisa agüentar as amigas da garota escrevendo as iniciais de vocês dois e "PRA SEMPRE" dentro de corações com flechas em tudo que é canto dos cadernos. Até os professores entram nessa. Quando o sr. Whitlock deu uma aula sobre reprodução assexuada em minhocas no último semestre, chamou uma das minhocas de "Minhoca Lee" e a outra de "Minhoca Michelle". Os garotos acharam isso meio engraçado, mas as meninas se *esgoelaram* de rir que nem o auditório de *Happy Days* na tevê. Menos a Michelle Tirley. Ela ficou vermelha como uma *beterraba*, escondeu o rosto com as mãos e começou a chorar. O sr. Whitlock também pegou no pé dela por causa disso.

Tem coisas que me separam da Dawn Madden. Na opinião da maioria dos garotos, Kingfisher Meadows é a região mais chique de Black Swan Green. A fazenda do padrasto dela é o oposto do chique. Sou da 2KM, a primeira turma da escola. Ela é da 2LP, a antepenúltima. Não é fácil ignorar essas coisas. Existem regras.

E tem o negócio da relação sexual. A gente só estuda isso em biologia no terceiro ano. Ver uma ilustração mostrando um pênis ereto dentro de uma vagina num livro da escola é uma coisa, mas *fazer* isso de verdade é outra. Eu só vi *uma* vagina de verdade numa foto ensebada que o Neal Brose cobrava cinco centavos pra deixar a gente ver. Parecia um nenê canguru com cara de camarão saindo da bolsa peluda da mãe. Quase vomitei os chocolates que tinha comido.

Eu nunca nem beijei ninguém.

Os olhos da Dawn Madden parecem mel bem escuro.

Um castanheiro tinha surgido de dentro da terra e estendido milhões de braços e pernas muito fortes. Alguém tinha pendurado um balanço de pneu num dos galhos. O pneu girava lento, como a Terra que o sustentava. Estava cheio da água da chuva, mas derramei tudo e experimentei o balanço. Flutuar em torno de Alfa Centauri seria melhor, mas flutuar num balanço não é nada mau. Se o Moran também estivesse aqui, teria sido mais divertido. Depois de um tempinho eu sacudi a corda meio gasta pra ver se dava pra subir na árvore. Foi só começar pra ver que era *bem* fácil. Cheguei até a encontrar as ruínas de uma casa na árovre. Mas já tinha passado um baita tempão desde que ela tinha sido abandonada. Subi mais alto, me arrastei por um galho e dei uma olhada pra fora daquela copa verde. Dava pra enxergar *quilômetros*. Black Swan Green, os silos da fazenda da Dawn Madden, espirais de fumaça que se erguiam no céu, a plantação de árvores de Natal, a torre da igreja Saint Gabriel e seus dois pinheiros-silvestres, que tinham quase a mesma altura da igreja.

Com meu canivete suíço, escavei o seguinte na casca rugosa do tronco.

A seiva deixou um cheiro de planta na minha lâmina. A srta. Throckmorton costumava dizer que gente que escreve coisas em árvores é o pior tipo de vândalo, porque não está só fazendo uma pichação, mas também machucando seres vivos. A srta. Throckmorton pode até ter razão, mas tenho certeza de que ela nunca foi um garoto de treze anos que conheceu uma menina como Dawn Madden. *Um dia*, pensei, *vou trazer ela aqui em cima pra mostrar isso*. Aí eu ia dar meu primeiro beijo nela. Bem aqui. Aí ela ia tocar em mim. Bem aqui.

    Do outro lado do castanheiro, dei uma olhada no que ainda restava da trilha pra cavalos. Um caminho que serpenteava até Marl Bank e Castlemorton, pastos, mais pastos e um negócio que parecia uma velha torre no meio dos abetos. Uma fila de postes. Agora dava pra enxergar detalhes das colinas Malvern. O sol brilhava nos carros que passavam pela Wells Road. Pedestres do tamanho de cupins passeavam pela colina Perseverance. Ali por baixo, em algum lugar, passava o terceiro túnel. Comi um pedaço de queijo Wensleydale e as bolachas Jacobs quebradas, arrependido por não ter trazido água. Desci até a corda do balanço de pneu e estava quase deslizando por ela quando ouvi uma voz de homem e uma voz de mulher.

— Viu? — reconheci Tom Yew de primeira. — Eu *falei* pra você que era um pouco mais longe.

— É, Tom — a mulher respondeu. — Umas vinte vezes.

— Quem exigiu um lugar com privacidade foi *você*.

— Só que desse jeito a gente vai parar em Gales. — Aí eu vi Debby Crombie. Nunca falei com Debby Crombie, mas pro Tom Yew, irmão mais velho do Nick Yew, de licença da Marinha Real, eu podia ter gritado "Oi!" e descido pela corda sem nenhum problema. Mas ser invisível era legal. Recuei pelo galho até uma forquilha no tronco e fiquei esperando eles irem embora.

Só que eles não foram. — É aqui mesmo. — Tom Yew parou ao lado do balanço. — O Famoso Castanheiro-da-Índia dos Irmãos Yew.

— Mas não tem formigas, abelhas, essas coisas?

— Essas coisas se chamam "natureza", Debs. É bem normal aqui no campo.

Debby Crombie estendeu uma manta de lã numa depressão entre duas raízes.

Até aquele momento eu podia (deveria) avisar que estava ali.

Eu bem que tentei. Mas, antes que eu conseguisse inventar uma desculpa sem nenhuma palavra que me fizesse travar, Tom Yew e Debby Crombie deitaram em cima da manta e começaram a se agarrar. Tom Yew foi desabotoando o vestido lavanda de Debby Crombie, um botão por vez, dos joelhos até o pescoço queimado de sol.

Se eu dissesse qualquer coisa *agora* viraria picadinho.

O castanheiro sussurrou, rangeu e se sacudiu.

Debby Crombie colocou a mão por dentro do zíper das calças de Tom Yew e falou "Olá, marinheiro" bem baixinho. Isso fez os dois rirem tanto que eles tiveram que parar de se agarrar. Tom Yew pegou a mochila e tirou duas garrafas de cerveja, que abriu com um canivete suíço. (O meu é vermelho. O dele é preto.)

Brindaram com as garrafas. Tom Yew disse: — Um brinde a...

— ...mim, que sou linda.

— *Mim*, que sou maravilhoso.

— Eu falei primeiro.

— Tá bom. Um brinde a você.

Aí tomaram seu brilho de sol feito de cerveja.

— E — Debby Crombie acrescentou, séria — que você volte inteiro desse período de serviço.

— *Claro* que vou voltar inteiro, Debs! São cinco meses cruzando o Adriático, o Egeu, Suez e o Golfo. O pior que vai *me* acontecer é ficar muito queimado de sol.

— Ah, mas quando você embarcar no *Coventry* — Debby Crombie fez beiço, ou pelo menos fingiu — vai esquecer totalmente do seu amor na velha e tediosa Worcestershire. Enquanto eu vou estar morrendo de saudade, você vai estar caindo na farra em Atenas, pegando alguma doença venérea de uma prostituta grega chamada...

— Chamada?

— ...Iannos.

— "Iannos" é nome de homem. É "John" em grego.

— Sim, mas isso você só vai descobrir *depois* que ele encher você de uzo e amarrar você na cama.

Tom Yew se deitou, sorrindo, e olhou *direto* na minha direção. Graças a Deus ele não estava prestando atenção no que via. Najas conseguem perceber os movimentos das presas a quase um quilômetro de distância. Mas é só não mover nem um *músculo* que elas não enxergam você nem se estiverem a um metro e meio do seu nariz. Foi isso que me salvou naquela tarde.

— Eu vivia subindo nessa árvore quando o Nick era só um garotinho, sabia? Teve um verão em que a gente construiu uma casa na árvore. Será que ainda está lá em cima...?

Debby Crombie já estava mexendo no *negócio* dele. — *Este*

garoto aqui não tem nada de "inho", Thomas William Yew. — Debby Crombie arrancou a camiseta da Harley Davidson de Tom Yew e atirou longe. As costas dele são lisas e musculosas como as costas de um boneco Action Man. Tem um peixe-espada azul tatuado num ombro dele.

Ela deslizou pra fora do vestido lavanda desabotoado.

Se os seios de Dawn Madden eram um par de pães doces, Debby Crombie tinha duas melancias decoradas com mamilos pontiagudos. Tom Yew beijou um mamilo de cada vez e a saliva dele brilhou na luz do sol de abril. Eu *sabia* que não era certo ficar olhando, mas não conseguia parar. Tom Yew tirou a calcinha vermelha de Debby Crombie e acariciou os pêlos crespos que ela tinha lá embaixo.

— Se quer que eu pare, Madame Crombie, precisa dizer agora.

— Oooh, Mestre Yew — ela gemeu. — Não *ouse*.

Tom Yew foi pra cima dela e ficou meio que se chacoalhando. Ela gemeu como se ele estivesse machucando alguma coisa e envolveu o corpo dele com as pernas, ficando parecida com uma rã. Aí ele começou a se mexer pra cima e pra baixo, meio tipo o Homem do Fundo do Mar. A corrente de prata que ele usava no pescoço ficava sacudindo.

Aí ela uniu as solas dos pés sujos como se estivesse rezando.

Aí a pele dele ficou brilhando de suor como se fosse um porco assado.

Aí ela fez um barulho que lembrava um duende gordo sendo torturado.

Aí o corpo do Tom Yew saracoteou sacudiu sacolejou e um barulho que parecia um cabo de aço se rompendo saiu de dentro dele. E, mais uma vez, como se ele tivesse levado um chute nas bolas.

As unhas das mãos dela deixaram marcas fundas e rosadas na bunda dele.

A boca de Debby Crombie formou um O perfeito.

* * *

O sino da Saint Gabriel anunciando que era uma da tarde, ou talvez duas, chegou até onde eu estava. Moran, o Desertor, devia estar *quilômetros* à minha frente na trilha. Eu só teria alguma chance se ele estivesse com a perna presa numa armadilha pra texugos enferrujada. Aí ele ia *implorar* minha ajuda, e eu ia dizer "Bem, Moran, posso *pensar* no seu caso...".

Debby Crombie e Tom Yew *ainda* não tinham se desgrudado. Ela só estava cochilando, mas Tom Yew roncava. Uma borboleta-almirante pousou na altura dos rins dele, pra beber na poça de suor que havia ali.

Eu estava com fome, nervoso, enjoado, com inveja, me sentindo um canalha, envergonhado e muitas outras coisas. Não sentia nenhum orgulho, prazer nem vontade alguma de fazer *aquilo*. Os barulhos que eles fizeram nem pareciam humanos. A brisa acalentava o castanheiro e o castanheiro me acalentou.

— *GaaaAAA!* — gritou Tom Yew. — *FAAAAAAAAAA!*

Debby Crombie também berrou. Os olhos dela estavam arregalados e brancos.

Tom Yew pulou de cima dela e ficou deitado meio de lado.

— Tom! Tom! Tá tudo bem tudo *bem* tudo BEM!

— Porra porra porra porra porra porra *porra*.

— Meu amor! É a Debs! Tá tudo bem! Foi um pesadelo! Só um pesadelo!

Nu e queimado de sol, Tom Yew fechou os olhos assustados, balançou a cabeça pra indicar que sabia que era ela, se agachou encostado numa raiz que parecia um tentáculo e agarrou a garganta com as mãos. Aquele grito deve ter *dilacerado* as cordas vocais dele.

—Tá tudo bem. —Debby Crombie vestiu às pressas o vestido lavanda e abraçou Tom Yew como se fosse mãe dele. — Meu amor, você está tremendo! É melhor se vestir. Está tudo bem agora.

— Desculpa, Debs. — Sua voz era um fiapo. — Acho que assustei você.

Ela colocou a camiseta nos ombros dele. — O que houve, Tom?

—Nada.

—Ah, como assim, nada? Conta!

—Eu estava no *Coventry*. Estavam atirando em nós...

—Continua. Continua.

Tom Yew fechou os olhos com força e sacudiu a cabeça.

—*Continua*, Tom!

—Não, Debs. Foi... real demais, porra.

—Mas, Tom. Eu *amo* você. Quero saber.

—É, e eu *também* amo você demais pra *contar*, e ponto final. Vem. Vamos voltar pra vila. Antes que algum garoto nos veja.

Couves-flor cresciam em filas perfeitas entre morros pontudos. Eu estava na metade do caminho quando os aviões surgiram rugindo, demolindo o céu sobre o vale do Severn. Como Tornados sobrevoam nossa escola várias vezes por dia, me preparei pra tampar os ouvidos com as mãos. Mas eu *não* estava pronto pros *três* caças Sea Harrier voando tão perto do chão que daria pra acertar um deles com uma bola de críquete. O barulho era *incrível!* Deitei todo encolhido e dei uma olhada. Os Harriers fizeram uma curva antes de partir pra cima das colinas Malvern e seguir caminho na direção de Birmingham, voando em baixa altitude pra não serem detectados pelos radares soviéticos. Quando começar a Terceira Guerra Mundial, os MiGs de Varsóvia ou da Alemanha Oriental é que vão voar baixo pra não aparecerem nos radares da Otan. E aí

145

vão soltar bombas em gente como nós. Em metrópoles, cidades e vilas inglesas como Worcester, Malvern e Black Swan Green.

Dresden, a *blitz* de Londres e Nagasaki.

Continuei deitado daquele jeito até o rugido dos Harriers finalmente sumir por trás do zumbido de carros distantes e árvores próximas. Quando a gente encosta o ouvido na terra, descobre que ela é uma porta. Ontem a sra. Thatcher apareceu na tevê falando sobre mísseis de cruzeiro pra um bando de estudantes. "A única maneira de deter um valentão", ela disse, tão convicta do que falava quanto da cor dos seus olhos, "é mostrar que se *ele* bater em *você*, então *você* pode muito bem *revidar* com muito mais força!"

Mas o risco de apanhar não foi suficiente pra impedir Ross Wilcox e Grant Burch de brigarem, né?

Limpei a palha e a terra das minhas roupas e continuei andando até encontrar uma banheira antiga no meio de um pasto. Estava rodeada de lama e marcas de cascos. Parecia estar sendo usada como gamela. Dentro da banheira tinha um saco enorme de fertilizante, cobrindo alguma coisa. Fiquei curioso e puxei o saco.

Ali estava o cadáver sujo de terra de um garoto da minha idade.

E aí o cadáver se sentou de repente e tentou agarrar meu pescoço.

— DO PÓ VIEMOS! — berrou o cadáver. — AO PÓ VOLTAREMOS!

Um minuto *inteiro* se passou e Dean Moran *continuava* se mijando de tanto rir. — Você precisava ver a sua cara! — conseguiu falar entre as risadas. — Você precisava ter *visto*!

— Tá bom, tá bom — repeti. — Parabéns. Você é um gênio.

— Parecia que você tinha *cagado na cueca*!

— Tá, Moran. Você me pegou mesmo. *Tá bom.*

— O *melhor* Primeiro de Abril da minha *vida*!

— Mas e aí, por que você foi embora? Achei que a gente estava procurando o túnel juntos.

Moran se acalmou. — Ah, você sabe...

— Não. Eu não sei. Achei que a gente tinha feito um trato.

— Eu não quis acordar você — respondeu Moran meio sem jeito.

Tem a ver com o pai dele, disse o Gêmeo Inexistente.

Como Moran tinha me salvado do Gary Drake, deixei por isso mesmo. — Ainda está a fim de ir atrás do túnel? Ou vai sumir de repente de novo e procurar sozinho?

— Eu fiquei aqui esperando você aparecer, não fiquei?

Um morrinho cheio de arbustos escondia o outro lado do pasto vazio. — Adivinha *quem* eu encontrei lá atrás? — comecei a contar pro Moran.

— Dawn Madden, em cima de um trator — respondeu Moran.

Ah. — Você também se encontrou com ela?

— Totalmente maluca, essa garota. Ela me fez subir no trator.

— Foi, é?

— Sim! E me desafiou pra uma queda-de-braço. Apostando meu pão doce contra a faca dela.

— Quem ganhou?

— *Eu*, claro! Ela é só uma garota! Mas ela pegou meu pão doce assim mesmo. Disse pra eu cair fora das terras do padrasto dela ou ela ia mandar ele atrás de mim com uma espingarda. Totalmente maluca, essa garota.

Imagine que você revirou a casa inteira atrás de presentes de Natal lá pela metade de dezembro e encontrou o presente que esperava ganhar, mas aí chega o Natal e você não vê nem sombra dele. Foi assim que eu me senti. — Bem, *eu* encontrei uma coisa melhor que Dawn Madden em cima de um trator. *Muito* melhor.

— Ah, é?

— Tom Yew e Debby Crombie.

— Sério? — Moran tem dentes separados. — Você viu os peitos dela?

— Bem...

Enxerguei a corrente da fofoca se armando, elo por elo. Eu ia contar pro Moran. Moran ia contar pra Kelly, irmã dele. Kelly ia contar pra irmã do Pete Redmarley, Ruth. Ruth Redmarley ia contar pro Pete Redmarley. Pete Redmarley ia contar pro Nick Yew. Nick Yew ia contar pro Tom Yew. Tom Yew ia aparecer na minha casa naquela noite com sua Suzuki cento e cinqüenta cilindradas, me amarrar dentro de um saco e me afogar no lago da floresta.

— "Bem" o quê?

— Na verdade eles só se agarraram.

— Você devia ter ficado por perto, devia mesmo. — Moran fez o truque habitual de encostar a língua no nariz. — Aí podia até ter visto uma racha.

Nos pontos em que o sol passava pelas árvores, montes de campânulas se acumulavam em poças de luz. O ar tinha o cheiro delas. Alho-de-urso tem cheiro de catarro torrado. Melros cantavam como se fossem morrer se não cantassem. O canto dos pássaros é o pensamento de uma floresta. Era lindo, mas garotos não podem dizer "lindo" porque é a palavra mais *gay* que existe. A trilha pra cavalos ia ficando mais esteita até virar um caminho por onde só dava pra passar em fila indiana. Deixei Moran ir na minha frente, servindo de escudo. (Não passei tantos anos lendo revistinhas *Warlord* sem aprender alguma coisa sobre técnicas de sobrevivência.) Foi por isso que esbarrei no Moran quando ele parou de repente.

Moran colocou um dedo na frente da boca. Na trilha, a uns vinte passos da gente, tinha um homem mal-encarado vestido com uma bata azul-turquesa. Ele estava olhando pra cima, no meio de uma nuvem de claridade e zumbidos que, acabamos percebendo, era feita de abelhas.

— O que ele está fazendo? — cochichou Moran.

Quase falei *rezando*. — Sei lá.

— Tem uma colméia selvagem — sussurrou Moran — bem em cima dele. Naquele carvalho. Está vendo?

Não vi nada. — Será que ele não é apicultor?

Moran não respondeu nada de início. O homem não usava máscara de apicultor, mas a bata e o rosto dele estavam cobertos de abelhas. Só de ver aquilo minha pele coçava e se contraía. O homem tinha a cabeça raspada, com umas marcas redondas que pareciam cicatrizes. Usava sapatos esfarrapados, que talvez fossem chinelos. — Não sei. Será que a gente consegue passar por ele?

Lembrei de um filme de terror com abelhas — E se elas formarem um enxame e vierem atrás de nós?

Bem no ponto em que a gente estava, um atalho terminava na trilha pra cavalos. Moran e eu tivemos a mesma idéia. Moran foi primeiro. Quando o perigo está atrás de você, isso não exige tanta coragem. Depois de uns passos, ele olhou pra trás, meio ansioso, e falou: — Está ouvindo?

Abelhas? Passos? Cada vez mais perto?

Sem dúvida!

Corremos que nem loucos pra salvar nossa pele, atravessando ondas e mais ondas de folhas enceradas e arbustos pontiagudos. O solo cheio de raízes se sacudiu, se curvou, se ergueu e caiu.

Cansados demais pra dar mais um passo, eu e Moran desabamos num lugar meio pantanoso, escondido por cortinas de hera e visco. Não gostei de lá. Era o tipo de lugar pra onde um estrangulador levaria a vítima pra matar e enterrar. Bem sinistro. Eu e o

Moran ficamos atentos a sons de perseguição. É difícil prender a respiração quando você está sentindo pontadas.

Mas as abelhas não estavam seguindo a gente. Nem o homem das abelhas.

Moran fungou o catarro e engoliu. — Acho que a gente despistou o cara.

— Acho que sim. Mas que fim levou a trilha?

Depois que a gente se espremeu pra passar pelo espaço de uma ripa que faltava numa cerca coberta de musgo, chegamos a um jardim todo descuidado. Por todo canto se viam montinhos de terra feitos por toupeiras. Uma mansão imensa e silenciosa, com coisas que pareciam torres, encarava a gente do alto de uma elevação. Na encosta tinha uma lagoinha onde o reflexo do sol parecia uma gota gorda. Moscas no cio apostavam corrida por cima da água. Árvores borbulhavam flores cor de caramelo ao lado de um palco em ruínas. Numa espécie de varanda que cercava a mansão, encontramos jarras de refresco de limão e laranja abandonadas em cima de mesinhas. Enquanto a gente olhava, a brisa derrubou uma torre de copos de papel. Alguns deles rolaram pelo jardim em nossa direção. Nem uma alma se moveu.

Nem uma alma.

— Nossa — falei pro Moran. — Eu *morreria* por um copo daquele refresco.

— Eu também. Deve ser uma festa de primavera, sei lá.

— É, mas cadê todo mundo? — Minha boca estava salgada e seca como batatas fritas. — Ainda não deve ter começado. Vamos lá pegar um pouco. Se alguém aparecer, podemos fazer de conta que a gente estava pensando em pagar. Não pode ser mais que dois centavos, cinco no máximo.

Moran também não tinha gostado do plano. — Tá.

Mas a gente estava morrendo de sede. — Então vamos.

Mamangabas zonzas pairavam sobre a alfazema.

— Que silêncio, hein? — Até o sussurro de Moran parecia alto demais.

— É — onde estavam as barraquinhas da festa? A roleta que dá garrafas de sidra Pomagne como prêmio? A caça ao tesouro em cascas de ovos na bandeja de areia? A barraquinha de *atire a bolinha de pingue-pongue no cálice de vinho*?

Bem de perto, as janelas da mansão não mostravam nada além de nós dois no reflexo do jardim. Como a jarra de refresco de laranja estava cheia de formigas se afogando, Moran segurou os copos de papel enquanto eu servia o refresco de limão. Existe um milhão de histórias em que coisas ruins acontecem com estranhos que se servem de comida e bebida.

— Saúde! — Moran e eu fingimos brindar com nossos copos antes de beber.

O refresco deixou minha boca fria e úmida como dezembro e meu corpo fez *Ah*.

De repente, homens e mulheres brotaram das portas laterais da mansão, seguidos de seus próprios balbucios. Nossa rota de fuga já estava sendo interrompida. Quase todos vestiam batas azul-turquesa, como o homem das abelhas. Alguns, muito encarquilhados, eram empurrados em cadeiras de rodas por enfermeiras de uniforme. Outros avançavam sozinhos, mas aos trancos, como robôs defeituosos.

Senti um calafrio de horror e entendi tudo.

— É o Hospício de Little Malvern! — cochichei pro Moran.

Mas Moran nem estava mais do meu lado. Vi pelo canto do olho ele correndo pelo gramado e se espremendo pra passar pela fresta na cerca. Talvez achasse que eu estava atrás dele, talvez tivesse me deixado na mão. Mas, se *eu* tentasse fugir e fosse pego, ficaria claro que a gente tinha roubado o refresco. Iam dizer pro meu pai e pra minha mãe que eu era ladrão. Mesmo se eu não fosse pego, podiam mandar uns homens atrás da gente, com cachorros.

Eu não tinha escolha. Tinha que ficar ali e encontrar alguém pra receber o pagamento.

— Augustin Moans fugiu! — Uma enfermeira com cabelo que parecia uma vassoura esbarrou com tudo em mim. — A sopa estava fervendo, mas ninguém o encontrou!

— Você está falando — engoli em seco — do homem na floresta? Aquele com as abelhas? Ele está bem ali — apontei na direção certa —, lá na trilha pra cavalos. Posso mostrar onde fica, se você quiser.

— Augustin Moans! — Ela me encarou bem. — Como *pôde*?

— Não, você tá me confundindo com outra pessoa. Meu... — o Carrasco me impediu de dizer "nome" — eu sou o Jason.

— Está achando que *eu* sou um desses malucos? Sei *exatamente* quem você é! Você, que escapuliu para sua aventura infantil no dia seguinte ao nosso *casamento*! Por causa daquela francesa idiota! Por causa de uma promessa infantil! Você *jurou* que me *amava*! Mas foi só ouvir uma coruja cantar nos abetos e pronto, foi embora e me deixou grávida e... e... e...

Recuei. — Eu posso pagar pelo refresco, se...

— Não, nada disso! Olhe aqui! — aquela enfermeira que parecia saída de um pesadelo agarrou meu braço com bastante força. — Conseqüências! — A mulher enfiou o pulso bem na minha cara. — Conseqüências! — Cicatrizes horrendas, cicatrizes horrendas *mesmo*, formavam cruzes em cima das veias. — *Isto é amor? Isto* é amar, honrar e obedecer? — Aquelas palavras respingaram cuspe no meu rosto. Fechei os olhos e desviei o rosto. — Que... direito... *você*... tem... de fazer *isto*... com *qualquer pessoa*?

— Rosemary! — Outra enfermeira se aproximou. — Rosemary! Já *conversamos* mais de *cem* vezes sobre essa mania de pegar nossos uniformes, não conversamos? — Ela tinha um sotaque escocês muito tranqüilizador. — Não conversamos? — Ela fez um sinal delicado com a cabeça pra mim. — Ele é meio jovem para você, Rosemary, e duvido que esteja em nossa lista oficial de convidados.

— E *nós* já conversamos — explodiu Rosemary — *dez mil vezes*, não foi? Já falei que meu nome é *Yvonne*. Sou *Yvonne de Galais*! — Aquela legítima maluca do hospício de Little Malvern virou de frente pra mim. — Escuta. — O hálito de Rosemary cheirava a desinfetante e cordeiro. — Não existe *alguma* coisa! E por quê? Porque *todas* as coisas *vivem* se transformando em *outras* coisas!

— Agora chega. — A enfermeira de verdade conduziu Rosemary como se fosse um cavalo assustado. — Agora deixe o menino ir embora, certo? Ou vamos ter que chamar os grandalhões? Será que vamos, Rosemary?

Não sei o que eu esperava que fosse acontecer, mas não era aquilo. Um grito de dor escapou de dentro de Rosemary, escancarando a boca dela. Era mais *alto* que qualquer grito humano que eu já tivesse *ouvido*, crescente como uma sirene de polícia, mas muito mais lento e muito mais triste. No mesmo instante todos os loucos, enfermeiras e médicos no jardim pararam, transformados em estátuas. O grito de Rosemary fica ainda mais estrondoso, mais arrasador, mais solitário. Vai dar pra ouvir a dois quilômetros de distância, talvez três. E por quem ela está gritando? Por Grant Burch e seu pulso quebrado. Pela esposa do sr. Castle e seus Nervos problemáticos. Pelo pai do Moran se enchendo de veneno. Pelo garoto do reformatório que o Texugo deu pros cachorros comerem. Pelo Errado, que saiu muito cedo de dentro da mãe. Pelas campânulas que o verão logo iria destruir. E, mesmo *se* você tivesse aberto caminho por arbustos fechados, arrancado tijolos soltos que se desfazem ao toque e entrado no túnel perdido, mesmo dentro daquele vazio estrondoso nas profundezas das colinas Malvern, mesmo lá, tenho certeza, esse grito circular acabaria encontrando você, sem dúvida nenhuma, mesmo lá.

Pedras

Ninguém consegue *acreditar*.

No começo, os jornais não podiam dizer qual dos nossos navios de guerra tinha sido atingido, por causa da Lei de Segurança Nacional. Mas agora está passando na BBC e na ITV. Foi o HMS *Sheffield*. Um míssil Exocet de um caça-bombardeiro Super Étendard explodiu contra a fragata e "causou um número ainda não confirmado de grandes explosões". Minha mãe, meu pai, Julia e eu estávamos sentados juntos na sala de estar (pela primeira vez em séculos), olhando pra tevê em silêncio. Não mostraram nenhuma cena de batalha. Tudo que apareceu foi uma foto meio borrada do navio soltando fumaça, enquanto Brian Hanrahan descrevia como os sobreviventes tinham sido resgatados pelo HMS *Arrow* e pelos helicópteros Sea King. O *Sheffield* ainda não tinha afundado, mas no inverno do Atlântico Sul isso era apenas uma questão de tempo. Quarenta dos nossos soldados ainda estavam desaparecidos e pelo menos o mesmo número tinha sofrido queimaduras graves. Ficamos pensando em Tom Yew, no HMS *Coventry*. Era terrível admitir, mas todo mundo em Black Swan Green ficou aliviado ao saber que aquilo só tinha acontecido com o *Sheffield*. É horrível. Até hoje as Falklands parecem a Copa do Mundo. A Argentina tem uma seleção de futebol muito forte, mas em termos militares não passa de uma república das bananas. Só de ver nossa força-tarefa deixando Plymouth e Portsmouth três semanas atrás ficava óbvio que a Grã-Bretanha ia *acabar* com eles. Bandas de música no cais, mulheres acenando, cem mil iates, buzinas e arcos d'água dos navios-bombeiros. A gente tinha o HMS *Hermes*, o HMS *Invincible*, o HMS *Illustrious*, as forças de operações especiais SAS e SBS. Helicópteros Puma, mísseis terra-ar Rapier, mísseis ar-ar Sidewinder, helicópteros Lynx, mísseis antinavio Sea Skua, torpedos Tigerfish, o almirante Sandy Woodward. Os navios dos argentinos são banheiras batizadas com nome de generais espanhóis com bigodes idiotas. Alexander Haig não podia admitir isto em público, pra evitar que a União Soviética se aliasse com a Argentina, mas até Ronald Reagan estava do nosso lado.

Mas agora a gente podia até *perder*.

Nosso Ministério das Relações Exteriores anda tentando retomar as negociações, mas a Junta argentina mandou a gente enfiar as negociações no rabo. Vamos ficar sem navios antes que eles fiquem sem Exocets. É nisso que eles apostam. E quem pode afirmar que estão enganados? Do lado de fora do palácio de Leopoldo Galtieri em Buenos Aires, milhares de pessoas ficam cantando "Sentimos sua grandeza!" o tempo inteiro. Não tenho conseguido dormir por causa desse barulho. Galtieri fica na sacada pra absorver tudo aquilo. Uns jovens riem na frente das nossas câmeras. "Desistam! Vão pra casa! A Inglaterra está doente! A Inglaterra está morrendo! A história diz que as Malvinas são argentinas!"

— Que bando de hienas — comentou meu pai. — Se fossem britânicos, mostrariam algum decoro. Pessoas foram *mortas*, pelo amor de Deus! Essa é a diferença entre nós e eles. *Olhem só para isso!*

* * *

Meu pai foi pra cama. No momento ele está dormindo no quarto de hóspedes, por causa das costas, mas minha mãe disse que é porque ele se vira demais à noite. Deve ser as duas coisas. Eles discutiram feio esta noite, bem na hora do jantar. Comigo e com a Julia na mesa.

— Andei pensando... — começou minha mãe.

— Vai com calma — interrompeu meu pai, brincando como sempre.

— ...acho que agora é um bom momento para fazer aquele jardim de pedras.

— Um jardim de *quê*?

— *Pedras*, Michael.

— Você já ganhou sua cozinha nova do Lorenzo Hussingtree, linda e brilhante. — Meu pai usou sua voz de *Tenha dó*. — Para que precisa de um monte de terra com pedras em cima?

— Ninguém falou em montes de terra. *Jardins de pedra* são uma decoração feita com *pedras*. E também estou pensando num detalhe aquático.

— E o *que* — meu pai forçou uma risada — seria um "detalhe aquático"?

— Um laguinho ornamental. Talvez uma fonte ou uma cascata em miniatura.

— Ah — meu pai fez um tom de *Que chique*.

— Há *anos* que estamos pensando no que fazer ao lado das roseiras, Michael.

— Você, talvez. Eu nunca pensei nisso.

— Não, nós conversamos sobre isso antes do Natal. *Você* falou "talvez no ano que vem". Como já tinha falado no ano anterior, e no ano anterior. Além disso, *você* mesmo disse que gosta do jardim de pedras do Brian.

— Quando?

— No outono passado. E quando Alice falou "Um jardim de pedras seria um toque encantador no fundo do seu quintal", *você* concordou.

— Sua mãe — meu pai disse pra Julia — é um gravador humano.

Julia se negou a ser recrutada.

Meu pai tomou um gole d'água. — Seja lá o que eu tenha dito para a Alice, não foi *sincero*. Eu só estava sendo educado.

— Pena que você não consegue ser tão cortês com a própria esposa.

Julia e eu nos olhamos.

— Em que tamanho estamos pensando? — Meu pai empilhou ervilhas no garfo com um ar cansado. — Numa reprodução em tamanho natural da região dos lagos?

Minha mãe estendeu a mão pra pegar uma revista. — Uma coisa assim...

— Ah, entendi. Se a *Harper's Bazaar* faz um especial sobre jardins de pedra, é claro que *nós* também precisaremos ter um em casa.

— Kate tem um jardim de pedras bem legal — disse Julia em tom neutro. — Com urze.

— Sorte da Kate. — Meu pai colocou os óculos pra analisar a revista. — É muito bonito, Helena, mas eles usaram mármore italiano genuíno.

Minha mãe falou um "isso mesmo" que significou *E eu também vou usar mármore.*

— Você tem *noção* do preço do mármore?

— Tenho mais que noção. Telefonei para um jardineiro paisagista em Kidderminster.

— E por que *eu* deveria gastar dinheiro — meu pai jogou a revista no chão — num monte de pedras?

É nesse ponto que minha mãe costuma recuar, mas não hoje.

— Se você resolve gastar seiscentas libras num título de clube de golfe que quase *nunca* usa, tudo bem. Mas, se eu resolver melhorar nossa propriedade, aí vira um *problema*?

— É no campo de golfe — meu pai tentou não gritar —, como já *tentei* explicar pra você, mais de uma, duas, três ou mil vezes, que os negócios são fechados. Inclusive as promoções mais estratégicas. Eu posso não gostar disso, você pode não gostar disso, mas é um fato. E Craig Salt não joga golfe em campos abertos ao público.

— Não sacode o garfo na minha direção, Michael.

Meu pai não baixou o garfo. — *Eu* sou o arrimo desta família, e não acho que seja absurdo eu gastar pelo menos uma parte do meu salário onde diabos eu achar necessário.

Meu purê de batatas tinha esfriado.

— Então, em resumo — minha mãe dobrou o guardanapo —, você está dizendo que eu devo me limitar a fazer geléia e deixar as decisões de gente grande para quem usa calças?

Meu pai revirou os olhos. (Eu seria *executado* se fizesse isso.)

— Guarde essa conversa feminista para as suas amigas do Women's Institute, Helena. Estou pedindo com educação. Tive um dia muito longo.

— Guarde esse ar de superioridade para os seus subalternos dos supermercados, Michael. — Minha mãe empilhou os pratos com barulho e levou até o passa-pratos. — Mas não tente fazer isso em casa. Estou pedindo com educação. *Eu* tive um dia muito longo. — E aí ela foi pra cozinha.

Meu pai ficou encarando a cadeira vazia. — Como foi seu dia na escola, Jason?

Meu estômago se retorceu todo. O Carrasco bloqueou "nada mau".

— Jason? — A voz do meu pai ficou incandescente. — Perguntei como foi seu dia na escola.

— Legal, obrigado — (Aquele dia tinha sido um lixo. O sr. Kempsey encheu meu saco por causa de farelos de bolo no meu caderno de música e o sr. Carver disse que no hóquei eu era "tão útil quanto alguém com paralisia cerebral".)

A gente ouviu minha mãe limpando os pratos no lixo da cozinha.

Faca em louça, um impacto sibilante.

— Excelente — disse meu pai. — E você, Julia?

Antes que minha irmã dissesse qualquer coisa, um prato explodiu no chão da cozinha. Meu pai pulou da cadeira. — Helena? — A animação dele tinha sumido.

Minha mãe respondeu batendo a porta dos fundos.

Meu pai saiu atrás dela na hora.

Gralhas corvejavam ao redor da torre da igreja Saint Gabriel. Julia bufou. — Três estrelas?

Desolado, ergui quatro dedos.

— Só umas pedras no caminho do matrimônio, Jace. — Julia tem um sorriso corajoso. — Só isso. Acontece em quase todos os casamentos. Mesmo. Nem se preocupe.

Hoje à noite, na BBC1, a sra. Thatcher *destroçou* um imbecilóide de gravata-borboleta. Ele ficava dizendo que afundar o *General Belgrano* fora da Zona de Exclusão Total tinha sido moral e legalmente errado. (Na verdade, já faz uns dias que afundamos o *Belgrano*, mas só agora os jornais conseguiram as fotos, e desde o *Sheffield* não temos compaixão *nenhuma* por esses argentinos desgraçados.) A sra. Thatcher cravou os olhos de vitral azul naquele idiota e explicou que o cruzador inimigo tinha passado o dia inteiro entrando e saindo da zona. Disse algo como "Os pais e as mães do nosso país não me elegeram como primeira-ministra deste país para colocar em risco a vida de seus filhos por questões de minúcias legais. Será que preciso lembrar que *somos* um país em *guerra*?". O estúdio inteiro aplaudiu e o país inteiro também, imagino, menos Michael Foot, Ken "Vermelho" Livingstone, Anthony Wedgwood Benn e todos esses comunas malucos. A sra. Thatcher *mata a pau*. Ela é *tão* forte, *tão* calma, *tão* segura. Muito mais útil que a rainha, que não abriu a boca desde que a guerra começou. Alguns países, como a Espanha, andam dizendo que a gente não devia ter atirado no *Belgrano*, mas aquele monte de argentinos só se afogou porque o resto dos navios do comboio deles deu no pé em vez de ir salvar seus soldados. *Nunca, mas de jeito nenhum*, nossa Marinha Real deixaria cidadãos britânicos pra trás desse jeito. E, de qualquer forma, quando você entra no Exército ou na Marinha de *qualquer* país, está sendo pago pra arriscar a vida. Como Tom Yew. Agora Galtieri está tentando fazer *a gente* voltar à mesa de negociações, mas Maggie mandou dizer pra ele que a única coisa que *ela* vai discutir é a Resolução 502 das Nações Unidas. A retirada incondicional da Argentina de território britânico. Um diplomata argentino em Nova York, ainda papagaiando sobre o *Belgrano* estar fora da zona, disse que a Grã-Bretanha não tem mais poderio marítimo algum e também não respeita as regras. De acordo com o *Daily Mail*, é típico de um burocrata latino medíocre fazer bravatas com questões de vida e morte. De acordo com o *Daily Mail*, os argentinos deviam ter pensado nas conseqüências *antes* de cravar aquela bandeira azul-e-branca vagabunda em nossa colônia soberana. E o *Daily Mail* tem toda a razão. De acordo com o *Daily Mail*, Leopoldo Galtieri só invadiu as Falklands pra desviar a atenção de todas as pessoas que ele torturou, assassinou e jogou de helicópteros dentro do mar. E de novo o *Daily Mail* tem toda a razão. De acordo com o *Daily Mail*, o tipo de patriotismo de Galtieri é o último refúgio dos canalhas. O *Daily Mail* tem tanta razão quanto Margaret Thatcher. A Inglaterra inteira se transformou num dínamo. As pessoas estão fazendo fila do lado de fora dos hospitais pra doar sangue. O sr. Whitlock passou quase toda a aula de biologia falando de *certos* jovens patriotas que foram de bicicleta até o hospital de Worcester pra doar sangue. (Todo mundo sabia que ele estava falando de Gilbert Swinyard e Pete Redmarley.) Uma enfermeira disse que eles eram jovens demais. Agora o sr. Whitlock vai escrever pro Michael Spicer, nosso representante no Parlamento, pra reclamar que as crianças da Inglaterra estão sendo impedidas de colaborar com o esforço de guerra. A carta dele já saiu no *Malvern Gazetteer*.

Por causa do irmão, Nick Yew é um herói na escola. Nick disse que os argentinos só acertaram o *Sheffield* por acaso. Foi puro azar nosso. De agora em diante, nossos sistemas antimíssil vão ser modificados pra acabar com os Exocet. Não vai demorar pra gente pegar nossas ilhas de volta. O *Sun* está oferecendo cem libras pela melhor piada de argentinos. Não sei inventar piadas, mas estou montando um álbum com recortes sobre a guerra. Recorto coisas de jornais e revistas. Neal Brose também está montando um. Ele acha que vai valer uma fortuna daqui a uns vinte, trinta anos, quando a Guerra das Falklands fizer parte da história. Mas toda essa empolgação *nunca* vai amarelar e se encher de poeira em arquivos e bibliotecas. Não tem como. Todo mundo vai se lembrar de *tudo* sobre as Falklands até o dia em que o mundo acabar.

Quando voltei da escola, minha mãe estava na mesa da sala de jantar, cercada de documentos bancários. Em cima da mesa, aberta, a caixa de documentos à prova de fogo do meu pai. Pelo passa-pratos, perguntei pra minha mãe como tinha sido o dia dela.

— Não foi exatamente um "dia bom". — Minha mãe não tirou os olhos da calculadora. — Mas sem dúvida tem sido uma verdadeira revelação.

— Que bom — falei, duvidando disso. Peguei uns biscoitos integrais e um copo de suco Ribena. Julia passou a mão em todos os bolinhos Jaffa porque está passando o dia em casa estudando pras provas do diploma de ensino médio. Vaca egoísta. — O que você está fazendo?

— Andando de skate.

Eu devia ter subido. — O que vai ter pro jantar?

— Sapo.

Tudo que eu queria era uma única resposta não sarcástica pra uma pergunta simples. — Não é o pai que geralmente cuida desses negócios de banco?

— Sim — minha mãe finalmente me olhou. — E seu velho pai vai ter uma bela surpresa quando chegar em casa. — A voz dela tinha um quê de maldoso. Aquilo apertou o nó nas minhas tripas com tanta força que até agora não consegui afrouxar.

Teria sido *melhor* ter jantado sapo em vez de cenouras em conserva, feijão em lata e almôndegas com molho Heinz. Meu prato inteiro era laranja e marrom. Minha mãe *sabe* cozinhar comida de verdade, como quando algum parente nos visita. Mas agora ela parece ter entrado em operação-padrão até conseguir o jardim de pedras. Meu pai comentou que o jantar estava "absolutamente delicioso". Nem se preocupou em disfarçar o sarcasmo. Minha mãe também não. "*Folgo* em saber", ela respondeu. (Hoje em dia, as palavras que meus pais dirigem um ao outro estão sempre a quilômetros de distância do que realmente querem dizer.

Palavras comuns e educadas não deveriam ser tão tóxicas, mas podem ser.) E isso foi tudo que eles disseram durante todo o jantar. De sobremesa, tivemos pão-de-ló com calda de maçã. A trilha de calda da minha colher era o caminho dos nossos fuzileiros. Pra esquecer aquela atmosfera, guiei corajosamente nossos rapazes pela neve de creme até a vitória final em Port Stanley.

Era a vez de Julia lavar os pratos, mas, como nas últimas semanas viramos meio que aliados, enxuguei a louça pra ela. Minha irmã não é totalmente insuportável o tempo inteiro. Até falou um pouco sobre Ewan, seu namorado, enquanto a gente lavava a louça. A mãe dele é percussionista na Orquestra Sinfônica de Birmingham. Bate pratos, faz barulho com tambores. Parece divertido demais. Mas o Carrasco vem pegando pesado comigo desde a última briga dos meus pais, quando minha mãe quebrou aquele prato. Por causa disso, deixo a Julia falar quase sozinha. Como a guerra virou a primeira coisa em que penso quando acordo e a última que me vem à cabeça antes de dormir, é legal escutar alguém falando de outras coisas. A luz do anoitecer inundava o vale que se estende entre o nosso quintal e as colinas Malvern.

As tulipas lembram ameixas negras, branco de emulsão e dourado de gema.

Acho que meus pais declararam algum tipo bizarro de cessarfogo enquanto a gente estava na cozinha, porque depois que lavamos os pratos eles continuavam sentados à mesa e pareciam estar conversando normalmente sobre o que tinham feito naquele dia e coisas assim. Julia perguntou se eles queriam café e meu pai disse "Seria ótimo, querida". Minha mãe disse "Obrigada, meu amor". Aí eu me convenci de que tinha interpretado tudo errado ao voltar da escola e o nó nas minhas tripas ficou um pouco mais frouxo. Meu pai estava contando uma história engraçada pra minha mãe de como o chefe dele, Craig Salt, tinha deixado Danny Lawlor, um dos *trainees* do meu pai, dirigir seu carro esporte DeLorean numa pista de kart durante um fim de semana de confraternização. Por isso, em vez de eu escapulir escada acima pro meu quarto, fui pra sala de estar assistir ao *Tomorrow's World* na tevê.

Foi assim que ouvi minha mãe armar sua emboscada. — A propósito, Michael. Por que você assumiu uma segunda hipoteca no banco NatWest agora em janeiro, no valor de cinco mil libras? Cinco *mil* libras! Nossa casa só custou vinte e duas!

No futuro, segundo o *Tomorrow's World*, os carros conduzirão a si mesmos sobre trilhos fixados nas estradas. Só vamos ter que digitar o destino. Acidentes de trânsito nunca mais vão acontecer.

— Então temos vasculhado as finanças, é?

— Se eu *não* tivesse conferido as finanças, ainda estaria num estado de perfeita ignorância, não estaria?

— Bem. Então você entrou no meu escritório e ficou bem à vontade.

Pai, pensei. *Pai! Não diz uma coisa dessas pra ela.*

— Você está falando *sério* — a voz da minha mãe ficou trêmula — quando diz para mim... para *mim*, Michael, para *mim*... que eu não posso entrar no seu escritório? Que seus arquivos são tão proibidos para mim quanto para os nossos filhos? É isso mesmo?

Meu pai não disse nada.

— Pode me chamar de antiquada, mas acho que se uma esposa descobre que o marido está devendo cinco mil libras, tem direito a algumas respostas bem claras e diretas.

Senti enjôo e frio, como se tivesse ficado velho de repente.

— E de onde — meu pai finalmente abriu a boca — surgiu esse seu interesse repentino por contabilidade?

— Por que você voltou a hipotecar a nossa casa?

O apresentador do *Tomorrow's World* estava se colando no teto do estúdio. "*Cérebros britânicos inventarão um adesivo mais forte que a gravidade!*" O apresentador sorria. "*Pode apostar sua vida nisso!*"

— Certo. Então vou *explicar* o porquê. Posso?

— É o que estou querendo.

— Reprogramação.

— Está tentando — minha mãe abriu um meio sorriso — me confundir com algum jargão?

— Não é jargão. É reprogramação. *Por favor*, não fique toda histérica comigo só porque...

— E como eu *devo* reagir, Michael? Você usou a *nossa casa* como garantia! E o dinheiro vai ser pago em parcelas minúsculas só Deus sabe até quando. Ou só Deus sabe para quem.

— E o que — meu pai ficou silencioso como um cadáver — você quer dizer com isso?

— Estou perguntando *educadamente* o *que* está acontecendo — minha mãe pareceu recuar da beira de um precipício — e só recebo evasivas. Que tal *você* me dizer o que devo pensar? Por favor. Porque eu não entendo o que está...

— *Exato*, Helena! *Obrigado!* Você acaba de matar a charada! Você *não* entende! Fiz o empréstimo porque *faltou* dinheiro! Eu *sei* que lidar com dinheiro é coisa de gente *mesquinha*, mas, como você deve ter notado enquanto brincava de Sherlock Holmes hoje à tarde, ainda temos uma dívida *imensa* da porcaria da *primeira* hipoteca! Adicionais de seguro para todo esse lixo que você insiste em comprar! Contas de todo tipo! Precisamos pagar a sua bendita cozinha e a porcaria das louças Royal Doulton, que só vamos usar umas duas vezes por ano, e olhe lá, para impressionar a sua irmã e o Brian... Precisamos pagar seu carro, que precisa ser trocado sempre que o cinzeiro dele sai de moda! E agora, *agora* você decidiu que a vida não vale a pena sem... novas aventuras em paisagismo!

— Fale mais *baixo*, Michael. As crianças vão ouvir.

— Isso nunca parece preocupar *você*.

— Agora *você* está ficando histérico.

— Certo. "Histérico." Muito bem. Você *pediu* uma sugestão, *Helena*, então *lá vai*. Sugiro que *você* passe todo o *seu* período de vigília em reuniões e *mais* reuniões inúteis, assumindo a culpa por falta de pessoal, problemas de estoque e balanços decepcionantes. Sugiro que *você* destrua as *suas* costas acumulando trinta, quarenta, cinqüenta mil quilômetros de estrada *por ano*! *Até* isso acontecer, eu ficaria *grato* se você não ficasse *me* interrogando sobre como *eu* escolho lidar com as *suas* contas. É a *minha* sugestão.

Meu pai subiu a escada, pisando com força nos degraus.

Depois ficou batendo as gavetas do arquivo.

Minha mãe não saiu da sala de jantar. *Meu Deus*, tomara que ela não esteja chorando.

Eu queria que o *Tomorrow's World* se abrisse pra me engolir.

A guerra é um tipo de leilão onde vence quem for capaz de sofrer o maior número de golpes e continuar em pé. As últimas notícias são ruins. Brian Hanrahan disse que o desembarque na baía de San Carlos foi o dia mais sangrento pra Marinha Real desde a Segunda Guerra. Como os morros bloquearam nossos radares, não vimos os caças chegando até eles estarem bem em cima de nós. A manhã de céu limpo foi um presente pros argentinos. Eles atacaram os navios maiores, não os de transporte de tropas. Fizeram isso porque depois que a força-tarefa afundar vai ser bem mais fácil atingir nossas forças terrestres. O HMS *Ardent* afundou. O HMS *Brilliant* ficou avariado. O HMS *Antrim* e o HMS *Argonaut* estão definitivamente fora de combate. A tevê anda mostrando as mesmas fotografias o dia inteiro. Um Mirage III-E inimigo abre caminho como um tubarão por um céu cheio de Sea Cats, Sea Wolfs e Sea Slugs. A água explode na baía. Fumaça negra escapa do casco do *Ardent*. Vemos as ilhas Falklands pela primeira vez. Sem árvores, sem casas, sem cercas vivas, sem cores além de cinza e verde. Julia diz que parecem as ilhas Hébridas, e ela tem razão. (Há três anos fomos pra Mull nas férias mais chuvosas da história dos Taylor. Mas também foram as melhores. Eu e meu pai passamos a semana inteira jogando Pelebol. Eu era o Liverpool e ele era o Nottingham Forest.) Brian Hanrahan informou que a única coisa que impediu uma catástrofe total foi o contra-ataque dos nossos Sea Harriers. Ele descreveu um avião inimigo sendo abatido por um Harrier, rodopiando de nariz até bater no mar.

Nada foi informado sobre o HMS *Coventry*.

Nessa altura, só Deus sabe quem está ganhando e quem está perdendo. Correm boatos de que a União Soviética está fornecendo imagens de satélite da nossa frota pros argentinos, e é por isso que eles sempre sabem onde nos encontrar. (Como Brejnev está morrendo ou já morreu, ninguém sabe o que está acontecendo no Kremlin.) Neal Brose disse que se *isso* for verdade, Ronald Reagan *terá* que entrar na guerra, por causa da Otan. E aí a Terceira Guerra Mundial pode começar.

O *Daily Mail* fez uma lista de todas as mentiras que a Junta está contando ao seu povo. Fiquei indignado. John Nott, nosso ministro da Defesa, *nunca* mentiria pra gente. Julia quis saber como eu *sabia* que não estavam mentindo pra nós. "Somos cidadãos britânicos", eu respondi. "*Por que* o governo ia mentir pra nós?" Julia comentou que poderiam fazer isso pra convencer a gente de que nossa maravilhosa guerra estava indo muito bem, quando na verdade ia por água abaixo. "Mas", insisti, "eles não estão mentindo pra nós." Julia falou que isso é precisamente o que o povo argentino deve estar dizendo neste exato momento.

Neste exato momento. É isso que me deixa maluco. Mergulho a caneta-tinteiro num pote de tinta e um helicóptero Wessex bate numa geleira nas ilhas Geórgia do Sul. Alinho o transferidor num ângulo no livro de matemática e um míssil Sidewinder parte em direção a um Mirage III. Traço um círculo com o compasso e um soldado da Guarda Galesa surge no meio de arbustos em chamas e leva um tiro no olho.

Como o mundo consegue seguir em frente como se nada disso estivesse acontecendo?

Eu estava tirando o uniforme da escola quando um MG prateado que parecia um *sonho* cruzou a Kingfisher Meadows. Fez uma curva na direção da nossa garagem e estacionou bem embaixo da janela do meu quarto. Como era uma tarde chuvosa, a capota estava levantada. Assim, a primeira visão que tive do namorado da minha irmã foi por reconhecimento aéreo. Eu esperava que Ewan se parecesse com o príncipe Edward, mas ele tem um cabelo ruivo berrante, é coberto de sardas e parece saltitar quando caminha. Usava uma camisa cor de pêssego por baixo de uma malha índigo folgada, calças pretas de boca estreita, um daqueles cintos com tachas que pendem dos quadris e sapatos bicudos dos anos 50 com meias brancas meio compridas, como todo mundo anda usando. Berrei pro sótão da Julia avisando que o Ewan tinha chegado. Ouvi uns barulhos, um frasco foi derrubado e Julia resmungou *"Que saco"*. (O *que* as garotas *fazem* antes de sair? Julia leva *séculos* pra ficar pronta. Dean Moran diz que a irmã dele é igualzinha.) Aí ela gritou "MÃE! Pode abrir a porta?". Minha mãe já estava quase correndo pra lá. Assumi meu posto no ninho de atirador de elite da escada.

— Ewan, imagino! — Minha mãe usou a voz que ela usa pra tranqüilizar gente nervosa. — É um prazer enfim conhecê-lo.

Ewan não parecia nada tenso. — Também é um grande prazer conhecê-la, senhora Taylor. — A voz dele era meio chique, mas não tão chique quanto a simulação da minha mãe.

— Julia falou horrores de você.

— Ih, nossa... — Ewan parece um sapo quando ri. — Que problema.

— Ah, não, não, não — minha mãe gargalhou confetes. — Só coisas boas.

— Ela também me falou "horrores" da senhora.

— Ótimo, ótimo. Bem. Muito bem. Por que não entra enquanto *milady* termina de... bem, enquanto ela dá os toques finais?

— Obrigado.

— Então — minha mãe fechou a porta —, Julia contou que você estuda na Cathedral. Está no último ano?

— Isso mesmo. Como a Julia. Está chegando a hora das provas do diploma de ensino médio.

— Sim, sim. E você... hã... gosta?

— Da Cathedral ou das provas?

— Hã... — Minha mãe encolheu os ombros, sorrindo. — Da escola.

— É um pouco conservadora. Mas eu não a criticaria. Não muito.

— A tradição tem seu valor. Desprezar o pacote inteiro por causa dos pontos negativos é fácil demais.

— Concordo inteiramente, senhora Taylor.

— Certo. Bem — minha mãe olhou pro teto —, Julia continua se arrumando. Aceita um chá, um café?

— É muita gentileza sua, senhora Taylor — a desculpa de Ewan era impecável —, mas os jantares de aniversário da minha mãe são realizados com precisão militar. Se ela suspeitar que eu não me apressei, estarei marcando meu encontro com o pelotão de fuzilamento.

— Ah, entendo perfeitamente o lado dela! O irmão da Julia nunca aparece na mesa do jantar até que tudo esteja gelado. Ele me deixa desesperada. Mas *espero* que jante conosco uma noite dessas. O pai da Julia está louco para conhecê-lo — (Isso era novidade pra mim.)

— Acho que eu acabaria dando muito trabalho.

— De modo algum!

— Talvez... é que eu sou vegetariano.

— É uma excelente desculpa para eu tirar os livros de culinária do armário e tentar algo novo. Promete que jantará conosco em breve?

(Meu pai chama os vegetarianos de "Batalhão da Costeleta de Soja".)

Ewan abriu um sorriso educado que não era exatamente um *Sim*.

— Bem. Muito bem. Vou... dar uma subida e ver se a Julia entendeu que você chegou. Se incomoda de ficar esperando por uns dois minutinhos?

Ewan inspecionou as fotos de família sobre o telefone. (O Jason Bebê me faz *morrer* de vergonha, mas meus pais não tiram ele da parede.) Eu inspecionei Ewan, a misteriosa criatura que *escolhe*, por vontade própria, passar o tempo livre com a Julia. Até gasta dinheiro com ela em colares, discos, essas coisas. Por quê?

Ewan não pareceu surpreso quando desci a escada. — Jason, certo?

— Não. Eu sou O *Coiso*.

— Ela só chama você assim quando está *muito* irritada.

— É, tipo em todos os minutos de todas as horas de todos os dias.

— Não é verdade. Juro. E, nossa, você precisava ter ouvido do que ela *me* chamou depois de passar uma manhã inteira no cabeleireiro — Ewan fez uma cara de culpado bem engraçada — e eu nem perceber.

— Do quê?

— Se eu repetir com as mesmas palavras — Ewan baixou a voz —, pedaços de gesso desabariam do teto, horrorizados. O papel de parede se descolaria sozinho. *Isso* causaria uma péssima primeira impressão em seus pais, não acha? Mil desculpas, mas algumas coisas devem permanecer envoltas em segredo.

Ser o Ewan deve *matar a pau.* Conseguir falar desse jeito. Consigo pensar em muitos cunhados piores. — Posso sentar no seu MG?

Ewan conferiu seu volumoso relógio Sekonda (com pulseira de metal). — E por que não?

— E aí, gostou?

Volante de camurça. Couro vermelho-sangue, detalhes em nogueira e cromados. Câmbio encaixado na minha palma. Puro estilo, bancos macios que pareciam me abraçar. O brilho fantasmagórico do painel quando Ewan colocou a chave na ignição. Ponteiros flutuando em mostradores. Capota com cheiro de alcatrão inchando com o vento. Uma música incrível se espalhava pelo carro todo, saindo de quatro alto-falantes escondidos. ("'Heaven', Ewan me contou, animado e orgulhoso. Talking Heads. David Byrne é um gênio". Só balancei a cabeça, ainda absorvendo tudo aquilo.) O odor amargo de laranja de um purificador de ar cristalino. Um adesivo da Campanha de Desarmamento Nuclear ao lado do selo do imposto rodoviário. *Nossa*, se eu tivesse um carro como esse MG do Ewan eu sairia de Black Swan Green mais rápido que um Super Étendard. Ficaria longe dos meus pais e de suas discussões três, quatro e cinco estrelas. Longe da escola, de Ross Wilcox, Gary Drake, Neal Brose e do sr. Carver. Dawn Madden poderia vir comigo, e mais *ninguém.* Eu saltaria como Evel Knievel dos White Cliffs em Dover, sobre o canal da Mancha, sob um nascer do sol impecável, irretocável. Depois de pousar nas praias da Normandia, a gente iria pro sul, onde mentiríamos sobre a nossa idade e trabalharíamos em vinhedos ou chalés de esqui.

Meus poemas seriam publicados pela Faber & Faber, trazendo na capa um desenho do meu rosto. Todos os fotógrafos de moda da Europa iriam querer fotografar Dawn. Minha escola se gabaria da gente em seus folhetos, mas eu nunca, nunca, *nunca* mesmo, voltaria pra lama de Worcestershire.

— Quer trocar? — sugeri a Ewan. — Meu carrinho programável pelo seu MG. É um tanque, na verdade, um Big Trak. Dá pra programar até vinte comandos.

Ewan fingiu se sentir torturado por essa proposta tentadora.

— Não sei se eu conseguiria enfrentar o trânsito maluco de Worcester, mesmo num Big Trak. — O hálito dele tinha cheiro de Tic-Tacs de hortelã, e senti também uma pitada de colônia Old Spice.

— Desculpa.

Julia bateu com os dedos na janela, com os olhos bem animados. Percebi que minha irmã chata é uma mulher. Julia usava um batom escuro e um colar de pérolas azuladas que tinha sido da nossa avó. Baixei a janela. Julia olhou pra dentro do carro. Primeiro pra Ewan, depois pra mim, depois pra Ewan de novo. — Você se atrasou.

Ewan baixou o volume do Talking Heads. — *Eu* me atrasei? Aquele sorriso não tem nada a ver comigo.

Será que meus pais um dia foram desse jeito?

Nossa sala de jantar meio que tremeu toda, como se uma bomba silenciosa tivesse explodido. Eu, minha mãe e Julia congelamos enquanto a Radio 4 informava o navio que tinha afundado. O HMS *Coventry* estava ancorado no lugar habitual, ao norte de Pebble Island, com a fragata HMS *Broadsword*. Aproximadamente às duas da tarde, uma dupla de Skyhawks inimigos apareceu do nada, voando ao nível do convés. O *Coventry* lançou Sea Darts, mas errou, deixando os Skyhawks soltarem quatro de suas bombas de quatrocentos e cinqüenta quilos à queima-roupa. Uma delas caiu depois da popa, mas as outras três acertaram em cheio o lado esquerdo do navio. As três explodiram lá dentro, acabando com os sistemas de energia. As equipes de controle de incêndio logo ficaram sobrecarregadas, e em questão de minutos o *Coventry* estava em sérios apuros. Sea Kings e helicópteros Wessex voaram de San Carlos pra resgatar os homens na água congelante. Quem não tinha ferimentos foi transferido pras tendas de campanha. Os casos mais sérios foram levados direto pros navios-hospital.

Não lembro qual foi o assunto que veio depois no noticiário.

— Dezenove de quantos? — quis saber minha mãe, com as mãos na frente da boca.

Graças ao meu álbum de recortes, eu sabia a resposta. — Uns trezentos.

Julia fez um cálculo. — Então temos mais de noventa por cento de chances de Tom estar a salvo.

Minha mãe tinha ficado pálida. — *Coitada* da mãe dele! Deve estar se *descabelando*.

— Coitada da Debby Crombie também — pensei em voz alta.

Minha mãe não sabia de nada. — E o que a Debby Crombie tem a ver com isso?

— Debby namora o Tom — informou Julia.

— Ah — disse minha mãe. — Ah.

Pros países, a guerra pode ser um leilão. Pros soldados é uma loteria.

Já eram oito e quinze e o ônibus da escola ainda não tinha chegado. O canto dos passarinhos soava em código morse no carvalho do parque. Uma fresta nas cortinas do andar de cima do Black Swan se abriu, e acho que enxerguei Isaac Pye bem no meio de um raio de sol, lançando seu mau-olhado em cima da gente. Ainda não tinha nem sinal do Nick Yew, mas ele é sempre um dos últimos a chegar, porque vem caminhando lá de Hake's Lane.

— Minha velha tentou telefonar pra senhora Yew — disse John Tookey —, mas o telefone dela estava ocupado. Todas as vezes.

— Metade da vila estava tentando ligar pra lá — comentou Dawn Madden. — Por isso ninguém conseguia.

— É — concordei. — A linha ficou congestionada.

Mas Dawn Madden nem percebeu que eu tinha falado alguma coisa.

— Bum bum-*bum* — cantarolou o Errado. — Bum-*ca*-bum-BUM!

— Cala essa boca, Errado — explodiu Ross Wilcox. — Senão eu calo pra você.

— Deixa o Errado em paz — disse Dawn Madden pro Ross Wilcox. — Ele não tem *culpa* de ser ruim da cabeça.

— Cala essa boca, Errado — imitou Errado. — Senão eu calo pra você.

— Tom deve estar bem — disse Grant Burch. — Senão a gente ia saber.

— É — concordou Philip Phelps. — Senão a gente ia saber.

— Aqui tem eco, é? — grunhiu Ross Wilcox. — E como *vocês* dois iam saber, hein?

— Eu ia saber no *mesmo* instante que os Yew — Grant Burch se gabou —, pelos canais da Marinha. Eles ligariam pro *meu* velho, porque ele e o velho do Tom cresceram juntos. Por *isso* eu ia saber.

— *Sei*, Burch — zombou Wilcox.

— É. — Como o pulso de Grant Burch ainda está engessado, ele não pode fazer muita coisa a respeito do sarcasmo de Wilcox. Mas Grant Burch nunca se esquece. — *Eu* sei.

— Ei! — apontou Gavin Coley. — Ali!

Gilbert Swinyard e Pete Redmarley surgiram bem ao longe, muito depois da encruzilhada.

— Devem ter ido pra Hake's Lane bem cedo — chutou Keith Broadwas. — Pra casa dos Yew. Pra ver se estava tudo bem com o Tom.

A gente notou que Gilbert Swinyard e Pete Redmarley estavam quase correndo.

Testei *Por que o Nick não tá com eles?*, mas o Carrasco bloqueou "Nick".

— Mas por que — disse Darren Crome — eles estão sem o Nick?

Pássaros explodiram sem aviso pra fora do carvalho. A gente levou um susto, mas ninguém riu. Foi incrível de ver. Incontáveis centenas de pássaros deram uma volta inteira no parque, formando um círculo que se estendia que nem elástico, depois outra volta, mais curta, uma terceira volta e aí, como se estivessem obedecendo a uma ordem, sumiram de novo pra dentro da árvore.

— Talvez — supôs Dawn Madden — Nixon tenha dado permissão ao Nick pra não ir pra escola hoje. Considerando que...

Era um palpite sensato, mas agora a gente conseguia ver a expressão no rosto de Swinyard e de Redmarley.

— Oh... — murmurou Grant Burch. — *Porra*, não.

— A esta altura — o sr. Nixon tossiu pra limpar a garganta —, não tenho dúvidas que todos vocês estão cientes de que Thomas Yew, um veterano da nossa escola, foi morto nas últimas vinte e quatro horas no conflito pelas ilhas Falklands. — (Nosso diretor tinha razão, todo mundo sabia. Norman Bates, o motorista do ônibus da escola, estava ouvindo a rádio Wyvern quando citaram o nome do Tom Yew.) — Thomas não foi o garoto mais estudioso a passar pelos bancos da nossa escola, nem o mais obediente. Na verdade, meu registro de crimes e castigos informa que fui obrigado a administrar a palmatória em nada mais, nada menos que quatro ocasiões. Mas, assim como eu, Thomas não é — (silêncio triste) — *era* — (outro silêncio) — o tipo de homem que guarda rancor. Quando o oficial de recrutamento da Marinha Real me procurou em busca de referências sobre a personalidade de Thomas, me senti apto a recomendar de modo incondicional e sem reservas esse impetuoso jovem. Thomas devolveu o favor alguns meses depois, convidando a mim e à minha mulher para sua cerimônia de formatura na Marinha, em Portsmouth. Raras vezes — (um burburinho de espanto com a idéia de alguém ter se casado com o sr. Nixon tomou conta da sala. Bastou um olhar dele pra que o burburinho cessasse) —, *raras vezes* aceitei um convite a um evento oficial com tanto prazer, com tanto orgulho. Thomas havia claramente florescido sob a disciplina militar. Amadurecera para se tornar um embaixador digno de nossa escola, um trunfo para as forças de Sua Majestade. É por isso que o pesar que senti esta manhã, ao saber de sua morte — (será que a voz do Nixon falhou mesmo?) — a bordo do HMS *Coventry*, é tão amargo quanto sincero. A atmosfera de depressão tanto na sala de professores quanto neste salão me indica que esse pesar é compartilhado por todos nós — (o sr. Nixon tirou os óculos e por um instante não parecia mais um comandante das SS, mas só um pai cansado). — Enviarei um telegrama de condolências à família de Thomas após esta reunião, em nome da escola. Espero que os alunos mais próximos da família Yew ofereçam seu apoio. Poucas, talvez nenhuma, das crueldades impostas pela vida são mais dolorosas que a morte de um filho ou um irmão. Contudo, também espero que concedam à família de Thomas um espaço suficiente para lidar com o luto — (Algumas das garotas do terceiro ano estavam chorando. O sr. Nixon olhou na direção delas, mas tinha desligado seu raio mortal. Não disse nada por cinco, dez, quinze segundos. As pessoas começaram a ficar inquietas. Vinte, vinte e cinco, trinta segundos. Interceptei um olhar da srta. Ronkswood pra srta. Wyche que dizia *Será que ele está bem?* A srta. Wyche encolheu os ombos bem discretamente.) — Espero — o sr. Nixon finalmente prosseguiu — que, ao pensar no sacrifício de Thomas, todos vocês pesem as conseqüências da violência, seja ela militar ou emocional. Espero que percebam quem inicia a violência, quem conduz a violência e quem deve pagar o preço da violência. Guerras não surgem simplesmente do nada. Guerras se formam durante um longo período de tempo e, acreditem, sempre há uma enorme parcela de culpa a ser compartilhada por todos aqueles que falharam em impedir sua chegada sangrenta. Espero também que descubram aquilo que é realmente precioso na vida de vocês e aquilo que não passa de... bobagem... afetação... futilidade... pose... vaidade — nosso diretor parecia exausto. — Isso é tudo. — O sr. Nixon fez um sinal com a cabeça pro sr. Kempsey, no paino. O sr. Kempsey pediu à gente que relembrasse o hino que diz *Oh escute enquanto clamamos a ti por aqueles que se arriscam no mar.* Todo mundo se levantou e cantou esse hino pro Tom Yew.

Reuniões normais geralmente têm mensagens bem claras, como *É Bom Ajudar os Outros* ou *Até os Menos Inteligentes Podem Ter Sucesso Se Nunca Desistirem.* Mas não tenho certeza nem se os professores tinham certeza sobre o que o sr. Nixon queria dizer naquela manhã.

A morte de Tom Yew arruinou a emoção da guerra. Como não era possível trazer o corpo dele de volta pra Worcestershire, Tom Yew foi enterrado por lá, naquelas ilhas rochosas sobre as quais combates ainda eram travados. Nada voltou ao normal. Fingir luto é divertido. Mas, quando alguém realmente morre, tudo começa a se arrastar de um jeito horrível. Tem guerras que duram meses, anos. Como a Guerra do Vietnã. Quem garante que esta não vai ser mais uma delas? Os argentinos têm trinta mil homens a postos nas Falklands. Nós só temos seis mil tentando avançar da nossa cabeça-de-ponte. Como dois dos nossos *três* helicópteros Chinook se perderam quando o *Atlantic Conveyor* foi afundado, nossos soldados precisam avançar até Port Stanley a pé. Acho que até Luxemburgo tem mais de três helicópteros decentes. Correm boatos de que a Marinha argentina está saindo dos portos e bloqueando nossas rotas marítimas até a ilha Ascensão. Também estamos ficando sem combustível. (Parece até que as Forças Armadas da Grã-Bretanha são um furgão bem vagabundo.) Mount Kent, Two Sisters, Tumbledown Mountain. Os nomes são simpáticos, mas o terreno não é. Brian Hanrahan disse que a única proteção dos fuzileiros são rochedos gigantes. Nossos helicópteros não podem dar cobertura aérea por causa da névoa, da neve, do granizo e das ventanias. Ele comparou com Dartmoor no auge do inverno. Nossos pára-quedistas não podem cavar trincheiras porque o solo é duro demais, e alguns já estão sofrendo de geladura. (Uma vez meu avô disse que o pai *dele* teve geladura em Passchendaele, em 1916.) East Falkland é um imenso campo minado. Tem minas nas praias, nas pontes, nos canais, em todo lugar. À noite, os atiradores de elite inimigos lançam sinalizadores e o terreno fica iluminado como o interior de uma geladeira. Chovem balas. De acordo com um especialista, os argentinos estão gastando munição como se tivessem um estoque infinito. E nossos homens não podem bombardear os prédios, porque acabariam matando os mesmos civis que estamos lá pra salvar. E nem são muitos. O general Galtieri sabe que o inverno está do lado dele. Da sacada do seu palácio, anunciou que a Argentina vai lutar até o último homem. É vida ou morte.

Nick Yew não voltou pra escola. Dean Moran viu ele na vendinha do sr. Rhydd, comprando uma caixa de ovos e detergente pra louça, mas não soube o que falar. Moran falou que Nick estava com cara de morto.

Na semana passada o *Malvern Gazetteer* colocou uma fotografia do Tom Yew na primeira página. Estava sorrindo e batendo continência pra câmera, com seu uniforme de marinheiro. Colei o recorte no meu álbum. As páginas estão acabando.

Quando cheguei em casa na segunda-feira, a entrada estava bloqueada por uns dez blocos de granito e cinco sacos com a inscrição ENCHIMENTO. E *mais* um casco de tartaruga gigante que na verdade era uma lagoinha pré-moldada em fibra de vidro. O sr. Castle estava no alto de uma escadinha, aparando a cerca viva que divide seu jardim do nosso. — Seu pai anda recriando os Jardins Suspensos da Babilônia, é?

— É mais ou menos isso.

— Espero que ele tenha uma retroescavadeira escondida na garagem.

— Hein?

— Aí tem mais de uma tonelada de pedra. Ninguém vai conseguir mover essas *coisinhas* usando um carrinho de mão. E também rachou feio o asfalto. — O sr. Castle sorriu e fez uma careta ao mesmo tempo. — Eu estava aqui quando os sujeitos largaram as pedras, vi tudo.

Minha mãe chegou em casa vinte minutos mais tarde, totalmente *transtornada*. Eu estava assistindo à guerra na tevê e ouvi pelo corredor ela telefonando pros paisagistas. "Vocês ficaram de trazer as pedras *amanhã*! Ficaram de colocá-las no *jardim*, não de largá-las na *frente* da minha casa! Um 'mal-entendido?' Um 'mal-entendido'? Não. Eu chamo *isso* de *burrice criminosa*! Onde vamos *estacionar* agora?" A ligação terminou com a minha mãe berrando as palavras "falar com meus advogados!" e batendo o telefone.

* * *

Quando meu pai chegou em casa às sete horas, não mencionou as pedras na entrada. Não falou nada. Mas o *jeito* que ele não falou nada foi magistral. Como minha mãe também não mencionou as pedras, entramos num impasse. Dava pra ouvir a tensão na sala, como se fossem cabos de aço rangendo. Minha mãe vive se gabando pras visitas e parentes que, não importa o que aconteça, nossa família sempre se reúne pro jantar. Ela teria feito um favor a todos nós se tivesse dado uma folga pra essa tradição naquela noite. Julia fez o que pôde pra espichar uma história sobre a prova de assuntos internacionais (todas as perguntas eram sobre coisas que ela tinha estudado). Meus pais ouviram tudo com atenção, muito educados, mas eu meio que *sentia* as pedras lá fora, esperando serem mencionadas.

Minha mãe serviu a torta de melado e o sorvete de baunilha.

— Espero não ser acusado de estar sendo um chato, Helena — meu pai começou —, mas pode me informar quando vou poder estacionar meu carro na minha garagem?

— *Amanhã* eles vão colocar as pedras no lugar. Houve um mal-entendido sobre a entrega. Tudo estará terminado amanhã à noite.

— Ah, ótimo. É que o nosso seguro determina claramente que a cobertura não vale se o carro estiver estacionado *na rua*, e caso...

— *Amanhã*, Michael.

— Fantástico. Por sinal, adorei esta torta de melado. É do Greenland?

— Sainsbury.

Nossas colheres rasparam nos pratos.

— Espero não ser acusado de estar sendo um intrometido, Helena...

(As narinas da minha mãe ficaram rígidas, como se ela fosse um touro de desenho animado.)

— ...mas espero que essa gente ainda não tenha sido *paga* por nós.

— Não. Só paguei um sinal.

— Um sinal. Entendo. Só perguntei porque *existem* verdadeiras histórias de terror sobre pessoas que entregam grandes somas em dinheiro para aventureiros nesses negócios meio duvidosos. Antes que você consiga telefonar para um advogado, o dono já deu uma de Ronnie Biggs e fugiu para a costa de las Batatas ou sei lá para onde. E o pobre do cliente nunca recupera um centavo do suado dinheirinho que pagou. Esses vigaristas enganam os crédulos com uma facilidade perturbadora.

— Você *disse* "Eu lavo as mãos sobre esse assunto", Michael.

— Sim, eu disse — meu pai não conseguiria esconder a satisfação nem se a vida dele dependesse disso —, mas não esperava me ver impossibilitado de estacionar meu próprio carro na minha própria garagem. Isso é tudo que eu queria dizer.

Alguma coisa silenciosa se quebrou sem cair.

Minha mãe saiu da mesa. Sem raiva, sem lágrimas, mas de um jeito pior. Como se nenhum de nós estivesse ali.

Meu pai ficou olhando fixamente pro lugar onde minha mãe estava sentada.

— Hoje, na minha prova — Julia enrolou uma mecha de cabelo no dedo —, apareceu um termo que não sei se entendo direito. "Vitória de Pirro." Você sabe o que é "vitória de Pirro", pai?

Meu pai encarou Julia com um olhar bem complicado.

Julia nem piscou.

Meu pai se levantou e foi pra garagem, certamente pra fumar.

Os destroços da sobremesa jaziam entre mim e a Julia.

Olhamos pra tudo aquilo por um instante. — Uma vitória de *quê*?

— "Pirro." Vem da Grécia Antiga. Uma vitória de Pirro é quando você vence uma batalha, mas o custo da vitória é tão alto que teria sido melhor nem ter lutado. É um termo útil, né? Bem, Jace. Parece que a louça é nossa de novo. Quer lavar ou enxugar?

Declarado cessar-fogo nas Falklands

Na Grã-Bretanha inteira é como se fosse Cinco de Novembro, Natal, Dia de São Jorge e Jubileu de Prata da Rainha, tudo ao mesmo tempo. A sra. Thatcher apareceu do lado de fora da casa número 10 da Downing Street, dizendo "Alegrem-se! Somente alegrem-se!". Os *flashes* dos fotógrafos e a multidão *enlouqueceram*; ela nem parecia um político, mas os quatro membros do Bucks Fizz no concurso musical Eurovision, ao mesmo tempo. Todo mundo cantava *"Rule, Britannia, Britannia rules the waves, Britons never never never shall be slaves"* sem parar. (Será que essa música tem outros versos ou é mesmo só um refrão infinito?) Desta vez a cor do verão não é o verde, mas o vermelho, branco e azul da bandeira britânica. Sinos são tocados, faróis são acesos, festas explodem nas ruas de todo o país. Ontem à noite o Isaac Pye promoveu uma *happy hour* no Black Swan que durou a noite toda. Tumultos explodiram nas principais cidades da Argentina, com saques e tiroteios, e tem gente dizendo que é só uma questão de tempo pra Junta ser derrubada. O *Daily Mail* só repete como a Grandiosa Coragem Britânica e a Grandiosa Liderança Britânica venceram a guerra. *Nunca* na história das pesquisas de opinião um primeiro-ministro foi tão popular quanto a premiê Margaret Thatcher.

Eu *deveria* estar bem feliz.

Julia lê o *Guardian*, que publica um monte de coisas que não aparecem no *Daily Mail*. Ela disse que a maioria dos trinta mil soldados inimigos era de recrutas e índigenas. As tropas de elite argentinas correram de volta pra Port Stanley assim que os pára-quedistas britânicos começaram a avançar. Alguns dos soldados que ficaram pra trás foram mortos com baionetas. Imagine ter os intestinos arrancados por um corte na sua barriga! Que maneira mais 1914 de morrer em 1982. Brian Hanrahan falou que viu um prisioneiro ser entrevistado e dizer que eles nem sabiam o *que* eram as Malvinas ou *por que* tinham sido levados pra lá. De acordo com a Julia, os principais motivos da nossa vitória foram (a) os argentinos não conseguiram comprar mais Exocets, (b) a Marinha argentina ficou escondida em portos no continente e (c) a Força Aérea argentina ficou sem pilotos experientes. Julia disse que teria sido mais barato assentar todos os habitantes das Falklands em sua própria fazenda nas Cotswolds do que ter ido à guerra. Ela calcula que ninguém vai querer pagar pra limpar a bagunça, então uma boa parte das terras cultiváveis das ilhas vai ter que ficar isolada até que as minas enferrujem.

Isso pode levar cem anos.

Hoje a matéria principal do *Daily Mail* tenta descobrir se o cantor Cliff Richard está fazendo sexo com a tenista Sue Barker ou se eles são apenas bons amigos.

Tom Yew escreveu uma carta pra família um dia antes de o *Coventry* ser afundado. Uns dias atrás essa carta voltou pra Black Swan Green. Como era madrinha do Tom Yew, a mãe do Dean Moran leu a carta e Kelly Moran acabou ficando por dentro dos detalhes. Nossos marinheiros acharam os habitantes das ilhas Falklands um bando de abobalhados que só se reproduzem entre si ("*Falando sério*", Tom escreveu, "*alguns desses caras são pais de si mesmos*"), como Benny, o faz-tudo débil mental do seriado *Crossroads*. Eles até começaram a chamar os ilhéus de "Bennies".

("*Não estou inventando coisas... hoje cedo conheci um Benny que pensava que chip de silício fosse um tipo de salgadinho.*") Logo todo mundo dos escalões mais baixos estava dizendo "Benny" isso, "Benny" aquilo. Quando os oficiais ficaram sabendo, publicaram uma ordem pra impedir os homens de continuar usando esse termo. Eles pararam. Mas uns dois dias depois Tom foi interrogado por um tenente que exigia saber por que a tripulação tinha começado a se referir aos locais como "Contínuos", em vez de "Bennies". ("*Aí eu respondi pro tenente: 'Porque eles continuam sendo Bennies, senhor'.*")

Meu pai estava meio certo, meio errado sobre o jardineiro paisagista estar aplicando um golpe. Quando eles pararam de atender aos telefonemas, minha mãe pegou o carro e foi até Kidderminster. Só encontrou uma cadeira quebrada num escritório vazio, com uns fios pendendo das paredes. Dois homens colocando uma máquina de xerox num caminhão disseram que a empresa tinha falido. Assim, as pedras do jardim de pedras ficaram mais duas semanas na nossa entrada, até o sr. Broadwas voltar das férias em Ilfracombe. O sr. Broadwas faz uns serviços de jardinagem pros meus pais. Meu pai meio que botou minha mãe pra escanteio na operação de resgate. Às oito da manhã de hoje (sábado), um caminhão enorme com uma empilhadeira na caçamba estacionou na frente de casa. Da cabine saíram o sr. Broadwas e seus filhos Gordon e Keith. Doug, genro do sr. Broadwas, dirigia a empilhadeira. Primeiro meu pai e Doug tiraram o portão lateral pra que a empilhadeira pudesse levar o granito até os fundos. Depois a gente começou a cavar o buraco pra lagoinha. Todo mundo suando sem parar. Minha mãe ficou meio por perto, pairando nas sombras, mas homens segurando pás levantam um muro invisível. Ela trouxe uma bandeja com café e biscoitos amanteigados. Todo mundo agradeceu a minha mãe de forma bem educada, e minha mãe respondeu "Não por isso" com muita educação. Meu pai me mandou pegar a bicicleta e ir pra vendinha do sr. Rhydd comprar refrigerante 7-Up e chocolates Mars Bars. (O sr. Rhydd me contou que até agora aquele era o dia mais quente de 1982.) Depois que voltei, eu e o Gordon levamos os baldes de terra fofa de carrinho até um canto do quintal. Eu não sabia o que conversar com Gordon Broadwas. Gordon está na mesma série que eu na escola (numa turma um pouco abaixo da minha), e ali estava meu pai *pagando* ao pai dele pra fazer coisas. Não é *constrangedor*? Acho que o Gordon também ficou constrangido, porque não falou muito. Minha mãe foi ficando cada vez mais séria à medida que o jardim de pedras do nosso quintal e o jardim de pedras do projeto dela iam ficando cada vez mais diferentes. Depois que o molde da lagoinha foi colocado no lugar, paramos pra comer uns sanduíches tostados, e minha mãe avisou que estava indo fazer umas compras em Tewkesbury. Depois que ela saiu com o carro e a gente voltou a trabalhar, meu pai suspirou e fez uma piada. — Mulheres, hein? Ficou *anos* enchendo meu saco por causa deste jardim de pedras e agora me sai pra fazer compras...

O sr. Broadwas balançou a cabeça como um jardineiro, não como um aliado.

Quando minha mãe voltou pra casa, o sr. Broadwas, os filhos dele, Doug e a empilhadeira tinham ido embora. Meu pai tinha me deixado encher a lagoinha com a mangueira. Eu estava jogando espirobol sozinho. Julia tinha saído pra comemorar o fim das provas do ensino médio na boate Tanya, em Worcester, junto com Kate, Ewan e uns amigos dele. Meu pai estava colocando umas plantinhas que pareciam samambaias nas frestas entre as pedras. — E então? — Sacudiu a pá de jardineiro — Qual o veredicto?

— Muito bonito — disse minha mãe.

Na mesma hora percebi que ela sabia algo que a gente não sabia.

Meu pai balançou a cabeça. — Os rapazes não fizeram um mau trabalho, hein?

— Não, nada mau mesmo.

— O senhor Broadwas disse que vai ser a melhor lagoinha de jardim da vila inteira assim que meus arbustos começarem a crescer. Mas me diga, nossa voltinha por Tewkesbury foi proveitosa?

— Foi muito agradável, obrigada — respondeu minha mãe, enquanto um homem gorducho com suíças que pareciam postiças surgiu empurrando um enorme balde branco com rodinhas e tampa. — Senhor Suckley, este é o meu marido e aquele é o Jason, meu filho. Michael, este é o senhor Suckley.

O sr. Suckley olhou pra mim e pro meu pai e disse "Como vão?".

— Ali está a lagoinha — minha mãe indicou. — Tenha a bondade, senhor Suckley.

O sr. Suckley empurrou seu balde com rodas até a beira da lagoinha, equilibrou ele por lá e ergueu uma espécie de portinhola. Água jorrou pra fora do balde, junto com dois peixes enormes. Não eram peixinhos minúsculos, como aqueles que a gente compra em sacos plásticos na Goose Fair. Esses aí devem ter custado uma *nota*. — Os japoneses reverenciam as carpas como tesouros vivos — explicou minha mãe. — São símbolos de vida longa. Elas vivem décadas. Talvez durem mais que nós.

O nariz do meu pai parecia bem, *bem* desconjuntado.

— Ah, Michael, eu *sei* que a sua empilhadeira foi um gasto inesperado. Mas pense em quanto economizamos ao usar granito em vez de mármore. E a melhor lagoinha da vila precisa ter os melhores peixes, não concorda? Qual é mesmo o nome japonês deles, senhor Suckley?

O sr. Suckley deixou as últimas gotas escorrerem pra dentro da lagoinha. — *Koi.*

— Koi. — Minha mãe olhou pra dentro da lagoinha com um olhar maternal. — O dourado comprido é "Moby". O pintado a gente pode chamar de "Dick".

Hoje aconteceu tanta coisa que tudo até que podia ter terminado com o sr. Suckley. Mas depois do chá eu estava jogando dardos na garagem quando a porta dos fundos se escancarou. — *Fora!* — O berro da minha mãe estava *deformado* de ódio. — FORA, seus *MONSTROS* imundos!

Corri pro quintal a tempo de ver minha mãe *atirar* a caneca do Príncipe Charles e da Princesa Diana numa garça *gigantesca* empoleirada num dos granitos do jardim de pedras. O chá flutuava pra fora como líquido em gravidade zero enquanto o míssil atravessava um cinturão de mosquitos iluminados pelo sol. A garça ergueu suas asas angelicais. Sem pressa, com movimentos poderosos das asas, ela se ergueu no ar. Moby estava se debatendo no seu bico. — *BOTA* meu PEIXE no *CHÃO!* — berrou minha mãe. — Seu PÁSSARO *desgraçado!*

A cabeça de marionete do sr. Castle surgiu por sobre a cerca do quintal.

Minha mãe ficou encarando a garça, estarrecida, enquanto ela encolhia no azul infinito.

Moby se debate à luz do Dia do Juízo.

Meu pai assiste a tudo isso pela janela da cozinha. Não está rindo. Ele venceu.

E eu? *Eu* quero dar um monte de *chutes* nos *dentes* dessa porcaria de mundo *idiota* até o imbecil *entender* que *não magoar as pessoas* é dez *mil* vezes mais importante que ter *razão.*

Fantasmas

E ali estava eu, amarrando uma linha de costura no batedor da porta do sr. Blake, *cagado* de medo. O batedor era um leão de bronze rugindo. A-*tirei o pau no leão-ão-ão e o leão-ão-ão engoliu minha cabeça-ça-ça.* Às minhas costas, no parquinho, Ross Wilcox torcia pra que eu fizesse bobagem. Dawn Madden estava sentada ao lado dele no trepa-trepa. Atrás de sua linda cabeça, uma auréola formada pela lâmpada do poste de luz. Vai saber o que *ela* estava pensando. Gilbert Swinyard e Pete Redmarley rodavam no gira-gira, bem devagar, analisando meu desempenho. Dean Moran estava no alto da gangorra, com Pluto Noak sentado na outra ponta, segurando o peso. O cigarro dele brilhava. Pluto Noak é o motivo de eu estar onde estava. Quando o sr. Blake confiscou a bola de futebol depois que um chutão do Gilbert Swinyard fez ela parar no seu jardim, Noak falou "Na *minha* opinião, esse velho anda merecendo uma boa *pegadinha*" (ele chegou a lamber a última palavra). "Pegadinha" parece até um termo simpático, mas muitas vezes a simpatia encobre maldades. Bater numa porta e sair correndo antes que a vítima atenda parece uma brincadeira inofensiva, mas pegadinhas inspiram idéias paranóicas como *Será o vento, só uns garotos ou alguém que está chegando pra me matar?* e *De todas as casas na vila, por que logo a minha?*

E isso é sacanagem.

Ou talvez a culpa tenha sido do Ross Wilcox. Se ele não tivesse se agarrado com a Dawn Madden daquele jeito todo *babado*, eu poderia ter escapulido pra casa quando Pluto Noak mencionou a pegadinha. Eu poderia não ter me gabado de como meu primo Hugo aplica pegadinhas amarrando a ponta de um carretel de linha no batedor pra então bater na porta de uma distância segura, deixando a vítima *maluca*.

Wilcox tentou acabar com a idéia. — Vão enxergar a linha.

— Que nada — contra-ataquei. — Não se você usar linha preta e deixar bem solta, encostada no chão, depois de bater.

— Como *você* sabe, Taylor? Você *nunca* fez isso.

— Claro que fiz. Com meu primo. Em Richmond.

— Onde fica Richmond, porra?

— Fica praticamente em Londres. E foi *muito* divertido, matou a pau.

— Deve funcionar — disse Pluto Noak. — O mais difícil deve ser amarrar a linha.

— Tem que ter colhões pra fazer isso. — Dawn Madden estava usando calças de couro de cobra.

— Que nada. — Quem começou tudo fui *eu*. — É fácil pra cacete.

Mas amarrar linha de costura numa aldraba numa situação em que se distrair significa a *morte* não tem nada de fácil pra cacete. A televisão do sr. Blake estava ligada no noticiário das nove. Pela janela aberta escapavam cheiro de cebola e notícias da guerra em Beirute. Correm boatos de que o sr. Blake tem um rifle de pressão.

Ele trabalhava numa fábrica de equipamento de mineração em Worcester, mas foi demitido e nunca mais fez nada. A mulher dele morreu de leucemia. Ele tem um filho chamado Martin, que agora deve estar com uns vinte anos, mas uma noite (de acordo com Kelly Moran) eles brigaram e Martin nunca mais foi visto. Uma pessoa já recebeu uma carta do Martin enviada de uma plataforma de petróleo do mar do Norte. Outra recebeu um cartão enviado de uma fábrica de enlatados no Alasca.

Mas, enfim, como Pluto Noak, Gilbert Swinyard e Pete Redmarley tinham ficado com medo, se impressionaram *bastante* quando falei que *eu* podia amarrar a linha. Só que meus dedos não conseguiam acertar nem um simples nó de laço.

Pronto.

Minha garganta secou.

Com *muito* cuidado, baixei a aldraba até encostar no leão de bronze.

O mais crucial era não estragar tudo, não entrar em pânico, não pensar no que o sr. Blake e meus pais fariam comigo se eu fosse pego.

Recuei, tentando não pisar com força na brita, desenrolando o carretel de linha.

As árvores pré-históricas do sr. Blake lançavam sombras tigrescas.

As dobradiças enferrujadas do portão rangeram como vidro prestes a se estilhaçar.

A janela do sr. Blake se abriu com tudo.

Um rifle de pressão foi disparado e um chumbinho atingiu meu pescoço.

Só quando o barulho da tevê desapareceu, percebi que a janela tinha se *fechado*. O chumbinho deve ter sido um besouro, sei lá. — Você tinha que ter visto sua cara quando a janela se mexeu — disse Ross Wilcox, rindo, quando voltei pro trepa-trepa. — Parecia que tinha cagado na cueca!

Mas ninguém riu junto com ele.

Pete Redmarley ficou bem sério. — Pelo menos ele foi lá e fez, Wilcox.

— É — disse Gilbert Swinyard. — Precisa de coragem pra fazer isso.

Dean Moran falou: — Boa, Jace.

Por telepatia, falei pra Dawn Madden: *Seu namorado mongolóide não teve coragem pra ir lá e fazer o que eu fiz.*

— Hora de brincar, garotada. — Pluto Noak saiu da gangorra e Moran desabou com tudo no chão. — Passa o fio pra cá, Jason — (Foi a primeira vez que ele me chamou de alguma coisa que não fosse "Taylor" ou "você".) — Esse escroto vai receber uma visitinha.

Empolgado com os elogios, estendi o carretel pra ele.

— Eu primeiro, Plut — pediu Pete Redmarley. — A linha de costura é *minha.*

— Que ladrão mentiroso, não é nada, você roubou da sua velha. — Pluto Noak desenrolou um pouco mais de linha enquanto subia o escorregador. — E além de tudo isto aqui exige técnica. Prontos?

Todo mundo concordou com a cabeça e fez pose de inocente.

Pluto Noak ergueu a linha e deu um puxão delicado.

O batedor no leão de bronze respondeu. *Um, dois, três.*

— *Perfeito* — murmurou Pluto Noak. Ouvi aquele *perfeito* como se fosse pra mim.

Como um machado cego, o silêncio matou qualquer barulho no parquinho.

Pluto Noak, Swinyard e Redmarley se olharam.

— Sim? — O sr. Blake surgiu num retângulo amarelo. — Olá?

Isto pode dar uma merda tão *grande*, pensei enquanto meu sangue ficava mais quente e mais fino.

O sr. Blake deu um passo à frente. — Tem alguém aí? — O olhar dele parou bem em cima da gente.

— O pai do Nick Yew — disse Pete Redmarley, como se a gente estivesse no meio de uma conversa — tá vendendo a Suzuki que era do Tom pro Grant Burch.

— Pro Burch? — bufou Wilcox. — Por que ele tá vendendo a moto pra esse *aleijado*?

— Ter um braço quebrado não torna ninguém um *aleijado* — disse Gilbert Swinyard. — Pelo menos na minha opinião.

Wilcox não se arriscou a responder. Adorei.

Durante esse tempo todo, o sr. Blake ficou olhando pra gente de um jeito maligno. No fim acabou voltando pra dentro de casa.

Pluto Noak riu quando a porta se fechou. — Caralho, foi ou não foi *matador*?

— *Matador* — repetiu Dean Moran.

Dawn Madden mordeu o lábio inferior e, disfarçando, deu um sorriso sincero olhando pra mim.

Amarro cinqüenta linhas, telegrafei pra ela em telepatia, *em cinqüenta portas*.

— Velho retardado — resmungou Ross Wilcox. — Deve ser cego que nem uma toupeira. Aposto que pisou na linha.

— E por que — quis saber Gilbert Swinyard — ele ia *procurar* uma linha?

— Agora deixa comigo, Plut — pediu Pete Redmarley.

— De jeito nenhum, safado. Isto aqui é divertido demais. Segundo *round*?

O batedor do sr. Blake soou uma, duas vezes...

Imediatamente a porta se escancarou, arrancando a linha das mãos do Pluto Noak. O carretel rolou pelo asfalto até parar embaixo do balanço.

— *Certo*, seu... — rosnou o sr. Blake na direção do garoto inexistente que não estava agachado de medo na soleira da sua porta ou em lugar nenhum.

Senti uma daquelas sensações esquisitas, quando *agora* não é *agora*.

O sr. Blake marchou pelo jardim, tentando encontrar um garoto escondido.

— Mas e quanto — perguntou Gilbert Swinyard a Peter Redmarley com uma voz alta e inocente — os Yew estão pedindo ao velho Burcher pela moto?

— Sei lá — respondeu Pete Redmarley — Umas duzentas, por aí.

— Duzentas e cinqüenta — Moran falou mais alto. — Kelly ouviu o Isaac Pye falando pro Texugo Harris lá no Black Swan.

O sr. Blake caminhou até o portão. (Tentei manter o rosto meio escondido, torcendo pra que ele não me conhecesse.) — *Giles Noak*. Eu devia ter imaginado. Quer passar outra noite na delegacia de Copton, é isso?

Se a polícia entrasse na história, é certo que o Wilcox ia me dedurar.

Pluto Noak se inclinou pra um dos lados do escorregador e cuspiu uma bola de catarro.

— Giles Noak, seu *merdinha* metido a besta.

— Tá falando comigo? Achei que você queria falar com o garoto que acabou de bater na sua porta e depois saiu correndo.

— Merda nenhuma! Foi *você*!

— Ah, é? E depois eu voei da sua porta até aqui dando um salto gigante?

— Então *quem* foi?

Pluto Noak deu uma risadinha, como quem diz *vai se foder*.

— Quem foi que fez o quê?

— Certo! — O sr. Blake deu um passo pra trás. — Vou chamar a polícia!

Pluto Noak fez uma imitação *destruidora* do sr. Blake. — "Seu guarda? Aqui quem fala é Roger Blake. Sim, o notório espancador de crianças desempregado de Black Swan Green. Olha só, tem um garoto batendo na minha porta e saindo correndo logo depois. Não, não sei o nome dele. Não, eu não vi, mas venham prender o safado. Ele precisa levar uma boa *surra* com um *cassetete duro e brilhante! Exijo* fazer isso eu mesmo."

Era apavorante pensar que minha pegadinha tinha causado *aquilo*.

— Depois do que aconteceu com o *inútil* do seu pai — a voz do sr. Blake ganhou veneno —, *você* já deveria saber onde o *lixo humano* vai parar.

Um espirro explodiu pra fora do Moran.

Esta é uma história real sobre Giles "Pluto" Noak. No outono passado ele namorava uma menina chamada Colette Turbot. Nosso professor de educação artística, o sr. Dunwoody, convidou a garota pra participar do Clube das Artes. As atividades desse clube acontecem depois do horário das aulas, e só participa quem é convidado por Dunwoody. Quando Colette Turbot chegou, descobriu que não tinha mais ninguém por lá além do Dunwoody. Ele mandou ela posar com os peitos de fora na sala escura, pra ele fotografar. Colette Turbot respondeu "*Acho que não, professor*". Dunwoody falou que se ela ficasse desperdiçando os dons que tinha, acabaria arruinando a própria vida, casando com retardados e trabalhando como caixa de supermercado. Colette Turbot foi embora. No dia seguinte, Pluto Noak e um colega da fábrica de torresmo de Upton apareceram no estacionamento dos professores na hora do almoço. Tinha uma multidão por lá. Pluto Noak e o amigo dele pegaram o Citroën de Dunwoody, um de cada lado, e *viraram o carro de cabeça pra baixo*. "SE VOCÊ CONTAR PROS PORCOS O QUE EU ACABEI DE FAZER", Pluto Noak se esgoleou na direção da janela da sala dos professores, "*EU* CONTO PROS PORCOS *POR QUE* EU FIZ ISSO!"

Um monte de gente *diz* "Eu não tô *nem* aí". Mas, pro Pluto Noak, não estar nem aí é uma religião.

Mas, enfim, o sr. Black recuou uns dois passos, meio desconfiado, antes que Pluto Noak chegasse ao portão. — Se você quer sair falando *desse* jeito sobre o pai de alguém, Roger, melhor ir até o fim. Vamos resolver isso que nem homens. Você e eu. Agora. Não tá com medo, né? Martin falou que você tem bastante talento pra quebrar a cara de jovens desobedientes.

— *Você* — quando o sr. Blake conseguiu recuperar a voz, ela soou rachada, meio histérica —, *você* não faz idéia do que diabos está *falando*.

— Mas o Martin sabia muito bem, né?

— Eu nunca encostei um *dedo* naquele garoto!

— Um dedo, não. — Levei um instante pra notar que era a voz do Dean Moran. — Atiçadores enrolados em fronhas eram mais *seu* estilo, né? — Com Dean Moran, nunca se sabe. — Pra não deixar marca nenhuma.

Pluto Noak aproveitou a vantagem. — Dias de glória, hein, *Rog*?

— Vocês são uns bostinhas odiosos! — O sr. Blake marchou de volta para casa. — Todos vocês! Logo, logo a polícia vai botar *vocês* pra fora...

— Meu velho tem defeitos, não sou eu que vou negar — gritou Pluto Noak —, mas ele *nunca* fez comigo *nada* parecido com o que você fez com Martin!

A porta do sr. Blake bateu com um estrondo alto como um tiro de espingarda.

Eu queria *muito* nunca ter aberto minha boca idiota pra falar da linha de costura.

Pluto Noak voltou, todo animado. — Belo tiro, Moran. Tô a fim de dar uns tiros no *Asteroids* lá no Black Swan. Vocês vêm?

O convite foi apenas pra Redmarley e Swinyard. — Sim, Plut — responderam os dois. Enquanto eles iam embora, Pluto Noak me fez um sinal com a cabeça que dizia *Muito bem.*

— Mas — Ross Wilcox *tinha* que abrir a boca — Blake vai encontrar o carretel de manhã.

Pluto Noak cuspiu na direção da lua brilhante de junho. — *Ótimo.*

Os recreios na escola costumam ser meio complicados. Se você passar o recreio sozinho, é um Perdedor Sem Amigos. Se tenta se meter num grupo de garotos de alto escalão como Gary Drake ou David Ockeridge, se arrisca a levar na cara um doloroso "O que *você* quer?". Se andar com garotos de baixo escalão como Floyd Chaceley e Nicholas Briar, está dizendo a todos que também é um deles. Falar com as garotas, como a turminha do vestiário da Avril Bredon, também não resolve o problema. Sim, com as garotas você não precisa ficar o tempo inteiro provando que é casca-grossa, e elas sem dúvida cheiram melhor. Mas logo começam os boatos de que você gosta de alguma delas. Corações e iniciais aparecem nos quadros-negros.

Tento passar meus recreios andando de um lado pro outro, sempre mudando de trajeto. Assim pelo menos dou a impressão de que tenho pra onde ir.

Mas hoje foi diferente. Uns garotos vieram atrás de *mim.* Queriam saber se eu tinha *mesmo* amarrado uma linha de costura na porta da casa do Roger Blake. Ter alguma reputação de casca-grossa é sempre útil, desde que os professores não percebam. Aí eu falei pra todos os garotos: "Ah, vocês não podem acreditar em tudo que ouvem por aí, sabem como é". É uma boa resposta. Significa tanto *Claro que é verdade* quanto *Por que eu conversaria sobre isso com você?*

— Que *doideira* — eles disseram. Agora falar isso é mania.

No bar da escola, Neal Brose estava atrás do balcão com os líderes de turma do último ano. (Neal Brose conseguiu uma permissão especial convencendo o sr. Kempsey de que tinha vontade de aprender sobre o mundo dos negócios.) Neal Brose andava me ignorando neste semestre, mas hoje ele me chamou: — O que vai ser, Jace?

Ele foi tão simpático que minha mente ficou vazia. — Double Decker?

Um Double Decker voou na direção do meu rosto. Levantei uma das mãos pra pegar. O chocolate encaixou *perfeitamente* na minha mão.

Um monte de garotos viu isso.

Neal Brose estendeu o polegar, indicando que era pra eu pagar ao lado. Mas, quando estendi minha moeda de quinze centavos, ele abriu um sorriso sacana e fechou meus dedos em cima das moedas, pra *parecer* que ele tinha pegado. Fechou a porta antes que eu pudesse falar qualquer coisa. Nunca um Double Decker foi tão gostoso. Nunca um nougat pareceu *tão* delicado. Nunca cereais com calda de groselha foram tão crocantes e doces.

Aí Duncan Priest e Mark Badbury apareceram com uma bola de tênis. — Que tal uma partidinha de bola no muro? — quis saber Mark Badbury. Como se nós fôssemos melhores amigos desde sempre.

— Legal — falei.

— *Legal*! — disse Duncan Priest. — Bola no muro é melhor com três pessoas.

* * *

O professor de educação artística era o mesmo sr. Dunwoody do carro que tinha sido virado de cabeça pra baixo pelo Pluto Noak no ano passado. De acordo com a Julia, o sr. Nixon se meteu na história pra salvar a própria pele, evitando um escândalo. Não aconteceu nada com Pluto Noak, e o sr. Dunwoody veio pra escola com a srta. Gilver até o Citroën ficar pronto. A gente acha que eles dariam um bom casal. Os dois odeiam seres humanos.

Mas, enfim, o rosto do sr. Dunwoody existe ao redor de um narigão *imenso*. Ele fede a inalador Vick. Só um companheiro de travadas conseguiria reconhecer seus leves deslizes em palavras que começam com T. Por algum motivo, a sala de educação artística tem um cheiro meio argiloso. A gente nunca usa argila. O sr. Dunwoody usa o forno como armário e a sala escura é uma zona misteriosa que só membros do Clube das Artes podem vislumbrar. Como da janela da sala de educação artística dá pra ver os campos de esportes, os garotos de alto escalão brigam por esses lugares. Alastair Nurton guardou um lugar na janela pra mim. Um sistema solar de balões de ar quente paira sobre as colinas Malvern, sobre aquela tarde perfeita.

Hoje a aula era sobre a razão áurea. De acordo com o sr. Dunwoody, um grego chamado Arquimedes descobriu o lugar certo pra se colocar uma árvore e o horizonte em qualquer imagem. O sr. Dunwoody ensinou a gente a encontrar a razão áurea usando proporções e uma régua, mas ninguém entendeu direito, nem mesmo o Clive Pike. O sr. Dunwoody fez uma cara de *Por que estou desperdiçando minha vida?* Aí beliscou o nariz e massageou as têmporas. — Quatro anos na Academia Real para *isso*. Peguem os lápis. Peguem as réguas.

No meu estojo, encontrei um bilhete que fez a sala de educação artística rodopiar.

NO CEMATÉRIO DA NOITE FANTASMAS

Um número e cinco palavras tinham acabado de mudar minha vida.

Quando você tem treze anos, gangues são coisa de criança, como esconderijos ou Lego. Mas os Fantasmas estão mais pra uma sociedade secreta. O pai do Dean Moran falou que os Fantasmas começaram muitos anos atrás, como um tipo de sindicato secreto pra trabalhadores agrícolas. Se um empregador não pagasse o que devia, por exemplo, os Fantasmas iam até ele pra fazer justiça. Naquela época, metade dos homens de Black Swan fazia parte dos Fantasmas. Isso mudou, mas continua uma coisa muito secreta. Fantasmas de verdade *nunca* falam no assunto. Eu e o Moran achávamos que Pete Redmarley e Gilbert Swinyard faziam parte deles, e Pluto Noak *tinha* que ser um dos líderes. Ross Wilcox se gabava de ser um membro, o que significa que ele não é. John Tookey é. Uma vez uns skinheads pegaram no pé dele numa discoteca em Malvern Link. Na sexta-feira seguinte, uns vinte Fantasmas, incluindo Tom Yew, foram até lá em bicicletas e motos. Todas as versões do que aconteceu terminam com os mesmos skinheads sendo forçados a lamber as botas de John Tookey. E essa é só uma das histórias. Existem mais de cem.

Parece óbvio que minha coragem de ontem à noite deve ter impressionado as pessoas certas. Pluto Noak, provavelmente. Mas quem será que entregou aquele bilhete? Coloquei ele no bolso do casaco do meu uniforme e vasculhei a sala em busca de um suspeito. Não senti coisa alguma vindo de Gary Drake nem de Neal Brose. David Ockeridge e Duncan Priest são populares, mas moram lá pros lados de Castlemorton e Corse Lawn. Fantasmas são coisa de Black Swan Green.

Umas garotas do segundo ano passaram correndo bem embaixo da janela, treinando pro Dia dos Esportes. O sr. Carver sacudiu o taco de hóquei na direção delas. Ficou parecendo o Sexta-Feira do Robinson Crusoé. Os peitos de Lucy Sneads sacudiam como um par de melões gêmeos.

E daí, por que importa saber quem me passou o bilhete?, pensei, olhando as batatas das pernas cor café-com-leite de Dawn Madden. *Importa é que ele chegou até mim.*

— Pérolas aos porcos! — bufou o sr. Dunwoody no inalador Vick. — Pérolas aos porcos!

Minha mãe estava conversando com a tia Alice no telefone quando cheguei em casa, mas ela acenou pra mim de um jeito bem animado. Wimbledon estava passando na tevê sem som. O verão se espalhava como vento pela casa aberta. Servi um copo de suco Robinson de limão com cevada pra mim e outro pra minha mãe. — Ah — ela falou quando botei o copo ao lado do telefone —, que filho *atencioso* eu criei! — Minha mãe tinha comprado *cookies* de chocolate Maryland. É uma marca nova, e são bons demais. Peguei cinco, subi a escada, troquei de roupa, deitei na cama, coloquei pra tocar o disco *Mr Blue Sky* da ELO e ouvi inteiro umas cinco ou seis vezes, tentando imaginar qual seria o teste que os Fantasmas iam me aplicar. Sempre tem um teste. Cruzar a nado o lago da floresta, escalar a pedreira em Pig Lane, invadir uns quintais à noite. E daí? Faço qualquer coisa. Se eu fosse um Fantasma, *todos* os dias seriam matadores como hoje.

O disco parou. Peneirei os sons da tarde.

* * *

Geralmente espaguete à bolonhesa é carne moída, espaguete e um monte de ketchup. Mas esta noite minha mãe preparou uma receita genuína, e nem era aniversário de ninguém. Meu pai, Julia e eu tentamos adivinhar os ingredientes, um de cada vez. Vinho, berinjela (parecia borracha, mas não dava vontade de vomitar), cogumelos, cenoura, pimentão vermelho, alho, cebola, queijo ralado bem grosso e um pó vermelho chamado páprica. Meu pai mencionou que antigamente as especiarias tinham o mesmo significado que hoje têm o ouro e o petróleo. Eram trazidas de Jacarta, de Pequim e do Japão por veleiros e escunas. Meu pai disse que naquela época a Holanda era tão poderosa quanto a URSS hoje em dia. A Holanda! (Muitas vezes eu acho que garotos não se *tornam* homens. Garotos são enfiados dentro de uma máscara de homem feita de papel machê. Às vezes dá pra ver que o garoto continua ali.) Julia falou sobre sua tarde no escritório do advogado em Malvern. Ela está trabalhando por lá no verão, cuidando dos arquivos, atendendo ao telefone e datilografando cartas. Está economizando pra sair de férias com Ewan em agosto, usando um passe de trem. Você paga cento e setenta e cinco libras e pode passar um mês pegando trens pra *qualquer* lugar da Europa. Acrópole no nascer do dia. Luar sobre o lago Genebra.

Maravilha.

Mas enfim. Chegou a vez da minha mãe. — Vocês não vão *acreditar* quem eu encontrei hoje na casa da Penelope Melrose.

— Esqueci *completamente* de perguntar. — Meu pai anda se esforçando muito pra ser legal. — Como foi? Quem estava lá?

— Penny está ótima... mas *Yasmin Morton-Bagot* também estava por lá.

— "Yasmin Morton-Bagot"? Esse nome *só pode* ser invenção.

— Ninguém inventou esse nome, Michael. Ela foi ao nosso casamento.

— Foi, é?

— Penny, Yasmin e eu éramos *inseparáveis* na época da faculdade.

— O sexo frágil, Jason — meu pai fez um sinal divertido com a cabeça —, caça em bandos.

Não me pareceu errado sorrir também.

— Certo, pai — comentou Julia. — Ao contrário do sexo *supostamente* forte, é isso que o senhor quer dizer?

Minha mãe seguiu em frente. — Yasmin nos deu os cálices venezianos.

— Ah, *aquelas* coisas! Aqueles pontudos que não têm base e nunca dá pra largar! *Ainda* estão por aqui ocupando espaço.

— Fico bastante surpresa que não se lembre dela. Yasmin chama muita atenção. O marido dela, Bertie, era jogador de golfe semiprofissional.

— Mesmo? — Meu pai ficou impressionado. — *"Era"*?

— Sim. Ele celebrou o ingresso nos profissionais se amigando com uma fisioterapeuta. Fez uma limpa nas contas conjuntas. Não deixou nem um centavo para a coitada da Yasmin.

Meu pai entrou num clima Clint Eastwood. — Que tipo de homem faz uma coisa dessas?

— Foi a salvação da Yasmin. Ela se meteu com design de interiores.

Meu pai sugou ar pelos dentes. — Negócio de alto risco.

— Sua primeira loja em Mayfair fez tanto sucesso que ela abriu outra em Bath no ano seguinte. Yasmin não é de se exibir, mas já trabalhou para a família real. Está hospedada na Penny, no momento, para abrir uma terceira loja em Cheltenham. Essa também tem um espaço bem grande para montar uma galeria e promover exposições. Mas ela foi deixada na mão pela gerente que tinha contratado para cuidar da loja.

— Funcionários! *Sempre* a parte mais complicada da equação. Esses dias mesmo eu estava dizendo para o Danny Lawlor que...

— Yasmin ofereceu a vaga para *mim*.

Um silêncio muito surpreso.

— Fan*tástic*o, mãe — Julia abriu um sorriso enorme. — Que *sensacional*!

— Obrigada, meu amor.

Os lábios do meu pai sorriram. — É, sem dúvida uma oferta muito lisonjeira, Helena.

— Eu passei dezoito meses gerenciando a butique de Freda Henbrook em Chelsea.

— Aquele lugarzinho esquisito onde você trabalhou depois da faculdade?

— Mamãe tem um olho *fabuloso* pra cores, tecidos e coisas assim — Julia disse pro meu pai. — E é *ótima* lidando com pessoas. Vai convencer todo mundo a comprar qualquer coisa.

— Isso ninguém pode negar! — Meu pai fez um gesto de rendição, brincando. — Tenho certeza de que essa tal Yasmin Turton-Bigot não teria...

— Morton-Bagot. Yasmin Morton-Bagot.

— ...não teria aparecido com essa idéia se tivesse alguma dúvida sobre a competência da sua mãe, mas...

— Yasmin é uma empreendedora nata. Escolhe sua equipe a dedo.

— E... o *que*... você respondeu?

— Ela vai ligar na segunda-feira para saber minha decisão.

Os sineiros da igreja Saint Gabriel começaram o ensaio semanal.

— Mas você tem certeza que não é nenhuma venda com esquema de pirâmide, Helena?

— É um esquema de design de interiores com uma galeria, Michael.

— E vocês *conversaram* sobre as condições? Não vai ser apenas comissão?

—Yasmin paga salários, como os supermercados Greenland. Achei que você gostaria de saber que eu vou ter uma renda. Não vai mais precisar desembolsar *montanhas de dinheiro* para custear meus caprichos. Vou poder usar meu próprio dinheiro.

— Sim. Gostei. Claro que gostei.

Vacas pretas se reuniram no pasto, bem na frente da nossa cerca, depois do jardim de pedras.

— Então você irá para Cheltenham e voltará de lá todos os dias? Seis vezes por semana?

— Cinco. Assim que eu contratar um assistente, quatro. Cheltenham é bem mais perto que Oxford, Londres ou todos os lugares para onde *você* vai.

— Isso vai exigir ajustes importantes no nosso estilo de vida.

— Eles já estão acontecendo mesmo. Julia está indo para a universidade. Jason não é mais uma criança.

Minha família escolheu esse momento pra olhar pra mim. — Também fiquei feliz, mãe.

— *Obrigada*, meu anjo.

(Treze anos é muita idade pra ser "meu anjo".)

Julia encorajou: — Você *vai* aceitar, né?

— Estou tentada. — Minha mãe deu um sorriso acanhado. — Ficar presa em casa o dia inteiro é...

— "Presa"? — Meu pai fez um barulho engraçado. — Pode *acreditar*, ninguém sabe o que é ficar "preso" até estar preso a uma loja todos os dias.

— É uma galeria *dentro* de uma loja. E pelo menos vou conhecer pessoas.

Meu pai parecia realmente confuso. — Você conhece *um monte* de gente.

Minha mãe parecia realmente confusa. — Quem?

— *Um monte!* Alice, para começar.

— Alice tem a casa dela, a família dela e um negócio de meio período. Em Richmond. A meio dia daqui, pela gloriosa British Rail.

— Nossos vizinhos são simpáticos.

— Sem dúvida. Mas não temos nadinha em comum.

— Mas... e todos os seus amigos na vila?

— Michael, nós moramos aqui desde pouco depois que Jason nasceu, mas somos *gente da cidade*. Sim, a maioria deles age com *educação*. Na nossa frente. Mas...

(Conferi meu Casio. Meu encontro com os Fantasmas estava chegando.)

— Mamãe tem razão. — Julia brincou com o pingente egípcio em forma de *ankh* que Ewan tinha dado a ela. — Kate diz que se você não vive em Black Swan Green desde a Guerra das Rosas, nunca vai ser considerado um morador daqui.

Meu pai parecia incomodado, como se a gente tivesse se negado a entender o que ele estava dizendo.

Minha mãe respirou fundo. — Eu me sinto sozinha. Simples assim.

As vacas abanaram a cauda pra afastar as moscas gordas da bunda cheia de estrume.

Como cemitérios são recheados de corpos em decomposição, é meio óbvio que sejam lugares assustadores. Pelo menos um pouco. Mas poucas coisas são uma coisa só quando você pensa nelas por tempo suficiente. Nos dias de sol do verão passado, eu ia de bicicleta até os lugares mais distantes que meu mapa 150 da Ordnance Survey permitia. Uma vez fui até Winchcombe. Quando eu encontrava uma igreja normanda (arredondada) ou saxônica (atarracada) sem ninguém por perto, escondia a bicicleta nos fundos e deitava na grama do cemitério. Ouvia pássaros invisíveis, de vez em quando achava uma flor num pote de geléia. Nunca cheguei a ver Excalibur cravada numa pedra, mas encontrei uma lápide de 1665, que foi o ano da peste. Esse foi meu recorde. Lápides geralmente se desmancham depois de alguns séculos. Até a morte meio que morre. Num cemitério de Bredon Hill, li a frase *mais* triste de todos os tempos. SUAS VIRTUDES ABUNDANTES TERIAM ADORNADO UMA VIDA MAIS LONGA. O jeito de enterrar pessoas também tem alguma relação com a moda, como usar calças de boca larga ou estreita. Teixos são plantados em cemitérios porque o diabo odeia cheiro de teixo, de acordo com o sr. Broadwas. Não sei se acredito nisso, mas *sei* que a brincadeira do copo é coisa séria. Tem um *montão* de histórias em que o copo vai formando coisas tipo "S-A-T-A-N-A-S-C-O-M-A-N-D-A" e depois explode. Aí o pessoal tem que chamar um padre. (Uma vez o Grant Burch ficou possuído e disse pro Philip Phelps que ele ia morrer em 2 de agosto de 1985. Agora Philip Phelps nunca dorme sem colocar uma Bíblia debaixo do travesseiro.)

Sempre enterram as pessoas com a cabeça pro oeste, pra que quando soar a Última Trombeta no fim dos tempos todos os defuntos saiam das tumbas e caminhem na direção oeste até chegarem ao Trono de Jesus, onde vão ser julgados. Isso significa que, saindo de Black Swan Green, o Trono de Jesus vai estar em Aberystwyth. Mas os suicidas são enterrados com a cabeça pro norte. Esses aí nunca vão conseguir encontrar Jesus, porque gente morta só caminha em linha reta. Eles vão acabar parando em John o'Groats. Aberystwyth é meio que um fim de mundo, mas, segundo meu pai, John o'Groats é só um punhado de casinhas que ficam onde a Escócia termina de repente.

Nenhum deus não seria melhor que um deus que faz isso com as pessoas?

Pro caso de os Fantasmas estarem me espionando, dei uma rolada matadora, como se fosse um agente das SAS. Mas o cemitério da igreja Saint Gabriel estava deserto. Ainda estavam ensaiando os toques do sino. Mais de perto dá pra ver que os sinos não batem, mas esbarram, tropeçam, topammm e badaaaaaalam. Oito e quinze chegou e passou. Uma brisa começou a soprar e os dois pinheiros-silvestres gigantes rangeram os ossos. Oito e meia. Os sinos pararam e não tocaram mais. No começo, o silêncio é tão alto quanto o bater dos sinos. Amanhã é sábado, mas se eu não voltasse pra casa em uma hora, *certamente* ouviria coisas como *Que horas você pensa que são?* Nove ou dez sineiros saíram da igreja, conversando sobre alguém chamado Malcolm que tinha entrado na seita do reverendo Moon e tinha sido visto pela última vez distribuindo flores em Coventry. Os sineiros cruzaram sem pressa o portão da igreja e suas vozes flutuaram na direção do Black Swan.

Percebi que tinha um garoto sentado no muro do cemitério. Era pequeno demais pra ser Pluto Noak. Era magrelo demais pra ser Grant Burch, Gilbert Swinyard ou Pete Redmarley. Silencioso como um ninja, cheguei mais perto sem que o garoto notasse. Ele usava um boné do Exército com a aba virada pra trás, que nem o Nick Yew.

Eu *sabia* que Nick Yew era um Fantasma.

— Beleza, Nick?

Mas quem disse *Aaaaaiiii!* e caiu do muro foi Dean Moran.

Moran pulou do meio de um monte de urtigas, sacudindo braços, pernas e cabeça. — Essas urtigas desgraçadas dão uma coceira desgraçada! — Moran sabia que era palerma demais pra se fazer de valente. — O que *você* tá fazendo aqui?

— O que *você* tá fazendo aqui?

— Eu recebi um bilhete, ora. Um convite pra... — Dava pra ver o Moran pensando. — Hã. *Você* não é um Fantasma, né?

— Não. Achei que... *você* era.

— E o bilhete no meu estojo?

Aí ele desamassou um bilhete igualzinho ao meu.

Moran percebeu minha confusão na hora. — Você também recebeu um bilhete?

— Sim. — Esse desenrolar dos fatos era confuso, decepcionante e preocupante. Confuso porque Dean Moran não é o tipo de garoto que vira Fantasma. Decepcionante porque se estavam recrutando perdedores que nem o Moran, qual o sentido de entrar pros Fantasmas? Preocupante porque estava parecendo sacanagem.

Moran abriu um sorriso. — Que *sensacional*, Jace! — Ajudei ele a subir no muro de novo. — *Nós dois* virando Fantasmas ao mesmo tempo e tal.

— É — falei. — Sensacional.

— Devem ter notado que a gente forma uma dupla natural. Que nem Starsky e Hutch.

— É. — Dei uma olhada no cemitério atrás de algum sinal de Wilcox.

— Ou Torvill e Dean, a dupla de patinadores. Sei que você adora usar sainhas com lantejoulas.

— Tô morrendo de rir.

Vênus pendia brilhante do chifre da lua.

— Você acha que eles vêm mesmo? — quis saber Moran.

— Eles pediram pra gente vir pra cá, né?

Ouvi uma corneta abafada numa das casinhas das terras da igreja.

— É, mas... você não acha que pode ser sacanagem?

Fazer a gente ficar esperando podia ser algum tipo de teste

secreto. *Se o Moran desistir*, o Verme sugeriu, *você vai parecer melhor como candidato a Fantasma*. — Se é isso mesmo que você acha, então volta pra casa.

— Não, nem foi isso que eu quis dizer. Eu só... olha! Uma estrela cadente!

— Onde?

— Ali!

— Não. — Coisas que a gente só aprende em livros nunca vão ser a especialidade do Moran. — É um satélite. Não está pegando fogo. Viu? Está indo em linha reta. Pode ser aquela estação espacial Skylab perdendo altura. Ninguém sabe onde ela vai desabar.

— Mas como...

— *Shhhh!*

Tem um canto cheio de azevinho no cemitério, onde empilham as lajes quebradas dos túmulos. Ouvi alguém cochichando por lá, tenho certeza. Depois senti cheiro de cigarros. Moran foi atrás de mim, perguntando "O que foi?". (*Deus do céu*, como o Moran consegue ser tão trouxa?) Aí me abaixei pra entrar naquela tenda verde-escura. Pluto Noak estava sentado numa pilha de lápides antigas, Grant Burch numa pilha de telhas e John Tookey em outra pilha. Eu queria ter deixado claro que fui *eu* e não o Moran quem percebeu que eles estavam ali. Como até dizer "Oi" pra garotos casca-grossa é coisa de bicha, eu só falei "Beleza?".

Pluto Noak, o Senhor dos Fantasmas, respondeu mexendo a cabeça.

— Ooopa. — Quando se inclinou, Moran bateu de cabeça na minha bunda e eu tropecei pra frente. — Foi mal, Jace.

— Não fica dizendo "Foi mal" — falei pro Moran.

— Vocês conhecem as regras? — quis saber Grant Burch.

— Vocês pulam esse muro e aí têm quinze minutos pra atravessar os seis quintais. Depois disso vocês saem correndo lá pro parque. Swinyard e Redmarley vão estar lá, esperando vocês embaixo do carvalho. Se vocês chegarem a tempo, serão bem-vindos aos Fantasmas. Se vocês se atrasarem, não serão Fantasmas e nunca vão ser.

Moran e eu fizemos que sim com a cabeça.

— E se vocês forem *pegos* — completou John Tookey —, também não serão Fantasmas.

— E — Grant Burch levantou o dedo em sinal de alerta —, *e* se forem pegos, *nunca* nem ouviram falar dos Fantasmas.

Juntei coragem pra desafiar o Carrasco e dizer: — O que são "Fantasmas", Plut?

Pluto Noak me concedeu um risinho de encorajamento.

O azevinho tremeu quando a Saint Gabriel soou quinze pras nove. — Nos seus lugares! — Grant Burch olhou pra mim e pro Moran. — Quem vai primeiro?

— Eu — falei, sem olhar pro Moran. — Não sou covarde.

O quintal da primeira casinha era só um charco de mato que parecia carnívoro. Sentado no muro com uma perna de cada lado, dei uma última olhada pros quatro rostos no cemitério, pulei e caí na grama alta. *Não tem ninguém*, a casinha anunciou. Nenhuma luz estava acesa, a calha estava quebrada e as cortinas de tela estavam quase caindo. Mesmo assim, andei bem abaixado. Alguém podia ter invadido a casa e, mesmo com as luzes apagadas, estar de vigia. Empunhando uma besta. (Essa é a diferença entre mim e o Moran. Ele sairia andando normalmente, como se fosse o dono do lugar. Moran nunca lembra que existem atiradores de elite.) Subi na ameixeira que ficava ao lado do muro seguinte.

Um casaco fez barulho bem em cima da minha cabeça.

Idiota. Era só uma sacola de plástico esvoaçando nos galhos. Aquela corneta começou de novo, agora *bem* perto. Escorreguei por um galho cheio de saliências e me equilibrei no muro seguinte. Até ali, brincadeira de criança. Pra melhorar, enxerguei no outro quintal, meio escondido por umas árvores bem escuras, o tanque de diesel a menos de trinta centímetros de distância.

O tanque fez *buuuuuum,* como se fosse uma trovoada embaixo dos meus pés.

O segundo quintal era bem mais assustador. Não só as cortinas estavam abertas, mas as janelas também. Até a metade. Duas gordas estavam num sofá assistindo a uma turma de asterixes e obelixes naquele programa de tevê europeu *It's a Knockout.* O comentarista, Stuart Hall, gargalhava como um caça Harrier decolando. O quintal não tinha nem grama, só uma rede de *badminton* largada por cima da terra. Tacos de plástico, vasilhas, um alvo de arco-e-flecha e uma piscina de criança estavam espalhados no quintal, tudo bem vagabundo e com cara de ter sido comprado na Woolworths. Pra piorar, tinha um furgão estacionado num canto. Dentro do furgão tinha um gorducho com uma cara que parecia do avesso, tocando corneta. As bochechas do balofo inchavam como se ele fosse um sapo, mas ele não parava de olhar fixamente pro quintal.

Notas subiam.

Notas desciam.

Uns três minutos devem ter se passado. Eu não sabia o que fazer.

A porta dos fundos se abriu e uma das gordas caminhou bem rápido até o furgão. Quando abriu a porta, falou "Vicky está dormindo". O corneteiro puxou a gorda pra dentro do carro, largou a corneta e eles passaram a se agarrar com tanta fome que pareciam dois cachorros atacando uma caixa de bombons. O furgão começou a vibrar.

Pulei do tanque, escorreguei numa bola de golfe, me levantei, corri pelo gramado, caí em cima de um arco de croqué invisível e aí calculei mal a distância no pulo que dei até a cerca seguinte. Meu pé fez um *paf!* de rachar os nervos.

Vai virar picadinho, falou o Gêmeo Inexistente.

Pulei por cima da cerca e caí no chão feito um saco de lenha.

Quem morava na terceira casinha era o sr. Broadwas. Se ele me visse, telefonaria pro meu pai e eu seria esquartejado à meia-noite. Regadores de jardim faziam *shhsss-shhsss-shhhsssss*. Parei num lugar onde as gotas acertavam meu rosto. Uma armação de feijões-trepadores escondia quase todo o quintal.

Tive outro problema. No quintal do corneteiro, atrás de mim, ouvi uma voz de mulher gritando: — *Volta*, Gerry, são só as raposas de novo!

— Raposa nada! Isso aí foi um garoto!

Duas mãos, *bem em cima da minha cabeça*, agarraram a cerca.

Corri até o final da armação de feijões-trepadores. Congelei.

O sr. Broadwas estava sentado na soleira da porta. Água escorria de uma torneira até um regador de metal, bem devagar.

Entrei em pânico, como se eu fosse uma vespa presa dentro de uma lata.

A voz de mulher insistiu: — É uma *raposa*, Gerry! Ted atirou numa delas na semana passada, achando que podia ser o monstro de Dartmoor.

—Ah, é? —As mãos abandonaram a cerca. Uma mão surgiu num buraco que meu pé tinha feito na cerca. — E foi uma raposa que fez *isto* aqui?

Mais uma vez os dedos do corneteiro apareceram por cima da cerca, que gemeu quando ele se preparou pra pular.

Até aquela hora o sr. Broadwas não tinha ouvido nada por causa do barulho da água, mas aí ele deixou o cachimbo no degrau da soleira e se levantou.

Preso, preso, preso. Mcu pai vai me *matar*.

—*Mandy!* — Outra voz saiu do quintal atrás de mim. — Gerry?

—Oi, Vicks — disse a primeira mulher. —A gente ouviu um barulho estranho.

—Eu estava ensaiando com a corneta e ouvi um ruído esquisito — o homem falou. —Aí vim dar uma olhada.

—Ah, é? Então o que é isto aqui?

O sr. Broadwas ficou de costas pra mim.

A cerca seguinte era alta demais, não dava pra pular sem usar as mãos.

— DÁ PRA SENTIR O CHEIRO DELE EM VOCÊ! DÁ PRA VER SEU BATOM!

O sr. Broadwas fechou a torneira.

— NÃO É BATOM, SUA DÉBIL MENTAL — berrou o corneteiro do outro lado da cerca. — É *GELÉIA!*

O jardineiro do meu pai caminhou bem pra onde eu estava agachado, carregando o regador cheio de água. Quando ele me olhou nos olhos, não pareceu nem um pouco surpreso.

—Vim atrás de uma bola de tênis — balbuciei.

—O melhor caminho é por ali, indo por trás do galpão.

Não entendi de primeira.

—Você está perdendo um tempo precioso — completou o sr. Broadwas, e se virou pros pés de cebola.

— Obrigado. — Engoli em seco, percebendo que ele sabia que eu tinha mentido, mas ainda assim estava me deixando escapar. Corri em frente e me espremi atrás do galpão. A fresta tinha cheiro de creosoto recém-aplicado. Pelo jeito o sr. Broadwas também tinha sido um Fantasma quando era mais novo.

— PENA QUE A MAMÃE NÃO AFOGOU VOCÊ NO CANAL DE WORCESTER! — O grito da outra mulher cortou a escuridão fria. — VOCÊS DOIS! DENTRO DE UM SACO CHEIO DE PEDRAS!

O quarto quintal parecia a superfície da lua, coberto de cascalho e merengue de concreto. Enfeites por *todo* lado. Não eram só gnomos, mas também esfinges do Egito, Smurfs, fadas, lontras marinhas, o Ursinho Pooh, Leitão e Bisonho, o rosto de Jimmy Carter, tudo que se pode imaginar. Um Himalaia da altura do meu ombro dividia o quintal ao meio. Aquele quintal esculpido já tinha sido uma lenda em Black Swan Green, assim como seu criador, Arthur Evesham. O *Malvern Gazetteer* publicou fotografias com a manchete LAR, DOCE LAR (DOS GNOMOS). A srta. Throckmorton levou nossa classe até lá pra dar uma olhada. Um homem sorridente nos serviu suco Ribena e biscoitos com glacê, com desenhos de homens-palitinho praticando esportes. Por sinal, Arthur Evesham morreu de ataque do coração poucos dias depois da nossa visita. Foi a primeira vez que ouvi o termo "ataque do coração" e achei que significava que o coração ficava maluco de repente e atacava o resto do corpo que nem um furão atacando uma toca de coelho. Às vezes a sra. Evesham aparece na vendinha do sr. Rhydd pra fazer compras de gente velha, como lustra-móveis Duraglit e aquela pasta de dente que tem gosto de pomada Germolene.

Mas, enfim, o reino de Arthur Evesham ficou bem mais feio desde que ele morreu. Vi uma Estátua da Liberdade caída no chão, como a arma abandonada de algum homicídio. O Ursinho Pooh parecia uma vítima atacada com ácido. O mundo desfaz as coisas mais rápido do que a gente consegue fazer. O nariz do Jimmy Carter tinha caído. Coloquei no meu bolso, porque sim. O único sinal de vida era uma vela acesa numa janela do andar de cima. Caminhei até a Grande Muralha da China e quase baixei as calças pra mostrar a bunda na frente de Edmund Hillary e Sherpa Tenzing apontando pra lua. Logo depois vinha um quadradinho de grama rodeado de pedrinhas bem-arrumadas. Foi bem ali que eu pulei.

E afundei até o pau em água gelada.

Seu idiota, riu o Gêmeo Inexistente, *seu imbecil seu inepto seu incapaz.*

Jorrou água pra fora das pernas das minhas calças quando saí da lagoinha. Folhinhas tinham se grudado em mim como gotas de vômito. Minha mãe vai ficar *doente* quando vir isso. Mas precisei deixar pra lá, porque depois da cerca seguinte estava o quintal mais perigoso de todos.

A boa notícia é que o quintal do sr. Blake estava sem o sr. Blake e tinha uma das extremidades coberta de araucárias-do-chile e espadas-de-são-jorge. Excelente proteção pra um Fantasma. A notícia ruim é que uma estufa ocupava a largura *inteira* do jardim, bem debaixo da cerca. Uma cerca de três metros de altura, instável, que se sacudia toda com o meu peso. Eu ia ter que avançar sentado, pouco a pouco, até chegar bem na janela da sala do sr. Blake. Se eu caísse, seria *crás!* numa vidraça e *blam!* num piso de concreto. A não ser que eu acabasse empalado numa estaca de tomateiro, que nem aquele padre de A *profecia* que é empalado por um pára-raios.

Eu não tinha escolha.

A cerca cheia de farpas ralava minha bunda e a palma das minhas mãos enquanto eu seguia em frente, bem devagar. Minhas calças ensopadas pesavam muito e estavam frias. Quase caí. Se o rosto do sr. Blake aparecesse em qualquer uma das janelas, eu estaria frito. Quase caí de novo.

Ultrapassei a estufa e pulei da cerca.

A laje fez um barulho *bem* alto. Pra minha sorte, a única pessoa na sala do sr. Blake era Dustin Hoffman em *Kramer versus Kramer*. (A gente assistiu a esse filme naquelas férias em Oban. Julia chorou o tempo todo e disse que era o maior filme que já tinham feito.) A sala do sr. Blake era meio afeminada pra casa de um homem que mora sozinho. Tinha abajures de renda, leiteiras de cerâmica e pinturas de savanas africanas como aquelas que você pode comprar em Littlewoods, se quiser. Acho que a mulher dele deve ter comprado tudo isso antes de pegar leucemia. Eu me arrastei por baixo da janela da cozinha e segui pelo quintal, passando por arbustos até chegar a um tonel com água da chuva. Não sei por que olhei pra casa nessa hora, mas olhei.

Lá estava o sr. Blake numa janela do andar de cima, olhando pra fora. Sessenta segundos antes, não teria como ele *não* me ver equilibrado na cerca. (Vencer exige sorte *e* coragem. Torci pro Moran ter boas reservas das duas coisas.) No vidro da janela, um adesivo com a língua dos Rolling Stones tinha resistido a todas as tentativas de ser arrancado. Estava cercado pelos fantasmas de outros adesivos. Antigamente, devia ser o quarto do Martin.

Todo enrugado, o sr. Blake olhava pra fora. Pra onde?

Pra mim é que não era. Eu estava escondido atrás das folhagens.

Pro reflexo dos próprios olhos?

Mas os olhos do sr. Blake eram buracos.

O último quintal pertencia a Mervyn Hill. O pai do Errado é lixeiro, mas o quintal dele parece que foi tombado como patrimônio nacional. Como era o quintal da última casinha das terras da igreja, era maior que os outros. Uma trilha de pedras irregulares levava até um banco debaixo de um arco de treliça cheio de rosas. Pela janela de batente, enxerguei Errado jogando Twister com dois garotos mais novos e um homem que devia ser o pai dele. Deviam ser visitas. O pai do Errado girou a roleta. Um pouco além do sofá, tinha uma tevê mostrando o finalzinho de *Kramer versus Kramer*, quando a mãe do garoto leva ele embora. Planejei o trajeto. Fácil. No fim do quintal tinha uma pilha de adubo que ia me ajudar a pular o muro. Meio agachado, corri na direção do arco de treliça. As rosas perfumavam o ar. — Quieta, sua *safadinha* — disse uma mulher-sombra, sentada no banco a um metro e meio de mim.

— Que meiguinha — disse sua amiga-sombra. — Está chutando de novo, meu amor?

(Não dava pra *acreditar* que elas não tinham me escutado.)

— Ai, ai, ai... — bufou a mulher-sombra — Ela ficou empolgada quando ouviu você, mamãe. Sente só, bota a mão aqui...

Entre o arco de treliça e o muro dos fundos do quintal tinha uma brecha grande o suficiente pra me esconder, mas espinhosa demais pra me deixar passar.

— *Você* também era uma pequena acrobata, meu amor — disse a sombra mais velha. — Agora que estou lembrando. — (Reconheci a mãe do Errado.) — Era cambalhota e kung fu o tempo todo. Pra falar a verdade, o Merv sempre foi mais quieto, mesmo antes de sair.

— Nem vou reclamar quando *esta* mocinha aqui resolver que está na hora. Já estou de saco cheio de ser uma baleia ambulante.

(Ai, meu *Deus*. Uma grávida. Uma coisa que *todo mundo* sabe sobre *grávidas* é que se elas levarem um susto o nenê sai mais cedo. Aí ele pode acabar virando um débil mental como o Errado, e a culpa vai ser minha.)

— Então você acha mesmo que é menina?

— Sabe a Eleanor, da contabilidade? Ela fez um teste. Amarrou minha aliança num fio do meu cabelo e pendurou bem em cima da palma da minha mão. Se balançasse, era menino. Comigo deu umas voltinhas, então é menina.

— Então *essa* veterana continua por lá?

— Eleanor me garantiu que até hoje nunca errou.

(Meu Casio informou que o tempo estava quase chegando ao fim.)

A partida de Twister tinha virado uma pilha de corpos misturados, braços tortos e pés se sacudindo. — Olha só pra eles! — riu a mãe do Errado, feliz.

— O Ben ficou *muito* sentido porque o colega dele no depósito do Kay's Catalogues disse *não*, mãe. Sobre aquela história de quando o Merv sair da escola.

— Fazer o quê, meu amor. Pelo menos o Ben tentou.

(*Tempo*, pulsava meu Casio. *Tempo*. Eu me importo demais, esse é o meu problema. E o *sentido* de ser um Fantasma é justamente ser tão casca-grossa que você *não* se importa.)

— Mas eu me preocupo com o que vai acontecer com o Merv. Especialmente quando Bill e eu, bem, você sabe... quando a gente não estiver mais aqui.

— Mãe! Não fala uma coisa dessas!

— O *Merv* é que não vai ficar pensando no futuro, né? Ele mal consegue pensar em depois de amanhã.

— Ele vai poder contar comigo e com o Ben sempre que precisar.

— Logo vocês vão ter três filhos pra cuidar, não é? Merv está dando *mais* trabalho com o passar do tempo, não menos. O Bill contou pra você? Semana passada ele encontrou o Merv no quarto folheando uma dessas revistas *Penthouse*. Mulher pelada, essas coisas. Ele anda *nessa* fase.

— Acho que é natural, mãe. Todo garoto faz isso.

— Eu sei, Jacks. Mas em garotos *normais* esse tipo de coisa acaba encontrando uma válvula de escape. É quando eles começam a dar em cima das meninas e tudo o mais. Eu amo o Merv, mas que garota vai querer sair com um rapaz que nem ele? Como é que ele vai sustentar uma família? Merv não fede nem cheira, entende? Não é lerdo demais pra esquecer de cobrar a mesada, nem esperto o bastante pra trabalhar empilhando caixas no Kay's Catalogues.

— Ben falou que isso é temporário, só porque não estão abrindo vagas. Por causa da recessão e tal.

— Sabe o mais triste? Merv é bem mais esperto do que demonstra pros outros. O papel de idiota da turma *cai bem* pra ele, porque é isso que os outros garotos esperam.

Um gato cinza-lua cruzou o gramado. Os sinos vão começar a tocar a qualquer momento.

— Ben disse que a fábrica de torresmo lá em Upton aceita *qualquer um*. Deram trabalho até pro Giles Noak *depois* que o pai dele foi preso.

(Eu nunca tinha pensado nisso. Errado era só um garoto de quem a gente ria. Mas pense no Errado com vinte, trinta anos. Pense no que a mãe do Errado faz pra ele *todo* santo dia. No Errado com cinqüenta ou setenta anos. O que vai acontecer com ele? Por acaso isso é engraçado?)

— Até acredito que a fábrica de torresmo possa aceitar, meu amor, mas isso não muda...

— Jackie? — O jovem pai apareceu na janela de batente. — Jacks!

Eu me espremi entre a treliça e o muro.

— O que foi, Ben? A gente está aqui! No banco.

Rosas espinhosas como orcs cravaram as presas no meu peito e no meu rosto.

— Wendy está aí com você? Merv se empolgou demais outra vez. Teve um daqueles acidentes...

— Dez minutos inteirinhos — resmungou a mãe do Errado.

— Deve ser um recorde. Certo, Ben! — Ela se levantou. — Estou indo.

Quando a mãe do Errado e sua irmã grávida estavam na metade do caminho até a casa, a igreja Saint Gabriel soou a primeira badalada das nove horas. Corri até o muro e pulei na pilha de adubo. Em vez de quicar pra cima, afundei na podridão até a cintura. Em certos pesadelos, o solo é nosso inimigo.

Soou a segunda badalada.

Eu me arrastei pra fora da pilha de adubo, pulei o último muro, me balancei no limbo enquanto soava a terceira badalada e caí na rua que passa ao lado da vendinha do sr. Rhydd. Aí, com meus jeans ensopados e cobertos de adubo, corri como um desesperado até a encruzilhada e me classifiquei pra virar Fantasma. Não eram dois *minutos* que me restavam, mas duas *badaladas*.

Quando me ajoelhei aos pés do carvalho, minha respiração rangia como uma serra enferrujada. Não consegui nem catar os espinhos das meias. Mas naquele lugar, naquele instante, eu me senti mais feliz do que nunca. Mesmo.

— *Você*, meu filho — Gilbert Swinyard me deu um tapa nas costas —, é um Fantasma *genhoíno*!

— Olha, até hoje *ninguém* tinha passado por um sufoco desses! — Grant Burch deu uma risadinha de duende. — Só faltavam três segundos!

Pete Redmarley sentou de pernas cruzadas, fumando. — Achei que você tinha amarelado. — Pete Redmarley nunca fica surpreso, e já tem um bigode quase decente. Ele nunca falou que me acha uma bicha esnobe, mas sei que acha isso.

— Então você se enganou — disse Gilbert Swinyard. (Ser defendido por um garoto como Gilbert Swinyard é *exatamente* o sentido de ser um Fantasma.) — Nossa, Taylor! O que aconteceu com as suas calças?

— Pisei na... — tomei fôlego, ainda desesperado por oxigênio — ...merda da lagoinha do Arthur Evesham...

Até Pete Redmarley riu ao ouvir isso.

— Depois... — também comecei a dar risada. — ...caí na pilha de adubo do Errado...

Pluto Noak chegou correndo. — Ele conseguiu?

— Sim — respondeu Gilbert Swinyard. — Por um fio de cabelo.

— Só tinha mais uns segundos — contou Grant Burch.

— Ainda tinha... — parei pra cumprimentar Pluto Noak. — Ainda tinha muita gente nos quintais.

— Claro que tinha. Ainda nem escureceu. Mas eu *sabia* que você ia conseguir. — Pluto Noak deu um tapinha no meu ombro. (Meu pai fez isso quando aprendi a mergulhar. E foi só essa vez.) — Eu *sabia*. A gente precisa comemorar. — Pluto Noak empinou o traseiro como se estivesse sentando numa motocicleta-fantasma. Seu pé direito ganhou vida. Quando a mão de Pluto Noak acelerou, um peido Harley-Davidson *sensacional* saiu do rabo dele. Continuou rugindo por quatro marchas, durante três, cinco, *dez* segundos.

Nós, Fantasmas, *mijamos* de rir.

Ao anoitecer, vem de longe o barulho de uma cerca desabando e de um garoto caindo por uma vidraça. A piada de Gilbert Swinyard sobre um bebê dentro de um microondas morreu pela metade. Os outros Fantasmas olharam pra mim como se eu soubesse o que aquele barulho significava, e eu sabia mesmo. — A estufa do Blake.

— Moran? — Grant Burch abriu um sorriso de desprezo. — Ele *quebrou* a estufa?

— Caiu pelo telhado de vidro — (o sorriso de Burch morreu). — São uns três, quatro metros.

Os sineiros saíram cambaleando do Black Swan, cantando sobre um coelho que cavou uma cova e continuou cavando.

— Moran Mongol — disse Pluto Noak rindo. — Não nega o apelido.

— Que *imbecil* de uma figa — disse Pete Redmarley. — Eu *sabia* que ele não ia dar certo. — Pete Redmarley fez uma careta pros outros Fantasmas. — A gente nem *precisava* de novos Fantasmas. — (Isso me incluía.) — Da próxima vez, convidem logo o Errado.

— Melhor dar o fora, e rápido. — Gilbert Swinyard se levantou. — Todo mundo.

Uma coisa me pegou de jeito. Se *eu* tivesse caído na estufa do sr. Blake, em vez do Moran, ele nunca me abandonaria nas mãos daquele maluco. Nunca mesmo.

Fica de bico calado, ordenou o Verme.

— Plut?

Pluto Noak e os Fantasmas olharam pra trás.

— Ninguém vai... — (dizer isso era mil vezes mais difícil que atravessar correndo o quintal dos outros) — ...conferir se o Moran se... — (o Carrasco trancou "machucou") — sei lá, e se ele quebrou uma perna ou... se cortou todo no vidro?

— Aí o Blake chama uma ambulância — respondeu Grant Burch.

— Mas será que a gente não... vocês sabem...

— Não, Taylor. — Pluto Noak parecia bem agressivo. — Eu não sei.

— Aquele *punheta* sabia as regras — cuspiu Pete Redmarley. — Se você for pego, o problema é seu. Se você bater na porta do Blake depois *disso*, Jason Taylor, ele vai querer saber *o que* e *porque* e *quem*, essa porra toda, aí vão acabar falando dos Fantasmas, e isso a gente *não* pode admitir. A gente já existia muito antes de *você* pisar nesta vila.

— Eu não ia...

— *Ótimo*. Porque Black Swan Green não é Londres nem Richmond, ou sei lá que porra de lugar. Black Swan Green não tem espaço pra segredos. Se você bater na porta de Roger Blake, a gente *vai* ficar sabendo.

O vento folheou as dez mil páginas do carvalho.

— Sim, claro — protestei. — Eu só...

— Você nem bateu os *olhos* no Moran hoje à noite. — Pluto Noak me cutucou com um dedo curto e grosso. — Você não viu *a gente*. Você nunca ouviu falar dos Fantasmas.

— Taylor. — Grant Burch deu o último alerta. — Vai pra casa, tá?

E aqui estou eu, dois minutos mais tarde, cara a cara com o batedor da porta do sr. Blake, me *cagando* de medo. Dentro da casa, gritos do sr. Blake. Ele não está xingando Moran. Está no telefone, berrando alguma coisa sobre ambulâncias. Assim que o sr. Blake desligar o telefone, eu vou bater na porta até ele me deixar entrar. Isso é só o começo. Saquei uma coisa sobre os suicidas vagando em direção ao norte, sempre ao norte, até chegarem a um fim de mundo onde as *Highlands* se derretem no mar.

Isso não é uma maldição nem um castigo.

É o que eles *querem*.

Solário

"*ABRA LOGO! ABRA LOGO!*", gritam os batedores. "*SE-NÃO VOU DERRUBAR SUA CASA!*" Campainhas são mais tímidas. Campainhas dizem "*Olá? Tem alguém em casa?*". A casa do vigário tinha um batedor e uma campainha. Tentei os dois, mas nem assim alguém atendeu. Esperei. Talvez o vigário estivesse colocando a pena no tinteiro, bufando "Bom Deus, *já* são três horas?". Encostei o ouvido na porta, mas não se escutava coisa alguma dentro daquela casa enorme e antiga. A luz do sol inundava o gramado sedento, as flores resplandeciam, as árvores eram acalentadas pela brisa. Na garagem, um Volvo empoeirado implorava por uma boa lavada e um pouco de cera. (Volvos são a única coisa famosa da Suécia, além do ABBA. Volvos têm barras de metal nas laterais pra impedir que você se torne uma bolacha recheada se um caminhão fizer o carro rolar por um barranco numa rodovia.)

Por um lado, eu torcia pra que ninguém atendesse. A casa do vigário é um lugar sério, o oposto de onde garotos devem estar. Mas, quando entrei ali de fininho na semana passada, protegido pela escuridão, achei um envelope colado em cima da caixa de correspondência. PARA ELIOT BOLIVAR, POETA. Dentro tinha uma carta bem curta, escrita com tinta lilás sobre papel cinzento. Era um convite pra eu ir à casa do vigário e discutir minha obra às três horas do sábado. "Obra." *Nunca* alguém tinha chamado os poemas de Eliot Bolivar de "obra".

Chutei uma pedrinha, que rolou pela entrada.

Uma tranca deslizou como um rifle sendo engatilhado e aí um velho abriu a porta. Tinha uma pele cheias de manchas, que nem uma casca de banana passada. Usava uma camisa sem colarinho e suspensórios. — Boa tarde.

— Oi... hã... olá. — (Eu também queria dizer "boa tarde", mas o Carrasco anda muito apegado às palavras que começam com B.) — O senhor é o vigário?

O homem deu uma olhada no jardim, como se eu estivesse pregando uma peça. — Com certeza não sou um vigário. Por quê? — ele tinha um sotaque estrangeiro, mais azedo que francês. — Você é?

Sacudi a cabeça. (O Carrasco não me deixaria nem dizer "Não".) — Mas o vigário me convidou — mostrei o envelope. — Só que ele não assinou o... — (eu não conseguia nem dizer "nome") — Veio sem assinatura.

— *Yah*, arrá. — Fazia anos que o não-vigário não se surpreendia com alguma coisa. — Venha até o solário. Talvez precise tirar os sapatos.

Dentro da casa, o cheiro era de fígado e terra. Uma escadaria forrada com veludo cortava em fatias a luz do sol que iluminava o saguão. Um violão azul repousava numa espécie de poltrona turca. Uma jovem nua vagava numa chalana por um lago de nenúfares, rodeada por uma moldura cor de ouro. Esse tal "solário" parecia matar a pau. Será que era tipo um planetário pro sol, em vez de estrelas? Talvez o vigário fosse astrônomo nas horas vagas.

O velho me ofereceu uma calçadeira. Como não sei muito bem como usar esses negócios, falei "Não, obrigado", e tirei o tênis do jeito que sempre faço. — O senhor é o mordomo?

— Mordomo. *Yah*, arrá. Creio ser uma boa descrição do meu trabalho nesta casa. Por favor, me acompanhe.

Eu achava que só arcebispos e papas eram chiques o bastante pra ter mordomos, mas era óbvio que vigários também tinham os seus. As tábuas gastas do piso cutucavam a sola dos meus pés através das meias. O corredor passava por uma sala sem graça e por uma cozinha limpa. Os tetos altos tinham candelabros cheios de teias de aranha.

Quase bati de nariz nas costas do mordomo.

Ele tinha parado na frente de uma porta estreita. — Uma visita — anunciou.

O solário não tinha nenhum tipo de aparato científico, mas até que as clarabóias eram altas o bastante pra caber telescópios. A janela imensa emoldurava um jardim tomado por dedaleiras e tritomas. Estantes de livros forravam as paredes. Potes cobertos de musgo com árvores minúsculas cercavam a lareira sem uso. Fumaça de cigarro deixava tudo enevoado, como em *flashbacks* na tevê.

Uma senhora idosa com cara de sapo estava sentada num trono de vime.

Era velha mas majestosa, como se tivesse acabado de sair de um retrato, com cabelos prateados e um xale púrpura. Acho que era a mãe do vigário. Usava umas jóias grandes como balas de limão feitas em casa. Podia ter sessenta anos, talvez setenta. Com gente velha e crianças pequenas, nunca dá pra ter certeza. Eu me virei pra olhar pro mordomo, mas ele tinha sumido.

Os olhos caudalosos da senhora perseguiam as palavras nas páginas de um livro.

Será que eu devia tossir? Isso seria idiotice. Ela sabia que eu estava ali.

A fumaça do cigarro dela subia em rolos.

Sentei num sofá sem braços e fiquei esperando ela ficar pronta pra falar. O livro se chamava *Le Grand Meaulnes*. Tentando descobrir o que *Meaulnes* significava, senti vontade de ser tão bom em francês quanto Avril Bredon.

No consolo da lareira, o relógio debulhava minutos em segundos.

Os nós dos dedos da senhora deixavam a mão dela parecida com uma barra de Toblerone. De vez em quando os dedos ossudos limpavam um pouco de cinza que tinha caído na página.

— Meu nome é Eva van Outryve de Crommelynck. — Se um pavão tivesse voz humana, seria a voz dela. — Pode me chamar de Madame Crommelynck. — Sem ter certeza, chutei que o sotaque era francês. — Meus amigos ingleses, uma espécie ultimamente ameaçada de extinção, costumam me dizer: "Eva, na Grã-Bretanha seu 'Madame' soa muito cebola-e-boina. Por que não usa um simples 'Senhora' Crommelynck?". E eu respondo: "Vão para o inferno! Qual o problema com cebolas e boinas? Sou uma Madame e vou continuar sendo!" *Allons donc.* São três horas, um pouco mais, então presumo que você seja o poeta Eliot Bolivar.

— Sim. — ("Poeta!") — É um prazer conhecer a senhora... Madame Crommylenk?

— Crom-*mel*-ynck.

— Crom*mel*ynck.

— Ruim, mas menos pior. Você é mais jovem que imaginei. Catorze? Quinze?

Ser confundido com um garoto mais velho mata a pau. — Treze.

— *Ackkk*, uma idade fantástica e infeliz. Não é um garoto, não é um adolescente. Impaciência, mas também timidez. Incontinência emocional.

— O vigário vai demorar pra chegar?

— Como? — ela se inclinou pra frente. — Quem — (ela quase fez biquinho) — é esse "vigário"?

— Aqui *é* a casa do vigário, não é? — Meio inquieto, mostrei o convite. — É o que diz na placa. No portão.

— Ah. — Madame Crommelynck sacudiu a cabeça. — Vigário, casa do vigário. Você entendeu uma coisa errada. Sem dúvida um vigário morou aqui certa vez, e antes dele dois vigários, três vigários, muitos vigários — a mão esquelética fez um *puf!* de fumaça —, mas agora não mais. A Igreja Anglicana ficou *mais* e *mais* esquálida com o passar dos anos, como os carros da British Leyland. Meu pai dizia que católicos sabem administrar a religião como um negócio. Católicos e mórmons. Aumentem a clientela, eles dizem à congregação, ou o inferno os espera! Mas a sua Igreja da Inglaterra não sabe. Por causa disso, essas *encantantes* casas paroquiais acabam vendidas ou alugadas, e os vigários precisam mudar-se para casas pequeninas. Tudo que resta é o *nome* "casa do vigário".

— Mas — engoli em seco — tenho colocado meus poemas na sua caixa de correio desde janeiro. Como é que todo mês eles acabam sendo publicados na revista da paróquia?

— Isso — Madame Crommelynck deu uma tragada tão forte no cigarro que deu pra ver ele encolhendo — não deveria ser mistério algum para um cérebro ágil. *Eu* entrego seus poemas ao verdadeiro vigário na verdadeira casa do vigário. Um bangalô horrendo perto de Hanley Castle. Não cobro por esse serviço. É grátis. Um belo exercício para os meus ossos nada ágeis. Mas, em troca, sou a primeira a ler seus poemas.

— Ah. E o verdadeiro vigário sabe?

— Eu *também* faço minhas entregas na escuridão, anônima, para não ser surpreendida pela *esposa* do vigário. Ah, ela é cem vezes pior que ele. Um harpia mexeriqueira. Pediu para usar *meu* jardim para sua Festinha de Verão da igreja Saint Gabriel! "É a tradição", diz a senhora Vigário. "Precisamos de espaço para a ponte humana. Para as barraquinhas." Eu digo a ela: "Vá para o inferno! Eu pago aluguel ou não? Quem necessita de um criador divino que precisa vender geléia de quinta categoria?" — Madame Crommelynck estalou lábios que pareciam feitos de couro. — Mas pelo menos o marido dela publica seus poemas naquela revistinha. Talvez ele tenha salvação. — Ela indicou com a mão uma garrafa de vinho sobre uma mesa perolada. — Beberá um pouco?

Um cálice inteiro, disse o Gêmeo Inexistente.

Ouvi meu pai dizendo *Você bebeu o quê?* — Não, obrigado.

Azar o seu, Madame Crommelynck deu de ombros.

Sangue grosso e escuro como tinta encheu seu cálice.

Satisfeita, ela tamborilou os dedos sobre um montinho de revistas da paróquia de Black Swan Green. — Ao trabalho.

— Um rapaz precisa aprender quando uma mulher deseja que lhe acendam o cigarro.

— Desculpe.

Um dragão esmeralda envolve o isqueiro de Madame Crommelynck. Eu estava com medo de que o cheiro da fumaça de cigarro ficasse nas minhas roupas. Aí eu ia ter que inventar uma história pra minha mãe e pro meu pai a respeito de onde eu tinha estado. Enquanto fumava, ela murmurou meu poema "Pedras", da edição de maio.

Fiquei tonto de convencimento por *minhas* palavras terem capturado a atenção daquela mulher exótica. E assustado. Quando você mostra pra alguém uma coisa que escreveu, está oferecendo uma estaca pontiaguda, deitando no caixão e dizendo "Quando você quiser".

Madame Crommelynck grunhiu baixinho. — Você imagina que o verso livre é uma liberação, mas se engana. Descarte a rima e descartará um pára-quedas... Confunde sentimentalismo com emoção... Você ama palavras, sim — (uma bolha de orgulho cresceu dentro de mim) —, mas suas palavras ainda dominam *você, você* ainda não *as* domina... — (a bolha estourou). Ela analisou minha reação. — Mas pelo menos seu poema é robusto o suficiente para *ser* criticado. Quase todos os supostos poemas se desintegram ao primeiro toque. Suas imagens estão aqui, ali, frescas, não me envergonho em dizer. Mas agora *quero* saber uma coisa.

— Claro. Pode perguntar.

— Esta domesticidade no poema, essas cozinhas, jardins, lagoinhas... não é uma metáfora para essa guerra ridícula no Atlântico Sul?

— A guerra das Falklands estava acontecendo enquanto escrevi o poema — respondi. — Ela meio que se infiltrou.

— Então esses demônios que fazem guerra no jardim simbolizam o general Galtieri e Margaret Thatcher. Correto?

— Sim, mais ou menos.

— Contudo *também* são seu pai e sua mãe. Correto?

Hesitações são como *sins* ou *nãos* se a pessoa que fez a pergunta já sabe a resposta. Uma coisa é escrever sobre os próprios pais. Admitir é outra questão.

Madame Crommelynck cantarolou com uma voz de tabaco pra demonstrar seu agrado. — Você é um garoto educado de treze anos, tímido demais para cortar os cordões umbilicais! Exceto — ela cutucou o dedo com força na página — *aqui. Aqui* em seus poemas você faz o que não ousa fazer — ela apontou pra janela —

ali. Na realidade. Para expressar o que está *aqui* — ela cutucou meu coração. Doeu.

Radiografias me deixam enjoado.

Depois que um poema sai de casa, não se importa mais com você.

— "Quintais" — Madame Crommelynck ergueu a edição de junho.

Certamente ela achava o título sensacional.

— Mas por que esse título tão horrendo?

— Hã... não era minha primeira opção.

— Então por que batizou sua criação com um nome inferior?

— Eu ia chamar de "Fantasmas". Mas existe uma gangue de verdade com esse nome. Eles andam pela vila à noite, escondidos. Se eu desse *esse* título pro poema, eles poderiam suspeitar quem era o autor e meio que... me pegar.

Madame Crommelynck fungou, não muito impressionada. Sua boca entoou meus versos num volume muito baixo. Torci para que ela ao menos dissesse alguma coisa sobre as descrições do anoitecer, do luar e da escuridão nos poemas.

— Há muitas palavras belas aqui...

— Obrigado — concordei.

— Palavras belas arruínam sua poesia. Um *toque* de beleza aprimora um prato, mas você despejou uma montanha na panela! Não, o paladar fica nauseado. Você acredita que um poema deve ser belo, caso contrário não possui excelência. Correto?

— Mais ou menos.

— Seu "mais ou menos" é irritante. Um sim, um não ou uma ressalva, por favor. "Mais ou menos" é um *loubard* inútil, um *vandale* ignorante. "Mais ou menos" diz "Clareza e precisão envergonham-me". Vamos tentar de novo. Você acredita que um poema deve ser belo, senão não é um poema. Correto?

— Sim.

— *Sim.* Idiotas guiam-se por esse conceito errôneo. Beleza *não* é excelência. Beleza é distração, beleza é cosmética, beleza é, no fim das contas, fadiga. Aqui... — ela leu meu quinto verso — "Vênus pendia brilhante do chifre da lua." O poema se esvazia todo. *Ffffffft!* Um pneu furado. Um acidente de automóvel. "Não sou uma coisinha fofinha?", ele quer saber, e eu respondo: "Vá para o inferno!". Se você tem uma magnólia no jardim, por acaso pinta suas flores? Coloca luzes pisca-pisca natalinas? Prende papagaios de plástico? Não. Você não faz nada disso.

O que ela disse parecia verdade, mas...

— Você pensa — Madame Crommelynch soltou fumaça pelo nariz. — "Essa bruxa velha é maluca! Uma magnólia existe por si. Magnólias não precisam de poetas para existir. No caso de poemas, um poema deve ser criado por *mim.*"

Fiz que sim com a cabeça. (Eu *teria* pensado isso se tivesse alguns minutos.)

— Você *precisa* dizer o que pensa, caso contrário é melhor passar o sábado com a cabeça num balde em vez de conversar comigo. Entendeu?

— Tá bom — falei, nervoso porque "tá bom" talvez não fosse bom.

— Ótimo. Eu respondo. Versos são "feitos", mas a palavra "fazer" é insuficiente para um verdadeiro poema. "Criar" é insuficiente. Todas as palavras são insuficientes. Por causa disto. *O poema existe antes de ser escrito.*

Isso eu não tinha entendido. — Onde?

— T. S. Eliot exprime *deste* modo: o poema é uma incursão ao inexprimível. Eu, Eva van Outryve de Crommelynck, concordo com ele. Poemas que ainda não foram escritos, ou que nunca serão escritos, existem aqui. O reino do inexprimível. Arte — ela colocou outro cigarro na boca, e dessa vez eu estava a postos com o isqueiro-dragão — fabricada a partir do inexprimível *é* beleza. Mesmo se os temas forem horrendos. Luas prateadas, mares retumbantes, clichês piegas, beleza venenosa. O amador pensa que *suas* palavras, *suas* pinturas, *suas* notas fazem a beleza. Mas o mestre sabe que suas palavras são apenas o *veículo* usado pela beleza. O mestre sabe que ele *não* sabe o que é a beleza. Faça o teste. Arrisque uma definição. O que é beleza?

Madame Crommelynck bateu a cinza do cigarro num cinzeiro gorducho e cor de rubi.

— Beleza é...

Ela adorou me ver empacado. Eu queria deixar ela impressionada com uma definição inteligente, mas eu sempre acabava voltando pra *Beleza é alguma coisa que é bela*.

O problema é que tudo isso era novidade pra mim. Nas aulas de inglês da escola, a gente estuda uma gramática escrita por um homem chamado Ronald Ridout, lê *Cider with Rosie*, debate sobre a caça à raposa e decora *"I must go down to the seas again"*, de John Masefield. Nessas aulas a gente não precisa pensar de verdade sobre nada.

— É difícil — admiti.

— Difícil? — (Percebi que o cinzeiro tinha a forma de uma garota toda enroscada.) — Impossível! A beleza é *imune* a qualquer definição. Quando a beleza está presente, você sabe. O sol nascendo no inverno em Toronto, seu novo amante num antigo café, corvos sinistros num telhado. Mas a beleza dessas coisas é *criada*? Não. A beleza *está* ali, e isso é tudo. A beleza *é*.

— Mas... — hesitei, em dúvida se devia falar.

— Minha única exigência — ela disse — é que você fale o que pensa!

— A senhora só escolheu coisas naturais. E pinturas ou música? A gente diz "O oleiro faz vasos bonitos". Não é?

— Dizemos, *dizemos*. Tenha cuidado com *dizer*. As palavras *dizem* "Você rotulou esta abstração, este conceito, e logo o capturou". Não. Elas mentem. Ou não mentem, mas são desastradas. *Estabanadas.* Seu oleiro fez o vaso, sim, mas *não* fez a *beleza.* Apenas o objeto onde ela *reside.* Até o vaso cair e se quebrar. Que é o destino final de todo e qualquer vaso.

— Mas — eu ainda não estava satisfeito — certamente *algumas* pessoas em *alguns* lugares sabem o que é a beleza, não? Em universidades, talvez?

— Universidades? — Ela fez um barulho que podia ser uma risada. — Imponderáveis *são* ponderáveis, mas passíveis de resposta? Não. Pergunte a um filósofo, mas tome cuidado. Se ouvir "Eureca!", se pensar "Sua resposta capturou minha pergunta!", ali estará a *prova* de que ele é uma fraude. Caso seu filósofo tenha *realmente* abandonado a caverna de Platão, se encarou o sol dos cegos... — Ela contou nos dedos três possibilidades. — Ou ele é um lunático, ou suas respostas são perguntas que apenas se disfarçam de respostas. Ou ele permanece em silêncio. Em silêncio, porque você pode *saber* ou você pode *dizer.* Mas os dois ao mesmo tempo? Não. Meu cálice está vazio.

As últimas gotas eram as mais espessas.

— A senhora é poeta? — (*Quase* falei "também".)

— Não. Esse título é perigoso. Mas fui íntima de poetas na juventude. Robert Graves escreveu um poema sobre mim. Não é dos melhores. William Carlos William pediu que eu abandonasse meu marido e — ela pronunciou a frase como uma bruxa caricata — "*fugisse com ele às escondidas!*". Deveras romântico, mas tenho uma cabeça pragmática e ele era paupérrimo como um... *épouvantail*, um... como se chama o homem no campo que assusta os pássaros?

— Espantalho?

— Espantalho. Exato. Então eu disse a ele: "Vá para o inferno,

Willy, nossas almas podem viver de poesia, mas temos sete pecados mortais para alimentar!". Ele concordou com a minha lógica. Poetas são bons ouvintes, se não estiverem embriagados. Mas *romancistas* — Madame Crommelynck fez cara de *nojo* —, esses são esquizóides, lunáticos, mentirosos. Henry Miller visitou nossa colônia em Taormina. Um porco, um porco suado. E Hemingway, conhece?

Como tinha ouvido falar, fiz que sim com a cabeça.

— O porco mais lascivo de toda a fazenda! Cinematografistas? *Fffffft. Petits Zeus* de seus universos. O mundo é seu *set* de filmagem. Charles Chaplin também, foi meu vizinho em Genebra, no lado oposto do lago. Um *petit Zeus* encantador, mas um *petit Zeus*. Pintores? Espremem o coração até secar para fazer pigmentos. Nada sobra para os outros. Picasso, aquele bode andaluz. Biógrafos procuram-me em busca de histórias sobre ele, imploram, oferecem dinheiro, mas eu digo "Vão para o inferno, não sou uma *jukebox* humana". Compositores? Meu pai foi um deles. Vyvyan Ayrs. Ouvidos queimados pela própria música. Raramente escutava a mim ou minha mãe. Formidável em sua geração, mas agora não faz mais parte do repertório. Exilou-se em Zedelghem, ao sul de Bruges. Minha mãe tinha uma propriedade lá. Minha língua-mãe é o flamengo. Saiba que o inglês não é um idioma em que sou exímia. Possui muitos detalhes bobos. Você acha que eu sou francesa?

Admiti com a cabeça.

— Belga. O destino dos vizinhos discretos é serem confundidos com os barulhentos da porta ao lado. Está vendo o animal? No gramado. Perto dos gerânios...

Num momento a gente estava olhando pros espasmos do coração de um esquilo.

No momento seguinte ele tinha sumido.

Madame Crommelynck disse: — Olhe para mim.

— Tô olhando.

— Não. Não está. Sente-se aqui.

Sentei no tamborete. (Será que Madame Crommelynck tinha mordomo por causa de algum problema nas pernas?) — Tá bom.

— Não se esconda nesse seu "tá bom". Chegue mais perto. Não arranco cabeça de garotos com a boca. Não quando estou de barriga cheia. Olhe aqui.

Existe uma regra segundo a qual não se deve olhar fixamente pro rosto de alguém. Madame Crommelynck estava mandando eu quebrar essa regra.

— Mais perto.

Senti cheiro de violetas de Parma, tecidos, um perfume que lembrava âmbar e alguma coisa apodrecendo. Aí aconteceu uma coisa esquisita. A senhora idosa se transformou numa *coisa*. Bolsas moles deixavam as olheiras e pálpebras inchadas. Seus cílios se colaram em forma de estacas. Deltas de veias vermelhas minúsculas serpenteavam pelo branco manchado dos olhos. As íris pareciam embaçadas, como bolas de gude enterradas por muito tempo. Maquiagem encobria a pele mumificada. O nariz cartilaginoso afundava no buraco do crânio.

— Enxerga beleza aqui? — falou a coisa com a voz errada.

Minha educação me mandou dizer que sim.

— Mentiroso! — A coisa recuou e voltou a ser Madame Crommelynck. — Há quarenta, trinta anos? Sim. Meus pais me criaram do modo habitual. Como seu oleiro fazendo o vaso. Cresci e tornei-me uma moça. Nos espelhos, meus belos lábios diziam aos meus belos olhos: "Você sou eu". Homens criavam estratagemas e brigavam para "conquistar" essa beleza. Foi minha era de ouro.

Marteladas começaram a soar num quarto distante.

— Mas a beleza humana cai folha por folha. Você não percebe quando começa. Dizemos a nós mesmos *Não, estou cansada*, ou *É um dia ruim, nada mais.* Mas com o passar do tempo não se pode mais contradizer o espelho. Dia a dia a dia ela cai, até restar apenas esta *vieille sorcière* que usa poções cosméticas tentando simular sua dádiva de nascença. Ah, as pessoas dizem "Os velhos *ainda* são belos!". Elogiam, bajulam, talvez para consolar a si mesmos. Mas não. Devorando as raízes da beleza há um... — Madame Crommelynck afundou novamente em seu trono barulhento, exausta. — Hum, como se chama aquele caracol que não tem casa?

— Lesma?

— Uma lesma insaciável e indestrutível. Onde demônios estão os meus cigarros?

O maço tinha caído no chão. Peguei e dei a ela.

— Agora vá. — Ela desviou o rosto. — Volte no próximo sábado, às três da tarde, e direi outros motivos que fazem fracassar seus poemas. Ou não volte. Cem outras obras estão aguardando. — Madame Crommelynck apanhou *Le Grand Meaulnes*, encontrou a página em que tinha parado e começou a ler. Sua respiração parecia apitar, e imaginei que talvez ela estivesse doente.

— Bem, obrigado...

Minhas pernas formigavam sem parar.

No que dizia respeito a Madame Crommelynck, eu já tinha deixado o solário.

Mamangabas zonzas pairavam sobre a alfazema. O Volvo empoeirado continuava na entrada, ainda precisando ser lavado. Também não contei pra minha mãe ou meu pai pra onde estava indo. Falar da Madame Crommelynck pra eles significaria (a) admitir que eu era Eliot Bolivar, (b) vinte perguntas sobre ela às quais eu não poderia responder porque ela é como um liga-pontos sem números, (c) receber ordens de não incomodar. Garotos não devem visitar senhoras idosas que não sejam suas avós ou tias.

Toquei a campainha.

A casa do vigário levou *séculos* pra engolir aquele som.

Ninguém. Será que ela tinha saído pra caminhar?

O mordomo não tinha demorado tanto na semana passada.

Usei o batedor, mesmo sabendo que era inútil.

Eu tinha pedalado que nem louco porque estava meia hora atrasado. Sabia que Madame Crommelynck devia ser um marechal quando o assunto era pontualidade. Mas parecia que eu tinha feito tudo aquilo por nada. Peguei *O velho e o mar*, de Ernest Hemingway, na biblioteca do colégio só porque ele tinha sido mencionado por Madame Crommelynck. (Na apresentação, dizem que o livro fez os americanos chorarem quando foi lido no rádio. Mas é só um velho pescando uma sardinha gigante. Se isso faz os americanos chorarem, eles choram por qualquer coisa.) Esfreguei um pouco de alfazema nas mãos e cheirei. Alfazema é o meu cheiro preferido, depois de corretivo líquido Tipp-Ex e gordura de bacon. Sentei nos degraus, sem saber pra onde ir.

Uma tarde de julho bocejou.

Miragens de poças resplandeciam pela rua Welland enquanto eu vinha de bicicleta pra cá.

Eu podia ter pegado no sono naqueles degraus ferventes.

Formiguinhas nuas.

Uma tranca deslizou como um rifle sendo engatilhado e o velho mordomo apareceu. — Então você voltou. — Hoje estava usando um blusão de golfe. — Pode tirar os sapatos.

— Obrigado. — Enquanto tirava os tênis, ouvi um piano

acompanhado por um violino bem baixo. Torci pra que Madame Crommelynck não estivesse recebendo visitas. Se você reúne três pessoas, pode reunir cem que não vai fazer diferença. A escadaria precisa de conserto. Um violão azul escangalhado estava largado em cima de um banco torto. Uma mulher que parecia estar morrendo de frio se esparramava em cima de uma chalana numa lagoa cheia de plantas, cercada por uma moldura escandalosa. Mais uma vez o mordomo me levou até o solário. (Procurei "solário". Significa "lugar para tomar sol".) Passamos por uma seqüência de portas que me fez pensar em todos os cômodos do meu passado e do meu futuro. A sala do hospital onde nasci, salas de aula, tendas, igrejas, escritórios, hotéis, museus, asilos, a sala onde vou morrer. (Será que já foi construída?) Carros são cômodos. E florestas. Céus são tetos. Distâncias são muros. Úteros são cômodos feitos de mães. Túmulos são cômodos feitos de solo.

A música crescia.

Um aparelho de som que parecia inventado por Julio Verne, cheio de mostradores e botões prateados, ocupava um canto do solário. Madame Crommelynck estava sentada no trono de vime, escutando de olhos fechados. Como se a música fosse um banho de sol. (Como dessa vez eu sabia que ela ia demorar um tempo pra falar, fiquei sentado no sofá sem braços.) Estava tocando um disco de música clássica. Nada a ver com aqueles negócios *turum-tam-tam* do sr. Kempsey na aula de música. Essa música era invejosa *e* gentil, chorosa *e* fantástica, abafada *e* cristalina. Mas, se as palavras certas existissem, a música não seria necessária.

O piano sumiu. Uma flauta acompanhava o violino.

Páginas e *páginas* de uma carta inacabada repousavam sobre a escrivaninha de Eva Crommelynck. Ela deve ter colocado o disco pra tocar quando não conseguiu pensar na frase seguinte.

Uma caneta prateada enorme descansava sobre a página em que ela tinha parado de escrever. Controlei a vontade de pegar as páginas e ler.

O braço da vitrola voltou até a base. — O inconsolável é tão consolador — disse Madame Crommelynck. Não parecia muito animada por me ver. — Que propaganda é essa no seu peito?

— Qual propaganda?

— *Essa* propaganda no seu suéter!

— É meu uniforme do Liverpool. Torço pra eles desde os cinco anos.

— O que significa "HITACHI"?

— Os cartolas mudaram as regras e agora os times podem usar os logotipos dos patrocinadores. Hitachi é uma fábrica de eletrônicos. De Hong Kong, acho.

— Então você *paga* a uma companhia para fazer propaganda para eles? *Allons donc.* Nas roupas, na culinária, os ingleses contam com uma tendência irresistível à automutilação. Mas hoje você se atrasou.

Explicar os mínimos detalhes do Caso do Sr. Blake levaria muito tempo. Perdi a conta de quantas vezes minha mãe, meu pai e até a Julia (quando acorda maldosa) disseram *Não vamos mais tocar no assunto*, só pra voltarem a falar dele cinco minutos depois. Aí eu falei pra Madame Crommelynck que naquele mês inteiro eu estava lavando a louça sozinho pra pagar por algo que tinha quebrado, e o almoço saiu tarde porque minha mãe tinha esquecido de descongelar o pernil de cordeiro.

Madame Crommelynck ficou entediada antes mesmo que eu terminasse. Indicou com a mão a garrafa de vinho sobre a mesa perolada. — Hoje você beberá?

— Só posso beber um dedinho, em ocasiões especiais.

— Se uma companhia que me inclui não pode ser qualificada como "especial", sirva meu cálice.

(Vinho branco tem cheiro de maçã verde, álcool de cozinha e flores bem pequenas.)

— Sempre sirva de modo que o rótulo fique visível! Se o vinho é bom, a pessoa deve saber. Se o vinho é ruim, a vergonha é merecida.

Obedeci. Uma gota escorreu pelo gargalo da garrafa.

— Bem. Hoje ficarei sabendo seu nome verdadeiro ou ainda terei de oferecer hospitalidade a um estranho que se esconde por trás de um pseudônimo ridículo?

O Carrasco estava me impedindo *até* de falar "Desculpe". Fiquei tão ansioso, desesperado e irritado que falei "Desculpe!" de repente, tão alto que soou bem grosseiro.

— Seu elegante pedido de desculpas não responde a minha pergunta.

Murmurei "Jason Taylor" e senti vontade de chorar.

— Jay *quem?* Pronuncie com clareza! Meus ouvidos são tão velhos quanto eu! Não tenho microfones ocultos para capturar cada palavra!

Eu *odiava* meu nome. — Jason Taylor. — Era insípido como notas fiscais mastigadas.

— Se você fosse um "Adolf Esquife" ou um "Pius Cabeça-de-Vassoura", eu entenderia. Mas por que esconder "Jason Taylor" por trás de um simbolista inacessível e de um revolucionário latino-americano?

Acho que não consegui esconder minha cara de "*hã?*".

— Eliot! T. S.! Bolívar! Simón!

— É que "Eliot Bolivar" soava mais... poético.

— O que pode ser mais *poético* que "Jason"? Jasão foi um

herói helênico! Quem lançou os fundamentos da literatura euro-péia senão os antigos gregos? Posso garantir que não foi o grupinho de violadores de túmulo liderados pelo Eliot! E o que é um poeta senão um *tailor*, um alfaiate de palavras? Poetas e alfaiates escon-dem seu ofício *em* seu ofício. Não, eu não aceito sua resposta. Creio que na verdade você usa esse pseudônimo porque sua poe-sia é um segredo vergonhoso. Correto?

— Bem, "vergonhoso" não é exatamente a palavra exata.

— Ah, é? Bem, então *qual* é exatamente a palavra exata?

— Escrever poesia é — olhei ao redor no solário, mas Madame Crommelynck parecia emitir um raio de atração — meio... *gay*.

— "*Gay*"? É uma atividade *alegre*?

Eu não tinha saída. — Escrever poemas é... coisa de perverti-dos e bichas.

— Então você é um desses "pervertidos"?

— Não.

— Então você é uma "bicha", seja lá o que isso signifique?

— Não.

— Então não compreendo sua lógica.

— Quando seu pai é um compositor famoso e sua mãe é uma aristocrata, você pode fazer coisas que não pode fazer quando seu pai trabalha nos supermercados Greenland e você estuda numa escola pública. Poesia é uma dessas coisas.

— *Arrá!* Verdade! Você teme não ser aceito na tribo dos bár-baros cabeludos se escrever poesia.

— É mais ou menos isso, sim...

— Mais? Ou menos? Qual é exatamente a palavra exata?

(Às vezes ela é um pé no saco.) — É isso. Exatamente.

— E você *deseja* tornar-se um bárbaro cabeludo?

— Eu sou um *garoto*. Tenho treze anos. A *senhora* disse que treze anos é uma idade infeliz, e tem razão. Se você não se encaixa, transformam sua vida numa desgraça. Como acontece com Floyd Chaceley ou Nicholas Briar.

— *Agora* você está falando como um verdadeiro poeta.

— Não *entendo* quando a senhora fala essas coisas!

(Minha mãe teria dito *Não fale comigo nesse tom de voz!*)

— Quero *dizer* — Madame Crommelynck parecia quase satisfeita — que você é feito inteiramente de suas palavras.

— E o que *isso* significa?

— Que está sendo essencialmente verdadeiro.

— Qualquer um pode ser verdadeiro.

— Sim, Jason, a respeito de superficialidades isso é fácil. Mas e sobre a dor? Não, não é. Então você deseja levar uma vida dupla. Um Jason Taylor busca a aprovação dos bárbaros cabeludos. Outro Jason Taylor é Eliot Bolivar, buscando a aprovação do mundo literário.

— E isso é tão impossível assim?

— Se você deseja ser um versejador — ela rodopiou o vinho —, é bem possível. Se você for um artista verdadeiro — ela ficou bochechando o vinho —, *nunca*, de modo algum. Se você não for verdadeiro para o mundo sobre *quem* e *o que* você é, sua arte terá o cheiro ruim da falsidade.

Pra isso eu não tinha resposta.

— Ninguém sabe dos seus poemas? Um professor? Um confidente?

— Só a senhora, na verdade.

Os olhos de Madame Crommelynck têm um certo brilho. Isso não tem nada a ver com a luz externa. — Você esconde a sua poesia da sua amante?

— Não — falei. — Eu, hã, não.

— Não esconde sua poesia ou não possui amante?

— Não tenho namorada.

Rápida como alguém batendo num cronômetro de xadrez, ela quis saber: — Prefere garotos?

Ainda não acredito que ela disse isso. (Acredito, sim.) — Eu sou normal!

Aqueles dedos inquietos tamborilando sobre a pilha de revistas da paróquia questionavam: *Normal?*

— Na verdade eu gosto de uma garota — admiti de repente, pra provar o que dizia. — Dawn Madden. Mas ela já tem namorado.

— *Oho?* E esse namorado de Dawn Madden é um poeta ou um bárbaro? — (Ela tinha *adorado* arrancar de mim o nome da Dawn Madden.)

— Ross Wilcox é um pateta, não um poeta. Mas, se a senhora está pensando em sugerir que eu escreva um poema pra Dawn Madden, *nem pensar*. Eu ia virar o *palhaço* da vila.

— Sem dúvida, se você compuser versos derivativos cheios de Cupidos e clichês, a senhorita Madden continuará com o "pateta" e você será merecidamente ridicularizado. Mas, se o poema tiver beleza e *verdade*, a senhorita Madden apreciará suas palavras como um tesouro mais valioso que dinheiro ou diplomas. Mesmo quando estiver velha como eu. *Especialmente* quando estiver velha como eu.

— Mas — fugi do assunto — não tem um monte de artistas que usam pseudônimos?

— Quem?

— Hã... — eu só conseguia lembrar de Cliff Richard e Sid Vicious.

Um telefone começou a tocar.

— Verdadeira poesia *é* verdade. Como a verdade não é popular, a poesia também não é.

— Mas... verdade sobre o quê?

— Ah, a vida, a morte, o coração, memória, tempo, gatos, medo. Qualquer coisa. — (O mordomo também não parecia estar a fim de atender o telefone.) — A verdade está em todo lugar, como sementes de árvores. Mesmo fraudes contêm elementos de verdade. Porém a visão fica nublada pelo cotidiano, pelo preconceito, por preocupações, escândalos, atos predatórios, paixão, *ennui* e, o pior de tudo, pela televisão. Que máquina lamentável. Tinha uma televisão aqui no meu solário. Quando cheguei. Joguei no porão. *Ela* estava *me* assistindo. Um poeta joga tudo no porão, exceto a verdade. Jason. Algum problema?

— Hã... seu telefone está tocando.

— Eu sei que um telefone está tocando! Ele que vá para o inferno! Estou falando com *você*! — (meus pais entrariam numa mina de asbesto em chamas se um telefone estivesse tocando pra eles lá dentro) — Uma semana atrás, concordamos que "O que é a beleza?" é uma pergunta impossível de ser respondida, não é? Hoje, portanto, um mistério ainda maior. Se uma arte é *verdadeira*, se uma arte é *livre de falsidades*, ela é, *a priori*, bela.

Tentei digerir aquilo.

(O telefone acabou desistindo.)

— Seu melhor poema daqui — ela apontou pra pilha de revistas — é "Carrasco". Contém fragmentos de verdade sobre seu defeito de fala, correto?

Uma vergonha familiar escalou meu pescoço, queimando, mas admiti com a cabeça.

Somente nos meus poemas, percebi, consigo dizer *exatamente* o que tenho vontade.

— Correto, é claro. Se o nome assinado fosse "Jason Taylor" e não "Sir Eliot Bolivar, Ph.D., RIP, BBC" — ela deu um tapa na página que continha "Carrasco" —, a verdade acarretaria sua humilhação suprema perante os bárbaros cabeludos de Black Swan Green, não é?

— Seria melhor eu me enforcar de uma vez.

— *Pfft!* Eliot Bolivar, *ele* sim pode se enforcar. Você, *você* precisa *escrever*. Se você ainda tem medo de publicar usando seu próprio nome, é melhor não publicar. Mas a poesia é mais resistente do que você imagina. Por muitos anos colaborei com a Anistia Internacional. — (Julia vive falando deles.) — Poetas sobrevivem em *gulags*, em pavilhões de detenção, em câmaras de tortura. Há poetas trabalhando até mesmo naquele buraco miserável, *Merdeg*ate, não, mas que demônios, fica no Canal, vivo esquecendo... — ela deu um tapa na testa pra libertar o nome — *Marg*ate. Então acredite no que lhe digo. Escolas públicas não chegam a ser um inferno.

— Aquela música, quando cheguei. Era do seu pai? Achei muito bonita. Eu nem sabia que *existia* esse tipo de música.

— O sexteto de Robert Frobisher. Trabalhou como amanuense para o meu pai, quando ele estava velho demais, cego demais, fraco demais para segurar uma caneta.

— Procurei Vyvyan Ayrs na *Encyclopaedia Britannica* da escola.

— Ah. E como essa obra tão fidedigna reverencia meu pai?

O verbete era tão curto que consegui decorar. — "Compositor britânico nascido em 1870 em Yorkshire; faleceu em 1932 em Neerbeke, Bélgica. Obras célebres: *Matruschyka Doll Variations, Untergehen Violinkonzert* e *Tottenvogel*...

— *Die* TODtenvogel! TODtenvogel!

— Desculpe. "Respeitado pela crítica na Europa durante sua vida, hoje Ayrs raramente é mencionado fora das notas de rodapé da música do século XX."

— Isso é tudo?

Achei que ela ia ficar impressionada.

— Que elogio majestoso — ela comentou, animada que nem uma Coca-Cola sem gás.

— Ter tido um pai compositor deve ter sido *matador*.

Segurei o isqueiro-dragão com firmeza enquanto Madame Crommelynck encostou a ponta do cigarro na chama. — Ele gerou muita infelicidade para minha mãe. — Ela tragou e então soltou um fiapo trêmulo de fumaça. — Mesmo hoje é difícil perdoar. Com sua idade, fui para a escola em Bruges e só via meu pai nos fins de semana. Ele tinha sua doença, sua música, e nós não nos comunicávamos. Depois do funeral, senti vontade de fazer-lhe mil perguntas. Tarde demais. Velha história. Perto da sua cabeça há um álbum fotográfico. Sim, esse mesmo. Passe para cá.

Uma garota da idade da Julia estava montada num pônei debaixo de uma árvore enorme, antes de inventarem as cores. Uma mecha de cabelo cacheado escorria por seu rosto. As coxas estavam firmes no lombo do pônei.

— Nossa — pensei em voz alta. — Que linda.

— Sim. Seja lá o que for a beleza, eu a possuía nessa época. Ou ela me possuía.

— Você? — Assustado, comparei Madame Crommelynck com a garota da foto. — Desculpe.

— Seu hábito de usar essa palavra enfraquece sua estatura. Nefertiti foi meu melhor pônei. Deixei-a aos cuidados dos Dhondt, amigos da família, quando Grigoire e eu fugimos para a Suécia sete ou oito anos depois dessa fotografia. Os Dhondt foram mortos em 1942, durante a ocupação nazista. Julga que foram heróis da Resistência? Não, foi o carro esporte de Monty Dhondt. Uma falha nos freios, *bum*. Do destino de Nefertiti, nada sei. Cola, lingüiças, guisados para os homens do mercado negro, para ciganos, para oficiais das ss, se eu quiser ser realista. Essa fotografia foi tirada em Neerbeke em 1929, 1930... Atrás dessa árvore está o *château* de Zedelghem. Lar dos meus ancestrais.

— Ainda é seu?

— Não existe mais. Os alemães construíram uma pista de pouso bem aqui, e depois os britânicos e os americanos... — sua mão fez um gesto de *bum!* — Pedras, crateras, lama. Agora tem uns caixotinhos que servem de casas, um posto de gasolina e um supermercado. Nosso lar, que sobreviveu por meio milênio, agora existe apenas em algumas poucas cabeças envelhecidas. E em algumas velhas fotografias. Susan, minha sábia amiga, escreveu o seguinte. "Retirando uma porção *deste* momento e congelando-a..." — Madame Crommelynck analisou a garota que um dia tinha sido e bateu a cinza do cigarro — ..."todas as fotografias servem de testemunha da ação incansável do tempo."

Um cachorro entediado latiu a um ou dois quintais de distância.

Uma noiva e um noivo posam em frente a uma capela de pedra. Os galhos sem folhas nos dizem que é inverno. Os lábios finos do noivo nos dizem *Vejam só o que consegui*. Uma cartola, uma bengala, ele lembra uma raposa. Mas a noiva lembra uma leoa. Seu sorriso é a idéia de um sorriso. Ela sabe mais coisas a respeito do seu novo marido do que ele sabe a respeito dela. Sobre a porta da igreja, uma dama de pedra encara seu cavaleiro de pedra. Pessoas de carne e osso em fotografias olham para a câmera, mas pessoas de pedra olham através da câmera diretamente pra você.

— Meus produtores — anunciou Madame Crommelynck.

— Seus pais? Eles eram bons? — Isso soou idiota.

— Meu pai morreu de sífilis. Isso sua enciclopédia não diz. Não foi uma "boa" morte, aconselho que a evite. Entenda, eram tempos — ("*tempos*" soou como um longo suspiro) — diferentes. Não se expressavam sentimentos de maneira tão incontinente. Pelo menos não em nossa classe social. Minha mãe, ah, ela era capaz de grande afeto, mas também de uma fúria tempestuosa! Exercia poder sobre todos que escolhia. Não, acho que não era "boa". Morreu de aneurisma, apenas dois anos mais tarde.

— Sinto muito — falei, como se espera que você diga pela primeira vez na vida.

— Foi até uma misericórdia ela não testemunhar a destruição de Zedelghem. — Madame Crommclynck ergueu os óculos pra olhar mais de perto a fotografia do casamento. — Que jovem! Fotografias fazem-me esquecer se o tempo avança ou recua. Não, fotografias fazem-me considerar se *existe* avanço ou recuo. Meu cálice está vazio, Jason.

Servi o vinho, com o rótulo bem visível.

— Nunca entendi o casamento deles. A alquimia. Você entende?

— Eu? Quer saber se eu entendo o casamento dos meus pais?

— É a minha pergunta.

Pensei bastante. — Eu — (o Carrasco agarrou "nunca" com as duas mãos) — ainda não pensei nisso. Quer dizer... meus pais estão sempre ali. Eles discutem bastante, acho, mas nessas discussões também conversam bastante. Eles *conseguem* ser legais um com o outro. Se é aniversário da minha mãe e meu pai não está na cidade, ele manda a Interflora entregar flores. Mas meu pai anda trabalhando quase todo fim de semana por causa da recessão e minha mãe está inaugurando uma galeria em Cheltenham. Está acontecendo uma guerra fria sobre *isso* no momento. — (Falar com algumas pessoas é como passar de fase num jogo de computador.) — Se eu fosse um filho ideal, como em *Uma casa na campina*, se eu fosse menos rabugento, talvez o casamento dos meus pais fosse mais — (na verdade a palavra que eu queria era "feliz", mas o Carrasco estava bem ativo) — amistoso. Julia, minha — (o Carrasco quase não me deixou falar a palavra seguinte) — irmã, mata a pau quando resolve rir da cara do meu pai. E ele adora. E pra animar minha mãe ela só precisa tagarelar. Mas agora no outono ela vai pra universidade. Aí vamos ficar só nós três. E eu nunca consigo dizer as palavras certas, não que nem a Julia. — Pessoas que travam geralmente vivem estressadas demais pra sentir pena de si mesmas, mas senti umas gotas de autopiedade caírem sobre mim. — Eu nunca consigo dizer palavra *nenhuma*.

Bem longe, o mordomo ligou o aspirador de pó.

— *Ackkk* — disse Madame Crommelynck. — Sou uma bruxa velha e inquisidora.

— Não, não é.

A velha senhora belga me lançou um olhar afiado por sobre os óculos.

— Não o tempo *todo*.

Um jovem pianista sentado na banqueta do piano, relaxado, sorrindo, fumando. Tem o cabelo cheio de brilhantina, como os atores nos filmes antigos, mas não parece esnobe. Parece Gary Drake. Agulhas nos olhos, lobo no sorriso.

— Este é Robert Frobisher.

— Foi ele — resolvi confirmar — que compôs aquela música incrível?

— Sim, foi ele quem compôs aquela música incrível. Robert venerava meu pai. Como um discípulo, um filho. Compartilhavam uma empatia musical, uma empatia mais íntima que a sexual. — (Ela disse "sexual" como se fosse uma palavra qualquer.) — Foi graças a Robert que meu pai conseguiu compor sua derradeira obra-prima, *Die todtenvogel*. Em Varsóvia, em Paris, em Viena, por um verão muito breve, o nome Vyvyan Ayrs teve sua glória restaurada. *Oh*, tornei-me uma *demoiselle* enciumada!

— Enciumada? Por quê?

— Meu pai elogiava Robert sem descanso! Meu comportamento foi desagradável. Mas tais reverências, tais empatias como as que havia entre eles, são muito inflamáveis. A amizade é uma coisa mais tranqüila. Robert deixou Zedelghem no inverno.

— Voltou pra Inglaterra?

— Robert não tinha um lar. Havia sido deserdado pelos pais. Instalou-se num hotel em Bruges. Minha mãe proibiu que eu me encontrasse com ele. Há cinqüenta anos, reputações eram um passaporte importante. Donzelas de estirpe não passavam um minuto sequer sem um acompanhante. De qualquer modo, eu não desejava encontro algum. Grigoire e eu estávamos noivos e Robert estava doente na cabeça. Genialidade, doença, *flash-flash*, tempestade, bonança, como a luz de um farol. Um farol isolado. Poderia ter ofuscado Benjamin Britten, Olivier Messiaen, todos eles. Mas, após completar o *Sexteto*, estourou os miolos no banheiro do hotel.

O jovem pianista continuava sorrindo.

— Por que ele fez isso?

— E suicídio tem uma causa única? Rejeição da família? Abatimento? Exagerou na leitura dos Nietzsche do meu pai? Robert era obcecado pelo eterno retorno. Recorrência é a alma da sua música. Robert acreditava que vivemos *exatamente* a mesma vida e morremos *exatamente* a mesma morte muitas, muitas e muitas vezes, ao som da *mesma* fusa. Eternamente. Ou então — Madame Crommelynck acendeu outra vez o cigarro que tinha se apagado — podemos culpar a garota.

— Que garota?

— Robert amava uma garota tola. Ela não correspondia a seu amor.

— Então Robert se matou só porque a garota não amava ele?

— Talvez tenha sido um fator. Se foi grande ou pequeno, só Robert pode nos dizer.

— Mas se *matar*? Só por causa de uma garota?

— Não foi o primeiro. Não será o último.

— *Nossa*. E a garota, bem... ela ficou sabendo?

— Claro! Bruges é uma vila disfarçada de cidade. Ela ficou sabendo. E posso garantir que cinqüenta anos depois ela *ainda* sente dor na consciência. Como se fosse reumatismo. Pagaria qualquer preço para que Robert não morresse. Mas o que ela pode fazer?

— A senhora manteve contato com ela?

— Isso foi difícil de evitar, sem dúvida. — Madame Crommelynck não tirou os olhos de Robert Frobisher. — Essa garota deseja o meu perdão antes de morrer. "Eu tinha dezoito anos!", ela implora. "Para mim a devoção de Robert não passava de um... um... jogo lisonjeiro! Como eu podia *saber* que um coração faminto devoraria sua mente? *Mataria* seu corpo?" Ah, como eu sinto pena. *Gostaria* de perdoá-la. Mas a verdade é que — (ela olhou pra mim) — eu *abomino* essa garota! Abominei-a por toda a minha vida e não sei como *parar* de abominá-la.

Quando a Julia pega *muito* no meu pé, prometo pra mim mesmo que *nunca* mais vou falar com ela. Mas geralmente já esqueci da promessa quando chega a hora do chá. — Cinqüenta anos é bastante tempo pra ficar bravo com alguém.

Madame Crommelynck concordou com a cabeça, triste. — Não é algo que recomendo.

— Já tentou *fingir* que perdoa a garota?

— "Fingir" — ela olhou pro jardim — não é a verdade.

— Mas a senhora disse *duas* coisas verdadeiras, não foi? Primeiro, que *odeia* essa garota. Segundo, que *quer* que ela se sinta melhor. Se decidir que a verdade do querer é mais importante que a verdade do odiar, basta *dizer* pra ela que a perdoa, mesmo se não tiver perdoado. Pelo menos ela vai se sentir melhor. Talvez assim a senhora também se sinta melhor.

Madame Crommelynck analisou as próprias mãos com um ar aborrecido. Frente e verso. — Sofisma — declarou.

Como não sei direito o que é "sofisma", fiquei de bico calado. Bem longe, o mordomo desligou o aspirador de pó.

— É impossível agora comprar o *Sexteto* de Robert. Só se

encontra sua música por acaso, em tardes de julho em casas de vigário. Esta é a única chance da sua vida. Sabe usar o gramofone?

— Claro.

— Então vamos escutar o outro lado, Jason.

— Legal — virei o disco. LPs antigos são grossos como bandejas.

Um clarinete acordou e começou a dançar ao redor do violoncelo do lado A.

Madame Crommelynck acendeu outro cigarro e fechou os olhos.

Música é uma tábua sobre a qual a gente caminha.

Um pintarroxo cantou num arbusto cheio de flores. O prato do gramofone soltou um *ahhh* moribundo e o braço da agulha voltou meio desajeitado pra base. Quando me levantei pra acender o cigarro, a mão da Madame Crommelynck mandou eu ficar onde estava. — Diga. Quem são seus professores?

— Temos professores diferentes pra matérias diferentes.

— Quero saber quem são os escritores que você mais admira.

— Ah — percorri minha estante de livros mentalmente, atrás de nomes que pudessem impressionar. — Isaac Asimov. Ursula Le Guin. John Wyndham.

— *Assy-Smurf? Ursular Gun? Wind'em?* São poetas modernos?

— Não. Ficção científica, fantasia. Stephen King também. Ele escreve livros de horror.

— "Fantasia"? *Pffft!* Ouça os sermões de Ronald Reagan! "Horror"? Que tal o Vietnã, o Afeganistão, a África do Sul? Idi Amin, Mao Tsé-Tung, Pol Pot? Não é horror suficiente? Quero saber quem são seus *mestres*. Tchecov?

— Hã... não.

— Mas você leu *Madame Bovary*?

(Nunca tinha ouvido falar dos livros dela.) — Não.

—Nem mesmo—agora ela parecia bem irritada—Herman Hesse?

— Não. — Cometi a bobagem de tentar lutar contra o desprezo de Madame Crommelynck. — Na minha escola a gente não estuda os europeus...

— "Europeus"? E por acaso a Inglaterra saiu flutuando até o Caribe? Você é africano? Antártico? Você *é* europeu, seu macaco púbere analfabeto! Thomas Mann, Rilke, Gógol! Proust, Bulgákov, Victor Hugo! É sua cultura, sua herança, seu *esqueleto*! Não conhece nem mesmo *Kafka*?

Fiz uma careta. — Já ouvi falar.

— E isto? — ela ergueu *Le Grand Meaulnes*.

— Não, mas a senhora estava lendo na semana passada.

— É uma das minhas bíblias. Releio todo ano. Bem! — Ela atirou o livro de capa dura na minha direção, com força, como se fosse um *frisbee*. Doeu. — Alain-Fournier será seu primeiro mestre genuíno. É nostálgico, trágico, *encantante*, ele sente dor e você também sentirá dor. E o melhor de tudo é que ele é *verdadeiro*.

Quando abri o livro, escapou uma nuvem de palavras estrangeiras. *Il arriva chez nous un dimanche de novembre 189...* — Está em francês.

— Entre europeus, não é adequado traduzir. — Ela detectou culpa no meu silêncio. — *Oho?* Estudantes ingleses dos nossos iluminados anos 1980 são incapazes de ler um livro em língua estrangeira?

— A gente *estuda* francês na escola... — (Madame Crommelynck me fez continuar) — ...mas só chegamos até o segundo volume de *Youpla boum!*

— *Pffffffffffffft!* Aos treze anos *eu* falava francês e holandês fluentemente! Podia conversar em alemão, em inglês, em italiano! *Ackkk*, execução sairia barato para os seus mestres-escolas, para o seu ministro da Educação! Nem chega a ser arrogância! É como um bebê *primitivo* demais para saber que sua fralda está cheia e fedendo! Vocês, ingleses, *merecem* o governo do monstro Thatcher! Que sejam amaldiçoados com *vinte anos* de Thatchers! Talvez *então* compreendam que falar apenas um idioma é uma *prisão!* Mas, enfim, você tem um dicionário e uma gramática de francês?

Fiz que sim com a cabeça. Julia tem.

— Bem. Traduza o primeiro capítulo de Alain-Fournier do francês para o inglês, ou nem volte no próximo sábado. O autor não precisa que colegiais de mente estreita desfigurem sua verdade, mas *eu* preciso de uma prova que você não está desperdiçando meu tempo. Vá.

Madame Crommelynck se virou pra mesa e pegou a caneta.

Mais uma vez, saí sozinho da casa do vigário. Enfiei *Le Grand Meaulnes* por baixo do meu uniforme do Liverpool. Ser expulso dos Fantasmas já tinha me lançado na prisão da impopularidade. Ser pego com um romance francês me mandaria pra cadeira elétrica.

No dia em que a escola fechou pro verão, trovejou durante a aula de educação religiosa. Quando a gente chegou a Black Swan Green, já estava caindo um *toró.* Enquanto eu descia do ônibus, Ross Wilcox me deu um empurrão bem no meio das omoplatas. Caí de bunda na sarjeta inundada, numa poça que ia quase até a altura do tornozelo. Ross Wilcox, Gary Drake e Wayne Nashend se *cagaram* de tanto rir. Umas garotas idiotas se viraram pra olhar e deram risinhos embaixo de seus guarda-chuvas. (De onde as meninas sempre tiram esses guarda-chuvas? É um mistério.) Como Andrea Bozard viu, obviamente cutucou Dawn Madden e apontou pra mim. Dawn Madden se esgoelou rindo, como qualquer outra garota. (*Vagabunda*, não me atrevi a dizer. Um cacho molhado do seu lindo cabelo estava colado em sua testa macia. Eu daria a *vida* pra colocar aquele cacho na boca e chupar toda a água da chuva.) Até o motorista Norman Bates deu risada, achando aquilo muito divertido. Mas eu estava *ensopado*, humilhado e *furioso*. Senti vontade de arrancar ossos a esmo do corpo mutilado de Ross Wilcox, mas o Verme me lembrou que ele é o garoto mais casca-grossa do segundo ano e provavelmente arrancaria minhas mãos com um único gesto e depois jogaria no telhado do Black Swan. — Nossa, Wilcox, que *engraçado* — (O Verme me impediu de dizer *Porra, Wilcox*, pra evitar que o Wilcox quisesse brigar comigo.) — Isso foi *patético*... — Mas, quando falei "patético", minha voz se esganiçou, como se minhas bolas ainda não tivessem descido pro saco. Todo mundo ouviu. Uma nova bomba de risadas me explodiu em pedacinhos.

Usei o batedor da casa do vigário e encerrei a batucada apertando a campainha. No jardim inteiro se viam montinhos de terra revirada por minhocas, que pareciam cravos espremidos. Lesmas escalavam as paredes. Água escorria do telhado da varanda. Água escorria do capuz da minha parca. Como minha mãe tinha ido pra Cheltenham falar com o pessoal da obra, avisei pro meu pai que eu provavelmente ("provavelmente" é uma palavra com saída de emergência) ia jogar Batalha Naval eletrônica na casa do Alastair Nurton. Dean Moran é considerado má influência desde a história do sr. Blake. Vim de bicicleta porque se alguém estivesse na rua eu ia poder dizer só "Tudo bem?" e seguir em frente. Quem for pego a pé pode sofrer um interrogatório. Mas hoje todo mundo estava assistindo a Jimmy Connors contra John McEnroe na tevê. (Aqui está chovendo, mas em Wimbledon está fazendo sol.) *Le Grand Meaulnes* está embrulhado em duas sacolas de plástico da Marks & Spencer, enfiado por dentro da minha camisa junto com a tradução. Levei *horas* pra fazer. Tive que olhar metade das palavras no dicionário. Julia chegou a perceber. Ontem ela comentou:

"Achei que as coisas ficavam mais tranqüilas no final do semestre". Respondi que estava disposto a me livrar de uma só vez dos trabalhos das férias de verão. O esquisito é que fazer a tradução não *pareceu* levar horas, depois que peguei o jeito. É *mil vezes* mais interessante que *Youpla boum! Le français pour tous (French Method)*, volume 2, sobre Manuel, Claudette, Marie-France, Monsieur *et* Madame Berri. Queria pedir à srta. Wyche, nossa professora de francês, que desse uma olhada na minha tradução. Mas ganhar fama de estudante-modelo de uma matéria tão afeminada quanto francês exterminaria de vez o que ainda restava do meu *status* de escalão intermediário.

Traduzir é meio como escrever um poema, meio como fazer palavras cruzadas, e não é nada fácil. Muitas palavras nem são palavras que a gente pode olhar no dicionário, mas parafusos gramaticais que sustentam as frases. Demora um *tempão* pra descobrir o que significam, mas, quando a gente descobre, não esquece mais. *Le Grand Meaulnes* fala sobre um garoto chamado Augustin Meaulnes. Como Nick Yew, Augustin Meaulnes tem uma aura que claramente atrai as outras pessoas. Ele vai morar com François, filho de um mestre-escola, como pensionista. Quem conta a história é François. A gente escuta os passos de Meaulnes no quarto do andar de cima antes mesmo que ele apareça. É sensacional. Decidi pedir à Madame Crommelynck que me ensine francês. Francês de verdade, não francês de escola. Até comecei a delirar sobre ir pra França depois que tiver algum diploma. Foi na França que começaram com essa história de beijo de língua.

O mordomo estava demorando *horrores*. Bem mais que na outra semana.

Impaciente com a chegada do meu novo futuro, apertei mais uma vez a campainha.

Imediatamente um homem rosado vestido de preto abriu a porta. — O-lá.

— Olá.

A chuva engrossou um pouquinho.

— O-*lá*.

— Você é o novo mordomo?

— Mordomo? — O homem rosado riu. — Céus, não! Essa é nova! Sou Francis Bendincks. Vigário da igreja Saint Gabriel. — Só então percebi o colarinho. — E você?

— Ah. Vim visitar Madame Crommelynck...

— Francis! — Passos *ponc ponc ponc*aram pela escadaria de madeira. (Sapatos normais, não pantufas.) Uma voz de mulher disparou em alta velocidade. — Se for o pessoal da licença de televisão, pode dizer que já procurei em *todo* lugar, mas acho que eles jogaram fora... — Aí ela me viu.

— Parece que este rapaz veio visitar a Eva.

— Bem, então acho melhor este rapaz entrar, não? Pelo menos até parar de chover.

Hoje o corredor parecia mais escuro, como se estivesse por trás de uma cachoeira. A tinta azul do violão tinha descascado, como se estivesse como uma doença de pele. Na moldura amarela, uma mulher morria em cima de um barco, roçando os dedos na água.

— Obrigado — consegui dizer. — Madame Crommelynck está me esperando.

— É mesmo? Posso saber por quê? — A mulher do vigário fazia perguntas que pareciam cutucões. — Ah! Por acaso você é o caçula de Marjorie Bishampton e está aqui para o concurso de soletração?

— Não — respondi, nada disposto a revelar meu nome.

— Bem? — O sorriso dela parecia postiço. — E *quem* você é?

— Hã... Jason.

— Jason...?

— Taylor.

— Esse nome me é *familiar*... Kingfisher Meadows! O caçula de Helena Taylor. Vizinhos da senhora Castle, pobrezinha. Seu pai é um manda-chuva nos supermercados Greenland, certo? Sua irmã vai para Edimburgo no outono. Conheci sua mãe no ano passado, na exposição de arte do salão. Ficou encantada com uma pintura a óleo do castelo Eastnor, mas infelizmente nunca mais voltou. Metade dos lucros iria para a Christian Aid.

De *mim* ela não ia arrancar um "desculpa".

— Bem, Jason — disse o vigário. — A senhora Crommelynck recebeu uma convocação um tanto inesperada.

Ah. — Sabe se ela vai voltar... — (A presença da mulher do vigário estimulava minhas travadas, como se fosse uma reação alérgica. Fiquei empacado em "logo".)

— "Logo"? — A mulher do vigário abriu um sorriso, como quem diz *você não me engana*. Fiquei chocado. — Acho difícil! Eles foram embora *mesmo*! O caso é que...

— Gwendolin. — O vigário ergueu um dos braços, como um aluno tímido. (Reconheci o nome "Gwendolin Bendincks" da revista da paróquia. Ela escreve metade dos textos.) — Não tenho certeza se é adequado...

— Bobagem! A vila inteira estará comentando na hora do chá. A verdade virá à tona. Temos notícias bastante *desagradáveis*, Jason. — Os olhos de Gwendolin Bendincks se acenderam como luzinhas de Natal. — Os Crommelynck foram *extraditados*!

Eu não tinha muita certeza sobre o que aquilo significava. — Eles foram presos?

— Olha, podemos dizer que sim! Foram levados a passo de ganso direto para Bonn pela polícia da Alemanha Ocidental! O advogado do casal entrou em contato conosco esta manhã. Ele se recusou a dizer *por que* eles foram extraditados, mas basta juntar dois mais dois. Seis meses atrás, o marido se aposentou do Bundesbank. Deve ser algum golpe bancário. Desfalque. Suborno. Isso *vive* acontecendo na Alemanha.

— Gwendolin. — O vigário sorria, ofegante. — Talvez seja prematuro...

— Sabe, uma vez *ela* mencionou ter passado alguns anos em Berlim. E se estava espionando para o Pacto de Varsóvia? Eu falei para você, Francis, sempre *senti* que eles eram muito mais reservados do que o normal.

— Mas talvez eles sejam... — (O Carrasco me fez engasgar na segunda sílaba de "inocentes".)

— "Inocentes"? — Os lábios de Gwendolin Bendincks se retorceram. — O secretário do Interior não teria permitido que a Interpol os levasse embora se não tivesse muita certeza do que estava fazendo, não acha? Mas, como sempre digo, são águas passadas. Agora, no fim das contas, poderemos usar o gramado para a nossa festinha.

— E onde está o mordomo? — eu quis saber.

Gwendolin Bendincks ficou paralisada por dois segundos inteirinhos. — *Mordomo?* Francis! Que história é essa de mordomo?

— Grigoire e Eva não tinham mordomo — respondeu o vigário. — Isso eu garanto.

Aí eu entendi. Sou mesmo um baita punheta.

O mordomo era o *marido.*

— Eu me enganei — admiti, constrangido. — Agora vou indo.

— Ainda *não!* — Gwendolin Bendincks não tinha terminado. — Você vai ficar encharcado até os ossos! Aproveite para nos contar qual *era* sua conexão com Eva Crommelynck.

— Ela estava meio que me ensinando.

— É mesmo? E o que ela poderia estar ensinando a você?

— Hã... — Eu não tinha como admitir que era poesia. — Francês.

— Que *delícia*! Lembro do *meu* primeiro verão na França. Acho que eu tinha uns dezenove anos. Ou vinte. Minha tia me levou para Avignon, sabe? Daquela música sobre dançar nas pontes. A *mademoiselle* inglesa causou *sensação* entre os nativos...

Neste momento os Crommelynck devem estar em celas da polícia alemã. A última coisa em que a sra. Crommelynck deve estar pensando é num garoto de treze anos que trava enquanto fala, perdido num fim de mundo da Inglaterra. O solário acabou. Meus poemas são um lixo. E como não seriam? Eu tenho treze anos. O que *eu* sei a respeito da Beleza e da Verdade? Melhor enterrar Eliot Bolivar e impedir que ele continue produzindo merda. *Eu*? Aprendendo *francês*? O que eu tinha na *cabeça*? Céus, Gwendolin Bendincks falando parece cinqüenta tevês ligadas ao mesmo tempo. A massa e a densidade das palavras dessa mulher distorcem o espaço e o tempo. Dentro de mim, um tijolo de solidão atinge velocidade terminal. Eu queria muito uma latinha de Tizer e um Toblerone, mas a vendinha do sr. Rhydd fecha nas tardes de sábado.

Black Swan Green fecha nas tardes de sábado.

A porcaria inteira da Inglaterra fecha.

Suvenires

— E enquanto *eu* estiver me matando de trabalhar — meu pai mudou de expressão pra barbear ao redor dos lábios — numa sala de reuniões calorenta, cuidando das promoções internas com a safra de... — meu pai ergueu o queixo pra barbear uma parte mais complicada — Einsteins deste ano, *você* vai ficar passeando pela ensolarada Lyme Regis. *Nada* mau, hein? — Ele tirou o barbeador da tomada.

— Assim espero.

Nosso quarto tem vista pra telhados que se espalham até onde um cais esquisito despenca no mar. Gaivotas mergulham e gritam como caças Spitfires e Messerschmitts. A tarde pegajosa do canal da Mancha era azul-esverdeada como um xampu anticaspa *Head and Shoulders*.

— Ah, você vai se divertir *à beça*! — Meu pai cantarolou uma versão meio diferente de "I do like to be beside the seaside". (Quando a porta do banheiro se abriu sozinha, eu consegui enxergar o reflexo do peito do meu pai no espelho, enquanto ele vestia a camiseta de malha e a camisa que tinha acabado de passar. O peito do meu pai é cabeludo que nem uma horta de agrião.) — Como *eu* queria ter treze anos de novo.

Então, pensei, *pode apostar que você se esqueceu como é.*

Meu pai abriu a carteira e tirou três notas de uma libra. Hesitou e tirou mais duas. Estendeu o braço pela porta e colocou as notas em cima da cômoda. — Um dinheirinho pra gastar.

Cinco paus! — *Obrigado*, pai!

— Só não gaste em caça-níqueis.

— Claro que não — respondi, antes que a proibição fosse estendida aos fliperamas. — É puro desperdício de dinheiro.

— Que ótimo ouvir isso de você. Jogo é coisa de otários. Certo, agora são... — meu pai conferiu o Rolex — ...vinte pras duas?

Conferi meu Casio. — Isso.

— Percebi que você nunca usa o Omega do seu avô.

— Eu, hã... — o segredo mordeu minha consciência pela milionésima vez — ...não quero quebrar o relógio por acidente.

— E tem razão. Mas, se você *nunca* usar, seu avô bem que poderia ter doado o relógio para a Oxfam. Mas, enfim, minha reunião acaba às cinco e aí encontro você por aqui. A gente janta num lugar legal e depois, se a garota da recepção não estiver enganada, *Carruagens de fogo* está passando no pulgueiro local. Não quer procurar o cinema agora à tarde? Lyme é menor que Malvern. Se você se perder, é só perguntar pelo Hotel Excalibur. Do rei Artur. Jason? Está me ouvindo?

Lyme Regis é uma salada de turistas. Todos os lugares cheiravam a bronzeador, hambúrguer e açúcar queimado. Com os bolsos do jeans protegidos dos batedores de carteira por lenços duros de catarro, dei uma volta pela rua principal. Olhei os pôsteres na Boots e comprei a edição de verão da *2000 AD* na WH Smith por quarenta centavos. Enrolei a revista e enfiei no meu bolso de trás.

Chupava balas de menta, pro caso de encontrar uma garota bronzeada que me levaria pra dentro de uma daquelas casinhas tortas com gaivotas berrando no telhado, fecharia as cortinas, me deitaria na cama dela e me ensinaria a beijar. No começo as balas de menta são duras como pedrinhas, mas logo se desintegram num mingau açucarado. Procurei um Omega Seamaster nas joalherias, mas como sempre não encontrei nenhum. Na última loja um sujeito falou que seria melhor eu procurar em antiquários. Passei séculos numa papelaria, perdido num transe causado por cadernos perfeitos. Comprei um pacote de letraset e uma cassete C60 da TDK pra gravar as melhores músicas do Top 40 da Radio 1 no domingo. Quando cheguei mais perto do porto, vi um bando de mods, um monte de rockers, alguns punks e até uns teds. Na maioria das cidades, os teds estão extintos, mas Lyme Regis é famosa pelos fósseis, graças às rochas de xisto. A Loja de Fósseis é sensacional. Vende umas conchas com lampadinhas vermelhas minúsculas dentro, mas elas custam quatro libras e setenta e cinco, e torrar toda a minha grana num suvenir seria burrice. (Aí comprei uma série de treze cartões-postais de dinossauro. Cada um mostra um dinossauro diferente, mas, se os cartões forem colocados em ordem, lado a lado, a paisagem do fundo forma um cenário único. Moran vai morrer de inveja.) As lojas de bugigangas são cheias de polvos infláveis, pipas profissionais, baldes e pás. E tinha também umas canetas. Era só ir virando a caneta e uma faixinha colorida ia sumindo pra mostrar uma mulher pelada com peitos que pareciam ogivas de mísseis. A faixinha já estava no umbigo da mulher quando uma voz quis saber: — Vai comprar isso aí ou não, garoto?

Eu estava concentrado demais no que a faixinha estava quase mostrando.

— *Ei!* Vai comprar isso aí? — O vendedor estava falando *comigo*. Dava pra ver o chiclete rolando dentro da boca dele enquanto a mandíbula se abria e fechava. Usava uma camiseta que mostrava um pau gigante com pernas correndo atrás de uma coisa que parecia uma ostra peluda com pernas e o slogan É SEM-PRE UMA COISA ATRÁS DA OUTRA. (Essa eu ainda não entendi.) — Ou vai só ficar aí parado, se excitando?

Todo atrapalhado, enfiei a caneta de volta no buraco e escapei bem rápido, fritando de constrangimento.

— Mas que safado! — berrou o vendedor enquanto eu saía. — Vai comprar uma revistinha de sacanagem!

A CASA DE DIVERSÕES ELETRÔNICAS *WILD DREAMS* fica praticamente no estacionamento à beira-mar. Homens baixos e gorduchos de aparência sinistra fumam sem parar ao redor de um jogo de corrida de cavalos onde você aposta dinheiro de verdade em cavalos de plástico que se movem por uma pista. A pista fica embaixo de uma cobertura de plástico, pra impedir que alguém mexa nos cavalos. Mulheres baixas e gorduchas de aparência sinistra fumam sem parar e jogam bingo numa parte isolada onde um cara vestido com um casaco forrado de lantejoulas berra números e sorri que nem uma abelha. Como a parte onde ficam os fliperamas é mais escura, as telas brilham mais, ao som de músicas de Jean-Michel Jarre. Fiquei olhando garotos jogarem Pac-Man, Scrambler, Frogger e Grand Prix Racer. A máquina de Asteroids estava com defeito. Tinha um jogo novo em que dava pra lutar contra os cavalos-robô gigantes de *O império contra-ataca*, mas custava cinqüenta centavos por vez. Troquei uma nota de uma libra em moedas de dez centavos com um metaleiro que lia uma revista *KE-RRRANG!* no guichê.

As moedas no meu punho fechado chacoalhavam que nem balas mágicas.

Primeiro, Space Invaders. Usei o Método Taylor de abrir um canal no abrigo e matar os alienígenas a partir de uma posição segura. Funcionou por algum tempo, mas aí um alienígena me torpedeou pelo canal. Isso nunca tinha acontecido. Minha estratégia foi por água abaixo e não passei nem da primeira fase.

Depois tentei um jogo de kung fu. Escolhi MegaThor. Mas eu só ficava dançando de um lado pro outro que nem um retardado tomando choque, enquanto Rex Rockster descia o cacete em mim. Jogos de kung fu nunca vão pegar. A unha do meu polegar ficou mais machucada que Rex Rockster.

Eu queria jogar *air hockey*, aquele jogo em que um disco de plástico flutua sobre uma camada de ar. Garotos americanos vivem jogando isso na tevê. Mas pra jogar esse negócio você precisa de outro humano. Aí pensei que podia recuperar o dinheiro que desperdicei no MegaThor com as Cascatas do Eldorado. Nas Cascatas do Eldorado você rola moedas de dez centavos até umas saliências espelhadas. Aí umas paredes se movem e empurram as moedas que estão quase caindo dessas saliências pra saliência seguinte, um nível abaixo; as moedas de dez centavos que caem *dessa* saliência caem na sua concha. Tinha uma avalanche de moedas prestes a desabar na minha concha.

Acho que essas moedas que parecem estar quase caindo são coladas nas saliências. Perdi cinqüenta centavos!

Aí eu vi uma garota linda.

Três garotas saíram da cabine fotográfica depois do quarto clarão de explosão nuclear. Quando eu estava nas Cascatas do Eldorado, fiquei olhando aquelas seis pernas com trinta unhas pintadas. Como as Panteras, uma era morena (mas não tinha queixo), outra era loira (e tinha queixo demais) e a outra era ruiva e sardenta. A morena e a loira seguravam Cornettos meio derretidos. (Vendiam sorvetes bem do lado da cabine fotográfica.) Elas encostaram a boca na fenda por onde saem as fotos e ficaram gritando ordens sem nenhuma graça pra máquina, tipo "Anda logo!".

Quando encheram o saco de fazer isso, voltaram pra cabine, dividiram os fones de ouvido de um *Walkman* da Sony e cantaram juntas "Hungry like the wolf", do Duran Duran. Mas a ruiva ficou lambendo um picolé Zoom e ficou olhando pra tabela de sorvetes. Como usava uma camiseta bem curta, dava pra ver o umbigo.

Ela não era linda como Dawn Madden, mas mesmo assim cheguei perto pra também ficar olhando pra tabela de sorvetes. Ímãs não precisam entender de magnetismo. Ela tinha cheiro de areia quente. Só de ficar perto dela os cabelinhos do meu braço se arrepiavam.

Puxei a camisa pra fora das calças, pra cobrir meu pau duro crescente.

— Isso é um Zoom? — Deus do céu. Parece que eu *falei* com a garota.

Ela olhou pra mim. — É. — Voei a trezentos metros de altura na mesma hora. — Zoom é a melhor coisa que eles têm por aqui. — Ela tinha um sotaque que parecia de Manchester, saído direto da novela *Coronation Street*. — A não ser que você, tipo, goste mais de picolés de chocolate.

— Legal. Valeu.

Comprei um Zoom de uma pessoa sobre a qual não lembro de absolutamente nada.

— Você também está de férias? — *Ela* falou *comigo*. — Ou, tipo, mora por aqui?

— Férias.

— A gente é de Blackburn. — Ela mostrou as outras duas com a cabeça. Ainda não tinham me notado. — De onde você é?

— Hã... Black Swan Green. — Eu estava tão nervoso que até o Carrasco tinha dado no pé e se escondido em algum canto. Não faz sentido algum, mas acontece.

— Como é que é?

— É uma vila. Em Worcestershire.

— Worcestershire? Isso fica lá pelo meio do país, né?

268

— Isso. É o condado mais chato de todos, por isso ninguém sabe onde fica. Blackburn fica lá pro norte, não é?

— Isso. Mas e aí, Black Swan Green é famosa pelos cisnes negros, cisnes verdes ou algo assim?

— Não. — O que eu podia dizer pra deixar ela *realmente* impressionada? — Lá não tem nem cisnes brancos.

— Então não tem cisnes em Black Swan Green?

— Isso. É meio que uma piada por lá.

— Ah. O pior é que é bem engraçado mesmo, né?

— Valeu. — Suor brotava de cinqüenta lugares diferentes do meu corpo.

— Legal pra caramba aqui, né?

— Ah, é. — Tentei imaginar o que falar depois disso. — Legal pra caramba.

— Você desistiu de chupar o picolé?

O Zoom geladinho estava colado na ponta dos meus dedos. Tentei tirar a embalagem, mas ela se rasgou.

— Você, tipo, precisa usar um pouco de técnica. — Aqueles dedos com ponta cor de rubi pegaram meu Zoom e rasgaram a extremidade da embalagem. Ela colocou a ponta rasgada na boca e soprou. A embalagem inchou toda e escorregou inteira. Meu pau duro oculto estava prestes a explodir, matando todo mundo nas Diversões Eletrônicas Wild Dreams. Ela deixou a embalagem cair no chão e me devolveu o Zoom. — É uma *Smash Hits*? — ela quis saber, apontando pro especial de verão da *2000 AD* que ainda estava enrolado no meu bolso.

Putz. Quem dera.

— Nossa Sally! — A morena sem queixo apareceu. Sei que vou odiar essa garota até o final dos tempos. — Não me diga que *já* começou a pescaria. — (sentada no banquinho da cabine, a loira riu e eu odiei ela também) — Só faz uma hora que você saiu. E como é o nome desse aí?

Eu precisava responder. — Jason.

— "*Jason!*" — Ela fez um sotaque de rico esnobe. — Oh, *céus*! Se*bas*tian está jogando *pólo* com Jason no gramado de *cro-qué*! De *fa*-to! Oh, *céus*! *Jason* também comprou um Zoom, igual-zinho a *Sally*! Que casal perfeito! Mas e aí, *Jason*, você tem cami-sinhas? Porque a Nossa Sally anda tão rápida que você vai precisar delas em menos de meia hora.

Procurei em vão por uma resposta destruidora que não tivesse nenhuma palavra travável. E foi mesmo em vão. Mesmo.

— Ou não ensinam biologia em escolas como a sua?

— Você mete esse narigão em *tudo*, né? — explodiu Sally.

— Sossega o rabo, Nossa Sal! Só estou perguntando pro seu novo *namorado* se ele, tipo, conhece as realidades da vida. Ou será que prefere catar sabonete no chuveiro com os *rapazes* depois de um *belo* jogo de rúgbi?

Todas as garotas olharam pra mim pra ver como o garoto se defenderia.

O Zoom escorria pelo meu pulso.

— *Como* é que o Tim agüentou essa sua bocona *imunda* por *tanto* tempo — Sally cruzou os braços e projetou os quadris pra frente — antes de dar um *pé* na sua bunda? Nunca vou descobrir.

Eu estava ficando invisível e não havia nada que eu pudesse fazer.

— Pra *sua* informação, quem largou *ele* fui *eu*. E pelo menos o *meu* namorado não caiu de boca na Wendy Lench *um dia* depois de terminar *comigo*!

— Isso é mentira, Melanie Pickett, e você sabe disso!

— Debaixo dos casacos — Melanie Pickett parecia cantar — na festa da Shirley Poolbrook! Pergunta pra *qualquer pessoa* que estava lá!

A máquina de fotografias zumbiu.

A loira deu uma risadinha. — Acho que as fotos estão prontas...
Um batalhão de velhinhas marchou pra fora da área cercada
do bingo. Eu me misturei com elas antes que as três garotas notassem e voltei às pressas pro Hotel Excalibur. Garotos são filhos-da-puta, mas são filhos-da-puta *previsíveis*. *Nunca* dá pra saber o que
garotas estão pensando. Garotas são de outro planeta.

A recepcionista com cabelo bolo-de-noiva me deu o recado:
como o seminário do meu pai estava demorando mais que o esperado, ele ia se atrasar um pouco. O saguão estava cheio de *trainees*
do Greenland contando piadas e comparando anotações. Logo
comecei a me sentir um filho de professor num colégio e subi pro
quarto. Tem cheiro de cortinas de tela, torradas e desinfetante de
privada. O papel de parede tem narcisos cor de gema de ovo e o
carpete parece flores derretidas. As únicas coisas que passavam na
tevê eram um jogo de críquete onde ninguém marcava pontos e
um faroeste onde ninguém atirava em ninguém.

Li a *2000 AD* deitado na cama.

Mas eu não conseguia parar de pensar nas três garotas. Garotas e namoradas são preocupantes. As aulas de educação sexual só
falam sobre como fazer bebês e como evitar fazer bebês. O que *eu*
preciso saber é como transformar garotas comuns como Sally de
Blackburn em namoradas que você pode agarrar e ser visto agarrando. Não tenho certeza se quero mesmo ter uma relação sexual
e *certamente* não quero um bebê. Bebês só fazem cocô e choram.
Mas *não* ter namorada significa que você é uma bicha ou um completo perdedor. Ou as duas coisas.

Melanie Pickett tinha alguma razão. Não tenho certeza se
conheço as realidades da vida. Não posso perguntar isso pros adultos, porque não se pode perguntar isso pros adultos. Não posso per-

guntar isso pros garotos, porque na hora do recreio a escola inteira já vai estar sabendo. Ou seja, ou todo mundo sabe tudo mas ninguém diz nada, ou ninguém sabe nada e namoradas são meio que uma coisa que... acontece.

Alguém bateu na porta.

— Jason — era um cara jovem com um terno meio metálico e uma gravata estampada. — É você?

— Isso.

Ele apontou o dedo de um jeito meio engraçado pro crachá que dizia SUPERMERCADOS GREENLAND e fez uma voz de James Bond. — Meu nome é Lawlor... Danny Lawlor. Mike, seu pai... e meu chefe, esqueci de mencionar... mandou eu subir até aqui para dizer que ele sente muito, mas continua preso por lá. O imperador apareceu de repente, sem aviso.

— Imperador?

— O imperador Craig Salt de Greenland. Melhor não contar que chamei ele assim. Craig Salt é o chefe do seu *pai*. Todos os gerentes estão dando a ele a atenção à qual ele se acostumou. Por isso o Mike sugeriu que talvez seja melhor eu e você sairmos em busca do peixe com fritas perfeito.

— Agora?

— A menos que você tenha companhia melhor para o jantar.

— Não...

— Ótimo. Voltaremos a tempo de ver *Carruagens de fogo*. Ah, sim. Graças aos meus informantes, estou por dentro de tudo. Só um minuto, preciso tirar esse crachá absurdo... Sou um homem, não uma tira de letras auto-adesivas coladas num pedaço de cartolina...

— Não se incline demais! — Danny e eu ficamos olhando as águas-vivas passando lá embaixo, perto do fim dos molhes. — Se o único herdeiro varão de Michael Taylor for por água abaixo, meu futuro profissional certamente terá o mesmo destino.

A luz do sol nas ondas lembra lantejoulas sonolentas.

— Cair no lado do porto não seria um problema. — Usei a língua pra esculpir minha casquinha da Mr. Whippy. — Dá pra subir num dos barcos de pescador. Mas, se você cair no lado do mar, pode acabar sendo puxado pro fundo.

— Acho melhor — Danny enrolou as mangas da camisa — não testar sua teoria.

— Muito bom o sorvete, obrigado. Nunca tinha tomado uma casquinha com duas lascas de chocolate. Você pagou a mais?

— Não. Aquele cara na barraquinha também é de Cork. A gente cuida dos conterrâneos. Ah, mas isto aqui não é demais? É puro sadismo do Greenland fazer as reuniões de treinamento logo num lugar como este.

— O que significa "sadismo"?

— Crueldade desnecessária.

— Por que — (eu tinha percebido que o Danny gosta de perguntas) — chamam esses molhes de "Cobb"? É só em Lyme Regis que fazem isso?

— Até minha onisciência tem suas falhas, jovem Jason.

(Quando meu pai não sabe a resposta pra uma pergunta, passa dez frases convencendo a si mesmo de que *sabe*.)

Na praia, ondas bem-comportadas se abriam e fechavam como um zíper. Mães lavavam pés de crianças com baldes. Pais dobravam cadeiras de praia e distribuíam ordens.

— Danny, você conhece alguém do IRA?

— Está perguntando isso só porque eu sou irlandês?

Fiz que sim com a cabeça.

— Bem, Jason, *não*. Desculpe desapontar você. O *Provos* é

mais animado na Irlanda do Norte, que é a parte de cima. Mas lá em Cork eu moro numa cabana de turfa e tenho uma plantação de batatas onde vive um *leprechaun* chamado Mick.

— Desculpa, eu não quis...

Danny estendeu a mão num gesto tranqüilizador. — Precisão em questões irlandesas não é o forte dos ingleses. A verdade é que somos o povo mais amistoso que você pode imaginar. Mesmo ao norte da fronteira. De vez em quando a gente atira uns nos outros, só isso.

Gotas de sorvete escorriam como lesmas pela casquinha.

Eu nem sei o *que* eu não sei.

— Mas olha só essas pipas! Quando *eu* era criança essas aí nem existiam! — Danny olhava pra algumas pipas profissionais, com rabiolas compridas e serpenteantes. — Não são o máximo?

A gente teve que apertar os olhos por causa do sol.

As rabiolas se reviravam de todos os jeitos, vermelhas contra o azul, apagando a si mesmas enquanto voavam.

— São *animais* — concordei.

— Como é trabalhar pro meu pai?

A garçonete do Empório de Peixe com Fritas Cap'n Scally-wag apareceu com a nossa comida. Danny recuou pra ela poder colocar a bandeja na mesa. — Michael Taylor, deixa eu ver. Tem boa fama... é justo, meticuloso... sem paciência com bobagens... falou bem de *mim* em momentos bem oportunos, e por isso sou eternamente grato... está bom assim?

— Claro. — Cobri meu peixe com ketchup, espremendo uma embalagem em forma de tomate. É engraçado ouvir alguém chamando meu pai de Michael Taylor. A avenida estava iluminada por filas de lâmpadas redondas que pareciam frutas imensas.

— Parece que você está gostando.

— Eu *adoro* peixe com fritas. Valeu.

— Quem está pagando é o seu pai. — Danny pediu camarões graúdos, pão e salada, pra fazer um sanduíche. — Não se esqueça de agradecer. — Ele se virou pra garçonete e pediu uma latinha de 7-Up. Outra garçonete surgiu às pressas e perguntou se a comida estava boa.

— Ah — disse Danny —, está fabulosa.

Ela meio que se curvou sobre o Danny, como se ele fosse uma lareira. — E seu irmão quer beber alguma coisa?

Danny piscou pra mim.

— Tango — (o prazer de ser considerado irmão de Danny não chegou a ser arruinado quando o Carrasco não me deixou pronunciar o *"seven"* de 7-Up). — Por favor.

A outra garçonete me trouxe uma latinha. — Férias?

— Negócios. — Danny deu um ar de mistério àquela palavra entediante. — Negócios.

Outros clientes chegaram e lá se foram as garçonetes.

Danny fez uma cara engraçada. — A gente devia formar uma dupla.

Um barulho alegre de fritura escapava da cozinha do Empório Cap'n Scallywag.

Começou a tocar "One step beyond", do Madness.

— Você tem — (fiquei com vergonha de dizer "namorada") — irmãos?

— Depende — Danny não tem pressa de mastigar — do seu modo de ver as coisas. Eu cresci num orfanato.

Meu Deus. — Como os lares pra crianças pobres do doutor Barnardo?

— Um equivalente católico, com mais Jesus na dieta. Não o bastante para causar danos permanentes.

Mastiguei. — Sinto muito.

— Não precisa ter pena de mim. — Danny já tinha lidado

com aquilo um bilhão de vezes. — Não tenho vergonha nenhuma disso. Por que deveria ter?

— Bem. — Julia ou minha mãe teriam mudado de assunto educadamente. — Aconteceu alguma coisa ruim com seu pai e sua mãe?

— Só eles mesmos. Passa o ketchup. Ainda estão bem vivos, que eu saiba. Mas não estão juntos Enfim, fazer o quê? Algumas experiências com pais adotivos não acabaram muito bem. Fui o que se chama de "criança agitada". No fim das contas, o Estado admitiu que eu ficaria melhor com os irmãos jesuítas.

— Quem são eles?

— Os jesuítas? Uma venerável ordem religiosa. Monges.

— *Monges?*

— Monges de verdade. Cuidavam do orfanato. Ah, havia realmente uma cota normal de fanáticos sem senso de humor, mas também um belo número de educadores *muito* bons. Muitos de nós passamos pela universidade graças às bolsas de estudo. Eles nos alimentavam, vestiam, cuidavam de nós. Papai Noel aparecia todo Natal. Havia festas em todos os aniversários. Era *moleza* comparado a crescer numa favela em Bangladesh, Mombasa, Lima ou quinhentos outros lugares que posso mencionar. Aprendemos a improvisar, a tomar conta de nós mesmos, a entender o valor das coisas. É um conjunto de habilidades muito úteis para os negócios. Por que vou ficar andando por aí choramingando algo como "Pobre de mim!"?

— Você nunca quis conhecer seus pais verdadeiros?

— Direto ao ponto, hein? — Danny cruzou os braços atrás da cabeça. — Pais. As leis irlandesas são meio complicadas nesse ponto, mas a família da minha mãe biológica mora em Sligo. Parece que eles têm um hotel chique, algo assim. Uma vez, quando eu tinha mais ou menos a sua idade, botei na cabeça que ia fugir e encontrar minha mãe. Cheguei até a rodoviária de Limerick.

— E o que aconteceu lá?

— Trovões, relâmpagos, granizo e meteoros. A maior tempestade dos últimos anos. O ônibus que eu ia pegar ficou empacado por causa de uma ponte que tinha caído. Quando o sol apareceu de novo, trouxe na bagagem meu senso de realidade. Aí eu voltei correndo pros jesuítas.

— Você se deu mal?

— Os jesuítas dirigiam um orfanato, não um campo de prisioneiros.

— Bem... então acabou assim?

— Sim. Por enquanto — Danny equilibrou o garfo no polegar. — O que nos faz falta... a nós, órfãos... o que precisamos, ou desejamos, ou queremos são fotografias de pessoas que se pareçam com a gente. Essa vontade nunca passa. Um belo dia vou acabar indo até Sligo para ver se tiro algumas. Se me faltar coragem, uso uma lente telescópica. Mas essas grandes... "questões"... da vida podem esperar. Maturação, jovem Jason, é tudo. Quer provar meu sanduíche de camarão?

— Não, obrigado. — Enquanto Danny falava, uma decisão se tomou sozinha dentro de mim. — Você me ajuda a comprar uma dessas pipas profissionais?

Trainees do Greenland colonizaram todo o *lounge* do Hotel Excalibur. Tinham trocado os ternos por calças de *tweed* e camisas folgadas. Quando eu e o Danny entramos, abriram sorrisinhos. Eu sabia o motivo. Tomar conta do filho do chefe era um trabalho inferior. Um deles gritou "Daniel Spaniel!", e deu o mesmo risinho do Ross Wilcox. — Veio inspecionar as aves noturnas de Dorset?

— Wiggsy — rebateu Danny —, você é um beberrão degenerado que trapaceia no *squash*. Por que alguém correria o *risco* de ser visto em público na sua companhia?

O cara pareceu adorar.

— Quer dar um oi — Danny se virou pra mim — pros novatos do Greenland?

Isso seria o *apocalipse*. — Tem problema se eu for direto pro quarto e ficar esperando meu pai por lá?

— Entendo perfeitamente. Eu digo a ele onde você está. — Aí o Danny apertou minha mão, como se eu fosse um colega. — Obrigado pela companhia. A gente se vê de manhã?

— Claro.

— Bom filme.

Peguei a chave e subi a escada correndo em vez de esperar o elevador. Na minha cabeça, escutei a música de Vangelis pra *Carruagens de fogo* levar embora Wiggsy e os *trainees* do Greenland. Mas não o Danny. Danny mata a pau.

O rádio-relógio mostrava 7:15, mas ainda não havia sinal do meu pai. *Carruagens de fogo* começava às 7:30, de acordo com o pôster. Eu tinha decorado o caminho até o cinema pra impressionar meu pai. Sete e vinte e cinco. Meu pai nunca esquece compromissos com hora marcada. Ele ia aparecer. A gente ia perder as propagandas e os *trailers*, mas uma moça com uma lanterninha ia mostrar nossos lugares pra assistir ao filme. Sete e vinte e oito. Seria melhor eu descer e avisar? Resolvi não fazer isso pra evitar um desencontro. Aí a culpa seria toda minha, por não seguir o plano à risca. Sete e meia. A gente ia levar algum tempo pra entender quem era quem, mas ainda ia dar pra assistir ao filme. Às 7:35 os passos do meu pai ecoaram no corredor do lado de fora do quarto. "Pronto!", ele ia dizer. "Vamos lá!"

Os passos passaram direto pela porta. Não voltaram mais.

Enquanto o dia terminava, os narcisos cor de gema de ovo do papel de parede ficavam cinzentos como uma pilha de minério. Nem acendi a luz. Risadas de bruxa invadiam o quarto e a música subia de *pubs* localizados por toda a Lyme Regis. Como era sábado à noite, alguma coisa boa devia estar passando na tevê. Mas meu pai ia se sentir mais culpado se me encontrasse em silêncio. Tentei imaginar o que a Sally do fliperama estaria fazendo naquela hora. Sendo beijada. Um garoto devia estar acariciando aqueles centímetros macios à mostra entre o jeans e a camiseta. Alguém como Gary Drake, Neal Brose ou Duncan Priest. Como eu só tinha uma vaga lembrança, passei o tempo inventando a aparência dela. Esculpi os seios da Sally iguaizinhos aos da Debby Crombie. Dei a ela o cabelo da Kate Alfrick, escorrendo sedoso pelo pescoço nu. Fiz um transplante de rosto usando Dawn Madden como doadora, sem esquecer dos olhos sádicos. O nariz *levemente* arrebitado da Madame Crommelynck. Os lábios de framboesa da Debbie Harry.

Sally, a garota quebra-cabeça perdida.

Se meu pai suspeitasse que eu estava tentando fazer ele se sentir culpado, teria uma desculpa pra me impedir de fazer isso. Aí, depois das nove, acendi o abajur e fiquei lendo *A longa jornada* até a parte em que Bigwig encara o general Woundwort. Mariposas ficavam batendo na janela. Insetos rastejavam pelo vidro que nem patinadores no gelo. Uma chave girou na fechadura e meu pai cambaleou pra dentro do quarto. — Ah, Jason, *aí* está você.

E onde mais *eu estaria?*, não me arrisquei a responder.

Meu pai nem percebeu que eu estava aborrecido. — *Carruagens velozes* vai ter que ser adiado. — A voz dele estava alta demais.

— Craig Salt apareceu no meio do meu seminário.

— Danny Lawlor me contou — falei.

— Como o iate de Craig Salt atracou em Poole, ele pegou o carro e veio até aqui inspecionar as tropas. Eu não tinha como escapar com você pro pulgueiro local, infelizmente.

— Certo — falei, no tom de voz inexpressivo que aprendi com minha mãe.

— Danny e você jantaram, não foi?

— Foi.

— O mundo do trabalho é feito desse tipo de sacrifício. Craig Salt vai levar os gerentes pra outro *lugar* mais ou menos perto de Charmouth. Acho que você já vai estar dormindo quando eu... — Meu pai enxergou a pipa encostada no aquecedor. — Com o que foi que você gastou dinheiro?

Meu pai sempre coloca defeito nas coisas que eu compro. Se não chama de porcaria de Taiwan, diz que paguei demais por uma coisa que só vou usar duas vezes. Se não consegue ver defeito nenhum, acaba inventando. Como na vez que eu comprei adesivos da BMX pra minha bicicleta e ele fez um drama *interminável* sobre ter que procurar os formulários do seguro pra alterar a descrição do item. É *tão* injusto. *Eu* nunca critico o modo como meu pai gasta o dinheiro *dele*.

— É uma pipa.

— Isso eu *vi*... — Meu pai já tinha desembrulhado a pipa. — Que lindeza! Danny ajudou você a escolher?

— Sim — Eu não *queria* ficar contente por ele estar contente. — De leve.

— Legal você ter comprado uma pipa. — Meu pai deu uma boa olhada na armação. — Ei, vamos pular da cama quando o sol raiar? Aí a gente empina a pipa na praia! Só nós dois, tá bom? Antes que os turistinhas ocupem todos os centímetros quadrados da areia, tá bom?

— Tá bom, pai.

— Quando o sol raiar!

* * *

Escovei os dentes sem dó.

Minha mãe e meu pai se acham no direito de ser mal-humorados, sarcásticos e irritados comigo quando eles querem, mas, se eu der algum *sinal* de estar de saco cheio, eles agem como se eu tivesse massacrado bebês. *Odeio* eles por isso. Mas *me* odeio muito mais por nunca enfrentar meu pai como a Julia faz. Aí odeio *eles* por fazerem eu *me* odiar. Garotos nunca reclamam de injustiças porque todo mundo sabe que garotos *sempre* reclamam disso. "A vida *não* é justa, Jason, melhor aprender isso desde já." Então pronto. É isso e ponto final. Se minha mãe e meu pai acabam com qualquer promessa que *me* fazem e depois jogam na privada, não tem nada de errado com isso. E por quê?

Porque a vida *não* é justa, Jason.

Botei os olhos no barbeador elétrico do meu pai.

Tirei o barbeador porque sim. Era compacto como um sabre de luz desligado.

Ligue, sussurrou o Gêmeo Inexistente num dos cantos do banheiro. *Ouse fazer isso.*

O barbeador despertou e sacudiu meu esqueleto inteiro.

Meu pai ia me *matar* por fazer aquilo. É muito óbvio que não devo encostar o dedo neste barbeador, mesmo que ele nunca tenha me dito isso. Mas meu pai nem se prestou a dizer que eu podia assistir a *Carruagens de fogo* sozinho. O barbeador chegou mais perto do meu bigodinho... mais perto...

E me mordeu!

Desliguei.

Ai, *Meu Deus.* Agora faltava um pedaço inteiro do meu bigodinho. Que ridículo.

O que você fez?, choramingou o Verme.

De manhã meu pai ia ver aquilo e perceber na *hora* o que eu tinha feito. Minha única esperança era raspar tudo. Será que isso ele ia perceber?

Mas eu não tinha nada a perder. O barbeador fazia cócegas. Numa escala de zero a dez, três.

O barbeador machucava um pouquinho também. Numa escala de e zero a dez, um?

Em pânico, examinei o resultado. Meu rosto *parecia* diferente, mas era difícil explicar exatamente por quê.

Passei o dedo no lugar onde ficava meu bigodinho.

Nem leite gelado era tão liso.

Sem querer, abri o protetor da lâmina. A barba grossa do meu pai e meus pelinhos quase invisíveis nevaram juntos até a louça branca da pia.

Deitado de bruços, senti as costelas pressionando minhas costas.

Estava com sede. Precisava de um copo d'água.

Peguei um copo d'água. A água de Lyme Regis tem gosto de papel. Não consegui dormir de lado. Minha bexiga estava inchada como um balão.

Dei uma longa mijada, pensando que talvez as garotas gostassem mais de mim se eu tivesse mais cicatrizes. (Eu só tenho uma marquinha no polegar, uma mordida do porquinho-da-índia do meu primo Nigel quando eu tinha nove anos. Meu primo Hugo disse que o porquinho-da-índia tinha mixomatose e que eu ia morrer bem devagarinho, espumando pela boca e pensando que era um coelho. Acreditei nele. Até escrevi um testamento. A cicatriz quase já sumiu, mas na época sangrou como suco de cereja derramado.)

Deitado de costas, senti as costelas pressionando meu peito.

Muito calor. Tirei a camisa do pijama.

Muito frio. Vesti a camisa do pijama.

Naquele momento o cinema devia estar ficando vazio depois de *Carruagens de fogo*. A moça com a lanterninha devia estar indo de uma fila pra outra, colocando sacos de pipoca, caixas de bala de goma e pacotes vazios de bombons Maltesers num saco de lixo. Sally de Blackburn e seu novo namorado deviam estar saindo do cinema, conversando sobre como o filme era legal, mesmo que os dois tenham passado o tempo todo se agarrando de tudo que é jeito. O namorado da Sally devia estar falando "Vamos pra uma discoteca". Aí a Sally ia responder "Não. Vamos pro *trailer*. O pessoal vai demorar pra voltar".

"One in ten", aquela música do UB40, chacoalhou os ossos do Hotel Excalibur.

A lua dissolveu minhas pálpebras.

O tempo virou melaço.

— Ah, merda puta merda *merda* e à merda o Craig Salt também, aquele merda!

Meu pai tinha desabado no carpete.

Não deixei ele perceber que tinha me acordado, por dois motivos: (a) eu não estava pronto pra perdoar; (b) ele estava esbarrando nas coisas que nem um bêbado de comédia, fedendo a *pub*, e ia me xingar por ter usado o barbeador. Era melhor esperar até a manhã seguinte. Dean Moran tem razão. Ver o próprio pai bêbado é *muito* perturbador.

Meu pai abriu caminho até o banheiro como se estivesse em gravidade zero. Ouvi ele abrir o zíper. Tentou mijar sem fazer barulho, direto na louça da privada.

Uma batucada de mijo no chão do banheiro.

Um segundinho depois o mijo começou a jorrar na água da privada.

Durou quarenta e três segundos. (Meu recorde é cinqüenta e dois.)

Meu pai puxou um monte de papel higiênico pra limpar o mijo do chão.

Aí ligou o chuveiro e entrou.

Talvez tivesse passado um minuto quando ouvi um barulho de alguma coisa se rasgando, uns dez *pings!* de plástico, um *tum!* e um *Puta merda!*

Abri uma frestinha dos olhos e quase berrei de medo.

A porta do banheiro tinha se aberto sozinha. Meu pai estava de pé com um turbante de xampu na cabeça, segurando um trilho de cortina quebrado. Totalmente peladão. Mas bem onde fica meu toquinho, meu pai tem um pedaço de rabo de boi que fica balançando de um lado pro outro. Pendurado bem ali!

Os pentelhos dele são grossos como barba de búfalo! (Eu só tenho nove.)

Era a coisa mais *nojenta* que eu já tinha visto na vida.

É *impossível* dormir com os trancos e os gorgolejos dos roncos do meu pai. Deu pra *entender* por que meus pais não dormem no mesmo quarto. O choque de ver o negócio do meu pai estava diminuindo. Um pouco. Mas será que um dia eu vou acordar e encontrar aquele troço no meio das pernas? Fico horrorizado de pensar que há catorze anos o espermatozóide que se transformou em mim saiu *daquilo*.

Será que algum dia *eu* vou ser o pai de algum garoto? Será que dentro de mim existe alguma pessoa do futuro? Eu nunca nem ejaculei, tirando aquela vez que sonhei com a Dawn Madden. Que garota está carregando a outra metade do meu filho nas profundezas das trompas? O que será que ela está fazendo bem agora? Qual o nome dela?

Coisas demais pra pensar.

Acho que meu pai vai estar de ressaca amanhã de manhã.

Hoje de manhã.

Qual a chance de a gente empinar minha pipa na praia quando o sol raiar?

Um zero bem redondo.

— O vento sopra do norte — meu pai precisou gritar — da Normandia, por sobre o canal, dá de *cara* naqueles penhascos e, *uopa*, uma corrente de ar ascendente! Perfeita para empinar pipas!

— Perfeita! — gritei também.

— Respire fundo este ar, Jason! Faz bem para a sua rinite! O ar marinho é cheio de ozônio!

Como meu pai tinha se apropriado da pipa, peguei outra rosca com geléia bem quentinha.

— Alimento para a tropa, hein?

Sorri também. É *animal* estar acordado no raiar do sol. Um *setter* vermelho apostava corrida com cachorros-fantasma pelo meio de ondas que molhavam sua barriga. Xisto escorria dos penhascos até Charmouth. Nuvens grossas encobriam o nascer do sol, mas ventava tanto que o dia parecia ideal pra empinar pipa.

Meu pai gritou alguma coisa.

— Hein?

— Olha a pipa! A cor se mistura com as nuvens! Parece que o dragão está voando sozinho lá em cima! Você escolheu uma belezinha! Já descobri como fazer um *loop* duplo! — Meu pai estava com aquele sorriso que a gente nunca vê em fotos. — Ela comanda os céus! — Ele chegou um pouco mais perto, pra não ter que gritar tanto. — Quando eu tinha a sua idade, às vezes *meu* pai me levava pra empinar pipas em Morecambe Bay, lá em Grange-over-

Sands. Naquele tempo era a gente mesmo que fazia as pipas... Usando bambu, papel de parede, barbante e tampas de garrafa de leite pra decorar a rabiola...

— Um dia você me mostra... — (o Carrasco bloqueou "como fazer") — ...isso?

— Claro que mostro. Ei! Você sabe mandar telegramas com a pipa?

— Não.

— Certo, segura aqui um pouquinho... — Meu pai me passou o carretel e tirou uma caneta Biro do bolso do casaco. Aí pegou um quadrado de papel dourado do maço de cigarros. Como ele não tinha outro apoio pra escrever, me ajoelhei como um escudeiro sendo nomeado. Aí ele usou minhas costas. — Que mensagem a gente vai mandar?

— "Mamãe e Julia, Queríamos que Estivessem Aqui."

— Você é quem manda. — Meu pai escreveu com tanta força que senti a caneta traçando cada letra nas minhas costas, atravessando as roupas. — Pode levantar. — Aí meu pai enrolou o papel dourado em volta do barbante da pipa, como um prendedor de pacote de sanduíche. — Agora sacode a linha. Isso. Pra cima e pra baixo.

O telegrama começou a *escalar* a linha da pipa, desafiando a gravidade. Logo sumiu de vista. Mas dava pra saber que a mensagem tinha chegado.

— *Lytoceras fimbriatum.*

Pisquei os olhos, encarando meu pai. Não fazia idéia do que ele estava falando. A gente abriu uma brecha pra deixar o dono ofegante da loja de fósseis carregar uma placa pro lado de fora.

— *Lytoceras fimbriatum.* — Meu pai mostrou o fóssil espiralado na sua mão. — É o nome científico, em latim. Família das amonites. Dá pra ver pelas nervuras bem próximas, com essas mais largas de vez em quando...

— Tem razão! — Conferi as letrinhas miúdas na prateleira.

— *Ly-to-ce-ras...*

— *Fimbriatum.* Sei que estou certo.

— Desde quando você entende de fósseis e nomes científicos?

— Meu pai era meio alucinado por pedras e me deixava catalogar os espécimes dele. Só que eu precisava saber os nomes bem direitinho. Já esqueci quase todos, é claro, mas também a coleção de *Lytoceras* do meu pai era *enorme.* Nunca vai sair da minha cabeça.

— Como assim, alucinado por pedras?

— Geólogo amador. Quase todo feriado ele arranjava uma desculpa para sair atrás de fósseis com um martelinho que ele tinha. Acho que ainda tenho esse martelinho guardado em algum lugar. Alguns dos fósseis que ele encontrou no Chipre e na Índia estavam no Museu Lancaster na última vez que eu vi.

— Nunca fiquei sabendo disso. — O fóssil encaixava nas minhas mãos em concha. — É raro?

— Na verdade, não. Mas esse aí é bem legal.

— É muito antigo?

— Talvez uns cento e cinqüenta milhões de anos. Bem novinho para uma amonite, na verdade. Que tal a gente comprar esse aí para você?

— *Sério?*

— Não gostou?

— *Adorei.*

— Seu primeiro fóssil então. Um suvenir educacional.

Espirais terminam? Ou apenas ficam tão minúsculas que os olhos da gente não conseguem mais enxergar?

Gaivotas passeavam pelo meio das lixeiras no lado de fora do Cap'n Scallywag. Eu caminhava ainda olhando pra minha amonite quando um cotovelo surgiu do nada e jogou minha cabeça pra trás.

— Jason! — gritou meu pai. — Olha por onde anda!

Meu nariz buzinava de dor. Eu queria espirrar, mas não conseguia.

O cara que fazia *cooper* esfregou o cotovelo. — Nenhum dano permanente, Mike. O helicóptero da Cruz Vermelha pode ficar no heliporto.

— Craig! Deus do céu!

— Dando minha corridinha matinal, Mike. Esse carrinho de bate-bate humano é obra sua, certo?

— Acertou de primeira, Craig. Esse é o Jason, o meu caçula.

O único Craig que o meu pai conhece é Craig Salt. Aquele homem bronzeado se parecia com tudo que eu tinha ouvido falar.

— Se eu fosse um caminhão, meu rapazinho — ele disse —, você teria virado *panqueca*.

— Caminhões não passam por aqui. — Meu nariz esmagado deixava minha voz meio estridente. — Só pedestres.

— Jason. — Meu pai ali e meu pai na loja de fósseis não eram a mesma pessoa. — Peça desculpas ao senhor Salt! Se você o tivesse derrubado, teria causado um ferimento sério!

Chuta a canela desse babaca, sugeriu o Gêmeo Inexistente.

— Desculpa mesmo, senhor Salt. — *Babaca*.

— Vou perdoar você, Jason. Milhares de pessoas não perdoariam. E o que é isso? Gosta de colecionar fósseis, é? Posso ver? — Craig Salt pegou minha amonite sem fazer cerimônia. — É um belo trilobitezinho. Um pouco danificado neste lado, mas nada mau.

— Não é um trilobite. É um *Ly-to...* — (o Carrasco bloqueou "*Lytoceras*" bem no meio da palavra). — É um tipo de amonite. Certo, pai?

Meu pai não me olhava nos olhos. — Se o senhor Salt tem certeza, Jason...

— O senhor Salt — Craig Salt largou a amonite de volta na minha mão — *tem* certeza.

Meu pai abriu um sorriso fraco.

— Se alguém lhe vendeu esse fóssil como sendo *qualquer* outra coisa que não um trilobite, pode processar. Seu pai e eu conhecemos um bom advogado. Não é, Mike? Bem. Preciso fazer mais dois ou três quilômetros antes do café-da-manhã. Depois volto para Poole. Quero conferir se minha família já afundou o iate.

— Uau, o senhor tem um iate?

Craig Salt percebeu meu sarcasmo, mas não conseguiu reagir.

Fiquei olhando pra ele com um ar de inocência e rebeldia, surpreso comigo mesmo.

— É só um quarenta-pés! — disse meu pai, tentando soar como o velho lobo-do-mar que não é. — Craig, os *trainees* estavam comentando que ontem foi um prazer ter...

— Ah, sim, Mike. Eu *sabia* que tinha outra coisa. Não teria sido muito profissional de minha parte mencionar isso na frente das Grandes Esperanças Brancas lá no hotel, mas precisamos conversar urgente a respeito de Gloucester. Os relatórios contábeis do último trimestre me deixaram *mucho deprimidón*, Mike. Pelo que vi, Swindon está indo pelo ralo.

— Certamente, Craig. Andei matutando sobre uns novos conceitos em promoções. São idéias de arrasar...

— Se as coisas continuarem como estão, nós é que vamos ser arrasados. Aguarde meu telefonema na quarta-feira.

— Mal posso esperar, Craig. Estarei no escritório de Oxford.

— Sei onde estão *todos* os meus gerentes regionais. Tome mais cuidado, Jason, ou alguém vai acabar se machucando. Você mesmo, talvez. Até quarta-feira, Mike.

Meu pai e eu ficamos olhando Craig Salt se afastar correndo pela alameda.

— Que tal — a animação do meu pai era forçada e tímida — a gente ir comprar aquele sanduíche de bacon?

Mas eu não conseguia falar com ele.

— Está com fome? — meu pai colocou a mão no meu ombro. — Jason?

Quase dei um tapa na mão dele e atirei o "trilobite" de merda naquele mar de merda.

Quase.

— E enquanto *eu* estiver atolada até o pescoço em avisos de recebimento, contagens de estoque, listas de endereços e temperamentos artísticos — minha mãe ajustou o espelho pra retocar o batom —, *você* vai ficar a manhã inteira passeando por Cheltenham, como se fosse um lorde! Nada mau, hein?

— Assim espero.

O Datsun Cherry da minha mãe tem cheiro de balas de menta.

— Ah, você vai se divertir *à beça*! Agnes me falou que *Carruagens de fogo* começa aos vinte e cinco pras duas. Almoce um folhado de lingüiça ou algo assim e volte para a galeria lá pela... — minha mãe deu uma olhada no relógio — ...uma e quinze.

— Tá.

Saímos do Datsun. — Bom dia, Helena! — Um homem com cabelo de corte militar marchou na direção de um furgão estacionando na área de entregas. — Hoje vai fazer um calorão, de acordo com a previsão do tempo.

— Já estava na hora de termos um pouco de verão. Alan, este é o meu filho Jason.

Ganhei um sorriso esquisito e um aceno meio forçado. Meu pai não gostaria do Alan.

— Como hoje é uma espécie de feriado para você, Jason, que tal... — Minha mãe tirou uma nota novinha de cinco libras da bolsa.

— Valeu! — Não sei por que eles estão sendo tão generosos comigo. — Papai também me deu cinco libras em Lyme Regis!

— Como eu sou boba... eu queria dar uma nota de dez... Pegou de volta a nota de cinco e entregou uma de dez! Com isso, eu tinha vinte e oito libras e setenta centavos.

— Muito obrigado.

Eu precisava de cada centavo.

— Antiquários? — A mulher no escritório de Informações Turísticas começou a decorar meus traços, pro caso de algum assalto ser informado mais tarde. — O que você quer com antiquários? As melhores ofertas estão nas lojas de usados.

— É aniversário da minha mãe — menti. — Ela gosta de vasos.

— Ah. Para sua mãe? Ah! Que sorte ela ter *você* como filho!

— Hã... — ela me deixava nervoso — ...obrigado.

— Que mãe sortuda, sortuda *mesmo*! Meu filho também é adorável como você. — Ela me mostrou a foto de um bebê gorducho. — Esta foto já tem vinte e seis anos, mas ele continua um amor! É verdade que o Pips nem sempre lembra do *meu* aniversário, mas ele tem um coração de ouro. E no fim das contas é isso que importa. Mas o pai dele era um desperdício de espaço, pra ser sincera. Pips odiava aquele porco tanto quanto eu. Esses *homens* — (ela fez cara de quem tinha acabado de engolir água sanitária) — esguicham a gosma deles, viram pro outro lado e *pronto*, boa noite. Homens não *criam* filhos, não alimentam os bichinhos com o próprio leite, não limpam a bunda, não passam talco nas... — ela falava com ternura, mas tinha olhos de ave de rapina — ...*cobri-*

nhas. Um pai *sempre* acaba se voltando contra o filho. No galinheiro só tem lugar pra *um* galo, e *ponto* final. Mas, quando o Pippin fez dez anos, *eu* mostrei a porta da rua pro pai dele. Yvette tinha quinze anos. *Ela* acha que o Pippin já tem idade suficiente pra morar sozinho, mas *aquela* mocinha parece que esqueceu quem é a mãe e quem é a filha desde que apareceu com aquela aliança no dedo. Comprada em prestações. Yvette esquece que foi graças a *mim* que aquela pequena Jezebel de Colwall não cravou as garrinhas afiadas no Pippin. Foi graças a *mim* que ela não acabou seduzindo o coitado. Yvette ainda é muito chegada naquele... — a mulher indicou a porta com o queixo, quase espumando pela boca — ...*imbecil*. O pai dela. Aquele porco. Aquele *idiota*. Quem mais pode ter colocado essas idéias na cabeça dela? Onde já se viu meter o nariz onde o Pips guarda nossos remedinhos? De vez em quando uma mãe precisa de uns remedinhos, meu querido. Deus transforma a gente em mães, mas não *facilita* nem um pouco a tarefa de cuidar de tudo. Mas o Pips entende. Pips diz "Esses comprimidos são *seus*, mãe. Eles são o *nosso* segredo, mas, se alguém perguntar, eles são *seus*". Pippin não fala tão bem quanto você, meu querido, mas tem um coração de vinte e quatro quilates. Mas sabe o que a Yvette fez com os nossos remedinhos? Uma tarde ela apareceu de repente, nem pediu licença e saiu jogando tudo na privada. E depois deu descarga! Nossa, o Pippin ficou *roxo* quando chegou em casa e descobriu! Foi parar no *teto*! Era "a *p...* do meu estoque" isso, "a *p...* do meu estoque" aquilo. Eu *nunca* tinha visto o menino daquele jeito! Ele foi pra casa da Yvette e aí, bem, deu um *jeito* naquele nariz intrometido dela! — A mulher fechou o rosto. — Yvette chamou a polícia. Dedurou o *próprio irmão*! E ele só tinha batido um *pouquinho* naquele sapo que ela chama de marido! Mas depois disso o Pips sumiu. Já faz um bom tempo, e nem sinal dele. Tudo que eu quero é receber um telefonema do meu filho. Só quero ouvir ele dizer que está se cuidando, meu querido. Uns sujeitos malvados arrombaram a porta da nossa casa. A polícia também. "Cadê a *p*... do material" isso, "cadê a *p*... da grana" aquilo, "cadê seu filho, sua velha de *m*...?" Ah, eles falam *tantos* palavrões. Mas mesmo se eu *soubesse* onde o Pip está, preferiria *morrer* a contar *qualquer* coisa...

Abri a boca pra fazer ela se lembrar dos antiquários.

Ela suspirou, tremendo. — Preferiria *morrer*...

— Mas, hã... *pode* me dar um mapa de Cheltenham que mostre onde ficam os antiquários?

— Não, meu querido. Eu não trabalho aqui. Fale com aquela moça ali, atrás do balcão.

O primeiro antiquário se chamava George Pines e ficava na estrada que cerca a cidade, entre uma casa de apostas e uma loja de bebidas. Cheltenham tem fama de ser um lugar chique, mas cidades chiques também têm regiões perigosas. Pra chegar lá eu precisei atravessar uma passarela enferrujada e barulhenta. George Pines não se parecia nadinha com o que você imagina quando pensa num antiquário. Tinha grades nas portas e nas janelas. Um bilhete colado com durex na porta (trancada) dizia VOLTO EM 15 MINUTOS, mas a tinta estava sumindo e o papel tinha desbotado. Um cartaz anunciava: COMPRAMOS TUDO PELO MELHOR PREÇO. Olhando pelas janelas encardidas, só enxerguei aqueles armários enormes e horríveis de casa de avó. Nenhum relógio à vista.

Georges Pines já era.

Quando eu estava voltando pela passarela, dois garotos começaram a vir na minha direção. Eles pareciam ter a minha idade, mas usavam Doc Martens com cadarços vermelhos. Nas estampas das camisetas, o disco *Quadrophenia* do The Who e o emblema da RAF. Os passos pareciam coreografados, *esquerda-direita esquerda-direita*. Olhar outros garotos nos olhos significa que você se acha tão casca-grossa quanto eles. Como eu estava carregando uma fortuna em dinheiro, fiquei olhando pra baixo, meio de lado, encarando o rio enfumaçado de veículos barulhentos e caminhões-tanque vagarosos que fluíam embaixo da gente. Mas, quando os dois *mods* chegaram mais perto, ficou claro que eles não ficariam em fila pra me deixar passar. Aí eu precisei me apertar contra a grade que fervia por causa do sol.

— Tem fogo? — rosnou o garoto mais alto.

Engoli em seco. — Eu?

— Não, *porra*, tô falando com a princesa Diana.

— Não. — Segurei o corrimão da grade com força. — Desculpa.

O outro *mod* rosnou: — Bichona.

Depois da guerra nuclear, garotos como esses dois vão tomar conta do que restar. Vai ser um inferno.

Boa parte da manhã já tinha se passado quando encontrei o segundo antiquário. Um arco dava passagem a uma praça de paralelepípedos chamada Hythloday Mews. Cortinas de renda dançavam nas janelas. Um Porsche negro e reluzente esperava pelo dono. Girassóis me observavam das paredes banhadas de sol. Ali estava a placa: CASA DE GILES. O exterior estonteante deixava o interior escondido. A porta era mantida aberta pela estátua de um pigmeu meio corcunda, com um cartaz pendurado no pescoço anunciando SIM, ESTAMOS ABERTOS! O interior do antiquário era frio como pedras em riachos, com cheiro de papel pardo e cera. Armários escuros exibiam medalhas, copos, espadas. Uma cristaleira maior que o meu quarto escondia a parte dos fundos, de onde saía um barulho meio estridente. Aos poucos percebi que era um rádio transmitindo uma partida de críquete.

Ouvi o barulho de uma faca numa tábua de cortar.

Dei uma espiada por trás da cristaleira.

— Se eu soubesse que ia fazer *tanta* sujeira — a americana escura falou pra mim —, eu tinha comprado as cerejas, poxa — (Ela era mais ou menos bonita, mas alienígena demais pra ser atraente.) Com as mãos pegajosas, segurava uma fruta vermelho-esverdeada com forma de um ovo estranho. — Cerejas são a fruta perfeita. Coloque na boca, cuspa o caroço, mastigue, engula, *finito*. Nada desses... respingos gosmentos.

As primeiras palavras que eu falei pra um americano de verdade foram: — Que fruta é essa?

— Já ouviu falar de manga?

— Não, desculpe.

— Por que está se desculpando? Você é inglês! Não consegue diferenciar entre comida de verdade e isopor! Quer provar?

Não se deve aceitar doces de pervertidos em parques, mas frutas exóticas de antiquárias não deve ter nada de errado. — Quero.

A mulher cortou uma fatia bem grossa, cravou nela um garfinho de prata e colocou numa tigela de vidro. — Que tal dar um descanso pra esses pés?

Sentei num banquinho de vime e aproximei a tigela da boca.

A fruta escorregadia deslizou até minha língua.

Meu Deus, manga é *sensacional*... lembra pêssegos perfumados, rosas amassadas.

— Bem, qual o veredicto?

— É absolutamente...

A narração da partida de críquete endoidou de repente. — *...todo o público do Oval cai de joelhos enquanto Botham completa mais cem corridas! Geoffrey Boycot sai correndo para cumprimentar...*

— Botham? — a mulher entrou em alerta vermelho. — Ele está falando de *Ian* Botham, certo?

Fiz que sim com a cabeça.

— Peludo como Chewbacca? Um nariz tão aquilino que parece quebrado? Olhos de bárbaro? Pura masculinidade envolta num uniforme branco de críquete?

— Acho que é esse, sim.

— Ai... — Ela cruzou os braços sobre o peito sem seios, parecendo a Virgem Maria. — Por ele eu andaria descalça em cima de carvão em brasa. — Continuamos escutando elogios no rádio enquanto terminávamos de comer a manga. — Bem. — Ela limpou os dedos cuidadosamente com uma toalhinha de rosto úmida e desligou o rádio. — Por acaso você estaria interessado numa cama do século XVII com dossel? Ou será que os fiscais de impostos estão ficando cada vez mais novos?

— Hã... por acaso você tem algum Omega Seamaster?

— Um "Oméga Seamaster"? Isso é um barco?

— Não, é um relógio. Pararam de fabricar em 1958. Tem que ser um modelo chamado "de Ville".

— Sinto muito, querido. Giles não vende relógios. Ele não quer gente trazendo os relógios de volta se não funcionam direito.

— Ah. — Pronto. Eu não tinha mais pra onde ir em Cheltenham.

A americana ficou me olhando. — *Talvez* eu conheça um vendedor especializado...

— Em relógios? Aqui em Cheltenham?

— Não, ele trabalha em South Kensington. Quer que eu ligue pra ele?

— *Poderia* fazer isso pra mim? Tenho vinte e oito libras e setenta e cinco centavos.

— Esconda *mais* suas cartas, querido. Deixa eu ver se encontro o telefone dele neste bordel que Giles chama de escritório...

"Alô, Jock? É a Rosamund. Ahn-hã. Não... não, estou cuidando da loja. Giles está urubuzando por aí. Uma duquesa dona de uma casa de campo enorme morreu. Ou uma condessa. Ou uma ...essa sei-lá-o-quê. Não sei, a gente não *lida* com a realeza lá na minha terra, Jock. Pelo menos não com reis e rainhas que usam *coroas* de verdade... Como é? Ah, o Giles me *falou*, era um lugar interessante, nas Cotswolds, com um nome bem inglês... Brideshead... não, isso é o seriado de tevê, certo? Está na ponta da língua... Codpiece-under-Water? Não, Jock, eu *diria* se... Como é? Ahn-hã, eu *sei* que não existem segredos entre... ahn-hã, Giles *também* ama você como se fosse um irmão. Mas escuta, Jock. Tenho um rapaz aqui na loja... ah, que *hilário*, Jock... É por isso que você faz tanto sucesso com a velharada de Londres... Esse rapaz está procurando um *Oméga* Seamaster" (ela me olhou pra confirmar e eu sussurrei "de Ville") "'de Ville'... Ahn-hã. Conhece esse modelo?"

Aquela pausa me deu um pouco de esperança.

"Ah, conhece?"

No instante anterior à vitória, você já sabe que venceu.

"Na sua *frente*? Ora, ora, ainda bem que eu telefonei! Ahnhã... *Impecável*? Ah, Jock, que *maravilha*... que acaso feliz... Olha, Jock, sobre o preço... nosso orçamento neste caso é... ahn-hã. Sim, Jock, se eles pararam de ser fabricados nos anos 1950 devem ser *mesmo* difíceis de encontrar, entendo... *Sei* que você não é uma instituição de caridade..." (Ela fez um sinal de "blablablá" com a mão.) "Se você não saísse procriando que nem um coelho com todas as coelhinhas que mostram o rabo peludo pra você, Jock, não teria *tantos* filhos à beira da morte por inanição. Diga logo seu melhor preço... Ahn-hã... Bem, eu achei que... ahn-hã. Se ele tiver eu ligo de novo."

O telefone voltou pro gancho.

— Ele *tem*? Ele tem um Omega Seamaster?

— Ahn-hã. — Rosamund parecia triste por mim. — Se você aumentar a oferta pra oitocentas e cinqüenta libras , ele manda a encomenda pra sua casa assim que o cheque for descontado.

Oitocentas e cinqüenta libras?

— Quer mais um pouco de manga, querido?

— Deixa eu entender essa história, Jason. Você quebrou o tal relógio do seu avô... por acidente... em janeiro? — (fiz que sim com a cabeça) — E passou os últimos oito meses procurando outro relógio igual? — (fiz que sim) — Com os recursos de um garoto de treze anos? — (fiz que sim) — De bicicleta? — (fiz que sim) — Sério? Não seria bem mais fácil confessar? Aceitar o castigo como homem e seguir em frente com a sua vida?

— Meus pais me *matariam*. Literalmente.

— *Como é? Eles matariam* você? *Literalmente?* — Rosamund fingiu tapar um grito com as mãos. — *Matariam* a própria cria por ter quebrado um relógio? Sério? E como foi que eles se livraram dos corpos dos seus irmãos quando *eles* quebraram alguma coisa? Jogaram na privada e deram descarga, pedacinho por pedacinho? O encanador nunca encontrou os ossos quando mexeu nos canos?

— Tá, eles não me matariam *literalmente*, mas ficariam *malucos*. Esse é tipo... o meu maior medo.

— Ahn-hã. E por quanto tempo eles ficariam "malucos"? Pelo resto da sua vida? Por vinte anos? Sem nenhuma chance de liberdade condicional?

— Não seria por *tanto* tempo, claro, mas...

— Ahn-hã. Oito meses?

— Vários dias, sem dúvida.

— Como é? Vários *dias*? Puta merda, Jason.

— Mais que isso. Seria tipo por uma semana. E nunca mais me deixariam esquecer.

— Ahn-hã. E por quantas semanas você ainda espera continuar nessa espiral assassina?

(O Carrasco bloqueou meu "como assim".) — Acho que não entendi.

— Bem, quantas semanas tem um ano?

— Cinqüenta e duas.

— Ahn-hã. E quantos anos as pessoas vivem?

— Depende. Setenta.

— Setenta e cinco anos, a menos que se matem de tanta preocupação antes disso. Certo. Cinqüenta e dois vezes setenta e cinco é igual a... — Ela usou uma calculadora. — Três mil e novecentas semanas. Bem. Você disse que seu maior medo é sua mamãe e seu papai ficarem bravos com você durante *uma* dessas quase quatro mil semanas. Ou duas. Ou três. — Rosamund encheu as bochechas e deixou o ar sair. — Posso trocar o seu maior medo por *qualquer* um dos meus? Leve logo uns dois. Não, dez. Pegue um balaio de uma vez. *Por favor.*

Voando baixo, um caça Tornado estremeceu todas as janelas de Cheltenham.

— Você só quebrou um *relógio*! Não quebrou um futuro. Nem uma vida. Nem uma coluna.

— Você não conhece meus pais. — Eu parecia zangado.

— A *questão* é: "E você conhece?".

— Claro que sim. A gente mora na mesma casa.

— Assim você parte meu coração, Jason. Ah, você parte meu coração. Sério.

Assim que me afastei de Hythloday Mews, notei que tinha deixado o mapa em cima da mesa de Rosamund e voltei pra buscar. A porta azul que ficava atrás do balcão estava aberta, mostrando um banheirinho minúsculo. Rosamund estava mijando bem alto, cantando uma cantiga de roda numa língua estrangeira. Sempre achei que as mulheres precisavam fazer xixi sentadas, mas Rosamund estava mijando de pé, com a saia levantada até a bunda. Meu primo Hugo Lamb falou que nos Estados Unidos as feministas usam pintos de borracha. Talvez a Rosamund tenha um desses. Ela tinha pernas mais cabeludas que as pernas do meu pai. Achei isso bem estranho pra uma mulher. Como eu estava quase morrendo de vergonha, peguei o mapa, saí de fininho e tomei o rumo da galeria da minha mãe. Comprei um folhado de lingüiça numa padaria antipática e me sentei no parque. Os plátanos estão horríveis agora no fim de agosto. Em todas as lojas, cartazes de VOLTA ÀS AULAS. Esses últimos dias de liberdade chocalham como uma caixa de Tic-Tacs quase vazia.

Até aquele dia eu achava que substituir o Omega do meu avô era apenas uma questão de encontrar outro relógio. Mas agora o problema era conseguir centenas de libras. Mastiguei o folhado de lingüiça, pensando em como eu poderia (a) mentir pra explicar o sumiço do relógio, (b) deixar claro que a culpa não era minha e (c) tornar a mentira invulnerável a interrogatórios.

Não tinha como.

Folhados de lingüiça são muito gostosos no começo, mas, quando você está acabando de comer, eles já ficaram com gosto de bolas de porco apimentadas. De acordo com a Julia, é exatamente disso que as lingüiças são feitas.

Yasmin Morton-Bagot, amiga da minha mãe, é dona da La Boîte aux Mille Surprises, mas quem gerencia o negócio é minha mãe, com uma assistente chamada Agnes. (Meu pai chama de "La Boate" e acha isso bem engraçado, mas "*boîte*" literalmente significa "caixa".) La Boîte Aux Mille Surprises é metade loja, metade galeria. A loja vende coisas que só daria pra comprar em Londres.

Canetas-tinteiro de Paris, conjuntos de xadrez da Islândia, relógios atômicos da Áustria, jóias da Iugoslávia, máscaras da Birmânia. No cômodo dos fundos fica a galeria. Como Yasmin Morton-Bagot conhece artistas do mundo inteiro, aparecem clientes de toda a Inglaterra. No momento a pintura mais cara na galeria é de Volker Oldenburg. Volker Oldenburg pinta arte moderna num porão de Berlim Ocidental que era usado pra guardar batatas. Não sei bem o que ele pintou em *Tunnel #9*, mas o quadro custa mil novecentas e cinqüenta libras.

Mil novecentas e cinqüenta libras são treze anos de mesada.

— Estamos comemorando, Jason. — Como Agnes tem um sotaque galês meio esquisito, nem sempre tenho certeza se entendi o que ela disse. — Sua mãe *acabou* de vender um quadro.

— Ótimo. Um dos caros?

— Um dos muito, *muito* caros.

— Olá, meu amor. — Minha mãe saiu da galeria. — Aproveitou sua manhã?

— Hã — (o Carrasco trancou a primeira sílaba de "bastante"). — Sim. Agnes disse que você acabou de — (o Carrasco bloqueou "vender") —, que um cliente comprou um quadro.

— Ah, ele estava com vontade de esbanjar um pouco.

— Helena. — Agnes ficou bem séria. — Ele estava *comendo* na sua mão. Aquela conversa de carros perderem o valor, mas arte sempre se valorizar. Ele teria comprado Gloucestershire de você.

Aí eu vi uma garota linda.

Dava pra dizer que as três tinham dezesseis anos e eram ricas. Uma das figurantes tinha um rosto maldoso que lembrava um rato, e tantas espinhas que nem a maquiagem elaborada conseguia esconder. A outra figurante parecia um peixe transformado em garota beiçuda de olhos esbugalhados por um mago de quinta categoria. Mas a protagonista, a garota que tinha entrado primeiro na La Boîte aux Mille Surprises, bem, *ela* poderia estrelar um comercial de xampu. Orelhas de fada, olhos de fada, camiseta creme bem apertada, minissaia cor de alcaçuz, *leggings* que pareciam aplicadas com spray naquelas pernas perfeitas e um cabelo caramelo no qual eu pagaria pra me enterrar. (Antes as curvas das garotas não me afetavam desse jeito.) Até a bolsa de girassol da Fada tinha saído de um mundo onde a presença de qualquer coisa feia não era permitida. Como era impossível não ficar olhando pra ela de boca aberta, fui me esconder no escritório, que era minúsculo. Minha mãe entrou um minuto depois pra telefonar pra Yasmin Morton-Bagot, deixando Agnes no caixa. Um canal se abriu através da fresta da porta, entre duas velas gigantes de Palermo e debaixo de um abajur âmbar da Polônia. Por mero acaso, a bunda angelical da Fada pairava no fim desse canal. Ficou ali, quieta, enquanto Acne e Garota-Bacalhau faziam Agnes tirar um pergaminho chinês da parede. Elas falavam de um jeito afetado e meio rude. Eu continuava acariciando as curvas da Fada com os olhos. Foi por isso que eu vi ela enfiar os dedos por trás do mostrador de vidro, pegar os brincos de opala e colocar dentro da bolsa de girassol.

Confusão, gritos, ameaças, polícia, gemeu o Verme. *Travar em pleno tribunal quando for convocado para depor. E você realmente tem certeza de ter visto o que acha que viu?*

— Mãe! — cochichei.

Minha mãe só perguntou uma vez. — Tem certeza?

Fiz que sim com a cabeça. Minha mãe falou pra Yasmin Morton-Bagot que ia ligar mais tarde, desligou o telefone e pegou uma câmera Polaroid. — Pode tirar uma foto delas quando eu pedir? — Fiz que sim com a cabeça. — Bom garoto.

Minha mãe caminhou até a frente da loja e trancou a porta discretamente. Agnes percebeu. A atmosfera na loja ficou tensa e sombria, como pouco antes de uma briga na escola. Fada fez um sinal pras figurantes, indicando que era hora de sair.

A Fada tinha uma voz atrevida. — A porta está trancada!

— Sei perfeitamente que a porta está trancada. Eu acabei de fazer isso.

— Bem, então você pode *destrancar*, não é?

— Bem — minha mãe sacudiu as chaves —, depende. Uma ladra acaba de colocar na bolsa um par de opalas australianas bem valiosas. Naturalmente, tenho que proteger meu estoque. A ladra pretende escapar com a mercadoria furtada. Assim sendo, temos um impasse. O que *você* faria, se estivesse no meu lugar?

Acne e Garota-Bacalhau já estavam à beira das lágrimas.

— O que eu *não* faria — a Fada parecia bem ameaçadora —, se fosse uma *vendedora*, seriam acusações totalmente patéticas.

— Então imagino que não se importaria de provar que minhas acusações *são* totalmente patéticas. Basta esvaziar sua bolsa. Imagine como esta vendedora vai parecer estúpida quando nenhum brinco aparecer!

Por um segundo terrível, pensei que a Fada podia ter devolvido a jóia de algum jeito.

— Não vou deixar *você* nem *ninguém* mexer na minha bolsa.

A Fada era casca-grossa. Aquela batalha poderia ter mais de um final.

— Seus *pais* sabem que vocês são ladras? — Minha mãe se virou pra Acne e pra Garota-Bacalhau. — Como eles vão reagir quando a polícia telefonar?

Acne e Garota-Bacalhau *fediam* a culpadas.

— A gente *ia* pagar. — A Fada cometeu seu primeiro erro.

— Pagar pelo quê? — Minha mãe abriu um sorriso meio assustador.

— Vocês não podem fazer *nada* se não pegarem a gente fugindo da loja! Meu pai tem um advogado excelente.

— É mesmo? Eu também — respondeu minha mãe, brilhante. — E tenho duas testemunhas que *viram* vocês tentando escapar.

Quando a Fada caminhou até minha mãe, achei que ia bater nela. — ME DÁ ESSA CHAVE OU VOCÊ VAI SE ARREPENDER!

— Você ainda não se deu conta — (eu não fazia *idéia* que minha mãe podia ser tão blindada) — de que eu não estou nem um pouquinho intimidada?

— Por favor. — Lágrimas brilharam no rosto de Acne. — *Por favor*, eu...

— *Nesse* caso — explodiu a Fada —, digamos que eu pegue uma dessas estátuas horrorosas e abra caminho pra sair daqui...

Minha mãe fez um sinal com a cabeça pra mim. *Agora.*

O *flash* assustou as três garotas.

A Polaroid cuspiu a fotografia. Sacudi a foto segurando pelo canto por uns dois segundos, até secar. Aí tirei outra, por via das dúvidas.

— O que — a Fada estava começando a desmoronar — *ele* pensa que está fazendo?

— Na semana que vem — respondeu minha mãe — eu vou visitar todas as escolas da cidade com essas fotografias, acompanhada por um policial. Vou começar pelo Colégio Feminino de Cheltenham. — Garota-Bacalhau deixou escapar um suspiro de desespero. — Diretoras são sempre tão cooperativas. Elas preferem expulsar algumas poucas frutas podres a correr o risco de a escola aparecer no jornal pelos motivos errados. Não se pode criticar isso.

— Ophelia. — A voz de Acne era baixa como a de um gatinho. — Vamos...

— "Ophelia"! — Minha mãe estava adorando. — Não é comum ver muitas Ophelias hoje em dia.

As opções da Fada-Ophelia estavam acabando.

— Ou — minha mãe sacudiu as chaves — vocês podem esvaziar suas bolsas e bolsos e devolver a minha mercadoria. Informem seus nomes, escolas, endereços e telefones. Sim, vocês *vão* ficar em apuros. Sim, eu *vou* entrar em contato com a escola de vocês. Mas não, eu *não* vou dar queixa nem informar a polícia.

As três garotas olharam pro chão.

— Mas vocês precisam decidir agora.

Ninguém se mexeu.

— Vocês é que sabem. Agnes, por favor, ligue para o guarda Morton. Avise que ele vai precisar abrir espaço nas celas para receber três ladras.

Acne colocou um amuleto tibetano em cima do balcão enquanto lágrimas escorriam por suas bochechas esburacadas e cobertas de pó-de-arroz. — Eu nunca tinha feito isso...

— Escolha amigas melhores. — Minha mãe olhou pra Garota-Bacalhau.

Com as mãos trêmulas, Garota-Bacalhau revelou um peso de papel dinamarquês.

— Não é que a Ofélia de Shakespeare — minha mãe se virou pra Ophelia real — enlouqueceu e teve um final muito triste?

— Uau. — Eu e minha mãe cruzávamos apressados o centro comercial Regent pra chegarmos ao cinema antes de *Carruagens de fogo* começar. — Você lidou *muito* bem com aquelas garotas.

— Que interessante. — Os sapatos da minha mãe golpeavam o mármore brilhante. *Tome isso! Tome Isso! Tome isso!* — Uma veterana como eu é capaz de lidar *"muito"* bem com três Polianas mimadas — (Dava pra ver que minha mãe estava muito satisfeita consigo mesma.) — Foi *você* quem as viu roubando,

Jason. Você e seus olhos de águia. Se eu fosse um xerife, lhe pagaria uma recompensa.

— Aceito pipoca e 7-Up.

— Ah, acho que isso podemos arranjar.

Pessoas são ninhos de carências. Carências estúpidas, carências agudas, carências sem fundo, carências superficiais, carências de coisas abstratas, carências de coisas concretas. As propagandas sabem disso. As lojas sabem disso. Especialmente em centros comerciais, onde as lojas são ensurdecedoras. *Eu tenho o que você quer! Eu tenho o que você quer! Eu tenho o que você quer!* Mas, caminhando pelo Regent, percebi uma nova carência, normalmente tão próxima que a gente nunca se dá conta. Você e sua mãe precisam gostar um do outro. Não amar, mas gostar.

— Mas — minha mãe suspirou e pegou os óculos escuros — que *maravilha*.

A fila pra *Carruagens de fogo* serpenteava pela escadaria do cinema e continuava no lado de fora do centro comercial, se estendendo por oito ou dez lojas. O filme ia começar em treze minutos. Umas noventa ou cem pessoas estavam na nossa frente. Quase todos eram garotos, em duplas, trios e quartetos. Tinha uns velhos aposentados também. E uns casais. Na fila inteira, o único garoto que estava com a mãe era eu. Eu *adoraria* que não fosse tão óbvio que eu estava com ela.

— Jason, *não* me diga que você quer ir ao *banheiro*.

Um gordo bundudo com pálpebras frouxas olhou pra trás e riu na minha cara.

Quase explodi. — Não!

(Graças a *Deus* ninguém me conhece em Cheltenham. Dois anos atrás Ross Wilcox e Gray Drake viram Floyd Chaceley com a mãe na fila do cinema de Malvern pra ver *A paixão de Gregory*. Eles *ainda* não largaram do pé dele.)

— Não fale comigo *nesse* tom de voz! Eu *falei* para você usar o banheiro da loja!

Climas agradáveis são frágeis como ovos. — Mas eu *não* quero!

Um ônibus decrépito passou e deixou o ar com gosto de lápis.

— Se está com vergonha de ser visto comigo, é só dizer — (Minha mãe e a Julia geralmente acertam na mosca em alvos que às vezes eu ainda nem enxerguei.) — Podemos poupar muito aborrecimento.

— Não! — Não é "vergonha". Quer dizer, é. Mais ou menos. Mas não é porque minha mãe é minha mãe, mas porque minha mãe é *uma* mãe. Agora estou com vergonha de ter vergonha. — *Não*.

Climas desagradáveis são frágeis como tijolos.

Aquele gordo de pálpebras frouxas na nossa frente estava adorando.

Angustiado, tirei o blusão e amarrei na cintura. A fila avançou uns passos e a gente parou ao lado de uma agência de viagens. Uma garota da idade da Julia estava sentada numa mesa, com a pele branca e coberta de manchas por falta de sol. Então era essa a vida de quem desiste de estudar. Um pôster colado na vitrine com adesivo Blu-Tack gritava: TENHA AS MELHORES FÉRIAS DA SUA VIDA COM A E-ZEE TRAVEL! Mostrava Mamãe Animada, Papai Provedor Sorridente, Irmã Mais Velha Gatinha e Irmão Despenteado em frente à Ayers Rock, ao Taj Mahal e à Disneylândia da Flórida.

— Será que nas próximas férias de verão — perguntei pra minha mãe — vamos todos viajar *juntos* de novo?

— Melhor — os óculos escuros da minha mãe escondiam os olhos dela — esperar para ver.

O Gêmeo Inexistente me incentivou a continuar. — Esperar pra ver o quê?

— Um ano é bastante tempo. Julia anda falando em viajar de *EuroRail*, ou sei lá como se chama.

— *Interrail*.

— E aquela sua viagem da escola? Para esquiar com os amigos? — (Minha mãe não tinha percebido que eu não era mais popular). — Julia se divertiu muito naquele intercâmbio na Alemanha Ocidental uns anos atrás.

— Conviver com Ülrike Gritador e Hans Bolinador não me parece muito divertido.

— Jason, tenho certeza de que sua irmã estava exagerando.

— Por que você, papai e eu não vamos pra algum lugar? Lyme Regis é legal.

— Eu... — minha mãe suspirou. — ...não sei se os problemas que eu e seu pai tivemos para sincronizar as férias deste ano vão ter melhorado ano que vem. Melhor esperar para ver o que acontece.

— Mas a mãe do Dean Moran trabalha num asilo de velhos e o pai dele é carteiro e eles *sempre* conseguem...

— Que ótimo para o senhor e a senhora Moran. — Minha mãe usou o tom de voz que significa que eu estava falando alto demais. — Mas nem todo emprego é tão flexível, Jason.

— Mas...

— *Chega*, Jason!

O cara do cinema apareceu. É ele que decide quem entra e quem vai ouvir "É melhor voltar pra casa". Escolhe os Salvos e os Renegados. Os lábios do cara do cinema formam números enquanto ele avança pela calçada, lento como se estivesse carregando um caixão. Rabisca a prancheta com sua caneta Biro. Quando ele passa, o pessoal da fila sorri de alívio e olha pra trás pra ver quem ele vai transformar em Renegado. Os Salvos são uns desgraçados metidos. Eles *têm* um assento no reino colorido na escuridão. Mesmo que seja num lugar perto demais da tela, eles vão assistir a *Carruagens de fogo*. Tem vinte pessoas entre o cara do cinema e a gente. *Por favor*, dê mais *alguns* passos com esses pés, só mais alguns, *vamos*, só mais alguns...

Por favor.

Verme

— Jason Taylor — o bafo do Ross Wilcox fedia a presunto velho — vai pro cinema com a *mamãe*! — Um instante atrás Mark Badbury estava conversando comigo sobre técnicas pra vencer em Pac-Man. Agora isso. Eu já tinha perdido minha chance de negar. — A gente *viu* você! Em Cheltenham! Na fila com a *mamãe*!

No corredor, o tempo e o tráfego ficaram mais lentos.

Cometi a burrice de tentar minimizar o ataque sorrindo.

— Do que você tá *rindo*, seu *verme* de merda? Passou a mão na mamãe no escurinho do cinema, foi? — Wilcox deu um puxão na minha gravata. — Enfiou a língua nela, é? — Deu um peteleco no meu nariz. Porque sim.

— *Taylor*! — Gary Drake caça com o primo. — Que *nojento*!

Neal Brose me olhou como se eu fosse um cachorro que alguém levou ao veterinário para sacrificar. Com pena mas também desprezo por eu ter me deixado ficar tão *fraco*.

— Deu um beijo de língua na mamãe, foi? — Ant Little é o novo criado de Wilcox.

Wayne Nashend é um cara mais velho. — Meteu o dedo nela, foi?

Os espectadores votavam com sorrisos.

— Responde aí. — Wilcox tem o hábito de ficar com a ponta da língua entre os dentes. (A mesma língua que sentiu o gosto de cada curvinha da Dawn Madden.) — Ou vo-vo-você n-n-não co-co-consegue falar, seu ga-ga-gaguinho bichona?

Isso adicionou uma nova dimensão ao ataque. Um buraco sem fundo se escancarou onde minha resposta deveria ter surgido.

— Ross! — sussurrou Darren Croome. — Lá vem o Flanagan!

Wilcox esmagou meu sapato com seu pé como se estivesse apagando um cigarro. — Seu *verme* cuzão, punheta, gaguinho e comedor de mamãe.

O sr. Flanagan, o vice-diretor, passou todo apressado, levando os garotos da turma 3GL pra sala de geografia. Wilcox, Ant Little e Wayne Nashend foram embora, mas minha popularidade ficou ali, sofrendo os últimos espasmos de morte. Mark Badbury estava revisando nosso dever de casa de matemática com Colin Pole. Nem cheguei perto, porque sabia que eles não iam falar comigo. Tudo que eu podia fazer era ficar olhando pela janela até o sr. Inkberrow aparecer.

A neblina está deixando foscas as folhas douradas e acastanhando as vermelhas.

Nos melhores dias, os dois períodos de matemática são noventa minutos de puro tédio. Hoje foi o pior dos piores. Como eu *queria* não ter enchido o saco da minha mãe pra que ela me levasse pra ver *Carruagens de fogo*. Como eu *queria* ter ido sozinho e usado meu próprio dinheiro.

Wilcox teria encontrado algum outro motivo pra pisar no meu calo, é claro. Ele me odeia. Cachorros odeiam raposas.

Nazistas odeiam judeus. O ódio não precisa de um *porquê. Quem,* até mesmo *O Quê,* é uma coisa vaga. É nisso que eu estava pensando quando o sr. Inkberrow golpeou a minha mesa com a régua. Dei um pulo e bati o joelho na mesa. Obviamente eu tinha me distraído na aula de novo.

— Anda precisando se *concentrar,* Taylor. *Hmm?*

— Hã... Não sei, professor.

— Um mano-a-mano vai afiar seu cérebro, Taylor. Você contra Pike.

Resmunguei em silêncio. No mano-a-mano, o Garoto A resolve um problema no lado esquerdo do quadro-negro enquanto o Garoto B resolve o mesmo problema no lado direito, como se fosse uma corrida. Clive Pike é o gênio matemático da turma 3KM. Eu não tinha chance nenhuma, e isso era parte da diversão. Quando a gente estava copiando a equação ditada pelo professor, meu giz quebrou.

Metade da turma deu risada. Até umas garotas.

— Que *fracassado* — suspirou Leon Cutler.

Ser humilhado em público pelo Ross Wilcox é uma coisa. Ele tem feito isso com muitos garotos neste semestre. Mas, quando um sujeito totalmente mediano como o Leon Cutler ri da sua cara e *nem se importa se você escuta,* não resta dúvida de que sua credibilidade chegou ao fundo do poço.

— Prontos? — perguntou o sr. Inkberrow do fundo da sala. — Atenção... já!

O giz do Clive Pike começou a trabalhar instantaneamente.

Eu não ia resolver aquela equação. Até ela sabia disso. Eu nem sei pra que *servem* equações.

— Professor! — gritou Gary Drake. — O Taylor está espionando o Pike. Isso não é muito *honesto,* não acha?

— Me... — (O Carrasco pisou em cima de "mentira".) — Eu não, professor.

312

O sr. Inkberrow esfregou um lenço nos óculos.

Tasmin Murrell arriscou uma gracinha. — Taylor, seu safadinho! — Tasmin Murrel! Uma maldita *garota*.

— Estou vendo que você aprecia o jogo limpo, Gary Drake — comentou o sr. Inkberrow. — Talvez deva pensar em seguir a carreira policial, *hmm*?

— Obrigado, professor. Talvez eu faça mesmo isso.

Eu só tinha feito uns rabiscos com o giz. Clive Pike se afastou do quadro-negro.

O sr. Inkberrow deixou uns instantes se passarem. — Excelente, Pike. Pode se sentar.

Minha resposta tinha morrido na segunda linha de *xis, ípsilons* e raízes quadradas.

Comecei a ouvir risadinhas.

— Silêncio, 3κm! Não vejo graça *nenhuma* em perder uma semana inteira da minha vida ensinando equações quadráticas e ter como resultado esta... gororoba. Abram o livro na página dezoito. Sente-se, Taylor. Vejamos se o resto da turma compartilha da sua lamentável ignorância.

— *Anta* — cochichou Gary Drake quando desviei do pé que ele tinha estendido pra me fazer tropeçar. — *Verme*.

Carl Norrest nem falou nada quando voltei a me sentar na nossa mesa. Ele sabe como é. Mas eu sabia que aquilo era apenas o começo. Eu tinha decorado o novo horário do terceiro ano e sabia o que vinha pela frente nos próximos dois períodos.

Como o sr. Carver, nosso professor habitual de educação física, tinha levado o time de rúgbi do quinto ano pro Colégio Masculino de Malvern, um professor estagiário chamado sr. McNamara ficou responsável pela gente. Era uma boa notícia, porque se o Carver percebe que você é impopular ele entra na festa. Como no chuveiro, depois dos jogos de futebol no inverno, quando o Carver ficava sentado no cavalo de ginástica gritando "Tira essa cueca, Floyd Chaceley! Por acaso você é deformado?" e "Pessoal, melhor encostar o rabo na parede porque o Nicholas Briar vem aí!". Obviamente, quase todo mundo ria como se isso fosse a coisa mais engraçada do mundo.

A má notícia era que a minha turma (3KM) e a turma do Ross Wilcox (3GL) fazem educação física juntas, e o sr. McNamara não conseguiria disciplinar uma turma de garotos nem se a vida dele dependesse disso. Ou a minha.

O vestiário fede a sovaco e terra, e é dividido em zonas. A zona dos garotos casca-grossa é a que fica mais longe da entrada. A zona dos leprosos fica ao lado da porta. O resto do pessoal fica no meio. Normalmente é aí que eu fico, mas naquele dia não tinha jeito. Carl Norrest, Floyd Chaceley e Nicholas Briar, os leprosos tradicionais, agiram como se eu fosse um deles e abriram espaço pra mim. Como Gary Drake, Neal Brose e a turma do Wilcox estavam ocupados com uma guerrinha de toalhas molhadas, eu me troquei bem rápido e saí direto pro frio da manhã. O sr. McNamara mandou a gente fazer uns exercícios de aquecimento antes de começar a corrida. Fiquei correndo num ritmo cauteloso, sempre mantendo a turma do Ross Wilcox do outro lado da pista.

O outono está ficando uma desgraça, úmido e enevoado. O pasto ao lado do campo de esportes está marrom como uma panqueca queimada. O pasto seguinte está da mesma cor da água de copos onde se colocam pincéis. As colinas Malvern foram apagadas pela estação. Gilbert Swinyard falou que a nossa escola e a prisão de Maze foram projetadas pelo mesmo arquiteto. A prisão de Maze fica na Irlanda do Norte. Foi lá que o Bobby Sands, do IRA, morreu fazendo greve de fome no ano passado.

Em dias como hoje, eu acredito em Gilbert Swinyard.

* * *

— Então vocês acham que têm condições de virar centroa-vantes do Liverpool? Do Manchester United? Da seleção inglesa?
— O sr. McNamara andava de um lado pro outro com seu abrigo esportivo preto e laranja dos Wolverhampton Wanderers. — Então vocês acham que têm fibra pra isso? Que têm determina-ção? — A cabeleira cacheada do sr. McNamara não parava quieta. — Delírio! Olhem só pra vocês! Querem saber o que a universi-dade de Loughborough *me* ensinou a respeito de suor e sucesso? Bem, vou dizer assim mesmo! O sucesso no esporte... e na vida, rapazes, sim, na *vida...* significa SUOR! Suor e sucesso — (Darren Croome soltou um peido barulhento) — significam sucesso e suor! Por isso, rapazes, quando entrarem naquele campo, quero ver todo mundo *suando!* Quero ver *trezentos por cento* de suor! Hoje não vamos ficar com essa *frescura* de escolher times! Vai ser 3KM contra 3GL! Mente versus músculos! Homens de verdade podem jogar na frente, vagabundos no meio-campo, aleijados na defesa, doentes mentais no gol... Se acham que eu estou brin-cando, garanto que *não* estou! Vamos! — O sr. McNamara soprou o apito. — Vamos lá, rapazes, não deixem a peteca cair!

Talvez a sabotagem tenha sido planejada com antecipação, ou talvez tenha apenas acontecido naturalmente. Quando você é um leproso, não fica sabendo de nada. Mas logo me dei conta de que os garotos da 3KM e os garotos da 3GL estavam trocando de time sem critério algum. Paul White (3GL) deu um chutão de longa distância contra o gol do próprio time. Gavin Coley mergu-lhou pra dar uma cabeçada espetacular, mas na direção errada. Quando o Ross Wilcox fez falta no Oswald Wyre (do time dele) na nossa pequena área, foi o Neal Brose (do nosso time) quem bateu o pênalti e marcou o gol. O sr. McNamara deve ter percebido que estavam tirando um sarro imenso da cara dele. Talvez tenha achado melhor não transformar sua primeira aula individual num festival de sermões.

Aí começaram as faltas.

Wayne Nashend e Christopher Twyford pularam nos ombros do Carl Norrest, que gritou enquanto cedeu sob o peso da dupla. — Professor! — Wayne Nashend foi o primeiro a se levantar. — Norrest me deu um carrinho por trás! Cartão vermelho, professor!

McNamara olhou pro Carl Norrest, que estava todo amassado e sujo de lama. — Não deixa a peteca cair!

Passei a partida inteira a uma distância segura da bola. Era perto o suficiente pra eu não ser acusado de fugir do jogo, mas longe o bastante pra não ter que encostar nela. Ouvi passos se aproximando. Antes que eu conseguisse me virar, um lance de rúgbi me derrubou de cara no chão. Meu rosto afundou na lama.

— Pode encher a pança, Taylor! — Ross Wilcox, é claro.

— Vermes *adoram* lama! — Gary Drake, é claro.

Tentei virar de barriga pra cima, mas os dois estavam sentados nas minhas costas.

— Ei! — McNamara apitou. — Vocês aí!

Eles saíram de cima de mim. Aí eu me levantei, tremendo e me sentindo uma vítima.

Ross Wilcox apontou pro peito. — Eu, professor?

— Vocês dois! — McNamara veio correndo. (Todo mundo tinha abandonado o futebol pra assistir ao novo esporte.) — Que *diabos* vocês acham que estão fazendo?

— Foi uma falta meio dura, professor — sorriu Gary Drake. — Admito.

— A bola estava do outro lado!

— Falando sério, professor — continuou Ross Wilcox. — Eu achei que ele estava com a bola. Sem os óculos eu sou cego que nem uma toupeira.

(Wilcox não usa óculos.)

— Então você derrubou esse garoto como se estivesse jogando rúgbi?

— Eu achei que a gente estava jogando rúgbi, professor.

(Os espectadores caíram na risada.)

— Ah, então estamos na presença de um humorista?

— Não, professor! *Agora* eu lembrei que é futebol. Mas na hora que eu *derrubei* ele, achava que era rúgbi.

— Eu também. — Gary Drake começou a correr sem sair do lugar, como se fosse Sport Billy. — Excesso de espírito competitivo, professor. Esqueci totalmente. Suor significa sucesso.

— Certo! Agora corram até a ponte, vocês dois, pra refrescar a memória!

— A culpa foi *dele*, professor. — Ross Wilcox apontou pro Darren Croome. — Se ele também não for castigado, o senhor vai estar deixando o líder se safar!

Burro como uma porta, Darren Croome tentou partir pra briga.

— Vocês três! — A inexperiência do sr. McNamara ficou clara mais uma vez. — Corram até a ponte e voltem pra cá! Agora! E quanto ao resto, quem disse pra vocês que o jogo acabou? Não deixem a peteca cair!

A ponte é só uma passarela que liga uma extremidade do campo de esportes da escola com uma trilha que vai até Upton-upon-Severn. "Corram até a ponte!" é um dos castigos-padrão do sr. Carver. Como é um campo aberto, o professor pode conferir se os alunos estão correndo mesmo para lá. Como o sr. McNamara voltou a atuar como juiz, não viu Gary Drake, Ross Wilcox e Darren Croome correndo até a ponte e aí, em vez de correr de volta, *desaparecerem*.

Sensacional. Matar aula é um delito grave o bastante pra mandar alguém pra sala do sr. Nixon. E se o sr. Nixon entrar em cena, eles vão esquecer de mim pelo resto do dia.

Sem Gary Drake e Ross Wilcox para organizar a sabotagem, o jogo de futebol virou uma partida normal. A 3GL marcou seis gols e a 3KM quatro.

Foi só quando a gente estava ao lado dos depósitos de material esportivo, batendo as chuteiras pra tirar a lama, que o sr. McNamara se lembrou dos três garotos que ele tinha mandado correr até a ponte quarenta minutos antes. — Onde *demônios* se meteram aqueles três *palhaços*?

Fiquei de bico calado.

— Onde *demônios* vocês três se *meteram*, seus palhaços?

Wilcox, Drake e Croome tinham voltado, cheirando a cigarro e balas Polo. Olharam pro sr. McNamara e depois um pro outro, fingindo confusão. — Na ponte, professor — respondeu Gary Drake. — Como o senhor mandou.

— Vocês ficaram *quarenta e cinco minutos* por lá!

— Vinte minutos pra ir, professor — disse Ross Wilcox. — E mais vinte pra voltar.

— Garotos, vocês acham que eu sou um completo idiota?

— É claro que não, professor! — Ross Wilcox parecia magoado. — O senhor é um professor de educação física.

— *E* o senhor estudou na universidade de Loughborough — completou Gary Drake. — "A meca da educação esportiva na Inglaterra."

— Garotos, vocês não fazem *idéia* da confusão em que se meteram! — A raiva deixou os olhos do sr. McNamara mais brilhantes e escureceu seu rosto. — Vocês não podem deixar as dependências da escola sem permissão, apenas porque sentiram vontade!

— Mas, professor — respondeu Gary Drake, perplexo —, foi o senhor que mandou.

— Não mandei nada!

— O senhor mandou a gente correr até a ponte e voltar. Aí a gente correu até a ponte do rio Severn. Lá em Upton. Como o senhor mandou.

— *Upton?* Vocês correram até o rio? Em *Upton?* — (O sr. McNamara enxergava a manchete do *Malvern Gazetteer*. ESTAGIÁRIO CONDENA TRÊS GAROTOS À MORTE POR AFOGAMENTO.) — Eu estava falando da *passarela*, seus *cretinos!* Perto das quadras de tênis! Por que *eu* mandaria vocês correrem até Upton? E desacompanhados?

Ross Wilcox continuou impassível. — Suor significa sucesso, professor.

O sr. McNamara decidiu se dar por satisfeito com um empate, em troca de ter a última palavra. — Garotos, vocês arranjaram muitos problemas, e o maior deles sou *eu!* — falou, sumindo pra dentro do cubículo do sr. Carver. Na mesma hora, Ross Wilcox e Gary Drake saíram cochichando com os garotos casca-grossa e os garotos de escalão intermediário. Um minuto depois Wilcox puxou "É um, é dois, é um, dois, três, quatro", e todo mundo, menos os leprosos, começou a cantar o seguinte na melodia de "John Brown's Body":

O professor McNamara adora levar no rabo,
O professor McNamara adora levar no rabo,
O professor McNamara adora levar no rabo,
E anda pensando em meter no seu também... ém... ém!

Viva, viva o professor McNamara!
Ele meteu o pau no professor Carver!
Meteu o pau até no próprio paaai!
E agora quer meter o pau em você também... ém... ém!

Na terceira repetição, a música tinha ficado ainda mais alta. Talvez os garotos tenham pensado algo como *Se eu não tiver coragem de fazer isto, vou acabar virando o novo Jason Taylor*. Ou talvez esses ataques em bando tenham vontade própria, que supera qualquer resistência. Talvez ataques em bando sejam tão antigos quanto os caçadores do tempo das cavernas. Precisam de sangue como combustível.

A porta do vestiário se escancarou.

Na mesma hora a música insistiu que nunca tinha existido.

A porta quicou na rodinha de borracha que impedia que ela batesse na parede e acertou em cheio o rosto do sr. McNamara.

Quarenta e poucos garotos nervosos tentando segurar o riso ainda fazem um barulho danado.

— Se eu chamasse vocês de bando de *porcos* — berrou o sr. McNamara —, estaria insultando os suínos!

— *Uuuuuuuuu!* — vibrou nas paredes.

Algumas fúrias são assustadoras. Outras são ridículas.

Senti pena do sr. McNamara. De certo modo, ele é eu.

— Qual de vocês, seus — McNamara engoliu as palavras que custariam seu emprego — refugos imprestáveis, tem *coragem* de me insultar pela frente? Agora mesmo?

Longos segundos se passaram, silenciosos e cheios de escárnio.

— Vamos! Cantem. Vamos. CANTEM! — Esse grito deve ter DILACERADO a garganta dele. Dava pra sentir a raiva, sem dúvida, mas também percebi o desespero. Quarenta anos *daquilo* pela frente. McNamara passou os olhos por seus algozes em busca de uma nova estratégia. — Você!

Para meu completo horror, "Você!" era Eu.

McNamara deve ter me reconhecido como o garoto que foi derrubado na lama. Deve ter imaginado que eu estaria mais disposto a ser dedo-duro. — *Nomes.*

Quando o diabo voltou seus oitenta olhos na minha direção, encolhi.

Existe uma regra sagrada. *Você não mete uma pessoa em apuros dedurando o nome dela, mesmo que essa pessoa mereça.* Professores não entendem essa regra.

McNamara cruzou os braços. — Estou esperando.

Minha voz saiu miúda como uma aranha minúscula. — Eu não vi nada, professor.

— Eu disse *"nomes"*! — Os dedos de McNamara formaram um punho fechado. Ele estava *quase* me dando um soco. Mas aí toda a luz foi drenada pra fora da sala, como num eclipse solar.

O sr. Nixon, nosso diretor, se materializou na porta.

— Senhor McNamara, essa criança é o líder dos delinqüentes, o principal suspeito ou um informante indeciso?

(Em dez segundos eu me tornaria maionese. Ou alguém relativamente livre.)

— Ele — o sr. McNamara engoliu em seco, talvez pensando que sua carreira de professor estava a minutos de ser amputada — disse que "não viu nada", diretor.

— Ninguém é tão cego assim, senhor McNamara. — O sr. Nixon avançou alguns passos, as mãos escondidas às costas. Vários garotos se encolheram nos bancos. — Há um minuto eu estava conversando ao telefone com um colega de Droitwich. De forma abrupta, fui obrigado a pedir desculpas e encerrar a conversa. Bem. Alguém suspeita do motivo? — (Todos os garotos olharam *muito* fixamente pro assoalho sujo. Até o sr. McNamara. Encarar os olhos do sr. Nixon significava virar poeira.) — Pus fim à minha conversa devido aos *zurros infantilóides* que emanavam deste local. Eu, literalmente, *não conseguia mais me ouvir pensando*. Bem. Não estou interessado na identidade do líder. Não quero saber quem gritou, quem murmurou e quem permaneceu mudo. Tudo que me *interessa* é aquilo que o senhor McNamara, um convidado da nossa escola, relatará aos colegas... e com razão... a saber, que *eu* sou diretor de um zoológico de marginais. Por tal afronta à minha reputação, castigarei *cada um de vocês*. — O sr. Nixon ergueu o queixo muito ligeiramente. Todo mundo se encolheu. — "Por favor, senhor Nixon! *Eu* não participei! Não é *justo* que *eu* seja castigado!" — Ele ficou esperando alguém consentir, mas ninguém era tão burro assim. — Ah, mas eu não recebo um salário estratos*férico* para ser *justo*. Recebo meu salário estratosférico para manter certos padrões. Padrões que *vocês* — o sr. Nixon juntou as mãos e estalou os dedos de um jeito horrível — acabam de arrastar na *lama*. Em tempos mais esclarecidos, uma bela surra ensinaria vocês a terem algum senso de decoro. Porém, como fomos privados dessa ferramenta por nossos mestres de Westminster, outras técnicas, mais onerosas, terão de ser aplicadas. — O sr. Nixon tinha chegado à porta. — Ginásio Velho. Meio-dia e quinze. Aos atrasados, uma semana de detenção. Aos ausentes, expulsão. Isso é tudo.

Em setembro, os antigos refeitórios da escola foram substituídos por uma cantina. Uma placa anunciando CANTINA RITZ, OPERADA PELA KWZINHA KWALIDADE foi colocada em cima da porta do salão. Dá pra sentir do vestiário o fedor de vinagre e fritura. Debaixo da inscrição, um porco sorridente com chapéu de mestre-cuca carrega uma bandeja de lingüiças. No cardápio, fritas, feijão, hambúrguer, lingüiça e ovo frito. De sobremesa, sorvete com pêra em calda ou sorvete com pêssego em calda. Pra beber, Pepsi sem gás, suco de laranja azedo ou água morna. Na semana passada, o Clive Pike encontrou meia centopéia no hambúrguer dele. O bicho ainda estava se debatendo, e o pior é que o Clive Pike nunca encontrou a outra metade.

Quando entrei na fila, todo mundo ficou me olhando. Uns

alunos do primeiro ano faziam de tudo pra não rir. Todos tinham ouvido falar que era Dia de Pegar o Taylor. Até as mulheres da cantina me olhavam de um jeito esquisito por trás do balcão brilhante. Alguma coisa estava acontecendo. Até eu me sentar com a bandeja ao lado do Dean Moran na mesa dos leprosos, eu não sabia o que era.

— Hã... alguém colou uns adesivos nas suas costas, Jace.

Quando tirei o *blazer*, um terremoto de gargalhadas sacudiu a Cantina Ritz. Tinham colocado dez adesivos nas minhas costas. Em cada um deles estava escrito VERME em caligrafia diferente, com canetas diferentes. Eu *quase* não consegui controlar a vontade de sair correndo. Isso tornaria a vitória deles ainda mais perfeita. Enquanto o terremoto se acalmava, fui tirando os adesivos e rasgando todos em pedacinhos por debaixo da mesa.

— Ignora esses babacas — falou Dean Moran. Uma batata frita bem gorda estourou na bochecha dele. — Que engraçado! — ele gritou na direção de onde a batata tinha decolado.

— Pois é, a gente também acha — gritou Ant Little da mesa do Wilcox. E aí jogaram mais três ou quatro. Quando a srta. Ronkswood apareceu, o bombardeio de fritas foi interrompido.

— Ei... — Ao contrário de mim, Dean Moran consegue ignorar essas coisas. — Sabe da novidade?

Arrasado, fiquei tirando pedaços de comida seca do meu garfo. — Qual?

— Debby Crombie.

— O que houve com a Debby Crombie?

— Ela entrou no clube, não foi?

— De *netball*?

— No *clube*! — insistiu Dean. — Das barrigudas!

— Grávida? Debby Crombie? Um bebê?

— Fala mais baixo! Parece que sim. Tracy Swinyard é muito amiga da secretária dos médicos de Upton. Anteontem à noite

323

elas foram encher a cara no Black Swan. Depois de uns cinco *pints de* cerveja, ela contou isso pra Tracy Swinyard e pediu a ela que jurasse de pés juntos que não ia dizer pra ninguém. Tracy Swinyard contou pra minha irmã. Kelly me contou hoje cedo, no café. Fez eu jurar sobre o túmulo da minha avó que eu ia ficar de bico calado.

(O túmulo da avó do Moran está *coberto* de juramentos quebrados.)

— E quem é o pai?

— Não precisa ser Sherlock Holmes pra adivinhar, né? Debby Crombie não saiu com mais ninguém depois do Tom Yew.

— Mas Tom Yew foi morto em junho.

— Sim, mas em abril ele estava em Black Swan Green, não estava? De licença. Foi nessa época que ele deve ter enchido ela de espermatozóides.

— Então o nenê da Debby Crombie já vai nascer órfão?

— Não é uma tristeza? Isaac Pye disse que no lugar dela faria um aborto, mas a mãe da Dawn Madden falou que abortar é assassinato. Enfim. Debby Crombie falou pro médico que vai ter o bebê, custe o que custar. Kelly acha que os Yew vão ajudar na criação. Acho que é um jeito de fazer o Tom viver de novo.

Essas piadas que o mundo conta não têm nada de engraçadas. *Nunca ouvi nada tão hilário*, comentou o Gêmeo Inexistente.

Engoli meu ovo com fritas pra conseguir chegar ao Ginásio Velho às 12:15.

Quase toda a nossa escola foi construída nos últimos trinta anos, mas parte dela é uma velha escola secundária da era vitoriana, e isso inclui o Ginásio Velho. Ele não é muito usado. Em dias de tempestade, as telhas saem voando. Janeiro passado uma delas caiu a poucos centímetros da Lucy Sneads, mas até agora ninguém morreu por causa disso. Mas um garoto do primeiro ano *morreu* no Ginásio Velho. Ele foi tão perseguido por outros garotos que acabou se enforcando com a gravata, bem onde ficam as cordas do ginásio. Pete Redmarley *jura* que viu o garoto pendurado lá dentro, numa tarde chuvosa, três anos atrás. Não estava bem morto. A cabeça pendia de um lado pro outro por causa do pescoço quebrado e os pés tinham espasmos, pairando a seis metros do chão. Estava branco como giz, tirando a marca vermelha bem no lugar onde a gravata tinha apertado. Mas os *olhos* dele encararam o Pete Redmarley. Desde esse dia, Pete Redmarley nunca mais pisou no Ginásio Velho. Nem uma vez.

Mas, enfim, nossa turma e a 3GL estavam no pátio, esperando. Cheguei perto de Christopher Twyford, Neal Brose e David Ockeridge, que estavam conversando sobre *Perseguidor implacável*, o filme do Dirty Harry que tinha passado sábado na tevê. Tem uma cena em que o Clint Eastwood não tem certeza se ainda sobrou alguma bala no revólver pra atirar no vilão.

— É mesmo — comentei. — Essa parte é *animal*.

Christopher Twyford e David Ockeridge me olharam de um jeito que dizia *E quem se importa com o que* você *acha?*

— *Ninguém* — disse Neal Brose — mais fala "animal", Taylor.

O sr. Nixon, o sr. Kempsey e a srta. Glynch cruzaram o pátio. Vinha um sermão bravo por aí. Dentro do ginásio, várias cadeiras tinham sido enfileiradas como em dia de prova. Nas filas da esquerda sentou a 3KM, nas filas da direita a 3GL. — Alguém — começou o sr. Nixon — acredita que não deveria estar aqui? — Era a mesma coisa que perguntar "Alguém quer dar um tiro nos próprios joelhos?". Ninguém caiu na armadilha. A srta. Glynch falou principalmente com a 3GL. — Vocês decepcionaram seus professores, decepcionaram sua escola e decepcionaram a si mesmos... — Depois o sr. Kempsey falou com a gente. — Não me lembro de ter ficado tão *enojado* em vinte e seis anos como professor. Vocês se comportaram como um bando de marginais...

Isso só acabou às 12:30.

Janelas sujas emolduravam uma penumbra enevoada.

Exatamente a cor do tédio.

— Vocês permanecerão sentados — anunciou o sr. Nixon — até soar o toque da uma hora da tarde. Não vão se mexer. Não vão falar. "Mas, professor! E se eu precisar ir ao banheiro?" Nesse caso, humilhe-se, assim como você quis humilhar um dos integrantes da minha equipe. *Depois* do sinal, você poderá limpar a sujeira. Esta detenção será repetida durante a semana inteira, sempre depois do almoço — (Ninguém ousou protestar.) — "Mas, professor! Qual é o *sentido* deste castigo estático?" O *sentido* é o seguinte: nesta escola não há lugar para a vitimização de poucos, ou mesmo de um só, por muitos.

Aí o diretor saiu. O sr. Kempsey e a srta. Glynch tinham lições a corrigir. O silêncio só era interrompido pelo barulho das canetas, das barrigas dos garotos, das moscas presas nas lâmpadas fluorescentes e dos gritos distantes dos garotos que estavam livres. Hostil, o ponteiro dos segundos do relógio tremia, *tremia*, tremia, *tremia*. Era bem provável que aquele relógio tivesse sido a última coisa que o garoto enforcado enxergou.

Graças a essas detenções, Ross Wilcox não ia pegar no meu pé nos almoços seguintes. Qualquer garoto normal ficaria nervoso se tivesse feito duas turmas inteiras ser condenadas a uma semana de detenção. Talvez o sr. Nixon contasse com a gente pra cuidar da tarefa de castigar os líderes. Dei uma olhada no Ross Wilcox.

Ele devia estar me encarando havia um tempo. Fez um sinal de *vai se foder* com a mão e mexeu os lábios pra dizer *"Verme"*.

* * *

— *"Estou com a concha..."* Jack olhou para ele, ameaçador. *"Cala essa boca!"* — Merda. A palavra "círculo" estava chegando. — Porquinho hesitou. *Ralph arrancou a concha de suas mãos e olhou ao redor do...* — No desespero, usei o Método do Tropeço, onde você começa a dizer a sílaba travável ("ci"), mas meio que faz ela tropeçar na sílaba seguinte pra que a palavra saia. — *Cííí-rculo de garotos.* — Ensopado de suor, dei uma olhada pro sr. Monk, nosso professor estagiário de inglês. A srta. Lippetts *nunca* me manda ler em voz alta, mas ela tinha ido pra sala dos professores. Obviamente não tinha informado nosso trato pro sr. Monk.

— Ótimo. — Dava pra ouvir a paciência forçando a voz do sr. Monk. — Continue.

— *"Precisamos arranjar um grupo especial para cuidar da fogueira"* — (Às vezes algumas palavras que deveriam travar não travam, não sei por quê.) — *"Qualquer dia desses"* — engoli em seco — *"pppode surgir um barco"*, ele acenou na direção da linha tensa do horizonte, *"e se tivermos um sinal eles virão nos buscar"* — (O Carrasco me deixou falar "sinal" da mesma forma que um boxeador de alta categoria se diverte ao deixar que um adversário inferior acerte um ou dois golpes.) — *"E tem mais. Precisamos de mais regras. Onde a concha estiver, será uma assembléia. Tanto aqui em ciiima quanto lá embaixo." Os garotos...* — Ah merda merda merda. Agora eu não conseguia dizer "concordaram". Duas sílabas "co" tão próximas eram uma missão impossível. — Hã...

— "Concordaram" — disse o sr. Monk, surpreso por um garoto da primeira turma não conseguir ler uma palavra tão simples.

Eu não fui burro a ponto de tentar repetir a palavra, como o sr. Monk esperava. — *"Porquinho abriu a boca para fffalar, mas notou o olhar de Jack e calou-se."* — Não tinha mais *jeito* de eu conseguir esconder as travadas. Eu tinha acabado de usar o Método Forçado *de novo*, para dizer "falar". Usar força bruta pra forçar a palavra a sair é uma coisa que eu só faço em último caso, porque minha cara fica toda torta. E se o Carrasco resolve forçar no sentido oposto, a palavra empaca e é *assim* que você se transforma num gago clássico. — *"Jack estendeu as mãos na direção da concha e ficou em pé* — estou me sufocando com plástico — *sssegurando cuidadosamente o delicado objeto nas mãos* — minhas orelhas *zumbiam* de tensão — *sssu-jas. "Concordo com o Ralph. Precisamos de regras que deverão ser cumpridas. Afinal de contas, ninguém aqui é um..." "...é um..."* Desculpe, professor... — Eu não tinha escolha. — Que palavra é essa?

— "Selvagem"?

— Obrigado, professor — (Quem me dera eu tivesse coragem suficiente pra encostar minhas esferográficas nos olhos e bater a cabeça com tudo na mesa. Eu faria *qualquer coisa* pra me livrar daquilo.) — *"Sssomos ingleses; e os ingleses são melhores em tudo. Então precisamos fazer a coisa* — hã... — *ceeerta."*

A srta. Lippetts entrou na sala e viu o que estava acontecendo. — Obrigada, Jason.

Nenhum comentário de "Como ele se consegue se safar?" vagou pela turma.

— Professora? Por favor? — Gary Drake levantou a mão.

— Essa parte é *sensacional*. Falando sério. Tô adorando o suspense. Posso continuar a leitura?

— Bom saber que você está gostando, Gary. Vá em frente.

Gary Drake pigarreou. — *"Ralph... vou dividir o coral... isto é, meus caçadores... em grupos, e ficaremos responsáveis por manter a fogueira acesa..."* — Gary Drake leu com uma clareza exagerada, pra contrastar com a leitura que ia fazer em seguida. — *"Este ato generoso provocou uma sss-SSS-saraivada...* — (Ele me pegou. Os garotos começaram a rir. As garotas olhavam pra mim. Minha cabeça explodiu em chamas de constrangimento.) — *...de aplausos dos garotos, de s-s-s-s-s-s-s-s-sorte..."*

328

— Gary Drake!

Ele se fez de inocente. — Sim, professora?

A turma inteira se virou pra olhar pro Gary Drake e depois pra mim. *Será que Taylor, o Gaguinho da Escola, vai chorar?* Eu tinha ganhado um rótulo que *nunca* ia conseguir retirar.

— Você acha que está sendo engraçado, Gary Drake?

— Desculpe, professora. — Gary Drake sorriu sem sorrir. — Alguém deve ter me passado essa gagueira...

Christopher Twyford e Leon Cutler quase explodiram tentando segurar o riso.

— Calem a boca, vocês dois! — Eles calaram. A srta. Lippetts não é idiota. Mandar Gary Drake pra sala do sr. Nixon transformaria aquela brincadeira na grande manchete do dia. Se é que isso já não tinha acontecido. — Isso foi de uma *ignorância* desprezível, tola e estúpida, Gary Drake. — As palavras que sobraram na página quarenta e um de *O senhor das moscas* enxamearam pra fora da página e cobriram meu rosto de abelhas.

No sétimo e no oitavo períodos a gente tinha aula de música com o sr. Kempsey, o professor responsável pela nossa turma. Como Alastair Nurton tinha se sentado no meu lugar habitual ao lado do Mark Badbury, não falei nada e me sentei com Carl Norrest, Senhor dos Leprosos. Nicholas Briar e Floyd Chaceley formavam uma dupla de leprosos havia tanto tempo que dava quase pra dizer que estavam casados. O sr. Kempsey continua furioso com a gente por causa da história do McNamara. Depois do nosso coro de "Boa tarde, senhor Kempsey", ele jogou os cadernos em cima de nós como Oddjob atirando o chapéu em *007 contra Goldfinger.* — Realmente não consigo ver o que *esta* tarde pode ter de "boa", se vocês jogaram no lixo o princípio básico da escola pública. Ou seja, a crença de que o suposto *crème de la crème* é capaz de partilhar sua qualidade enriquecedora com os grupos mais aguados. Avril Bredon, distribua os livros. Capítulo três. Chegou a vez de Ludwig van Beethoven ser enforcado e esquartejado. — (Na verdade, ninguém faz música nas aulas de música. Neste semestre, tudo que a gente faz é copiar trechos enormes do livro *Vida dos grandes compositores*. Enquanto isso, o sr. Kempsey liga a vitrola e põe pra tocar um LP do compositor da semana. Aí a voz mais afetada do mundo apresenta os grandes *hits* desse compositor.) — Lembrem-se — avisou o sr. Kempsey — de reescrever a biografia *com suas próprias palavras* — professores sempre vêm com essa história de "com suas próprias palavras". Odeio isso. Os autores organizam suas frases muito bem. É o trabalho deles. Por que forçar a gente a desorganizar tudo pra depois montar de um jeito totalmente precário? Como alguém vai dizer *capelmeister* sem poder dizer *capelmeister*?

Ninguém costuma incomodar muito as aulas do sr. Kempsey, mas hoje parecia que alguém tinha morrido. Holly Deblin, a nova aluna, causou uma única e pequena distração quando perguntou se podia ir pra enfermaria. O sr. Kempsey só apontou pra porta e mexeu os lábios pra formar a palavra "Vai". Garotas do terceiro ano têm muito mais liberdade pra ir pra enfermaria ou pro banheiro que os garotos. Duncan Priest falou que isso tem a ver com menstruação. Menstruação é um negócio bem misterioso. Garotas não falam sobre isso com garotos por perto. Garotos não fazem muita piada sobre o assunto pra não deixar claro que a gente não sabe quase nada.

Beethoven ficando surdo foi o ponto alto do capítulo de hoje de *Vida dos grandes compositores*. Esses compositores passaram metade da vida zanzando pela Alemanha pra trabalhar pra vários arcebispos e arquiduques. Devem ter gasto a outra metade dentro de igrejas. (Depois que Bach morreu, os garotos que cantavam no coral dele passaram anos embrulhando sanduíches com as partituras originais. Foi a única outra coisa que aprendi nas aulas de música deste semestre.) Reescrevi Beethoven em quarenta minutos, bem antes do resto da turma.

Sonata ao Luar, informou a voz mais afetada do mundo, *é uma das peças mais apreciadas do repertório de qualquer pianista. Composta em 1782, a sonata evoca a lua pairando sobre águas calmas e tranqüilas após a passagem de uma tempestade.*

Um poema ficou me enchendo o saco enquanto a Sonata tocava. O título é "Suvenires". Eu queria ter rabiscado os versos no meu bloco de rascunho, mas não tive coragem. Não em plena aula, não num dia como aquele. (E agora só lembro de "A luz do sol nas ondas lembra lantejoulas sonolentas" e mais nada. Quando você não anota as coisas, vai tudo embora.)

— Jason Taylor. — O sr. Kempsey notou que eu não estava mais prestando atenção no livro. — Tenho uma tarefa para você.

Os corredores da escola são meio sinistros durante o horário das aulas. Os espaços mais barulhentos viram os mais silenciosos. É como se uma bomba de nêutrons tivesse desintegrado qualquer vida humana e deixado só os prédios em pé. Dá pra ouvir vozes abafadas que não vêm das salas de aula, mas dos espaços que separam a vida da morte. O caminho mais curto até a sala dos professores era pelo pátio, mas resolvi fazer o trajeto mais longo, pelo Ginásio Velho. Quando a gente está cumprindo uma tarefa dada por um professor, ganha uma folga em que ninguém pode encher nosso saco. É como a Parada Livre no Banco Imobiliário. Eu queria fazer essa folga durar. Meus pés avançavam devagar pelas mesmas tábuas gastas em que garotos davam cambalhotas antes de serem enviados pra Primeira Guerra Mundial e morrerem sufocados com gás. Uma pilha de cadeiras bloqueia uma das paredes do

Ginásio Velho, mas a outra parede tem uma estrutura de madeira que dá pra escalar. Por algum motivo, senti vontade de olhar pela janela lá no alto. Era um risco pequeno. Se eu ouvisse passos, era só pular.

Quando você chega lá em cima, percebe que é bem mais alto do que parece.

Anos de sujeira escureceram o vidro.

A tarde se transformava num cinza pesado.

Pesado demais, cinza demais pra não virar chuva. A Sonata ao Luar seguiu sua órbita até passar do décimo planeta. Gralhas se amontoavam numa calha, assistindo aos ônibus escolares se aproximarem, lentos, do pátio de entrada. Eram gralhas de aparência rebelde, entediada e rude. Pareciam os punks de Upton reunidos em volta do memorial de guerra.

Uma vez Verme, riu o Gêmeo Inexistente, *sempre Verme*.

Pontos por trás dos meus olhos doeram por causa da chuva que estava chegando.

Logo seria sexta-feira. Mas, assim que eu chegasse em casa, o final de semana começaria a morrer e a segunda-feira ficaria mais próxima a cada minuto. Aí eu voltaria pra mais cinco dias como hoje, piores que hoje, bem piores que hoje.

Enforque-se.

— Sorte *sua* — disse uma voz de garota, e eu quase desabei cinco metros e virei uma pilha de ossos quebrados — que eu não sou um professor fazendo ronda, Taylor.

Olhei pra baixo e enxerguei Holly Deblin olhando pra cima.

— Pois é.

— O que *você* tá fazendo fora da aula?

— Kempsey mandou eu buscar o apito dele. — Fui descendo. Holly Deblin é só uma garota, mas ela tem a minha altura e lança dardos de atletismo mais longe que todo mundo. — Hoje é ele quem vai organizar as filas dos ônibus. Você está melhor?

— Eu só precisava me deitar um pouco. E você? Andam pegando muito no seu pé. Wilcox, Drake, Brose e o resto.

Negar não fazia sentido, mas admitir tornava aquilo mais real.

— Eles são uns babacas, Taylor.

A escuridão do Ginásio Velho suavizava os contornos de Holly Deblin.

— Pois é. — Eles *são* uns babacas, mas que diferença isso faz pra mim?

Será que foi então que escutei as primeiras gotas da chuva?

— Você não é um verme. Não deixe babacas decidirem o que você é.

Depois do relógio onde os bagunceiros ficam de castigo, depois da secretaria onde os líderes de turma buscam as chamadas, depois do almoxarifado, um longo corredor leva até a sala dos professores. Meus passos foram ficando mais lentos enquanto eu chegava mais perto. A porta de metal estava entreaberta. Enxerguei cadeiras baixas. Depois as galochas pretas de cano alto do sr. Whitlock. Fumaça de cigarros escapava da sala, como *fog* na Londres de Jack, o Estripador. Mas um pouco antes da porta fica uma série de cubículos onde os professores mais importantes têm suas próprias mesas.

— Sim? — O sr. Dunwoody olhou pra mim, piscando que nem um dragão. Um crisântemo que começava a ficar marrom pendia sobre o ombro dele. O professor de educação artística estava lendo um livro vermelho chamado *História do olho*, de Georges Bataille. — Como indica o título — o sr. Dunwoody percebeu que o livro tinha chamado minha atenção —, este *é* um livro sobre a história dos oculistas. E o que *você* quer?

— O senhor Kempsey me pediu que viesse buscar o apito dele, professor.

— Como no poema de Robert Burns?

— Acho que sim, professor. Ele me falou que o apito está na mesa dele. Em cima de um documento do meu interesse.

— Ou talvez — o sr. Dunwoody enfiou um inalador Vick dentro de seu enorme nariz vermelho e deu uma fungada gigantesca — o senhor Kempsey anda abandonando esse negócio de dar aulas enquanto ainda não ficou maluco. Para se tornar pastor de ovelhas em Snowdonia, talvez. Acompanhado de Shep, seu *border collie*. Cantando musiquinhas galesas. Talvez por *isso* ele tenha pedido a você que viesse buscar o apito.

— Acho que ele só vai organizar as filas dos ônibus, professor.

— Na última cela. Sob o olhar terno do Cordeiro Santo. — O sr. Dunwoody voltou a ler *História do olho* sem dizer mais nada.

Fui até a baia vazia. Mesas são que nem cachorros, acabam ficando parecidas com os donos. A mesa do sr. Inkberrow é coberta de pilhas bem-arrumadinhas. A mesa do sr. Whitlock é coberta de bandejas de sementes e exemplares de *Sporting Life*. O cubículo do sr. Kempsey tem uma poltrona de couro, uma luminária articulada igual à do meu pai e uma imagem de Jesus segurando uma lamparina ao lado de uma porta coberta de hera. Em cima da mesa, *Orações simples para um mundo complicado*, o dicionário de sinônimos *Roget* (que o pai do Dean Moran chama de "Roger") e *Delius: Como eu o conheci*. O apito do sr. Kempsey estava exatamente onde ele me falou que estaria. Debaixo do apito, um montinho com vários xerox de xerox. Dobrei o primeiro xerox da pilha e coloquei no bolso do *blazer*. Porque sim.

Ao contrário do que diz a sabedoria popular,
valentões raramente são covardes.

Existem valentões de todas as formas e tamanhos.
Analise os seus. Reúna informações.

Evitar uma batalha perdida não é um ato de covardia.

Ansiar por segurança ou popularidade torna você
fraco e vulnerável.

O que é pior? O desprezo recebido pelos
informantes ou o sofrimento das vítimas?

Os brutos podem ter sido moldados por uma
brutalidade que você nunca poderá superar.

Faça da astúcia sua aliada.

O respeito conquistado pela integridade não
pode ser perdido sem o seu consentimento.

Não ria de algo que você não acha engraçado.

Não Não respalde uma opinião que você não compartilha.

Os independentes aliam-se aos independentes.

A adolescência morre ao fim de seu quarto ano.
Você vai viver até os oitenta.

— Procurando uma agulha no oceano? — A cabeça do sr.
Dunwoody apareceu por cima da divisória. — É isso que dizem os
asiáticos. Em vez de palheiro.

Achei que ele podia ter me visto roubando a folha. — O quê, professor?

— Pérolas aos porcos? Ou um apito sobre uma mesa?

Sacudi o apito pro sr. Dunwoody. — Acabei de achar, professor...

— E por que perdes tempo? Célere como um macaco alado, conduze-o neste instante ao legítimo dono. Hurra!

Alunos do primeiro ano brincavam de jogo de castanhas na fila pro ônibus de Black Swan Green. Quando eu estudava com a srta. Throckmorton, matava a pau no jogo de castanhas. Mas alunos do terceiro ano não podem jogar castanhas, porque é muita bichice. Pra gente é queimada e ponto final. Pelo menos eu podia ficar assistindo ao jogo de castanhas. Por causa do Wilcox, até mesmo falar com Jason Verme, o Gaguinho da Escola, era arriscado. Depois que o sr. Kempsey levou o pessoal de Birtsmorton até o ônibus, apitou pra chamar os garotos de Black Swan Green. Fiquei pensando se ele queria mesmo que eu pegasse aquela folha. Quando você conclui que o sr. Kempsey é legal, ele age como um babaca. Quando você conclui que o sr. Kempsey é um babaca, ele age como uma pessoa legal.

A terceira fila é um lugar bem de mulherzinha pra um garoto do terceiro ano. Mas sentar no fundo, perto do pessoal do Wilcox, seria a mesma coisa que *pedir* pra arranjar confusão. Garotos de escalão intermediário passaram reto pelo lugar vago do meu lado. Robin South, Gavin Coley e Lee Bigs nem olharam pra mim. Oswald Wyre me chamou de *"verme"*. Mais além do parquinho, um bando de garotos perto do bicicletário viravam sombras de marionetes em meio à neblina.

— *Nossa!* — Dean Moran sentou do meu lado. — Que dia!

— Beleza, Dean? — Eu me sentia desprezível por me sentir tão aliviado.

— Vou dizer uma coisa, Jace. Esse Murcot é totalmente *maluco*! Agora mesmo, na aula de carpintaria, um avião sobrevoou a escola. Aí o Murcot se esgoelou berrando sabe o quê? "Pro convés, rapazes! São os malditos chucrutes!" Juro por Deus, ele fez a gente ficar de quatro no chão! Você acha que ele está ficando senil?

— Pode ser.

Norman Bates, o motorista, deu partida no motor e nosso ônibus saiu. Dawn Madden, Andrea Bozard e outras garotas começaram a cantar "The lion sleeps tonight", do Tight Fit. Quando o ônibus chegou a Welland Cross, a neblina tinha ficado bem espessa.

— Eu ia convidar você pra ir lá em casa no sábado — disse Moran. — Meu pai comprou um videocassete de um cara num *pub* de Tewkesbury.

Apesar dos meus problemas, aquilo me impressionou. — VHS ou Betamax?

— Betamax, claro! VHS está em extinção. Mas o problema é que ontem, quando a gente tirou o videocassete da caixa, estava faltando metade das peças.

— E o que o seu pai fez?

— Pegou o carro e foi direto pra Tewkesbury pra se entender com o sujeito que tinha vendido o videocassete pra ele. Mas acontece que o cara tinha sumido.

— Não deu pra ninguém no *pub* ajudar?

— Não. O *pub* também tinha sumido.

— Sumido? Como um *pub* pode ter sumido?

— Tinha um aviso na janela. "Encerramos as atividades." Cadeados nas portas e nas janelas. Placa de VENDE-SE. É assim que um *pub* some.

— Puta merda.

Uns trailers estavam estacionados na área de descanso de

Danemoor Farm, apesar da montanha de cascalho que tinham colocado lá pra afastar os ciganos. Eles não estavam por lá de manhã cedo, mas a manhã de hoje pertence a outra era.

— Se quiser, aparece lá em casa no sábado assim mesmo. Minha mãe faz almoço pra gente. Vai ser divertido.

Antes eu teria que passar por terça, quarta, quinta e sexta. — Obrigado.

Ross Wilcox e sua turma saíram direto do ônibus sem nem olhar na minha direção. Atravessei o parque da vila achando que o pior daquele dia de merda já tinha passado.

— Pra onde *você* pensa que está indo, Verme? — Ross Wilcox estava debaixo do carvalho com Gary Drake, Ant Little, Wayne Nashend e Darren Croome. Se eu saísse correndo, eles iam adorar. Não corri. O planeta Terra encolheu até se tornar uma bolha com cinco passos de diâmetro.

— Pra casa — respondi.

Wilcox se empolgou. — Não va-va-va-vai c-c-conversar com a gente?

— Não, obrigado.

— Bem, fique sabendo que você *ainda* não vai pra merda da sua casinha de bichona naquela merda de Kingfisher Meadows, seu *verme* bichona de merda.

Deixei Wilcox dar o passo seguinte.

Ele não deu. O passo seguinte veio por trás. Wayne Nashend me pegou de jeito e fiquei imobilizado. Arrancaram a mochila da Adidas da minha mão. Não fazia sentido gritar "Essa mochila é minha". Todo mundo sabia disso. O *crucial* era não chorar.

— Cadê o bigodinho, Taylor? — Ant Little deu uma olhada no meu lábio superior. — Você não tem mais bigodinho?

— Barbeei.

— "Barbeei." — Gary Drake me imitou. — Está querendo impressionar, é?

— Andam contando uma piada por aí, Taylor — disse Wilcox. — Já ouviu? "Você conhece Jason Taylor?"

— "N-n-não" — respondeu Gary Drake. — "Ma-ma-mas já p-pisei ni-ni-nisso uma vez."

— Você é *a piada da escola*, Taylor — cuspiu Ant Little. — Um cagão, um bosta, *a piada da escola*.

— Indo pro cinema com a *mamãe*! — falou Gary Drake. — Você não merece *viver*. A gente devia *enforcar* você nessa árvore.

— Fala alguma coisa — Ross Wilcox chegou bem perto de mim. — *Verme*.

— Você tem um bafo horrível, Ross.

— *Hein?* — O rosto do Wilcox ficou parecendo um cu. — *HEIN?*

Eu também me choquei com aquilo. Mas não tinha mais volta. — Não estou querendo ofender, juro. Mas seu bafo é horroroso. Fede a presunto velho. Ninguém comenta porque todo mundo tem medo de você. Mas você devia escovar mais os dentes ou chupar umas balas de menta, porque o negócio é *sério*.

Wilcox deixou o instante se arrastar.

Aí dois tapões esmagaram meu queixo.

— Ah, então você tá dizendo que *não* tem medo de mim?

Dor é excelente pra manter o foco. — Pode ser halitose. Se for o caso, o farmacêutico de Upton pode dar um remédio pra você.

— Eu posso decepar sua *cabeça* com um chute, sua *bichona* sem pau!

— Ah, podem mesmo. Vocês cinco.

— *Sozinho, porra!*

— Não duvido. Eu vi você brigar com o Grant Burch, está lembrado?

O ônibus da escola continuava ao lado do Black Swan. Às

vezes o Norman Bates entrega um pacote pro Isaac Pye e o Isaac Pye entrega um envelope marrom pro Norman Bates. Não que eu esperasse algum tipo de ajuda.

— Esse... *verme*... gosmento... imbecil... — a cada palavra, Ross Wilcox afundava o dedo no meu peito — precisa... levar... um... *CUECÃO!* — Cuecão é quando um bando de garotos agarra sua cueca e puxa pra cima com força. Os pés saem do chão e a cueca se enfia no rego, esmagando as bolas e o pau.

E aí eu levei mesmo um cuecão.

Mas aplicar cuecão só tem graça se a vítima se debate e tenta resistir. Eu me segurei na cabeça do Ant Little e meio que fiquei esperando aquilo terminar. Cuecões não servem pra machucar, mas pra humilhar. Os agressores fingiram achar engraçado, mas pra eles foi só um esforço sem recompensa nenhuma. Wilcox e Nashend puxavam com mais força, me levantando ainda mais. Em vez de me dividir ao meio, a cueca só machucou minha virilha. Aí eles me largaram na grama ensopada.

— Isso — prometeu Ross Wilcox, ofegante — foi só o *começo*.

— Veeeeeerme! — gritou Gary Drake do meio da neblina ao lado do Black Swan. — Cadê sua mochila?

— É. — Wayne Nashend chutou minha bunda enquanto eu me levantava. — Acho melhor procurar.

Andei meio mancando até o Gary Drake, sentindo uma dor no ossinho da bunda.

O ônibus da escola acelerou. Engatou a marcha.

Com um sorriso enorme e sádico, Gary Drake arremessou minha mochila da Adidas.

Aí eu entendi o que ia acontecer e saí correndo.

Traçando um arco perfeito, a mochila da Adidas foi parar em cima do ônibus.

O ônibus seguia em frente, rumo à encruzilhada ao lado da vendinha do sr. Rhydd.

Troquei de caminho e saí correndo pelo meio da grama alta e úmida, *rezando* pra mochila escorregar.

Risadas esto-to-touravam às minhas costas, como metralhadoras.

Uma pitada de sorte caiu na minha cabeça. Uma colheitadeira tinha causado um engarrafamento desde Malvern Wells. Consegui alcançar o ônibus da escola enquanto ele esperava nos cruzamentos perto da loja do sr. Rhydd.

— O *que* — rosnou Norman Bates enquanto a porta se abria — você *pensa* que está fazendo?

— Uns garotos — tentei recuperar o fôlego — jogaram a minha mochila aí em cima.

Os garotos que ainda estavam no ônibus ficaram bem empolgados.

— *Em cima* de onde?

— Em cima do seu ônibus.

Norman Bates me olhou como se eu tivesse cagado no almoço dele. Mas aí ele desceu do ônibus, quase me derrubando ao passar, foi até os fundos do ônibus, subiu a escadinha, agarrou a mochila da Adidas, jogou pra mim e voltou pro chão. — Seus amigos são um bando de idiotas, Faceiro.

— Eles não são meus amigos.

— Então por que deixa eles fazerem isso com você?

— Eu não *deixo*. Eles são cinco. Dez. Mais até.

Norman Bates fungou. — Mas o Cagão-Rei é um só. Certo?

— Um ou dois.

— Serve um. Você precisa é de uma dessas belezinhas aqui, ó.

— Uma faca Bowie *letal* rodopiou de repente diante dos meus olhos. — Chegue por trás do Cagão-Rei — a voz de Norman Bates ficou mais baixa — e *corte... os tendões... dele.* Um corte, dois cortes e *prontinho*. Se depois disso ele continuar enchendo o saco, é só furar os pneus da cadeira de rodas. — A faca do Norman Bates se desfez no ar. — Compre em lojas de artigos militares. Vão ser as dez libras mais bem gastas da sua vida.

— Mas se eu cortar os tendões do Wilcox vou parar num reformatório.

— Porra, Faceiro, *acorda pro mundo*! A *vida* é um reformatório!

Amolador de facas

O outono se enche de fungos, as amoras ficam ruins, as folhas vão amarelando, os pássaros migratórios cruzam o céu em formações em V, o anoitecer é enevoado, as noites são frias. O outono está quase morto. Eu nem tinha percebido que ele estava doente.

— Cheguei! — Grito isso todas as tardes, porque talvez minha mãe ou meu pai tenham voltado mais cedo de Cheltenham, Oxford ou sei lá de onde.

Não que isso já tenha acontecido alguma vez.

Nossa casa fica *muito* mais vazia sem a Julia. Duas semanas atrás, ela e minha mãe foram de carro pra Edimburgo. (Julia passou no teste de direção. Na primeira tentativa, claro.) Como ela passou a segunda metade do verão com a família do Ewan nas Norfolk Broads, pode parecer que eu tive tempo suficiente pra me acostumar à vida sem minha irmã. Mas o que preenche uma casa não é apenas a pessoa, e sim os *Volto mais tarde!*, as escovas de dentes, os chapéus e casacos que não-estão-sendo-usados-no-momento, essas coisas todas. Nem *acredito* que estou com tanta saudade da minha irmã, mas estou. Elas saíram bem cedo, porque se leva um dia inteiro pra chegar à Escócia de carro. Meu pai e eu acordamos pra nos despedir. O Datsun da minha mãe avançou até a rua e parou. Julia pulou pra fora do carro, abriu o porta-malas, remexeu na caixa de discos e correu até a porta de casa. Enfiou o LP *Abbey Road* nas minhas mãos. — Cuida disto pra mim, Jace. Vai acabar arranhado se eu levar comigo — disse, e aí me abraçou.

Continuei sentindo o cheiro do laquê do cabelo dela mesmo depois que o carro sumiu.

A panela de pressão estava no fogão, soltando nuvens de vapor de ensopado de carne. (Minha mãe coloca a panela no fogo de manhã, pra cozinhar o dia inteiro.) Fiz um refresco de *grapefruit* e me arrisquei a devorar o último biscoito Penguin de chocolate porque não tinha sobrado mais nada na lata além de biscoitos de gengibre e bolachas recheadas de limão. Fui lá pra cima tirar o uniforme. A primeira das três surpresas me aguardava no quarto.

Uma televisão. Em cima da escrivaninha. De manhã não estava lá. TELEVISÃO PORTÁTIL MONOCROMÁTICA FERGUSON, dizia o adesivo. *MADE IN ENGLAND.* (Meu pai diz que se a gente não comprar produtos ingleses, a Europa vai ficar com todos os empregos.) Brilho de nova, cheiro de nova. Em cima da tevê, um envelope grande com o meu nome estava apoiado pra ficar de pé. (Meu pai tinha escrito meu nome com lápis 2H, pra poder usar o envelope de novo mais tarde.) Dentro do envelope, um cartão de fichário com um recado escrito com caneta Biro verde.

> Para Jason
> Já sintonizei todos os 4 canais no aparelho, então basta ligar apertando o botão LIGAR.
> Do seu Pai.

Por quê? Eu estava feliz, claro. Na 3km, só Clive Pike e Neal Brose tinham televisão no quarto. Mas por que logo agora? Eu só faço aniversário em janeiro. Meu pai *nunca* dá um presente desses sem motivo, sem mais nem menos. Liguei a tevê, deitei na cama e assisti a *Sentinelas do espaço* e *Take hart*, aquele programa sobre arte. Não devia ser estranho ver televisão no próprio quarto, mas por algum motivo é. É como tomar sopa de rabada na banheira.

A tevê anestesiou um pouco minha preocupação com a escola. Como o Dean estava doente, o lugar do meu lado no ônibus ficou vazio. Ross Wilcox sentou no lugar vago, agindo como se a gente fosse os melhores amigos só pra eu não me esquecer que não somos. Não largou do meu pé, tentando pegar meu estojo. — P-p-por favor, empresta s-s-seu t-t-transferidor, T-t-taylor, s-s-sério, quero fa-fa-fazer a lição de ma-ma-ma-matemática — (Eu *não* travo desse jeito. A sra. De Roo falou que estamos progredindo bastante.) — Tem apo-po-pontador, T-t-taylor?

— Não — fiquei repetindo, entediado, sem mudar o tom de voz. — Não. — Outro dia ele surrupiou o estojo do Floyd Chaceley na aula de matemática e derramou tudo que tinha dentro no pátio.

— Co-co-como assim? E o que cê faz q-q-quando quebra a po-po-ponta do la-la-lápis? — Era o legítimo Método Wilcox, uma pergunta incômoda depois da outra. Se você responde, ele distorce a resposta de um jeito que fica parecendo que só um babaca completo diria o que você acabou de dizer. Se você não responde, é como se estivesse admitindo que não se incomoda com Wilcox pegando no seu pé. — E aí, T-t-taylor, as ga-ga-garotas acham s-s-sexy ser ga-ga-gaguinho? — Oswald Wyre e Ant Little riram como hienas, como se o mestre deles fosse os seis Monty Pythons ao mesmo tempo num só comediante valentão. O poder do Wilcox se baseia na capacidade de fazer os outros pensarem que não é ele quem está falando, mas que a opinião pública está emitindo julgamentos através dele. — Apo-po-posto que elas mo-mo-molham as c-c-c-cã-cã-cô-cô-cu-cu-có-có-có-calcinhas!

Duas fileiras na nossa frente, Errado vomitou um tubo extragrande de confeitos Smarties que ele tinha devorado de uma vez só pra ter direito a uma partida na calculadora Space Invaders do Ant Little. Uma onda de vômito multicolorido avançando pelo corredor foi suficiente pra distrair o Wilcox. Desci em Drugger's End e passei por trás do centro comunitário pra cruzar sozinho as terras da igreja. Leva um bom tempo. Perto da igreja Saint Gabriel, uns fogos de artifício bem prematuros traçaram linhas prateadas no céu, que estava cinzento como o painel de um Traço Mágico. O irmão mais velho de alguém deve ter comprado esses fogos na vendinha do sr. Rhydd. Eu ainda estava envenenado demais pelo Wilcox pra colher as últimas amoras suculentas de 1982.

Será que foi esse mesmo veneno que estragou o incrível presente do meu pai? O programa do John Craven era sobre a *Mary Rose*, nau capitânia de Henrique VIII, que afundou numa tempestade quatro séculos atrás. Tiraram do fundo do mar faz pouco tempo. A Inglaterra inteira assistiu. Mas aqueles pedaços de madeira gotejante retirados do mar pelos guindastes, tão cobertos de lodo que mais pareciam merda, não tinham nada a ver com o galeão impressionante das pinturas. Agora todo mundo fica dizendo que teria sido melhor gastar esse dinheiro em mais leitos de hospital.

Tocaram a campainha.

* * *

— Diazinho frio — falou um velho com boné de *tweed*. — Vem geada por aí. — O homem era a segunda surpresa do dia. Usava um terno sem cor definida. Pensando bem, *ele* não tinha cor definida. Eu tinha passado a corrente na porta porque meu pai vive dizendo que nem Black Swan Green está a salvo de pervertidos e maníacos. O velho se divertiu ao ver a corrente. — Está guardando as jóia da coroa aí, é?

— Hã... não.

— Calma que num vou arrombar a porta com um sopro. Por acaso a dona da casa está?

— Minha mãe? Não. Ela está no trabalho, em Cheltenham.

— Que pena. Ano passado amolei as faca dela até ficar que nem umas *navalha*, mas aposto que agora elas estão tudo cega de novo. Num tem faca mais perigosa que uma faca cega, sabia? Pergunta pra qualquer médico. — Ele falava de um jeito muito esquisito. — Lâmina cega desliza facinho. Ela vai demorar pra voltar, vai?

— Não chega antes das sete.

— Que pena, que pena. Num sei quando vou passar de novo por aqui. Que tal você buscar essas faca agora, pra eu deixar tudo bem bonito e afiado, hein? Uma surpresinha pra ela. Eu trouxe as pedra e as ferramenta. — O velho largou uma sacola de lona pesada no chão. — Num vai levar mais que um segundinho. Sua mamãe vai ficar *tão* contente... Melhor filho dos Três Condado, é assim que ela vai chamar você.

Duvidei muito daquilo, mas não sei como me livrar de amoladores de facas. Uma regra diz que a gente não deve ser mal-educado. Bater a porta na cara dele ia ser falta de educação. Mas outra regra diz que a gente não deve falar com estranhos, e essa regra eu estava quebrando. Regras deviam se encaixar melhor. — Só tenho uns trocados, então nem posso pagar pra...

— Faço um desconto, *chavvo*. Você é um rapaz educado, gostei de ver. "As boas maneira faz o homem." Um belo dum regateador, é assim que sua mamãe vai chamar você. Diz aí pra mim quanto você tem guardado no porquinho e eu digo quantas faca posso amolar em troca.

— Desculpa. — Estava piorando. — Acho melhor perguntar antes pra minha mãe.

A aparência do amolador de facas era amistosa. — *Nunca* contrarie as mulher! Ó, vou ver se consigo passar por aqui daqui a uns dois dia. Peraí. Por acaso, o *escudeiro* da mansão está em casa?

— Meu pai?

— É, seu pai.

— Ele não volta antes das... — Ultimamente nem dá pra saber. Muitas vezes ele telefona pra avisar que ficou preso num hotel sei lá onde. — Bem tarde.

— Se ele num anda esquentando a cabeça com essa entrada da garagem — o amolador de facas inclinou a cabeça pra um lado e sugou ar —, acho melhor começar. O asfalto está bem rachado. Aposto que isso aí foi obra de vagabundo. Quando chegar o inverno, a chuva vai congelar dentro das rachadura e escancarar o asfalto todinho, entendeu? Na primavera vai ficar parecendo a lua! Tem que quebrar tudo e refazer *direito*. Eu e o meu irmão, sabe, a gente faz isso mais rápido que... — (ele estalou os dedos do jeito mais alto que eu já ouvi) — Fala de mim pro seu pai, tá certo?

— Tá.

— Promete?

— Prometo. Posso anotar seu telefone.

— Telefone? *Mentira*fone, é assim que eu chamo. Só acredito em olho no olho.

O Amolador de Facas pegou a sacola de lona e foi indo embora. — Fala pro seu pai! — Ele sabia que eu estava olhando. — Promessa é promessa, *mush*!

348

* * *

— Quanta generosidade — foi o comentário da minha mãe quando contei da televisão. Mas ela disse isso de um jeito meio assustador. Quando escutei o Rover do meu pai chegando em casa, fui até a garagem pra agradecer. Mas, em vez de parecer feliz ele só resmungou, meio constrangido, não, quase como se estivesse arrependido de alguma coisa: "Folgo em saber que você aprovou, Jason". Só quando minha mãe serviu o ensopado eu lembrei da visita do amolador de facas.

— Amolador de facas? — Meu pai afastou uma cartilagem com o garfo. — Isso é coisa de ciganos, um golpe mais velho que o mundo. Que incrível ele não ter sacado as cartas de tarô ali na varanda. Ou ter saído procurando ferro-velho. Se ele voltar, Jason, bata a porta na cara dele. *Nunca* estimule esse pessoal. São piores que testemunhas-de-jeová.

— Ele falou que talvez volte pra conversar sobre o asfalto da entrada. — Agora *eu* me sentia culpado por ter feito aquela promessa.

— O *que* tem o asfalto?

— Precisa ser recapeado, de acordo com ele.

Fechou o tempo no rosto do meu pai. — E se ele disse, então é verdade?

— Michael — interrompeu minha mãe. — Jason só está contando o que o homem falou.

Cartilagem de carne bovina tem gosto de catarro amarelo. O único cigano de verdade que eu conheci na vida foi um garoto quietinho na época da srta. Throckmorton. Esqueci o nome dele. Acho que faltava na aula quase todo dia, porque a mesa vazia era meio que uma piada na escola. Ele usava um suéter preto, em vez de verde, e uma camisa cinzenta, em vez de branca, mas a srta. Throckmorton nunca repreendeu ele por isso. Um caminhão Bedford deixava ele no portão da escola. Na minha lembrança, esse caminhão era do tamanho da escola inteira. O garoto cigano saltava da cabine. O pai dele parecia Giant Haystacks, o cara da luta livre, com os braços cheios de tatuagens. Essas tatuagens e o jeito que ele olhava pro parquinho garantiam que *ninguém*, nem Pete Redmarley, nem mesmo Pluto Noak, *cogitasse* em pegar no pé do menino cigano. E quase sempre o garoto ficava sentado debaixo do cedro, lançando vibrações que diziam *fiquem bem longe de mim*. Ele não estava nem aí pras nossas brincadeiras. Uma vez ele resolveu jogar taco na escola e na hora de rebater mandou a bola com tudo por cima da cerca viva. Foi parar no terreno da igreja. Aí ele enfiou as mãos nos bolsos e saiu caminhando pelas bases. Como desse jeito a gente acabou ficando sem bolas, a srta. Throckmorton colocou ele pra cuidar do placar. Mas aí, quando a gente se deu conta, ele tinha sumido.

Botei um monte de molho HP no ensopado. — Quem são os ciganos, pai?

— Como assim?

— Bem... onde eles viviam no começo?

— De onde você acha que vem a palavra "gitanos"? De egípcios, ora.

— Então os ciganos são africanos?

— Não, agora não. Migraram há séculos.

— Por que ninguém gosta deles?

— Por que cidadãos honestos *deveriam* gostar de vagabundos que não pagam nada para o Estado e desprezam todas as regras estabelecidas de planejamento urbano?

— *Acho* — minha mãe colocou pimenta no ensopado — que é uma avaliação meio severa, Michael.

— Você não acharia isso se conhecesse algum cigano, Helena.

— No ano passado esse sujeito que amola facas fez um trabalho *excelente* com as facas e tesouras.

— Não me diga — o garfo do meu pai parou no meio do caminho — que você *conhece* esse homem.

— Bem, faz anos que *um* amolador de facas aparece em Black Swan Green todo mês de outubro. Não posso *garantir* que é o mesmo o homem sem que ele esteja na minha frente, mas imagino que deve ser.

— E você deu *dinheiro* para esse mendigo?

— Por acaso *você* trabalha de graça, Michael?

(Perguntas não são perguntas. Perguntas são projéteis.)

Meu pai largou os talheres no prato. — E você escondeu essa... *transação* por um ano inteiro?

— "Escondeu"? — Minha mãe fez um *hã* silencioso, como se estivesse chocada. Pura estratégia. — Você está me acusando de "esconder" alguma coisa? — (Isso me deu um nó nas tripas. Meu pai encarou minha mãe com um olhar de *Não na frente do Jason*. Isso fez tremer o nó nas minhas tripas.) — Sem dúvida eu não quis tumultuar seu dia de executivo com minhas trivialidades de dona de casa.

— E quanto — meu pai não estava disposto a recuar — esse malandro *roubou* de você?

— Ele cobrou uma libra para afiar *todas* as facas, e eu paguei. Fez um trabalho sensacional por *uma* libra. Um centavo a mais que uma pizza congelada do Greenland.

— Não acredito que você caiu nessa lengalenga de ciganos-viajando-há-séculos-pela-Inglaterra-em-carroças-coloridas-puxadas-por-cavalos. Pelo amor de Deus, Helena. Se você quiser um amolador, vá numa loja e compre. Ciganos *são* trambiqueiros que odeiam trabalhar. Basta dar um *dedo* para que uma horda de primos comece a bater na sua porta até o ano 2000. Hoje são facas, bolas de cristal e asfalto, amanhã são desmanches de carros, furtos em galpões de quintal e venda de mercadorias roubadas.

Ultimamente as discussões desses dois mais parecem xadrez em alta velocidade.

Eu estava satisfeito. — Vocês me dão licença, por favor?

Como era quinta-feira, assisti a *Top of the pops* e *Tomorrow's world* no meu quarto. Ouvi as portas dos armários da cozinha sendo batidas. Coloquei pra tocar um cassete que a Julia gravou pra mim usando os LPs do Ewan. A primeira música era "Words (Between the lines of age)", do Neil Young. Neil Young canta que nem um celeiro desmoronando, mas faz uma excelente música. Um poema chamado "Verme", sobre o que faz os garotos que são azucrinados serem azucrinados, começou a zumbir em volta da minha cabeça. Poemas são lentes, espelhos e aparelhos de raios X. Fiquei rabiscando um pouco (quando você finge que não está procurando as palavras, elas saem da moita), mas minha caneta Biro parou de funcionar e abri o estojo pra pegar outra.

Dentro dele me esperava a terceira surpresa.

Dentinhos minúsculos, olhos fechados, bigodes que pareciam desenhados por Beatrix Potter, pêlo cor de mostarda francesa, casca de ferida marrom, espinha dorsal com pequenas saliências. Cheiro leve de alvejante, carne enlatada e lascas de lápis recém-apontado.

Vai, devem ter falado. *Coloca no estojo do Taylor. Vai ser muito engraçado, vai matar a pau.* Aquilo só podia ter saído da sala de biologia do sr. Whitlock, da aula de dissecação. O sr. Whitlock vive ameaçando esquartejar quem for pego roubando pedaços de rato, mas, depois que ele toma uma garrafinha do seu café especial, fica sonolento e descuidado.

Vai, Taylor, mostra esse estojo. O próprio Ross Wilcox deve ter escondido tudo lá dentro. Dawn Madden também deve ter ficado sabendo. *M-m-mostra esse esto-to-to-TO-TOJO* (os olhos de Wilcox se esbugalham), *T-T-ta-t-t-ttt-Taylor.*

Peguei um monte de papel higiênico pra enrolar em volta daquela cabeça. Desci a escada. Meu pai lia o *Daily Mail* no sofá. Minha mãe fazia contas na mesa da cozinha. — Aonde você vai?

— Na garagem. Jogar dardos.

— Que lenço é esse na sua mão?

— Nada. Só assoei o nariz. — E aí enfiei no bolso da calça.
Minha mãe já estava quase querendo inspecionar, mas graças a
Deus acabou mudando de idéia. Protegido pelas trevas, caminhei
até o jardim de pedras e atirei a cabeça de rato na direção das terras da igreja. Vai ser comida por formigas e doninhas, acho.

Esses garotos devem me *odiar.*

Depois de uma partida de Noite-e-Dia, guardei os dardos e
voltei pra dentro de casa. Meu pai estava assistindo a um debate a
respeito da decisão de se permitir ou não a presença de mísseis de
cruzeiro americanos em solo britânico. Como a sra. Thatcher era
a favor, obviamente iria acontecer. Desde as Falklands ninguém
consegue dizer não pra ela. Aí alguém tocou a campainha, uma
coisa estranha pra uma noite de outubro. Meu pai deve ter imaginado que o cigano tinha voltado. — *Eu* cuido disso — anunciou,
e dobrou o jornal de um jeito meio escandaloso. Minha mãe soltou um *pfft* de desprezo, bem baixinho. Caminhei bem de fininho
até meu posto de espionagem na escada a tempo de ver meu pai
tirar a corrente da porta.

— Meu nome é Samuel Swinyard — (Era o pai do Gilbert
Swinyard.) — Tenho uma propriedade em Drugger's End. Tem
uns minutinhos?

— Mas é claro. Eu comprava árvores de Natal de você. Sou
Michael Taylor. Em que posso ajudar, senhor Swinyard?

— Pode me chamar de Sam. Estou recolhendo assinaturas
para um abaixo-assinado. Talvez você não saiba, mas a Câmara de
Malvern anda planejando criar um terreno para assentamento de
ciganos bem *aqui* em Black Swan Green. Não é coisa temporária.
É para ser permanente.

— É uma notícia *perturbadora.* Quando isso foi anunciado?

— Exatamente, Michael. *Nunca* foi anunciado! Estão tentando fazer tudo por baixo dos panos, pra que ninguém fique sabendo até que seja tarde demais! O plano é que esse terreno fique lá por Hake's Lane, perto do incinerador. Ah, esse povinho da Câmara de Malvern é muito esperto, se é. Não querem os ciganos no quintal *deles*, ah, isso não, muito obrigado. Reservaram terras pra *quarenta trailers*. Eles *dizem* que são quarenta, mas vão aparecer centenas quando o terreno ficar pronto, contando todos os parentes e agregados. Vai ficar igualzinho a Calcutá. Pode apostar.

— Onde eu assino? — Meu pai apanhou a prancheta e escreveu seu nome. — Por sinal, um desses ciganos... um desses marginais... apareceu por aqui hoje à tarde. Lá pelas quatro, no horário em que donas de casa e crianças geralmente estão sozinhas em casa, desprotegidas.

— Não fico nem um *pouquinho* surpreso. Eles andaram se metendo por todo lado nas bandas de Wellington Gardens. Casas mais antigas têm coisas mais valiosas pra mendigar, é assim que eles pensam. Mas, se essa idéia de assentamento seguir em frente, esse tipo de coisa vai acontecer *todo* santo dia! E, quando mendigar não for mais suficiente, eles vão tentar uns jeitos mais diretos de passar a mão na nossa prata, está me entendendo?

— Espero — meu pai devolveu a prancheta — que sua iniciativa esteja sendo bem recebida, Sam.

— Só três se negaram a assinar até agora, e pra mim esses aí têm sangue cigano. O vigário disse que não pode se envolver em *"pu-lítica partidária"*, mas a mulher dele se meteu na mesma hora e disse que *ela* não tem nada a ver com essas coisas de sacerdócio. Todo o resto do pessoal... assinou tão rápido quanto você, Michael. Na próxima quarta-feira vamos fazer uma reunião de emergência no centro comunitário, para discutir a melhor maneira de acabar com a festa desses trouxas da Câmara de Malvern. Posso contar com a sua presença?

* * *

Que *pena* eu não ter dito sim. Que *pena* eu não ter dito "Toma os meus trocados, pode afiar o que quiser agora mesmo, por favor". O amolador de facas ia ter tirado o equipamento dele bem aqui na nossa porta. Limas e lixas, sei lá, uma roda de amolar. Agachado, com o rosto brilhando de suor e enrugado como um duende, um brilho perigoso nos olhos. Uma garra fazendo a roda girar cada vez mais rápido, cada vez mais indistinta, outra garra aproximando as lâminas cegas cada vez mais perto, lentamente, *mais perto*, até a pedra encostar no metal e as faíscas brotarem enlouquecidas, um azul furioso, respingando, jorrando no anoitecer garoento escuro como Coca-Cola. Eu teria sentido o *cheiro* do metal quente. Teria ouvido ele gritar até ficar afiado. O amolador cuidaria das facas cegas, uma por uma. Uma por uma, velhas lâminas se tornariam mais novas do que nunca, ficariam mais assustadoras que a faca Bowie do Norman Bates, afiadas o bastante pra perfurarem músculo, osso, horas, medo, perfurarem idéias como *Esses garotos devem me* odiar. Afiadas o bastante para cortar *O que eles vão fazer comigo amanhã?* em fatias.

Nossa, que *pena* eu não ter dito sim.

Ser visto em público na companhia de qualquer um dos pais é muita bichice. Mas, como naquela noite um montão de garotos também estava indo com os pais pro centro comunitário, a regra não se aplicava. Das janelas do centro comunitário de Black Swan Green (construído em 1952) saía um brilho amarelo como manteiga. São três minutos de caminhada de Kingfisher Meadows até lá. Fica bem ao lado da escola da srta. Throckmorton. Antigamente a escola primária parecia *imensa*. Quando será que a gente consegue *finalmente* perceber o tamanho verdadeiro das coisas?

O centro comunitário fede a cigarros, cera, poeira, couve-flor e tinta. Se o sr. e a sra. Woolmere não tivessem guardado uns lugares pra gente na primeira fila, eu e meu pai ficaríamos bem no fundão. Eu só tinha visto o centro tão cheio na noite da peça de Natal em que eu fiz o papel de Moleque Esfarrapado de Belém. Os olhos do público refletiam as luzes do palco, como olhos de gato à noite. O Carrasco me fez hesitar em algumas falas importantes, pra indignação da srta. Throckmorton. Mas toquei o xilofone direitinho e também cantei direitinho *"Branco, Negro, Amarelo ou Vermelho, Venha Ver Jesus na Manjedoura"*. Ninguém trava quando canta. Naquela época a Julia usava aparelho nos dentes, que nem Dentes-de-Aço em *007: o espião que me amava*. Ela me disse que eu tinha um talento natural. Não era verdade, mas vindo dela foi tão legal que nunca consegui esquecer.

Mas, enfim, naquela noite o público estava histérico, como se uma guerra estivesse prestes a estourar. Fumaça de cigarros borrava todos os contornos. Estavam lá o sr. Yew, a mãe da Colette Turbot, o sr. e a sra. Rhydd, a mãe e o pai do Leon Cutler e o pai padeiro do Ant Little (que vivia em guerra com o pessoal da vigilância sanitária). Todos berravam e se esgoelavam pra serem ouvidos no meio dos berros e das pessoas se esgoelando. O pai do Grant Burch falava de como ciganos roubam cachorros pra fazer rinha e depois comem os bichos pra esconder a prova do crime. — Isso vive acontecendo em Anglesey! — concordou a mãe da Andrea Bozard. — Também vai acontecer aqui! — Ross Wilcox estava sentado entre o pai mecânico e a nova madrasta. O pai do Ross Wilcox é uma versão do filho em formato maior, mais magro e de olhos mais vermelhos. A madrasta do Wilcox não conseguia parar de espirrar. Tentei não ficar olhando pra eles, como alguém que tenta não vomitar fazendo de conta que isso não está prestes a acontecer. Mas era impossível. Em cima do palco, junto com o pai do Gilbert Swinyard, estavam Gwendolin Bendincks, a mulher do vigário, e Kit Harris, o professor do reformatório que mora com os cachorros lá na trilha pra cavalos. (Ninguém ia tentar roubar os cachorros *dele*.) Como Kit Harris tem uma mecha branca no cabelo preto, os garotos chamam ele de Texugo. Nosso vizinho, o sr. Castle, apareceu no corredor e sentou no último lugar. Fez um aceno de cabeça heróico pro meu pai e pro sr. Woolmere. Meu pai e o sr. Woolmere retribuíram. Aí o sr. Woolmere cochichou pro meu pai: "Não levou muito tempo pro velho Gerry entrar em ação...". Uma tira de papel de parede estava grudada na frente dos cavaletes. Dizia COMITÊ LOCAL PARA A CRISE CIGANA. As iniciais CLC e C estavam pintadas de vermelho-sangue. Todas as outras letras eram pretas.

O sr. Castle se levantou e metade do público ficou pedindo silêncio pras pessoas que não paravam de falar. No ano passado, quando Dean Moran, Robin South e eu estávamos jogando futebol, Moran deu um chutão e a bola foi parar no quintal dos Castle. Quando ele foi pedir de volta, o sr. Castle falou que a bola tinha esmagado uma rosa híbrida que valia trinta e cinco libras e que não ia devolver nada até que a gente pagasse pela rosa. Isso significava *nunca*, porque ninguém de treze anos tem trinta e cinco libras.

— Senhoras e senhores, moradores de Black Swan Green. Que tantos de vocês tenham enfrentado esta noite gelada já é em *si* uma prova da força do sentimento de nossa comunidade sobre a tentativa vergonhosa... *sem* vergonha... de nossos representantes eleitos para cumprir a — ele pigarreou — Lei de Terrenos para Caravanas de 1968, transformando nossa vila... o *lar* de todos nós... num reduto dos notórios "zíngaros", "ciganos", "romani" ou seja lá qual for o termo "moderno"... com um M *bem* minúsculo... em voga esta semana. Que *nenhum* desses representantes nos tenha concedido o privilégio de sua presença nesta noite é uma prova nada edificante — (Isaac Pye, proprietário do Black Swan, berrou: "Eles não vieram porque a gente ia *linchar* os infelizes ali no meio da praça!", e o sr. Castle ficou sorrindo como um tio muito paciente até as gargalhadas terminarem) —, é uma prova nada edificante de sua hipocrisia, de sua covardia, da fraqueza de seus argumentos. — (Aplausos. O sr. Woolmere gritou: "É assim que se fala, Gerry!".) — Antes de começarmos, o comitê dá as boas-vindas ao senhor Hughers, do *Malvern Gazetteer* — (na primeira fila, um homem com um bloco de anotações mexeu a cabeça) —, que abriu um espaço para nossa reunião em sua ocupada agenda. Estamos confiantes que seu relato do *escândalo* que está sendo tramado pelos criminosos da Câmara de Malvern será digno da reputação de imparcialidade de seu jornal — (parecia mais uma ameaça que uma declaração de boas-vindas) — Bem. É *inevitável* que *defensores* dos ciganos venham com a lengalenga "O que vocês têm contra essa gente?", ao que eu *respondo*: "Quanto tempo você me dá para responder? Vadiagem. Furto. Imundície. Tuberculose...". — Não prestei atenção no que ele falou depois. Fiquei pensando em como aquele pessoal *queria* que os ciganos fossem nojentos, pra que os moradores da vila parecessem exatamente o oposto daquela nojeira toda.

— Ninguém *nega* que os romanis precisam de uma residência fixa. — As mãos de Gwendolin Bendincks protegiam o coração. — Romanis são pais e mães, como nós. Romanis querem aquilo que *acreditam* ser o melhor para seus filhos, como nós. Deus é *testemunha* de que não tenho preconceito contra *nenhum* grupo de pessoas, por mais "estrambóticas" que sejam sua cor ou suas crenças, e tenho certeza de que o mesmo pode ser dito de todos os presentes. Somos todos cristãos. Realmente, sem dispor de uma residência fixa, como os romanis poderiam aprender as responsabilidades da cidadania?

De que *outro* modo poderíamos ensinar-lhes que a lei e a ordem garantem aos seus filhos um futuro mais promissor que uma vida de mendicância, venda de cavalos e crimes menores? Ou que comer *porco-espinho* simplesmente *não* é um ato civilizado? — Pausa dramática. (Pensei em como todos os líderes são capazes de perceber o que amedronta seu povo e transformar esse medo em arcos, flechas, mosquetes, granadas e bombas nucleares pra usar como bem entenderem. Poder é isso.) — Mas *por que*, oh, *por que* os detentores do poder acreditam que Black Swan Green é um local apropriado para tal "projeto"? Nossa vila é uma comunidade primorosamente equilibrada! Uma horda de forasteiros, *especialmente* se composta de, digamos assim, "famílias-problema", invadindo nossa escola e nosso posto médico acabariam por nos lançar ao *caos!* À *desgraça!* À *anarquia!* Não, o assentamento *precisa* ficar próximo de uma cidade grande o suficiente para absorver tais famílias. Uma cidade com infra-estrutura. Worcester ou, melhor ainda, Birmingham! Estamos mandando para a Câmara de Malvern uma mensagem de união e força. "Não *ousem* atirar *suas* responsabilidades em cima de *nós*. Podemos ser gente do campo, mas não somos de modo algum *caipiras* que podem ser *ludibriados!*" — Gwendolin Bendincks sorriu ao ser aplaudida de pé, como um homem com frio sorrindo em frente a uma fogueira.

— Sou um homem paciente — Samuel Swinyard estava de pé, com as pernas bem separadas e imóveis. — Paciente e tolerante. Sou fazendeiro e com orgulho. Um fazendeiro não é o tipo de gente que faz bochicho por nada — (deu pra ouvir uns resmungos bem-humorados). — Tô dizendo que eu nem seria contra um acampamento *permanente* e tudo o mais se esses aí *fossem* ciganos puros. O velho Abe, meu pai, contratava uns ciganos *puros* pra colheita. Quando eles se dedicam, até que dão duro e trabalham.

São pretos que nem os crioulos, com dentes fortes que nem de cavalo. Essa gente anda pelas Chiltern desde o dilúvio. Mas tem que ficar de olho. Às vez eles são safados como o diabo. Que nem na guerra, quando eles se vestiram de mulher ou fugiram todos pra Irlanda pra não precisarem ir pra Normandia. Mas pelo menos quando eles são ciganos *puros* a gente sabe com quem tá lidando, sabe o que pode esperar. Agora, eu estou aqui neste palco porque a maioria desse pessoal que fica andando por aí se *chamando* de cigano é um bando de vagabundo miserável e marginal que não ia reconhecer um cigano *puro* nem se ele esfregasse o — (Isaac Pye gritou "cu, Sam, *cu*!" e uma gargalhada que mais parecia um peido gigantesco estourou no fundo do salão) — *nariz* na cara deles. O *nariz*, Isaac Pye! Um monte de beatniks, de hippies e de malandros que ficam se dizendo "ciganos" pra ganhar dinheiro fácil! Uma gente *desinstruída* atrás de ajuda do governo. Oooh, agora eles querem lugar pra acampar com privada de verdade! Com um bando de assistentes sociais rodeando eles todos pra atender rapidinho qualquer pedido! Ué, que tal *eu* sair por aí me chamando de cigano pra ganhar essas coisas todas de graça, hein? Melhor que trabalhar pra ganhar o sustento! Porque se *eu* quisesse...

O alarme de incêndio soou.

Samuel Swinyard franziu o rosto, aborrecido. Ele não estava assustado, porque na verdade não existem alarmes de incêndio de verdade. Só simulações. Na semana passada fizeram uma simulação na escola. Precisamos sair da aula de francês de um jeito bem organizado e formar filas no parquinho. O sr. Whitlock ficou andando em volta da gente e berrando "Queimados! Todos vocês! TORRADINHOS! Deformados pra vida toda!". O sr. Carver formou um megafone com as mãos e gritou: "Pelo menos o Nicholas Briar não vai mais ser o único!".

Mas o alarme do centro comunitário continuou tocando, tocando, tocando.

As pessoas em volta começaram a falar "Mas que absurdo!" e "Será que não dá pra algum gênio desligar esse negócio?". Gwendolin Bendincks disse alguma coisa pro sr. Castle, que botou a mão em concha ao lado do ouvido pra dizer *Hein?* Gwendolin Bendincks repetiu o que tinha dito. *Hein?* Algumas pessoas já tinham se levantado e estavam olhando pra todo lado, bem ansiosas.

Cinqüenta gritos explodiram nos fundos do salão. — *FOGO!* Na mesma hora o centro comunitário virou um turbilhão de pânico.

Uma nuvem de gritos ferventes e berros fritos passou sobre a nossa cabeça. Cadeiras saíram voando e chegaram a quicar. *"Os ciganos botaram fogo no centro!"* Aí as luzes se apagaram. *"Saiam! Saiam!"* Naquela escuridão terrível, meu pai me puxou pra perto de si (o zíper do casaco dele machucou meu nariz), como se eu fosse um bebê. A gente ficou imóvel bem no meio da confusão. Dava pra sentir o cheiro de desodorante no sovaco do meu pai. Um sapato chutou minha canela. Uma luz de emergência trêmula se acendeu. Graças a ela, enxerguei a sra. Rhydd esmurrando a saída de emergência. *"Trancada! Esta porcaria está trancada!"* O pai do Wilcox abria caminho dando peitaços. *"Quebrem as janelas! Quebrem essas malditas janelas!"* Só Kit Harris permanecia calmo. Contemplava a multidão como um eremita contemplando uma floresta silenciosa. A mãe da Colette Turbot deu um berro quando um colar de pérolas enormes estourou e as pérolas saíram quicando pelo meio de centenas de pés. *"Você está esmagando a minha mão!"* Uma parede de moradores se movia pra cima, pra baixo, pra todos os lados. Não existe animal mais perigoso que uma multidão sem líder.

— Está tudo bem, Jason! — Meu pai me apertava com tanta força que eu mal conseguia respirar. — Estou com você!

Na verdade, a casa do Dean Moran são duas casinhas em péssimo estado transformadas num lugar só. É tão antiga que o banheiro fica do lado de fora. Como mijar no pasto que fica ao lado da casa é mais agradável, é isso que costumo fazer. Hoje desci do ônibus da escola com o Dean em Drugger's End, porque a gente ia jogar no Sinclair zx Spectrum de 16k dele. Mas como a Kelly, irmã do Dean, tinha sentado em cima do gravador de manhã, a gente não teve como jogar coisa nenhuma. Kelly cuida do balcão de doces da Woolworths de Malvern. Quando ela senta em cima de algo, essa coisa nunca mais será a mesma. Aí o Dean sugeriu que a gente fosse pro quarto dele e tentasse modificar o Jogo da Operação. As paredes do quarto do Dean são forradas de pôsteres do West Bromwich Albion. Esse time vive sendo rebaixado, mas Dean e o pai dele sempre torceram pro West Brom e ponto final. No Jogo da Operação você precisa tirar ossos do corpo de um paciente. Se encostar em alguma outra coisa com a pinça, o nariz do paciente buzina e você não ganha o dinheiro da cirurgia. A gente tentou modificar a fiação do jogo pra usar uma pilha gigante. Aí quem encostasse a pinça em alguma coisa além dos ossos seria eletrocutado. Acabamos destruindo pra sempre o Jogo da Operação e o paciente, mas o Dean falou que fazia um tempão que ele já tinha enchido o saco daquele jogo. Saímos da casa e criamos um campo de golfe maluco usando tábuas, canos e ferraduras velhas que encontramos no pomar cheio de mato nos fundos do quintal do Dean. Cogumelos cheios de babados que pareciam malignos tinham nascido no tronco podre. Um gato cinza-lua ficou olhando pra gente do telhado da casinha do banheiro. Achamos dois tacos, mas nenhuma bola, nem mesmo no galpão que parecia não ter fundo. Mas a gente *achou* um tear quebrado e o esqueleto de uma motocicleta. — E que *tal* — sugeriu Dean — a gente dar uma olhadinha no fundo do poço?

O poço estava fechado com a tampa de uma lata de lixo

coberta com uma pilha de tijolos. Era pra impedir que Maxine, a outra irmã do Dean, caísse lá dentro. Tiramos os tijolos, um por um. — Em noites sem lua, quando não tem vento, dá pra ouvir a voz de uma garotinha se afogando.

— Tá bom, Dean. Sei.

— Juro sobre o túmulo da minha avó! Uma garotinha se afogou nesse poço. Antes de o resgate chegar, ela acabou puxada pro fundo pelas anáguas e coisa e tal.

Eram muitos detalhes pra ser mentira. — Quando?

Dean tirou o último tijolo. — Nos tempos de antigamente.

Olhamos pra baixo. Nossa cabeça parecia sepultada no espelho imóvel. Era o silêncio e o frio de um túmulo.

— É muito fundo?

— Não sei. — O poço é como um elástico que puxa as palavras pra baixo e depois catapulta ecos pra cima. — Uma vez eu e a Kelly amarramos chumbada numa linha de pesca e fomos baixando, sabe? E depois de cinqüenta metros a linha *continuava* descendo.

Pensei em cair ali dentro e minhas bolas se esconderam.

A escuridão úmida de outubro deitava ao redor do poço.

— *Mamãe*. — Uma voz de gatinha atirou a gente longe. — NÃO SEI NADAR!

Eu me caguei. Me *caguei*.

O sr. Moran *morreu* de rir.

— Pai! — resmungou Dean.

— Desculpem, rapazes, não consegui resistir. — O sr. Moran enxugou os olhos. — Eu só vim plantar os narcisos do ano que vem, mas escutei a conversa de vocês e *não consegui* resistir!

— Olha, na verdade eu até prefiro — Dean recolocou a tampa — que não tenha resistido!

* * *

O pai do Dean armou a mesa de pingue-pongue equilibrando uma fila de livros em pé bem no meio da mesa da cozinha. A gente usou livros infantis da Ladybird como raquetes. (O meu era *Os elfos e o sapateiro* e Dean jogou com *Rumpelstiltskin*.) Aposto que a gente parecia uns retardados, especialmente o sr. Moran, que jogou segurando uma latinha de Dr. Pepper. (Dr. Pepper parece xarope Benylin com gás.) Mas foi divertido demais. Bem melhor que a minha tevê portátil, sem dúvida. Maxine, a irmãzinha do Dean, ficou anotando os pontos. A família inteira chama ela de Mini Max. No jogo, quem vencia continuava na mesa. A mãe do Dean voltou do asilo de velhos onde ela trabalha, em Malvern Road. Deu só uma olhada pra gente, falou "Frank Moran", e acendeu uma lareira que tinha cheiro de amendoim torrado. Meu pai diz que lareiras de verdade dão tanto trabalho que não valem a pena, mas o pai do Dean falou com uma voz de escocês: "*Nuuunca* compre uma casa sem *cham-min-né*". A sra. Moran prendeu o cabelo num coque usando uma agulha de tricô e me deu uma surra, 21 a 7. Em vez de continuar jogando, ela começou a ler o *Malvern Gazetteer* em voz alta: BOLINHOS QUEIMADOS CAUSAM ANARQUIA NO CENTRO COMUNITÁRIO! — "Nesta quarta-feira os moradores de Black Swan Green aprenderam que pode haver fumaça sem fogo. A reunião inaugural do Comitê Local para a Crise Cigana, organizado pelos moradores da vila com o intuito de combater a proposta da criação de um terreno para assentamento de ciganos em Hakes Lane, Black Swan Green, foi interrompida por um alarme de incêndio que gerou uma confusão frenética..." Ora, *ora*, vejam só — (o artigo em si não era engraçado, mas a sra. Moran lia o texto com uma voz de jornalista caipira que fazia a gente se *mijar* nas calças). — "Serviços de emergência deslocados para o local descobriram que o alarme fora acionado pela fumaça de uma torradeira. Quatro pessoas receberam cuidados médicos devido a ferimentos causados pela confusão. A testemunha Gerald Castle, de Kingfisher Meadows, Black Swan Green..." É seu vizinho, não é, Taylor? "... contou ao *Gazetteer*: "Posso dizer que é um milagre que ninguém tenha ficado aleijado". Ah, desculpe, eu não devia estar rindo. Na verdade não tem nada de engraçado. Você chegou a ver essa tal confusão, Jason?

— Sim, meu pai me levou. O centro comunitário estava *lotado*. Vocês não foram?

O sr. Moran ficou muito sério. — Sam Swinyard apareceu querendo minha assinatura, mas neguei educadamente. — A conversa tomou um rumo diferente. — Ficou impressionado com o nível do debate, Jason?

— O pessoal parecia bem contra o assentamento.

— Ah, sem dúvida! Essas pessoas não fazem nada enquanto os sindicatos pelos quais seus avós *morreram* são desmantelados por aquela criatura da Downing Street, mas, assim que farejam qualquer ameaça ao preço dos imóveis, partem para a ação mais rápido que *qualquer* revolucionário!

— Frank — disse a sra. Moran, como se fosse um freio de mão.

— *Eu* não me envergonho que Jason saiba que tenho sangue cigano nas veias! Meu avô era cigano, Jason. É por *isso* que não fomos à reunião. Ciganos não são anjos, mas também não são demônios. Não são muito diferentes de fazendeiros, carteiros ou proprietários de imóveis, no fim das contas. Seria ótimo se os deixassem em paz.

Como não consegui pensar em nada pra dizer, só concordei com a cabeça.

— Conversa fiada não vai pôr o jantar na mesa — disse a sra. Moran, e se levantou. O sr. Moran pegou o *World Puzzler's Weekly*, que tem moças de biquíni na capa mas nenhuma mulher pelada dentro. Maxine, Dean e eu guardamos os livros da Ladybird enquanto o cheiro de pernil defumado e cogumelos tomava conta da pequena cozinha. Ajudei Dean a colocar a mesa, pra adiar minha hora de ir pra casa. A gaveta de talheres dos Moran não é dividida cientificamente como a nossa. É uma bagunça só. — Vai ficar para comer, Jason? — a mãe do Dean estava descascando batatas. — *Milady* Kelly me ligou no trabalho. Vai sair com os colegas para comer alguma coisa depois do trabalho, é aniversário de alguém. Temos lugar para mais um.

— Vamos — encorajou o pai do Dean. — Ligue para a sua mãe do nosso telefone.

— Melhor não. — Na verdade eu *adoraria* ficar, mas minha mãe tem chiliques quando eu não marco jantares na casa de outros garotos com semanas de antecedência. Meu pai também chega quase a virar um policial, como se isso fosse uma ofensa grave o bastante pra merecer alguma coisa além de cara feia. E isso porque hoje em dia *meu pai* janta mais em Oxford do que lá em casa. — Obrigado por terem me recebido.

O anoitecer tinha sugado a neblina pra fora do solo. Semana que vem os relógios atrasam. Logo minha mãe ia voltar de Cheltenham, mas eu não estava com pressa nenhuma. Aí fiz o caminho mais longo, pela vendinha do sr. Rhydd. Achei que corria menos risco de topar com o pessoal do Ross Wilcox se evitasse a entrada de Wellington Gardens. Mas, assim que passei pelo portão da igreja Saint Gabriel, berros de garotos escorreram pra fora do quintal da Colette Turbot. Mau sinal.

Mau sinal mesmo. Mais adiante estavam Ross Wilcox em pessoa, Gary Drake e mais uns dez ou quinze garotos. E também uns garotos mais velhos, como Pete Redmarley e os irmãos Tookey. Tinha começado uma guerra. Castanhas serviam de balas, maçãs silvestres e peras maduras de artilharia pesada. A munição era transportada em bolsas feitas de suéteres virados do avesso. Uma bolota de carvalho perdida passou apitando bem ao lado da minha orelha. Antigamente eu teria escolhido o lado com o maior número de garotos populares, mas agora não era mais "antigamente". Era provável que os gritos virassem *"P-p-pe-peguem o T-t-tttaylor!"* e os dois exércitos abrissem fogo contra mim. Se eu tentasse fugir correndo, daria início a uma caça à raposa por toda a vila. Wilcox seria o líder dos caçadores e eu a raposa.

Por isso me escondi no abrigo de ônibus coberto de hera antes que alguém me visse. Antigamente os ônibus pra Malvern, Upton e Tewkesbury passavam por ali, mas quase todas as linhas foram canceladas por causa das demissões. O abrigo foi tomado por casais e pichadores. Frutas quicavam na frente da entrada. Aí me dei conta de que eu tinha me encurralado. O exército do Pete Redmarley recuava na minha direção, perseguido pela turma de Gary Drake e Ross Wilcox e seus gritos de guerra. Dei uma olhada pra fora. Uma maçã vermelha explodiu com tudo contra a cabeça do Errado, a três metros de distância. Em poucos segundos eles entrariam no abrigo e me encontrariam escondido. Ser encontrado escondido é pior que apenas ser encontrado.

Errado tirou uns pedaços de maçã do olho e olhou pra mim.

Cagado de medo de que ele me denunciasse, coloquei um dedo na frente da boca.

A careta de Errado virou um sorriso. Ele colocou um dedo na frente da boca.

Saí correndo pra fora do abrigo e cruzei a Malvern Road. Como não tinha tempo de encontrar uma trilha, pulei no meio do mato. Era azevinho. Eu c minha sorte. Afundei no meio das folhas pontiagudas. Arranhei o pescoço e a bunda, mas arranhões não doem tanto quanto ser humilhado. Por um milagre inacreditável, ninguém berrou meu nome. A batalha se espalhou pro meu lado e chegou tão perto do meu esconderijo que escutei Simon Sinton resmungando ordens pra si mesmo. O abrigo de ônibus que eu tinha abandonado vinte segundos antes virou uma casamata.

— Croome! Isso *doeu, sua bicha*!

— Ah, doeu, é? Coitadinho do Robin South! *Desculpa*!

— Vamos lá, pessoal! Mostrem pra eles quem *manda* nesta vila!

— Matem eles! Massacrem! Joguem num buraco! Enterrem todo mundo!

As forças de Pete Redmarley se agruparam. A batalha continuou feroz, mas acabou chegando a um impasse. O ar ficou espesso com os projéteis e os gritos dos feridos. Wayne Nashend começou a procurar munição a pouco mais de um metro do meu esconderijo. Parecia que a guerra tinha se espalhado pra dentro da floresta. Minha única saída era me embrenhar ainda mais.

A floresta me convidava a seguir em frente, passo a passo, como se eu estivesse pegando no sono. Samambaias acariciavam minha testa e cutucavam meus bolsos. *Ninguém sabe que você está aqui*, as árvores murmuravam, dando os primeiros passos pro inverno.

Garotos que são azucrinados agem como se fossem invisíveis pra reduzir as probabilidades de serem notados e azucrinados. Pessoas que travam agem como se fossem invisíveis pra reduzir o risco de serem obrigadas a falar algo que não conseguem. Garotos com pais que vivem discutindo agem como se fossem invisíveis pra não darem início a outra briga. Sou Jason Taylor, o Garoto Triplamente Invisível. Nem mesmo *eu* tenho visto o verdadeiro Jason Taylor ultimamente, a não ser quando estamos escrevendo um poema, ou às vezes num espelho, ou *logo* antes de cair no sono. Mas na floresta ele aparece. Galhos que lembram tornozelos, raízes que lembram dedos, trilhas que podem ser outra coisa, vestígios de texugos ou de romanos, um lago que vai congelar assim que for janeiro, uma caixa de charutos feita de madeira pregada no tronco de um plátano secreto, onde certa vez a gente planejou construir uma casa na árvore, silêncio cheiodeavesegalhospartidos, samambaias-do-mato dentadas e lugares que você não consegue encontrar se não estiver sozinho. O tempo na floresta é mais antigo que o tempo nos relógios, e mais verdadeiro. Fantasmas Daquilo que Poderia Ser correm soltos pela floresta, assim como pelas papelarias e constelações. Florestas não dão a mínima pra cercas ou limites. Florestas *são* cercas e limites. *Não tenha medo. Você enxerga melhor no escuro.* Eu adoraria trabalhar com árvores. Hoje em dia não existem mais druidas, mas existem guardas-florestais. Quero ser guarda-florestal na França. Que árvore se importa se você não consegue desembuchar algumas palavras?

Essa emoção druídica que sinto na floresta é tão empolgante que me dá vontade de cagar. Usando uma pedra chata, cavei um buraco no meio de uns arbustos com folhas que parecem luvas de cozinha. Baixei a cueca e me agachei. Cagar ao ar livre, que nem um homem das cavernas, mata a pau. Deixe sair, *tup*, um ruído sutil nas folhas secas. Cagar agachado é bem mais fácil que cagar em banheiros. E a merda é bem mais orgânica e fumegante ao ar livre. (Meu único medo é que moscas-varejeiras voem pra dentro do meu cu e botem ovos no meu intestino. Aí as larvas vão sair dos ovos e subir até meu cérebro. Meu primo Hugo contou que isso aconteceu com um garoto americano chamado Akron Ohio.) — Será que é normal falar sozinho no mato desse jeito? — perguntei em voz alta só pra ouvir minha voz. Um pássaro *tão* próximo que podia estar empoleirado numa das voltas da minha orelha cantou de um jeito que parecia uma flauta soando dentro de um vaso. Eu *tremi* por possuir uma coisa tão impossível de possuir. Se eu tivesse como entrar naquele momento, naquele vaso, e *nunca* mais sair, teria feito isso.

Mas eu continuava agachado e minhas panturrilhas estavam doendo, aí eu mexi. O pássaro impossível de possuir se assustou e desapareceu pra dentro de um túnel de gravetos e *agoras*.

Eu tinha acabado de limpar a bunda com folhas que pareciam luvas de cozinha quando um cachorro *imenso*, grande como um urso, praticamente um lobo marrom e branco, saiu do meio da samambaia-do-mato.

Achei que eu ia morrer.

Mas o lobo pegou minha mochila da Adidas com os dentes, muito calmo, e saiu trotando pela trilha.

É só um cachorro, tremeu o Verme, *ele já foi embora, está tudo bem, estamos a salvo.*

Um gemido de defunto escapou de dentro de mim. Seis cadernos de exercícios, incluindo o caderno do sr. Whitlock, mais três livros. Perdidos! O que eu ia dizer pros professores? "Desculpa, professor. Um cachorro levou minha mochila embora." O sr. Nixon ia promover a volta da palmatória só pra castigar minha falta de originalidade.

Quando já era tarde demais, eu me levantei e tentei sair atrás dele, mas meu cinto militar se sacudiu, aberto, minhas calças escorregaram e eu caí de bunda pra cima como se estivesse num filme do Gordo e o Magro. Folhas mofadas na cueca, um graveto no nariz.

Tudo que eu podia fazer era seguir na mesma direção que o cachorro havia tomado, atento a manchas brancas trotando pelo meio das árvores atrás de manchas brancas. O sarcasmo do Whitlock duraria pra sempre. A fúria da sra. Coscombe seria mais quente que um forno. A descrença do sr. Inkberrow seria tão inflexível quanto sua régua. *Merda, merda, merda.* Primeiro todos os garotos me declaram um caso perdido, agora metade dos professores iria pensar que sou um desperdício de espaço. "E o que você estava fazendo na floresta àquela hora?"

Uma coruja? Ali estava uma clareira escondida que eu conhecia do tempo em que os garotos da vila brincavam de jogos de guerra na floresta. A gente levava aquilo muito a sério, com prisioneiros de guerra, cessar-fogo, bandeiras que o outro lado precisava roubar (meias de futebol amarradas num pedaço de pau) e regras de combate que eram metade pique, metade judô. Eram bem mais sofisticadas que aquelas Batalhas de Passchendaele da Malvern Road. Quando os marechais escolhiam os soldados, eu era bem disputado, porque sempre matei a pau na hora de fugir e subir em árvores. Esses jogos de guerra eram matadores. Fazer esportes na escola não é a mesma coisa. Esportes não deixam você ser alguém que você não é. Agora os jogos de guerra estão extintos. Fomos os últimos. Sem contar o lago onde as pessoas levam os cachorros pra passear, as trilhas na floresta diminuem a cada estação. Vários caminhos desapareceram atrás de cercas levantadas por fazendeiros ou sumiram por trás de arbustos. Quando são deixadas a sós, as coisas ficam densas e espinhosas. As pessoas andam muito preocupadas com garotos brincando por aqui à noite, como a gente fazia antigamente. Não faz muito tempo que um garoto que vendia jornais chamado Carl Bridgewater foi assassinado em Gloucestershire. Gloucestershire fica aqui do lado. A polícia encontrou o corpo dele numa floresta que nem esta.

Pensar em Carl Bridgewater me deixou um pouco assustado. Um pouco. Um assassino pode *largar* um cadáver numa floresta, mas seria um lugar bem idiota pra ficar à espreita de vítimas. Este mato de Black Swan Green não é a floresta de Sherwood nem o Vietnã. Tudo que eu precisava fazer pra chegar em casa era voltar pelo mesmo caminho que tinha vindo ou seguir caminhando até chegar a campo aberto.

Mas sem a mochila da Adidas?

Duas vezes enxerguei um borrão branco e pensei "*o cachorro*"!

Da primeira vez era só uma bétula branca. Na segunda, uma sacola de plástico.

Era inútil.

Cheguei à beirada da antiga pedreira. Eu tinha esquecido da pedreira desde que os jogos de guerra tinham acabado. Nem era uma altura tão grande, mas ninguém ia gostar de sair rolando por ali. O fundo era um tipo de bacia de três lados com uma trilha que saía de lá e ia até Hakes Lane. Ou era Pig Lane? Fiquei surpreso ao perceber luzes e vozes lá embaixo. Contei cinco ou seis *trailers*, mais *motor homes* e um caminhão, uma carreta pra transportar cavalos, um furgão Hillman e uma moto com *sidecar*. Ouvi o barulho de um gerador. *Ciganos*, pensei. *Só pode ser*. Olhando diretamente pra baixo do ponto onde eu estava, dava pra enxergar uns sete ou oito vultos sentados em volta de uma fogueira enorme. E uns cachorros também.

Nenhum sinal do lobo que tinha me roubado e nenhum sinal da mochila da Adidas. Mas sem dúvida era mais provável que a mochila estivesse lá do que em qualquer outro canto da floresta. O problema era: como um garoto que mora numa casa de quatro dormitórios e janelas com vidraças isolantes da Everest em Kingfisher Meadows conseguiria falar com ciganos e acusar os cachorros deles de roubar coisas?

Eu *precisava* fazer isso.

Como ia conseguir? Eu tinha ido àquela reunião do Comitê Local para a Crise Cigana. Mas e a minha *mochila*? Bem, o mínimo que eu podia fazer era chegar ao acampamento pela trilha principal, pra não acharem que eu estava espionando.

— Você vai passar a noite toda espionando a gente, é?

Se o pai do Dean Moran me fez escorregar cinco cagalhões, isso fez descer mais *dez*. Um rosto de nariz quebrado apareceu na escuridão sólida às minhas costas. Que pavor. — Não — acho que comecei a explicar —, eu só achei... — Mas nem terminei a frase, porque dei um passo pra trás.

Vazio.

Pedras, solo deslizando, eu deslizando com ele, pra baixo e rolando e (*Se você só quebrar uma perna vai ser sorte*, comentou o Gêmeo Inexistente) rolando e pra baixo e (*"Caráio!"* e *"Cuidado!"* e *"CUIDADO!"*, gritaram humanos de verdade) e pra baixo e rolando e (dados num copo) rolando e pra baixo e (caravanas chamas clavículas) ar *martelado* pra fora dos pulmões quando finalmente parei.

Cachorros enlouqueciam a poucos centímetros de mim.

— MAS CAI TUDO FORA DAQUI, SEUS BICHO SAFADO!

Cascatas de pedrinhas e terra finalmente me alcançaram.

— Bem — uma voz rouca quis saber. — De onde diabo *ele* caiu?

Era como na tevê, quando alguém acorda no hospital e rostos começam a surgir de todos os lados, mas era ainda mais assustador por causa da escuridão. Eu sentia dor em vinte partes do corpo. Como era uma dor de arranhão e não de corte, imaginei que ainda dava pra andar. Minha visão girava que nem uma máquina de lavar roupa no final do último ciclo. — Um moleque rolou do alto da pedreira! — vozes gritavam. — Um moleque rolou do alto da pedreira! — Mais gente surgiu à luz da fogueira. Pessoas desconfiadas, quase hostis.

Um velho falou alguma coisa numa língua estrangeira.

—*Ainda* num precisa enterrar! Ele num caiu dum penhasco!

— Está tudo bem. — Minha boca estava cheia de terra. — Eu estou bem.

— Consegue levantar, garoto? — quis saber alguém que estava mais perto de mim.

Tentei, mas o chão ainda não tinha parado de rolar.

— Está com a perna bamba — declarou a voz rouca. — Sossega o rabo ali na fogueira por um tempinho, *mush*. Ei, alguém ajuda aqui...

Dois braços me ajudaram a dar os poucos passos que me separavam da fogueira. Mãe e filha, as duas de avental, saíram de um *trailer* de onde escapava o som do noticiário *Midlands Today*. Ambas pareciam osso duro de roer. Uma delas tinha um bebê no colo. Uns garotos se acotovelavam pra me ver melhor. Pareciam mais agressivos e cascas-grossas que *qualquer* garoto da minha turma, até mesmo que o Ross Wilcox. Chuva, resfriados, brigas, valentões, entregar a lição de casa. Esses garotos não se preocupavam com esse tipo de coisa.

Um adolescente continuou entalhando um pedaço de madeira, sem prestar a mínima atenção em mim. A luz da fogueira se refletia na lâmina precisa da faca. Metade do rosto dele estava escondida por uma cabeleira desgrenhada.

O homem rouco se transformou no amolador de facas. Isso me deixou um pouco mais tranquilo. Só um pouco. Uma coisa era ele aparecer na minha porta, outra era eu chegar rolando até ali.

— Desculpem por... obrigado, mas acho melhor eu ir embora.

— *Peguei* ele na tampinha, Bax. — O Garoto do Nariz Estourado chegou deslizando de bunda pelo barranco. — Mas o *tonto* caiu sozinho! Eu nem empurrei! Mas devia ter feito isso! Estava espionando a gente, esse espião safado!

O Amolador de Facas olhou pra mim. — Ainda num está na hora de ir, *chavvo*.

— Isso vai, hã — (o Carrasco bloqueou "parecer") — soar esquisito, mas eu estava no mato ali perto da Saint Gabriel... a igreja... e tinha acabado de — (o Carrasco bloqueou "parar") — sentar no chão quando um cachorro — (Deus do céu, aquilo soava *tão* patético) —, um cachorro *enorme* apareceu do nada, abocanhou minha mochila e saiu correndo — (nenhum sinal de compreensão em nenhum dos rostos). — Dentro da mochila estão todos os meus livros e cadernos da escola. — O Carrasco estava me fazendo escolher palavras, como se eu fosse um mentiroso. — Aí eu segui o cachorro... bem, eu tentei, mas aí ficou escuro e a trilha, bem, era mais ou menos uma trilha, me levou até... — Apontei pra cima, atrás de mim. — Lá em cima. Aí eu vi vocês aqui, mas eu não estava *espionando* — (até o nenê parecia suspeitar de mim). — Sério, eu só queria a minha mochila de volta.

O entalhador continuava entalhando.

Uma mulher quis saber: — E o que você estava fazendo no mato, hein?

— Eu estava me escondendo. — Só a verdade desagradável servia.

— Escondendo? — insistiu a filha dela. — De quem?

— De uns garotos. Uns garotos da vila.

— E o que você fez pra eles? — perguntou o Garoto do Nariz Estourado.

— Nada. Eles só não gostam de mim.

— Por que não?

— Como é que eu vou saber?

— É *claro* que você sabe!

É claro que eu sei. — Eu não sou um deles. Pronto. Não precisa mais que isso.

Senti um galor gosmento na mão. Era um vira-lata dentuço. Um homem com cabelo oleoso penteado pra trás e costeletas deu risada falando com um homem mais velho. — Tinha que ter visto a sua cara, Bax! Quando o moleque apareceu rolando de repente!

— Fiquei mortinho de medo! — O velho jogou uma latinha de cerveja na fogueira. — E num tenho vergonha de *assumir*, Clem Ostler. Achei que era um vampiro, um *mulo* lá do cimitério. Ou talvez um ganjão atirando forno e geladeira em cima da gente como naquela vez lá pros lado de Pershore. Não, este lugar aqui nunca me cheirou muito bem — (Ou os ciganos distorcem totalmente as palavras, ou têm suas próprias palavras pras coisas.) — Esse aí — (ele me indicou com a cabeça, desconfiado) — bisbilhotando a gente é uma prova.

— Se achava que a mochila estava com nós — o Amolador de Facas começou a falar comigo —, num seria mais educado *perguntar*?

— Achou que você ia ser assado vivo no espeto, é? — Os antebraços da mulher eram grossos como cabos de aço. — Todo mundo sabe que cigano *adora* um ganjão assado, é ou num é?

Encolhi os ombros, destruído. O entalhador seguia entalhando. Fumaça de lenha e combustível, corpos e cigarros, salsichas e feijão, esterco agridoce. A vida dessas pessoas é mais livre que a minha, mas a minha é dez vezes mais confortável e eu provavelmente vou viver mais tempo que eles.

— Diz uma coisa — falou um baixinho sentado num trono feito de pneus empilhados. — E se a gente te ajudar a procurar essa tal mochila? O que você dá pra gente?

— Vocês *estão* com ela?

O Garoto de Nariz Estourado devolveu: — Você está acusando meu tio?

— Calma aí, Al — bocejou o Amolador de Facas. — Até agora o moleque num fez mal nenhum pra nós. Mas ele pode ganhar uma ajudinha contando se aquele furdunço no centro comunitário quarta-feira tinha a ver com o "assentamento permanente" que a Câmara está querendo fazer em Hakes Lane. Metade das alma de Black Swan Green estava lá, parecia lata de sardinha. Nunca tinha visto coisa igual.

Ser honesto e confessar muitas vezes são a mesma coisa. — Tinha, sim.

376

O Amolador de Facas se endireitou com um ar satisfeito, como se tivesse vencido uma aposta.

— E *você* também estava lá? — perguntou o cigano chamado Clem Ostler.

Hesitei demais. — Meu pai me levou. Mas a reunião foi interrompida na metade porque...

— Descobriram tudo sobre a gente, foi? — quis saber a filha.

— Não muito. — Era a coisa mais segura a dizer.

— Esses ganjão — Clem Ostler semicerrou os olhos — num sabem é nada sobre a gente. E os "especialista" sabem menos ainda.

Bax, o velho, concordou com a cabeça. — Mandaram a família do Mercy Watts pra um desses "assentamento oficial" lá pros lado de Sevenoaks. Tem aluguel, fila, lista, guarda. É tudo um conjunto habitacional sobre roda, isso sim.

— É a grande piada dessa história! — O Amolador de Facas mexeu na fogueira. — O pessoal da vila está com medo, mas a *gente* não está nada interessado nesse negócio de terreno. Essa história toda tem a ver com aquela nova lei safada.

— Que nova lei é essa, tio? — quis saber o Garoto do Nariz Estourado.

— É assim, ó. Se a Câmara num fizer um número mínimo desses terreno, a lei diz que a gente pode ficar acampado onde quiser. Mas, se a Câmara *fizer* esse número mínimo, pode mandar os polícia pra cima de nós se a gente estiver acampado num lugar que *num* seja um desses assentamento permanente. É essa a moral desse lugar pros lado de Hakes Lane. Num tem nada a ver com bondade.

— Vocês falaram *disso* na reunião, é? — A mãe fez cara feia pra mim.

— Assim que prenderem a gente num lugar — Clem Ostler nem me deixou responder —, vão começar a enfiar nossos moleque nas escola deles, transformando todo mundo em gente educada e *bem mansinha*. Todo mundo vai ficar cheio de *num-me-*

toque, preso dentro de casa de tijolo. Tudo isso pra apagar a gente da face da Terra, que nem Adolf Hitler tentou fazer. Ah, claro, querem fazer tudo devagarzinho, de um jeito mais delicado, mas é isso que eles estão querendo.

— "Assimilação." — o Garoto de Nariz Estourado olhou pra mim. — É assim que os assistente social fala, né?

— Hã. — Dei de ombros. — Não sei.

— Achou estranho um cigano saber uma palavra dessas? Você num sabe quem eu sou, né? Ah, mas eu lembro de *você*. Nós dois estudamo naquela escola de pirralho na vila. Como era mesmo o nome da professora? Frogmartin, Figmortin, um troço assim. Você era meio gaguinho naquela época, né? A gente brincava daquele jogo, o jogo da Forca.

Minha memória me soprou o nome do garoto cigano. — Alan Wall.

— É esse o meu nome, Gaguinho. Tenta num gastar.

"Gaguinho" já era melhor que "Espião".

— Ó — a mãe acendeu o cigarro —, o que me *dá* nos corno é ver os ganjão falando que *a gente* é sujo, mas quem tem privada no mesmo quarto onde se lavam é *eles*! E eles *também* ficam usando sempre a mesma colher, o mesmo copo, até a água do banho. Num jogam o lixo por aí pra natureza dar conta do recado, num fazem nada disso. Eles *guardam* tudo que é porcaria numas *caixa*, pra apodrecer! — Ela tremia. — Dentro das casa!

— E dormem com os bicho. — Clem Ostler mexeu na fogueira. — Se fosse só cachorro já era nojento, mas *gato*? Pulga, sujeira, pêlo, tudo na mesma cama. Num é verdade? Hein, Gaguinho?

Fiquei pensando em como os ciganos *queriam* que a gente fosse nojento, pra que eles parecessem exatamente o oposto daquela nojeira toda. — Tem gente que *deixa* os bichos de estimação dormirem na mesma cama, claro, mas...

— E tem mais. — Bax cuspiu na fogueira. — Hoje em dia os *ganjão* num casam com uma moça e aí ficam pra sempre com ela. Com esses divórcio, trocam de mulher mais rápido que trocam de carro. Num estão nem aí pras promessa de casamento — (todo mundo em volta da fogueira estalou a língua ou mexeu a cabeça, menos o entalhador. Eu já estava achando que ele era surdo ou mudo). — Que nem aquele açougueiro de Worcester que se divorciou da Becky Smith quando ela ficou muito caída.

— Um ganjão cai em cima de *qualquer* coisa, casada ou solteira, viva ou morta — continuou Clem Ostler. — São tudo bicho no cio. Fazem em qualquer lugar, a qualquer hora, no carro, no beco, na rua, em *qualquer* lugar. E depois chamam *nós* de "anti-social".

Todo mundo escolheu a mesma hora pra olhar pra mim.

— Por favor. — Eu não tinha nada a perder. — Alguém viu a minha mochila da escola?

— Agora é "mochila da escola", é? — O Homem dos Pneus pegou no meu pé. — "Mochila da escola"?

— Ah, vê se vocês acaba logo com o sofrimento do garoto — murmurou o Amolador de Facas.

O Homem dos Pneus ergueu a mochila da Adidas. — Uma mochila assim? — (Engoli um *Ah* de alívio.) — Pode pegar, Gaguinho! Nunca que um livro ensinou ninguém a ser mais esperto. — Um círculo de mãos transportou a mochila até onde eu estava.

Obrigado, disse o Verme. — Obrigado.

— Fritz num é de escolher o que traz pra casa — assobiou o Homem dos Pneus. O lobo que tinha me roubado surgiu da escuridão. — Fritz é do meu irmão. Né, Fritz? Está comigo até o mano voltar de Kiddyminster. Tem perna de galgo e miolo de *collie*, né,

Fritz? Vou sentir falta. É só botar o Fritz depois duma cerca que ele busca um faisão bem gordo ou uma lebre sem a gente dar um passo depois da placa de "Entrada Proibida". Né, Fritz?

O garoto entalhador se levantou. Todo mundo em volta da fogueira olhou pra ele.

Ele me atirou um negócio pesado. Apanhei.

Era borracha. Talvez um dia tenha sido parte de um pneu de trator. O garoto tinha esculpido o pedaço de borracha na forma de uma cabeça do tamanho de um *grapefruit*. Parecia coisa de vodu, mas era sensacional. Acho que uma galeria tipo a da minha mãe aceitaria aquilo na hora. Tinha uns buracões nos olhos. A boca parecia uma cicatriz aberta. As narinas eram alargadas, como o focinho de um cavalo apavorado. Se o medo fosse uma *coisa* em vez de uma emoção, seria aquela cabeça.

— Jimmy — Alan Wall analisou a cabeça —, essa é a melhor de todas.

Jimmy Entalhador fez um barulho de satisfação.

— Que honra — a mulher me disse. — Jimmy num sai fazendo essas coisa pra todo ganjão que cai no acampamento, sabia?

— Obrigado — falei pro Jimmy. — Vou guardar.

Jimmy se escondeu debaixo da cabeleira desgrenhada.

— É *ele*, Jimmy? — Clem Ostler estava perguntando se era eu. — Quando ele veio rolando? Era assim que estava a cara dele quando ele caiu?

Mas Jimmy já tinha sumido por trás de um *trailer*.

Olhei pro Amolador de Facas. — Posso ir?

O Amolador de Facas levantou as mãos. — Você num é um prisioneiro.

— Mas *diz* pra eles — Alan Wall apontou pra vila — que nós num é tudo ladrão como eles dizem que a gente é.

— O menino pode repetir isso aí até ficar roxo — disse a filha.

— Num vão acreditar nele. Eles num vão *querer* acreditar nele.

Os ciganos me olharam como se Jason Taylor fosse o embaixador da terra das casas de tijolos, cercas de metal e corretores de imóveis. — Eles têm medo de vocês. Tá certo, eles não entendem vocês. Se eles... ou... já ia ser um começo se eles viessem sentar aqui com vocês. Pra se aquecer na fogueira e ficar escutando. Já ia ser um começo.

A fogueira cuspiu faíscas gordas nos pinheiros que cercavam a pedreira, até chegar à lua.

— Você sabe o que é o fogo? — Quando o Amolador de Facas tosse, parece um homem moribundo. — O fogo é o sol se desenroscando pra fora da madeira.

Goose Fair

Como "Olive's Salami", aquela música *matadora* de Elvis Costello & The Attractions, abafou o que o Dean tinha gritado pra mim, gritei de volta: "*Hein?*". Dean respondeu berrando: "Não estou *ouvindo* nada!", mas aí o dono do brinquedo cutucou o ombro dele pedindo os dez centavos. Foi aí que enxerguei um quadrado fosco na pista arranhada, bem ao lado do meu carrinho de bate-bate.

O quadrado fosco era uma carteira. Normalmente eu teria entregado pro operador, mas ela se abriu e revelou uma foto do Ross Wilcox com a Dawn Madden, fazendo pose de John Travolta e Olivia *Neutron-Bomb* no pôster de *Grease* — *nos tempos da brilhantina*. (Só que o fundo não eram os ensolarados Estados Unidos, mas nuvens carregadas sobre um quintal em Wellington Gardens.)

A carteira do Ross Wilcox estava *forrada* de notas. Tinha no *mínimo* cinqüenta paus. Aquilo era coisa séria. Eu nunca tinha visto tanto dinheiro. Coloquei a carteira no meio das pernas e olhei ao redor pra ter certeza de que ninguém tinha visto nada. Dean estava gritando sei lá o quê pro Floyd Chaceley. Nenhum dos garotos na fila estava prestando a mínima atenção em mim.

A acusação (a) frisou que o dinheiro não era meu e (b) levou em conta o *pânico* que Ross Wilcox ia sentir quando descobrisse que tinha perdido todo aquele dinheiro. A defesa exibiu (a) a cabeça de rato dissecado no meu estojo, (b) os desenhos em quadros-negros em que apareço engolindo meu próprio pau e (c) os infinitos *E aí, Verme? E a fo-fo-fo-ffffffffonoaudióloga, Verme?*

O juiz levou alguns segundos pra chegar ao veredicto. Enfiei a carteira de Ross Wilcox no bolso. Contabilizaria minha fortuna mais tarde.

O dono dos carrinhos de bate-bate fez um sinal. O escravo que ficava na cabine puxou uma alavanca e todos os garotos na pista disseram *Até que enfim!* Fagulhas surgiram no teto enquanto os carrinhos despertavam pra vida elétrica e Elvis Costello se transformava em Spandau Ballet, e laranjas, limões e limas estonteantes se acendiam. Moran me pegou de jeito na lateral, urrando como o Duende Verde derrubando o Homem-Aranha. Torci o volante pra me vingar, mas acabei batendo no Clive Pike. Clive Pike tentou se vingar de *mim* e a coisa seguiu desse jeito, desviando, rodando e guinando durante cinco minutos de paraíso. *Assim* que a energia foi cortada e todos os garotos na pista de bate-bate gritaram *Mas já?*, um carrinho da Mulher-Maravilha bateu em mim. — Oops. — Holly Deblin ria ao volante. — Isso vai ter volta, hein! — gritei pra ela. — Ah — ela berrou. — Tadinha de mim. — Eu sentia a carteira do Wilcox apertadinha contra a minha coxa. Carrinhos de bate-bate matam a pau. *Matam a pau.*

— Você *sabe* por que está barrado! — Na saída, o dono dos carrinhos de bate-bate rosnava pro Ross Wilcox. Ele estava tentando entrar acompanhado pela Dawn Madden, que usava jeans decorados com uma pintura de lagarto e um negócio de pele no pescoço. Ela enfiou um chiclete Wrigley's Spearmint em sua boca de cereja.

— Então *larga* dessa conversa fiada de "*O que foi que eu fiz?*"!

— *Só pode* tá aí na pista! — Ross Wilcox desesperado era uma visão gloriosa. — *Tem* que estar!

— Se você fica pulando dum carro pro outro, alguma coisa *acaba* caindo! Eu não estou nem aí se você acabar *letrucutado*, mas não vou botar minha *licença* em risco!

— Deixa só a gente *olhar*! — arriscou Dawn Madden. — O pai dele vai *matar* ele!

— Ah, é? E *eu* com isso?

— Trinta segundos! — Ross Wilcox estava histérico. — É tudo que eu tô pedindo!

— E *eu* estou dizendo que num posso perder meu tempo com *você* quando preciso cuidar do meu *negócio*!

O escravo do dono tinha deixado entrar mais um bando de garotos. Seu mestre bateu o portão e por um décimo de segundo não esmagou os dedos do Wilcox. — Ooopa! — O aluno de terceiro ano mais casca-grossa de Black Swan Green olhou ao redor em busca de aliados naquele momento de necessidade. Não viu ninguém que conhecesse. Goose Fair atrai pessoas de Tewkesbury, Malvern e Pershore, a *quilômetros* de distância.

Dawn Madden encostou no braço de Ross Wilcox.

Wilcox tirou a mão dela com um tapa e se virou de costas.

Magoada, Dawn Madden disse alguma coisa pro Wilcox.

Wilcox explodiu. — É *sim* o fim do mundo, sua vaca estúpida!

Ninguém fala desse jeito com Dawn Madden. Ela desviou o olhar por um instante, fervendo. Aí deu um murro com toda a força no olho do Wilcox. Eu e o Dean levamos um susto só de olhar.

— *Ai!* — gemeu Dean, em êxtase.

Ross Wilcox meio que se encolheu, chocado.

— Eu *avisei*, seu cabeça-de-bagre! — Dawn Madden se transformou em presas, garras e gritos de fúria. — Eu *avisei*! Agora pode sair procurando uma vaca estúpida de *verdade*!

Os dedos hesitantes de Ross Wilcox se aproximaram do olho machucado.

— Tô te dando um *pé na bunda*! — gritou Dawn Madden, e depois se virou e começou a ir embora.

Ross Wilcox saiu gritando atrás dela. — DAWN! — Parecia um homem num filme.

Dawn Madden se virou e mandou pro Wilcox um *"Vai se foder!"* de vinte mil volts. Depois foi engolida pela multidão.

— Esse olho roxo vai ficar *enorme* — comentou Dean. — Ah, vai.

Wilcox olhou na nossa direção. No meu bolso, a carteira dele gritou querendo ser resgatada pelo dono, mas ele nem viu a gente. Saiu correndo atrás da ex-namorada. Correu um pouco e aí parou. Virou pra trás. Botou a mão no olho, acho que pra ver se tinha sangue. Virou. Aí um buraco negro entre a Cúpula de Gravidade Zero do Capitão Maravilha e a barraquinha de Ganhe-um-Smurf abocanhou o Ross Wilcox.

— Ai, que dó — suspirou Dean, alegre. — Juro por Deus. Vamos achar a Kelly. Prometi que a gente ia cuidar um pouco da Maxine.

Quando eu estava passando pela barraquinha de dardos — FAÇA-MENOS-DE-20-PONTOS-COM-3-DARDOS-E-ESCOLHA-UM-PRÊMIO! —, alguém me chamou. — Ei! *Ei, Surdinho!* — Era Alan Wall. — Tá lembrado de *mim*? E do meu tio Clem?

— Claro que sim. O que vocês tão fazendo aqui?

— E quem você *acha* que manda nos parques de diversão?

— Ciganos?

— O pessoal do Mercy Watts é dono de *tudo* isto aqui. Há anos.

Dean ficou bem impressionado.

— Esse aqui é o Dean, e essa é a Maxine, a irmãzinha dele.

Alan Wall só mexeu a cabeça. Clem Ostler, muito sério, presenteou Maxine com um cata-vento novinho. — Agora diz *obrigada* — falou Dean. Ela agradeceu e depois soprou o cata-vento.

— Então vocês se acham bons no dardo, é? — brincou Alan Wall.

— O novo Eric Bristow — respondeu Dean. — É assim que me chamam por aí. — Dean tirou duas moedas de dez centavos do bolso e colocou no balcão. — Uma pra mim, outra pro Jace.

Mas Clem Ostler empurrou as moedas de volta. — Nunca recusem um presente de cigano. Senão suas bolas vão é secar. Num tô brincando. Tem casos em que elas podem até cair.

Dean conseguiu um 8 no primeiro arremesso e 10 no segundo. O terceiro dardo estragou tudo com um duplo 16. Eu estava *quase* atirando o dardo quando uma voz me fez parar. — Ah, então a gente tá cuidando da nenê?

Era Gary Drake, com Ant Little e Darren Croome.

Moran meio que se encolheu. Maxine meio que murchou.

Atira esses dardos, mandou o Gêmeo Inexistente, *bem nos olhos deles.*

— É. A gente está, sim. E por acaso isso é da sua conta, *porra?*

Gary Drake não esperava por isso. (A gente briga *usando* palavras, mas o *propósito* das brigas é ver quem está com medo delas.)

— Então vai logo. — Gary Drake se recuperou rápido. — Atira esse dardo. Dá um show pra gente.

Se eu arremessasse, ia parecer que estava obedecendo ao Gary Drake. Se não arremessasse, eu ia ficar parecendo um completo retardado. Tudo que eu podia fazer era ignorar Gary Drake. Minha estratégia era mirar no triplo 20 com *tanto* cuidado que acabaria errando de leve e conseguindo 1 ou 5. Meu primeiro dardo marcou 5. Bem rápido, antes que Gary Drake me desconcentrasse, arremessei de novo e consegui um duplo 5.

Meu último dardo marcou 1, bem na mosca.

Clem Ostler deu um grito de mestre-de-cerimônias. — Um vencedor!

— Ah, sim! — riu Ant Little. — Esse aí *nasceu* pra vencer!

— Nasceu pra ser *motivo de piada*! — Darren Croome bufou até quase assoar o nariz.

— *Vocês* bem que tentaram *cinco* vezes faz pouco tempo — entregou Clem Ostler. — E só fizeram cagada em todinhas as vezes, num foi?

Gary Drake não teve coragem de mandar à merda um homem que trabalhava num parque de diversões. Esses trabalhadores são regidos por leis meio diferentes.

— Pode escolher o prêmio, Max — falei pra irmã do Dean. — Se quiser.

Maxine olhou pro Dean. Dean fez que sim com a cabeça. — Se o Jace está dizendo.

— Pena que não dá pra ganhar *amigos* nisso aí, Taylor. — Gary Drake não podia ir embora sem fazer o último insulto.

— Não faço questão de ter muitos amigos.

— Muitos? — O sarcasmo dele era espesso como desinfetante de privada. — Ou *algum*?

— Não, eu tenho um número suficiente de amigos.

— Ah, é? — desdenhou Ant Little. — *Quem*, por exemplo? Além do Mongol, que é seu amante?

Quando suas palavras são verdadeiras, servem como arma. — Ninguém que você conheça.

— T-t-tá bo-bo-bom, T-t-t-Taylor. — Gary Drake apelou pra uma piada de gago. — Só porque *seus* ami-mi-migos só existem na po-po-porra da sua ca-ca-cabeça!

Ant Little e Darren Croome riram, obedientes.

Se eu entrasse numa briga com Gary Drake, é quase certo que perderia.

Se eu recuasse, perderia também.

Mas às vezes uma força externa aparece do nada. — Um moleque que faz *campeonato de punheta* — Alan Wall olhou meio de soslaio pro Gary Drake — no celeiro de Strensham, lá na trilha de cavalo, num devia ficar acusando *outros* de ter "amante". Num acha?

Todo mundo, até a Maxine, ficou olhando pro Gary Drake sem piscar.

— *Você* — gritou Gary Drake em resposta —, seja lá *quem* for, é um *mentiroso* de merda!

Clem Ostler sacudiu o corpo esquelético gargalhando como uma velha gorda.

— "Mentiroso de merda"? — Alan Wall só era um ano mais velho que a gente, mas *ele* podia transformar Gary Drake em omelete de Gary Drake. — Vem cá e repete isso.

— Você estava *vendo* coisas! Eu nunca *estive* no celeiro de Strensham!

— Ah, você tem *toda* razão, esses *zôio* aqui andaram vendo coisa! — Alan Wall deu uns tapinhas na testa. — Eles viram *você* e aquele escroto desengonçado de Birtsmorton uma noite, duas semanas atrás, os dois sentados na parte de cima do celeiro, no meio do feno, bem em cima das vacas leiteiras...

— A gente estava *bêbado*! Foi só *brincadeira*! Não vou ficar ouvindo ofensas — Gary Drake recuou — dum cigano *sujo*...

Alan Wall pulou pra fora da barraquinha. Antes que os pés dele encostassem na grama, Gary Drake saiu correndo. — Vocês dois são amigos dele? — Alan Wall foi pra cima de Ant Little e Darren Croome. — São?

Ant Little e Darren Croome foram dando passos pra trás, como se estivessem recuando de um leopardo. — Não especialmente...

— O E.T. fofinho? — Maxine, na ponta dos pés, apontou o dedo. — Posso ficar com o E.T. fofinho?

* * *

— Meu pai — contou Clem Ostler — usava o nome "Rex Vermelho" no circuito de boxe amador. Num era ruivo, num era metido em política, só gostava do nome. Rex Vermelho era o lutador da Goose Fair. Isso já faz mais de quarenta anos. Naquela época as coisa era mais dura, mais complicada. Minha família andava junto com o velho do Mercy Watts, se virando por todo o vale do Evesham até as banda de Severn, negociando cavalo com outros *romani*, com fazendeiro, com criador, essa coisa toda. Como geralmente dinheiro é uma coisa que num falta em feira e parque de diversão, o pessoal se animava a fazer umas apostinha numa luta. Achavam um celeiro por perto, botavam uns sentinela pra avisar se a polícia aparecesse, isso quando a gente num podia dar uma grana pra eles, e aí meu pai desafiava todo mundo. Meu pai num era o mais forte dos seis irmão, mas era por isso mesmo que o pessoal apostava uma *estupidez* de dinheiro, mas um monte de *vonga* mesmo, na certeza de que meu pai ia ser derrubado ou pelo menos sangrar primeiro. Meu pai num parecia grande coisa. Mas vou dizer uma coisa, Rex Vermelho absorvia os golpe como se fosse um *rochedo*! E era mais escorregadio que um cagalhão. E naquele tempo ninguém usava luva, não! Era luta de mão nua mesmo. Minhas primeiras lembrança são de assistir meu pai lutando. Hoje no boxe amador é tudo peso pesado profissional, uns polícia de choque, essas coisa toda, mas naquele tempo era diferente. Aí teve um inverno — (gritos que escapavam das Xícaras Voadoras abafaram Clem Ostler por um instante) —, teve um inverno que a gente ouviu falar dum galês desgraçado, um *gigante*. Um cara monstruoso, falando sério, ele tinha uns dois metro, dois metro e cinco. E era de Anglesey, que também era o nome dele. Naquele ano era só dizer "Anglesey" e todo mundo sabia do que você estava falando. Ele estava abrindo caminho até o leste na base da porrada, fazendo uma *limpa*, esmagando cabeça de boxeador que nem se fosse casca de ovo. Um ferreiro chamado McMahon, de Cheshire, *morreu* depois de meio *round* com o Anglesey. Outro precisou botar uma placa de ferro no crânio, uns três ou quatro subiram no ringue inteirinho e saíram aleijado pra sempre. Anglesey vivia falando que ia caçar o Rex Vermelho na Goose Fair, bem aqui em Black Swan Green. Que ia amassar, esfolar, amarrar, defumar e vender pra criador de porco. E foi assim mesmo. Quando a gente chegou no velho lugar de acampamento ali em Pig Lane, encontrou o pessoal do Anglesey por lá. Só iam sair depois da luta. O prêmio da luta era *vinte* guinéu! Quem ficasse de pé levava tudo. Naquela época nem se ouvia falar de tanto dinheiro assim.

— E o que seu pai fez? — quis saber Dean.

— Nenhum boxeador amador pode fugir, nem nenhum cigano. Reputação é tudo. Meus tio saíram recolhendo o dinheiro pra aposta, mas meu pai num queria nem saber. Em vez disso, ele combinou com o Anglesey de apostar tudinho que a gente tinha. *Tudo!* O *trailer* — nossa *casa*, lembra? —, as porcelana Crown Derby, as cama, os cachorro, as pulga dos cachorro, tudinho *mesmo*. Se ele perdesse a luta, a gente ia ficar pelado. Sem ter pra onde ir, sem ter onde dormir, sem ter o que comer.

— E o que aconteceu? — perguntei.

— Anglesey não conseguiu resistir! Derrubar Rex Vermelho *e* deixar ele na miséria! Na noite da luta o celeiro estava lotado. Apareceu cigano de Dorset, de Kent, de metade de Gales. E que luta! Vou te contar. *Que* luta. O Bax e a gente, que é mais velho, a gente ainda lembra de tudinho, de cada soco. Meu pai e o Anglesey transformaram um ao outro em geléia só na base do sopapo. Esses palhaço que aparecem lutando na televisão com *luva*, *médico* e *juiz* iam fugir *berrando* se levassem a mesma surra que o Anglesey e meu pai deram um no outro. Tinha uns pedaço do meu pai que estavam *pendurado*. Ele mal conseguia *enxergar*. Mas vou dizer uma coisa.

Meu pai bateu tanto quanto levou. O chão daquele celeiro estava mais vermelho que um *matadouro*. Bem no fim os soco pararam. Tudo que eles conseguiam fazer era ficar em *pé*. No fim meu pai foi cambaleando até o Anglesey, levantou a mão esquerda porque a direita estava destruída e fez bem assim... — Clem Ostler colocou o indicador bem no meio dos meus olhos e me empurrou tão devagar que eu mal senti. — Aí aquele lixo galês *desabou*! Que nem uma árvore. Bam! Eles estavam *nesse* estado. Naquela noite meu pai parou de lutar. Ele precisou. Ficou muito destruído. Pegou todo o *vonga* que tinha ganhado e comprou um brinquedo de parque de diversão. No fim das conta ele acabou virando o manda-chuva da Goose Fair, então deu tudo certo. Na última vez que a gente se falou foi lá nas banda de Chepstow, na ala de mal-dos-peito do hospital. Foi só uns dia antes dele morrer. Os pulmão tavam tão encharcados que ele ficava tossindo fora uns pedaço. Aí eu perguntei pro meu pai por que ele tinha feito aquilo. Por que tinha apostado o *trailer* da família, em vez de só botar dinheiro na parada?

Dean e eu ficamos olhando pra ele, esperando pela resposta.

— "Filho, se eu tivesse lutado só pelo *vonga*, pelo *dinheiro*", ele me falou, "aquele galês desgraçado ia vencer." Lutar só pelo dinheiro num era suficiente. Meu pai sabia disso. Só porque ele lutou por *tudo que amava*, entende, por mim, pela minha mãe, pela família dele, pela nossa casa, por *tudinho*, só por *isso* meu pai suportou a dor. Vocês entendem o que isso significa? Entendem o que eu tô querendo dizer?

O mar de pessoas soltou eu e o Dean na frente do Black Swan, onde o sr. Broadwas e uma dupla de duendes bêbados com dentes pretos e uma doença que não deixava eles pararem de sorrir estavam sentados em três cogumelos de pedra. Meio nervoso, Dean olhou pro copo que o pai dele tinha na mão.

— Café, meu filho! — O pai do Dean baixou o copo pra mostrar bem o que tinha dentro. — Da minha garrafa térmica! Gostoso e quente, ideal pra noites como esta! — Ele se virou pro sr. Broadwas. — Esse aí foi bem treinado pela patroa.

— Que bom — o sr. Broadwas fala devagar como uma planta — para vocês dois.

— E por quanto tempo — Isaac Pye apareceu carregando um engradado de cerveja — você vai agüentar desta vez, Frank Moran?

— Pra sempre. — O pai do Dean não retribuiu o sorriso.

— Então leopardos podem mesmo perder as manchas?

— Não estou *falando* de manchas, Isaac Pye. Estou falando de *beber*. Pra muita gente álcool não causa problema nenhum. Mas pra mim é uma doença. O médico só me falou o que eu já sabia. Não bebo nem uma gota desde abril.

— Ah, é? Desta vez é desde *abril*?

— É. — O pai do Dean fez uma careta pro dono do *pub*. — Abril.

— Se você diz — Isaac Pye passou pela gente e entrou no *pub* —, se você diz... Mas não permito que tragam bebidas de fora pro meu estabelecimento.

— Não se preocupe, Isaac Pye! — gritou o pai do Dean, como se quanto mais alto o grito, mais verdadeira fosse a verdade. — Não se *preocupe*!

Salas de espelhos são geralmente um negócio miserável, com nada além de espelhos que engordam e outros que emagrecem. Mas *aqueles* espelhos me derretiam até eu virar um mutante. Luzes fortes clareavam e escureciam a sala. Eu estava sozinho. Tão sozinho quanto se pode ficar numa sala de espelhos, claro. Tirei a carteira do Wilcox do bolso pra contar o dinheiro, mas resolvi esperar até chegar a um lugar mais seguro. — Maxine? — chamei. — Você está aqui?

Quando comecei a sair pra continuar procurando, um selvagem africano com um pescoço de girafa decorado com anéis de metal se aproximou de mim, saído das profundezas do primeiro espelho. *Uma pessoa pode se transformar*, perguntou o selvagem, *noutra pessoa?*

— Tem razão. A questão é essa.

Achei ter ouvido passos.

— Maxine! Aparece, Maxine! Não tem graça!

O segundo espelho mostrava um cubo gelatinoso. Rosto e mais nada, sem corpo nenhum além de membros que mais pareciam gravetos. Enchendo as bochechas de ar, consegui dobrar o tamanho do cubo. *Não*, ele respondeu. *Você pode apenas mudar traços superficiais. Um Você Interior precisa se manter inalterado para transformar o Você Exterior. Para mudar o Você Interior seria preciso um Você Ainda Mais Interior, que precisaria de um Você Interior do Você Ainda Mais Interior para se transformar. E assim por diante. Está entendendo?*

— Estou.

Um pássaro invisível roçou minha orelha.

— Maxine? Não tem graça, Maxine.

No terceiro espelho, o Verme. Minha cintura e minhas pernas se espicharam em forma de cauda. O peito e a cabeça se transformaram numa protuberância cintilante. *Não dê ouvidos a eles. Ross Wilcox, Gary Drake e Neal Brose azucrinam a gente porque você não se encaixa. Se você tivesse o cabelo certo e as roupas certas, se falasse do jeito certo e andasse com as pessoas certas, as coisas seriam ótimas. Para ser popular é preciso estar por dentro da previsão do tempo.*

— Eu sempre quis saber qual era a sua aparência.

O espelho quatro mostrava Jason Taylor de Cabeça pra Baixo. *Verme já fez alguma coisa boa por você?* Na aula da srta. Trockmorton eu costumava imaginar as pessoas do hemisfério sul andando por aí daquele jeito. Era só eu levantar a perna e o braço no espelho se movia. Eu mexia o braço e a perna no espelho se mexia. *Que tal um Você Exterior*, sugeriu Eu de Cabeça pra Baixo, *que também seja seu Você Interior? Um Único Você? Se as pessoas gostarem do Único Você, ótimo. Se não gostarem, azar. Viver em busca de aprovação para seu Você Exterior é cansativo, Jason. É isso que enfraquece você. E é um saco.*

— Um saco — concordei com Eu de Cabeça pra Baixo. — Um saco. Um saco.

— *Eu* não sou um saco! — Um E.T. de pelúcia pulou em cima de mim.

Tive um ataque cardíaco na sala de espelhos.

— Quem fala sozinho é doido — disse Maxine, franzindo o cenho. — *Você* é doido?

Kelly Moran conversava com a Debby Crombie ao lado da barraquinha de maçãs do amor. Como naquele momento eu era sem dúvida o garoto mais rico dos Três Condados, comprei uma pra mim, uma pro Dean e outra pra Maxine. Morder maçãs cobertas de caramelo exige técnica. Os dentes escorregam. O único jeito é apertar o caramelo duro nos caninos. Depois é só cravar os incisivos pra arrombar a crosta caramelada.

Debby Crombie parece estar com uma bola de rúgbi enfiada dentro do suéter. A vila inteira sabe que ela está grávida do Tom Yew.

— Esse E.T. não é de verdade, é? — ela perguntou pra Maxine.

— É de verdade, *sim* — respondeu Maxine. — O nome dele é Geoffrey.

— Geoffrey, o E.T... Que *estiloso*.

— Obrigada.

— Tenho novidades pra alegrar os coraçõezinhos de vocês.

— Kelly se virou pra mim e pro Dean. — Angela Bullock ouviu da Dawn Madden *em pessoa* que ela não apenas deu um pé na bunda do seu velho amigo Wilcox, o Galã...

Dean estalou a língua. — Hoje mais cedo a gente viu eles tendo uma *baita* briga!

— Mas escutem só, fica melhor ainda... — Um gritinho de prazer escapou da Kelly. — Wilcox perdeu a carteira, tá? Com *centenas* de libras dentro!

(Um dragão chinês de neon com um quilômetro e meio serpenteou pela Goose Fair e mordeu o bolso das minhas calças. Pra minha sorte, ninguém mais o viu.)

— Centenas de libras? — Dean ficou sem ar, literalmente. — E onde foi que ele perdeu?

— *Aqui! Agora!* Na Goose Fair! Claro, como a Diana Turbot não conseguiria manter um segredo nem que a *vida* dela dependesse disso, metade da vila está fuçando por aí *agora mesmo*, procurando a carteira. Já devem ter achado. Mas quem devolveria todo esse dinheiro prum cagão imundo como o Ross Wilcox?

— Metade de Black Swan Green está na gangue dele — respondeu Dean.

— Isso não significa que *gostam* dele.

— Mas por que — (minha voz parecia vacilar) — o Wilcox estava andando por aí com centenas de libras?

— Bem, *vejam se não é uma história* triste! *Parece* que o seu amigo Ross estava na oficina do pai dele depois da escola e aí um carro encostou, tá? Bateram na porta, era a Receita Federal. Gordon Wilcox deve muitos anos de impostos. Na última visita da Receita, ele colocou os fiscais pra fora usando um maçarico, só que desta vez eles apareceram com um policial de Upton. Mas, antes que batessem no escritório dele, tá, Gordon Wilcox abriu o cofre e entregou tudo que tinha lá dentro pro Wilcox Júnior levar escondido pra casa. Dinheiro invisível não paga imposto. Foi um erro! Wilcox ficou com o dinheiro, é claro. Pensou em impressionar a namorada com, digamos assim, hein, Debs, a grossura do *maço*. Talvez ele tenha pensado em gastar um pouquinho. Talvez não. Como o dinheiro sumiu, a gente nunca vai saber.

— E o que o Wilcox está fazendo agora?

— Ele estava sentado no abrigo de ônibus, fumando. Foi a última coisa que a Angela Bullock ficou sabendo.

— Deve estar se cagando nas calças — comentou Debby Crombie. — Gordon Wilcox é doente da cabeça. Ele é *mau*.

— Como assim? — Até aquela noite eu nunca tinha falado com Debby Crombie. — "Mau"?

— Você *sabe* — interrompeu Kelly — por que a mãe do Ross Wilcox foi embora?

Porque se deu conta de que o filho dela era o Mal encarnado? — Por quê?

— Ela perdeu uma tira de selos.

— Selos?

— Uma tira com cinco selos. Selo de mandar cartas. Foi a gota d'água. Juro por *Deus*, Jason, Gordon Wilcox deixou aquela mulher *tão* roxa e quebrada que as enfermeiras passaram a semana toda alimentando a infeliz por um tubo.

— E por que — um buraco negro foi ficando maior — não mandaram ele pra cadeia?

— Falta de testemunhas, um advogado esperto dizendo que ela tinha se jogado pela escada várias vezes e, *claro*, o fato de ela ter enlouquecido depois disso. "Mente instável", concluiu o juiz em Worcester.

— E se ele fez *isso* — Debby Crombie colocou as mãos na bola de rúgbi — por causa de uma tira de selos, imagina o que faria por causa de centenas de libras! Ross Wilcox é um desgraçado, ninguém pode negar, mas eu não desejaria que o Gordon Wilcox desse uma surra nem no meu pior inimigo.

* * *

Dean desceu na minha frente no Tobogã de Ali Babá, gritando *iurruuuuuuuuuuuuuuuu*. Assim que eu me preparei pra descer, fogos de artifício estouraram no céu pros lados de Welland. A Noite de Guy Fawkes é só amanhã, mas em Welland eles não conseguem esperar. Riscos subiam pelo ar e espocavam em câmera lenta-lenta-*lenta*... em forma de áster. Chuvas prateadas, roxas, douradas de fênix. *Bums* retumbantes chegavam um segundo depois... *bum*... *bum*... Pétalas de fogos de artifício caíam e se desfaziam em cinzas. Só uns cinco ou seis eram bem grandes, mas, nossa, como foi bonito.

Não se ouviam passos subindo pela escada da torre.

Ainda empoleirado na beira do tobogã, tirei do bolso a carteira do Wilcox pra contar o dinheiro dele. Meu dinheiro. Não eram notas de cinco nem de dez. *Todas* as notas eram de vinte libras. Eu nunca tinha nem *tocado* numa nota daquelas. Contei cinco delas, dez, quinze...

Trinta rainhas Elizabeth. Pálidas como a luz das estrelas.

SEIS — gritei — *CENTAS* — em silêncio — *LIBRAS*.

Se alguém descobrisse, *qualquer pessoa*, as coisas ficariam bem mais feias do que eu ousava imaginar. Era melhor embalar as notas com plástico, colocar numa lancheira e guardar bem longe de mim. No meio da floresta seria o lugar mais seguro. E a melhor coisa a fazer com a carteira seria atirar no rio Severn. Que pena. Tudo que eu tenho pra servir de carteira é um negócio que parece uma pochete. Cheirei a carteira do Wilcox pra que átomos da carteira *dele* se transformassem em mim. Eu adoraria poder cheirar átomos de Dawn Madden.

Goose Fair é literalmente um lugar mágico, pensei, sentado ali. Ela transforma minha fraqueza em poder. Transforma o parque de nossa vila naquele reino submarino. "Ghost Town", dos

Specials, flutuava pra longe da Montanha Mágica. "Waterloo", do Abba, subia das Xícaras Voadoras. O tema da *Pantera Cor-de-Rosa* escapava do Chapéu Mexicano. O Black Swan estava tão lotado que chegava a botar as tripas pra fora. Mais ao longe, vilas flutuavam em espaços vazios formados por pastos e campos abertos. Hanley Castle, Blackmore End, Brotheridge Green. Worcester era uma galáxia achatada.

O melhor de tudo? *Eu* ia fazer picadinho do Wilcox. Eu. Através do pai dele. Por que eu deveria me sentir mal por isso? Depois de tudo que o Wilcox fez pra mim? Nenhum deles nunca ia ficar sabendo. Era a vingança perfeita. Além disso, a Kelly exagera. Nenhum pai espancaria *tanto* o próprio filho.

Passos foram subindo a torre. Apressado, enfiei a fortuna no bolso, sentei direto no tapetinho gasto e um pensamento maravilhoso deslizou pra dentro da minha cabeça assim que comecei a deslizar pelo tobogã. Seiscentas libras *poderiam* comprar um Omega Seamaster.

Naquela noite eu deslizei pelas ondas do tobogã como um mestre.

— Ei — falou Dean, enquanto a multidão passava por nós na frente do Empório de Fritas Fryer Tuck. —Aquele ali não é o seu pai?

Não pode ser, pensei. Mas era. Ainda usava o sobretudo igual ao do Columbo, com o terno do escritório por baixo. Olhando as rugas que pareciam esculpidas naquela testa, pensei em como ele estava precisando de umas férias bem longas. Meu pai usava um garfo de madeira pra pescar batatas fritas de um cone de jornal. Tem uns sonhos em que as pessoas certas aparecem nos lugares errados. Aquilo era bem assim. Meu pai notou a gente antes que eu conseguisse entender por que eu queria escapar sem ser visto.

— Olá, duplinha.

— Boa noite — Dean parecia nervoso —, senhor Taylor. — Eles não se viam desde o caso do sr. Blake, em junho.

— Que bom ver você, Dean. Como está esse braço?

— Ah, sim — Dean sacudiu o braço. — Novinho em folha.

— É muito bom saber disso.

— Oi, pai. — Não sei por que *eu* também estava nervoso. — O que você está fazendo aqui?

— Não sabia que eu precisava da sua permissão para estar aqui, Jason.

— Não, não, não foi isso que eu quis dizer...

Meu pai tentou rir, mas só parecia estar sentindo alguma dor. — Eu sei, eu sei. O *que* eu estou fazendo aqui? — Meu pai espetou uma batata frita no garfo e soprou. — Bem, eu estava voltando pra casa de carro. Aí eu vi esse burburinho todo. — A voz do meu pai estava meio diferente. Mais gentil. — Eu não podia perder a Goose Fair, não é? Aí achei que eu bem que podia dar uma voltinha. Senti o cheiro disto aqui. — Meu pai sacudiu o cone. — Sabe, depois de *onze anos* em Black Swan Green, esta é minha *primeira* vez na Goose Fair. Quando você e a Julia eram pequenos, eu vivia querendo trazer vocês. Mas alguma coisa importante sempre impedia. Tão importante que eu nem faço idéia do que era.

— Ah. Mamãe ligou de Cheltenham. Pra me dizer pra eu dizer pra você que tem um quiche frio na geladeira. Deixei um bilhete na mesa da cozinha.

— Muita consideração sua. Obrigado. — Meu pai encarou o interior do cone, como se lá dentro existissem respostas. — Ei, *vocês* já comeram? Dean? Quer alguma coisa do Empório das Fritas?

— Comi um sanduíche e tomei um iogurte de cereja preta — respondi, sem mencionar a maçã do amor. Talvez ela contasse como jogar dinheiro fora. — Antes de vir pra cá.

— Eu comi três Cachorros-Quentes Gostosásticos 100% Americanos do Fryer Tuck. — Dean deu um tapinha na barriga. — E, olha, recomendo enormemente.

— Ótimo — meu pai apertou a cabeça como se estivesse com enxaqueca —, ótimo. Ah. Deixa eu dar uma hã, coisinha para você... — Meu pai colocou duas moedas novinhas de uma libra na minha mão. (Uma hora antes, duas libras seriam uma fortuna. Agora eram menos de um trezentos avos do meu patrimônio.)

— Obrigado, pai. Você tá a fim de... hã...?

— Eu *adoraria*, mas tenho que preencher uma papelada a partir de outra papelada. E tenho planos para planejar. Não tenho descanso. Foi bom ver você, Dean. Jason tem uma televisão no quarto, aposto que ele não pára de falar nisso. Aparece lá para assistir! Não faz muito sentido ela ficar só... sabe... ali parada...

— Muito obrigado, senhor Taylor.

Meu pai jogou o cone num camburão cheio de lixo e se afastou.

E se, sugeriu na hora o Gêmeo Inexistente, *você nunca mais o vir?*

— Pai!

Corri até ele e olhei bem nos seus olhos. De repente, fiquei quase tão alto quanto ele. — Quero ser guarda-florestal quando for mais velho. — Eu não tinha pensado em contar isso pra ele. Meu pai sempre encontra defeitos em qualquer plano.

— Guarda-florestal?

— É — confirmei com a cabeça. — Alguém que cuida de florestas.

— Humm. — Foi o mais perto que ele chegou de sorrir. — Acho que o nome da profissão é claro o bastante, Jason.

— Então. Pois é. Quero ser um desses. Na França. Talvez.

— Vai ter que estudar bastante. — Meu pai fez cara de *podia ser pior.* — Especialmente ciências.

— Então vou estudar ciências.

— Eu sei.

Sempre vou lembrar desse encontro com meu pai. Sei que vou. Será que ele também? Ou será que pro meu pai esta noite na Goose Fair vai ser só mais um daqueles trilhões de coisas que você esquece até de ter esquecido?

— E que história é essa — quis saber Moran — de tevê portátil?

— Só funciona direito quando eu seguro a antena, mas aí fica perto demais pra assistir. Espera aqui um pouquinho, tá? Vou ali no mato dar uma mijada.

Enquanto eu corria pelo parque da vila, a Goose Fair foi ficando pra trás até sumir. Seiscentas libras: seis mil chocolates Mars Bar, cento e dez LPs, mil e duzentos livros, cinco bicicletas Raleigh Grifter, um quarto de um carro Mini, três videogames Atari 2600. Roupas que fariam a Dawn Madden dançar comigo na discoteca natalina do centro comunitário. Botas Doc Martens e jaquetas de brim. Gravatas de couro fininhas com estampas de teclas de piano. Camisas salmão. Um Omega Seamaster de Ville feito por artesãos suíços de cabelos branquinhos em 1950.

O velho abrigo de ônibus parecia uma caixa de escuridão.

Eu falei, disse o Verme. *Ele não está aqui. Volta. Você tentou.*

A escuridão tinha cheiro de fumaça de cigarros. — Wilcox?

— Vai se foder. — Wilcox acendeu um fósforo e seu rosto pairou nas trevas por um segundo bruxuleante. As marcas debaixo do nariz dele podiam ser sangue seco.

— É que eu achei uma coisa.

— E por que você acha — Wilcox ainda não tinha entendido — que eu me importo com isso, porra?

— Porque é uma coisa sua.

A voz dele se atirou com tudo na minha direção, como um cachorro preso numa corrente. — *O quê?*

Tirei a carteira do bolso e estendi na direção dele.

Wilcox se levantou num salto e arrancou a carteira da minha mão. — *Onde?*

— Nos carrinhos de bate-bate.

Wilcox pensou em dilacerar minha garganta. — *Quando?*

— Uns minutos atrás. Perdida num canto da pista.

— Se você pegou *uma notinha* que seja, Taylor — os dedos de Wilcox tremiam quando ele tirou o maço de notas de vinte libras —, você tá *morto*, seu filho-da-puta!

— Não, Ross, que é isso, não foi nada. Não, sério, você teria feito a mesma coisa por mim, sei que teria. — Ross Wilcox estava ocupado demais com a contagem pra realmente ouvir o que eu dizia. — Olha, se eu *tivesse* roubado alguma coisa, não ia *devolver* a carteira pra você, né?

Wilcox chegou em trinta e respirou fundo. Aí se lembrou de mim, que testemunhava seu alívio *absoluto*. — E agora você espera que eu beije sua bunda, é isso? — O rosto dele se contorceu. — Que eu diga como tô *agradecido?*

Como sempre, eu não sabia o que responder pra ele.

Pobre garoto.

O operador das Xícaras Voadoras do Grandioso Silvestro trancou as barras acolchoadas que impediriam que eu, Dean, Floyd Chaceley e Clive Pike fôssemos arremessados na direção de Órion. — Diz uma coisa — perguntou Dean, meio sarcástico —, você é o Grandioso Silvestro?

— Nada disso. Silvestro morreu no mês passado. O outro brinquedo dele, os Discos Voadores, desabou em cima dele. Apareceu em todos os jornais lá de Derby, onde isso aconteceu. Nove garotos mais ou menos da idade de vocês, mais o Silvestro... esmagados, mutilados, espremidos, descaroçados. — O operador sacudiu a cabeça e fez uma careta. —A polícia só conseguiu descobrir quem era quem depois de chamar uma equipe de dentistas. Dentistas que chegaram com conchas e baldes. E sabe por que o brinquedo desabou? Vocês nunca iriam adivinhar. *Um único parafuso* não tinha sido apertado direito. *Um parafuso.* Trabalho temporário, entendem? Pague pouco e receba menos ainda em troca. Certo. Agora todos estão prontos.

Ele acenou pra um assistente, que puxou uma alavanca enorme. Uma música que dizia *"Hey! (HEY!) You! (YOU!) Get Off Of My Cloud"* começou a tocar no volume máximo enquanto tentáculos hidráulicos ergueram as xícaras gigantes até elas subirem mais alto que casas. Floyd Chaceley, Clive Pike, Dean Moran e eu começamos a gritar *oooooohhhhh!*

Encostei a mão no meu bolso quase vazio. Além das vinte e oito libras na poupança, todo o dinheiro que me restava no mundo eram as duas libras que meu pai tinha me dado. Talvez devolver a carteira do Wilcox *tenha* sido uma idiotice, mas pelo menos agora eu podia parar de me preocupar se devia ou não fazer isso.

As Xícaras Voadoras do Grandioso Silvestro começaram a se mexer e uma orquestra de gritos começou a soar. Minhas lembranças se misturaram e ficaram desordenadas. Goose Fair escorreu de uma tigela de trevas estreladas. Clive Pike, à minha esquerda, esbugalhava os olhos de um jeito que não parecia humanamente possível, com o rosto tremendo todo por causa da força-G. (*"HEY! HEY!"*) Trevas estreladas escorriam de uma tigela de Goose Fair. Floyd Chaceley, que *nunca* sorri, gargalhava à minha direita como o Senhor Satã montado numa nuvem em forma de cogumelo. Gritos circulavam mais rápidos que os tigres derretendo em *Little Black Sambo.* (*"YOU! YOU!"*) Goose Fair e a noite de novembro se atiravam uma contra a outra. *Coragem é estar cagando de medo, mas seguir em frente assim mesmo.* Dean Moran, bem na minha frente, apertou os olhos e abriu aos poucos os lábios enquanto uma cobra deslizava pra fora, uma cobra brilhante de maçã do amor semidigerida, de algodão-doce e três Cachorros-Quentes Gostosásticos 100% Americanos do Fryer Tuck, enormemente recomendados, que se retorcia e ficava cada vez mais comprida. ("GET OFF OF MY CLOUD!") Era estranhamente sobrenatural que *tanta* quantidade de comida ainda estivesse saindo do estômago do Dean, passando a centímetros do meu rosto e subindo cada vez mais, até *voar* e se transformar num bilhão de gotas gordas de vômito, atingindo passageiros das Xícaras Voadoras do Grandioso e Falecido Silvestro (*agora eles tinham algo pra* realmente *justificar toda aquela gritaria*) e mil e um civis inocentes que passeavam na hora errada pela parte errada da Goose Fair.

A máquina gigante grunhiu como o Homem de Ferro enquanto nossa xícara afundava na direção do solo. Nossa cabeça diminuiu de velocidade mais lentamente. As pessoas continuavam gritando, mesmo a meio parque de distância, o que me parecia meio exagerado.

— Gônadas — praguejou o operador ao ver o estado da xícara. — Gônadas secas e sifilíticas. Ern! — berrou pro assistente. — Ern! Traz a vassoura! Temos um vomitão!

Foram necessários alguns segundos pra gente entender que os gritos não vinham de perto, mas de muito longe. Da encruzilhada, perto da vendinha do sr. Rhydd.

Ross Wilcox deve ter corrido de volta pra Goose Fair atrás da Dawn Madden logo depois que me afastei dele. (Kelly, irmã do Dean, completou as peças que faltavam. Ouviu essa parte de Andrea Bozard, que quase foi esmagada pelo Wilcox quando ele passou por ela.) Acho que Ross Wilcox deve ter se sentido tão salvo quanto tinha se sentido condenado um pouco antes. Como Jesus abrindo a pedra do sepulcro quando todo mundo achava que ele já era. — Claro, pai — ele ia poder dizer. — Tá aqui o dinheiro. Fiquei com ele pro caso de os porcos revistarem nossa casa e tal. — Primeiro ele ia encontrar a Dawn Madden, reconhecer ter sido um babaca e selar o pedido de desculpas com um belo amasso, e aí o mundo dele voltaria a ficar de cabeça pra cima. Lá pela hora em que eu e o Dean estávamos sendo preparados na xícara do Silvestro, Wilcox perguntou pra Lucy Sneads se ela tinha visto a Dawn Madden. Lucy Sneads, que pode ser muito escrota se estiver a fim, e que tem alguma responsabilidade no que acabou acontecendo, fez o favor de contar pra ele: — Ela está bem ali. Naquele Land Rover. Embaixo do carvalho. — Só duas pessoas viram o rosto de Ross Wilcox iluminado pelas luzes do Carrossel da Mary Poppins quando ele abriu a porta de trás. Uma delas foi a própria Dawn Madden, com as pernas enroscadas em volta da outra testemunha. Grant Burch. Ross Wilcox, imagino, encarou boquiaberto o casal como uma foca encararia um matador de focas. Ruth Redmarley disse pra Kelly que viu o Wilcox bater a porta, berrar "PUTA!" um monte de vezes e dar socos de mão fechada no Land Rover. Deve ter doído. Então Ruth Redmarley viu ele pular na Suzuki do irmão do Grant Burch (a mesma moto que tinha pertencido ao Tom Yew), girar a chave que Grant Burch tinha deixado na ignição porque a Suzuki estava bem ao lado do jipe (ninguém ia tentar roubar a moto bem debaixo do nariz dele, né?) e ligar o motor. Se Ross Wilcox não tivesse crescido cercado de motocicletas por causa do pai e do irmão, provavelmente nem teria pensado em roubar a Suzuki. Se o motor não tivesse pegado de primeira, mesmo numa noite fria de novembro, Grant Burch poderia ter conseguido botar as calças a tempo de impedir o que aconteceu. Robin South acha que viu Tom Yew na carona da Suzuki enquanto Wilcox cruzava o parque, mas Robin South é tão mentiroso que nem dá pra acreditar. Avril Bredon disse que viu a Suzuki pegar o caminho de terra perto da estrada principal a uns oitenta quilômetros por hora, e na Avril Bredon dá pra acreditar. Até a polícia acreditou. A moto girou até a parte de trás ficar pra frente, raspou no monumento da Guerra dos Bôeres, e o Ross Wilcox saiu rodopiando até o cruzamento. Duas meninas da escola Chase estavam ligando pros pais da cabine telefônica ao lado da vendinha do sr. Rhydd. A gente só vai saber o nome delas na edição da semana que vem do *Malvern Gazetteer*. Mas a última pessoa a ver o Ross Wilcox foi a viúva de Arthur Evesham, que voltava pra casa depois de jogar bingo no centro comunitário. Wilcox surgiu do nada que nem uma bola de boliche e passou a centímetros dela. Foi ela que se ajoelhou ao lado do Ross Wilcox pra ver se ele estava morto ou vivo, foi ela que ouviu ele gemer "Acho que perdi um tênis", cuspir um monte de sangue e dentes e depois balbuciar "Não deixa ninguém roubar o meu tênis". Foi a viúva de Arthur Evesham a primeira a ver a perna direita do Wilcox decepada na altura do joelho, olhar pra trás e ver as manchas gosmentas manchando a estrada. Agora mesmo estão ajudando ela a entrar na segunda ambulância. Está vendo o rosto dela? Vazio e impassível nos clarões da luz azul piscante?

Discoteca

A Primeira Regra é *Ignore as conseqüências*. Se essa regra for ignorada, você hesita, estraga tudo e acaba preso no arame farpado que nem Steve McQueen em *Fugindo do inferno*. Foi por isso que hoje de manhã, na aula de metalurgia, eu me concentrei nas marcas de nascença do sr. Murcot como se a minha vida dependesse daquilo. Ele tem duas manchas bem compridas no pescoço no formato da Nova Zelândia. — Belíssimo dia, garotos! — Nosso professor soou os pratos. — Deus salve a Rainha!

— Belíssimo dia, senhor Murcot — todo mundo respondeu, e aí nos viramos na direção do palácio de Buckingham pra completar a saudação. — E Deus salve a Rainha!

Neal Brose, em pé ao lado da morsa que ele compartilha com o Gary Drake, ficou me encarando. *Não pense que eu esqueci*, diziam os olhos dele, *Verme*.

— Ao trabalho, garotos. — Metade da turma é de garotas, mas o sr. Murcot sempre chama a gente de "garotos", a menos que esteja passando um sermão. Aí todo mundo vira "garotas". — Hoje é a última aula de 1982. Quem não terminar o trabalho hoje será deslocado para as colônias, onde passará o restante da vida. — Nosso trabalho do semestre era projetar e fazer algum tipo de raspador. O meu serve pra limpar a sujeira entre as travas da chuteira.

Deixei uns dez minutos se passarem, até o Neal Brose se ocupar com a furadeira.

Meu coração batia forte, mas eu estava decidido.

Apanhei a mochila da Slazenger do Neal Brose e peguei a calculadora solar científica da Casio. É a calculadora mais cara das lojas WH Smith. Uma força de atração sombria me impulsionava de um jeito quase reconfortante, como se eu fosse um canoísta remando na direção das cataratas do Niágara em vez de tentar lutar contra a corrente. Tirei a preciosa calculadora do estojo especial.

Holly Deblin percebeu. Ela estava prendendo o cabelo pra evitar que ele ficasse preso no torno mecânico. (O sr. Murcot adorava recapitular as terríveis mortes que ele tinha testemunhado no decorrer dos anos, causadas por aquela ferramenta.) *Acho que ela gosta da gente*, sussurrou o Gêmeo Inexistente. *Manda um beijo pra ela.*

Botei a calculadora de Neal Brose na morsa. Leon Cutler também tinha percebido, mas só ficou olhando, sem acreditar. *Ignore as conseqüências.* Puxei forte a alavanca e dei uma volta. Rachaduras minúsculas surgiram na calculadora. Aí puxei a alavanca com *toda* a força. O esqueleto do Gary Drake, o crânio do Neal Brose, a espinha do Wayne Nashend, seus futuros, suas almas. *Mais* forte. A armação se espatifou, circuitos se esmigalharam, estilhaços quicaram pelo chão enquanto a calculadora de dez milímetros de espessura se transformava numa calculadora de três milímetros de espessura. *Pronto.* Tinha virado pó. Gritos irromperam pela sala de metalurgia.

A Segunda Regra é *Faça até não poder mais.*

Essas são as duas únicas regras que alguém precisa ter em mente.

Aí eu desci pelas vertiginosas e imponentes cachoeiras.

— O senhor Kempsey me informou — o sr. Nixon uniu os dedos em forma de maça — que seu pai perdeu o emprego recentemente.

"Perdeu". Como se um emprego fosse uma carteira que você perde se não tomar cuidado. *Eu* não tinha dado nem um pio na escola. Mas, sim, era verdade. Meu pai chegou ao escritório em Oxford às 8:55 da manhã e às 9:15 um segurança escoltou ele pra fora da empresa. "Precisamos apertar o cinto", diz a Margaret Thatcher, ainda que *ela* mesma não esteja fazendo isso. "Não temos alternativa." Os supermercados Greenland demitiram meu pai por causa de vinte libras que faltavam numa conta corporativa. Depois de onze anos na empresa. Minha mãe explicou pra tia Alice no telefone que assim eles não iam ter que dar nenhum centavo de indenização pro meu pai. Ela também comentou que o Danny Lawlor tinha ajudado o Craig Salt a armar pro meu pai. O Danny Lawlor que eu tinha conhecido em agosto era muito legal. Mas acho que ser legal não é a mesma coisa que ser bom. Agora ele está com o Rover 3500 que meu pai dirigia.

— Jason! — gritou o sr. Kempsey.

— Ah. — Sim, eu estava enfiado num silo de merda. — Sim, professor?

— O senhor Nixon fez uma pergunta.

— Sim. Meu pai foi demitido no dia da Goose Fair. Hã... algumas semanas atrás.

— Um infortúnio. — O sr. Nixon tem olhos de vivisseccionista. — Mas infortúnios são corriqueiros, Taylor, e relativos. Pense no infortúnio que se abateu sobre Nick Yew este ano. Ou sobre Ross Wilcox. Como destruir um objeto da propriedade de um colega poderia ajudar seu pai?

— Não era essa a minha intenção, professor. — A cadeira de garoto mau era tão baixa que seria mais fácil o sr. Nixon ter serrado as pernas fora. — Destruir a calculadora do Brose não tem nada a ver com a demissão do meu pai, professor.

— Então — o sr. Nixon mudou o ângulo da cabeça — tem a ver com o *quê*?

Faça até não poder mais.

— Com as "aulas de popularidade" do Brose, professor.

O sr. Nixon olhou pro sr. Kempsey como se estivesse atrás de uma explicação.

— Neal Brose? — O sr. Kempsey pigarreou, confuso. — "Aulas de popularidade"?

— Brose — (o Carrasco bloqueou "Neal", mas tudo bem) — mandou que eu, Floyd Chaceley, Nicholas Briar e Clive Pike pagássemos uma libra por semana em troca das aulas de popularidade. Eu me neguei a fazer isso. Aí ele chamou Wayne Nashend e Ant Little pra me mostrar o que vai acontecer se eu não ficar mais "popular".

— E que forma — a voz do sr. Nixon ficou mais severa, o que era um bom sinal — de persuasão você alega ter sido empregada por esses garotos?

Eu não tinha motivos pra exagerar. — Na segunda-feira eles esvaziaram minha mochila na escadaria, perto do laboratório de química. Na terça atiraram torrões de barro em mim durante a aula de educação física do sr. Carver. Hoje cedo, no vestiário, Brose, Ant Little e Wayne Nashend prometeram destruir minha cara a chutes quando eu estiver voltando pra casa hoje à noite.

— Você está afirmando — a temperatura do sr. Kempsey subiu agradavelmente — que *Neal Brose* comanda um esquema de extorsão? E bem debaixo do meu nariz?

— Professor, por acaso "extorsão" significa — (eu sabia muito bem disto) — bater em alguém porque essa pessoa se negou a entregar dinheiro?

O sr. Kempsey achava que o sol, a lua e as estrelas jorravam do cu do Neal Brose. Como *todos* os professores. — Poderia ser uma das definições. Você tem alguma prova do que está dizendo?

— Que tipo de prova — (*Faça da astúcia sua aliada*) — o senhor tem em mente? — As coisas pareciam tão favoráveis que resolvi arriscar, sem mudar de expressão. — Microfones escondidos?

— Bem...

— Se entrevistássemos Chaceley, Pike e Briar — o sr. Nixon reassumiu o comando —, eles confirmariam sua história?

— Depende de quem eles sentem mais medo. Se do senhor ou do Brose.

— Taylor, eu *prometo* que eles sentirão mais medo de *mim*.

— Difamar o caráter de um garoto é um ato muito sério, Taylor. — O sr. Kempsey ainda não estava convencido.

— Fico feliz em ouvir o senhor dizer isso.

— O que *não* me deixa nada feliz — o sr. Nixon nunca permitiria que um interrogatório se tornasse amistoso — é você não ter trazido esse assunto diretamente à minha apreciação, vindo até aqui e conversando comigo, mas sim destruindo um objeto da propriedade de seu suposto algoz.

Esse "suposto" servia como um alerta de que o júri ainda não tinha chegado a um veredicto.

— Contar a um professor significa que você é dedo-duro, senhor.

— *Não* contar a um professor significa que você é *burro*, Taylor.

O Verme teria se rendido sob o peso de tanta injustiça.

— Não cheguei a pensar nisso. — Basta descobrir o que é verdadeiro, se apegar a isso e aceitar as conseqüências sem lamúrias. — Eu precisava mostrar pro Brose que não tenho medo dele. Só isso.

* * *

Se o tédio tivesse um perfume, seria o cheiro do almoxarifado. Poeira, papel, canos quentes o dia todo, o inverno inteiro. Cadernos em branco em prateleiras de metal. Pilhas de *O sol é para todos*, *Romeu e Julieta* e *Moonfleet: o tesouro do Barba Negra*. O almoxarifado também serve como cela de isolamento em casos demorados como o meu. Além do quadrado de vidro jateado na porta, a única luz vem de uma lâmpada incandescente. A única coisa que o sr. Kempsey disse foi pra eu ficar fazendo as lições de casa até me chamarem, mas por incrível que pareça eu já tinha feito todas elas. Um poema começou a chutar minha barriga por dentro. Como eu já estava enfiado na merda, peguei um belo caderno de capa dura, pra escrever. Mas depois da primeira linha eu me dei conta de que não era um poema. Era mais... o quê? Uma confissão, acho. Começava assim:

> Como "Oliver's Slalami", aquela
> música matadora de Elvis Costello
> & the Attractions, abafou o que
> o Dean tinha gritado pra mim,
> gritei de volta: "Hein?" Dean
> respondeu berrando: "Não tô
> ouvindo nada!", mas aí o dono
> do brinquedo cutucou o ombro
> dele pedindo os dez centavos.
> Foi aí que enxerguei um quadrado
> fosco na pista amanhecida,

e seguia em frente. Quando tocou o sinal do recreio da manhã, notei que eu já tinha enchido três folhas. Encaixar palavras faz o tempo escorrer por canos mais estreitos, mas com mais velocidade. Sombras passaram pela janela de vidro jateado enquanto os professores se dirigiam apressados à sala dos professores pra fumar e tomar café. Sombras contando piadas e gemendo. Ninguém entrou no almoxarifado pra me chamar. Sem dúvida o terceiro ano inteiro devia estar comentando o que eu tinha feito na aula de metalurgia. A escola inteira. Dizem que as orelhas ficam quentes quando falam de você, mas eu sinto sussurros no fundo do estômago. *Jason Taylor não fez isso, Jason Taylor fez isso, ah, meu Deus, logo quem ele foi dedurar?* Escrever abafa os sussurros. Tocou o sinal do fim do recreio e as sombras passaram na direção oposta. E ninguém apareceu. No mundo exterior, o sr. Nixon devia estar chamando meus pais. Não conseguiria nada antes do anoitecer. Meu pai tinha ido pra Oxford, se encontrar com "contatos" que poderiam render um novo emprego. Até a secretária eletrônica dele tinha sido devolvida pro Greenland. Através da parede eu sentia a máquina de xerox da escola zumbindo, zumbindo, zumbindo.

Senti uma contração de medo quando a porta se abriu, mas pisei nela com força. Era só uma dupla de pirralhos do segundo ano que tinham ido buscar uma pilha de *Cider with Rosie.* (Ano passado a gente também leu esse livro. Uma cena fez todos os garotos da turma ficarem de pau duro. Deu até pra *ouvir.*) — *É verdade,* Taylor? — O pirralho maior falou comigo como se eu ainda estivesse no meu período de Verme.

— E que porra *isso* tem a ver — respondi, após uma pausa — com *você?*

Falei isso de um jeito tão maligno que o pirralho do segundo ano derrubou os livros que estava carregando. Quando se abaixou pra ajudar, o menorzinho também derrubou os que estavam com ele.

Aplaudi, bem lentamente.

— O que me deixa *injuriado,* 3km — o apelido do sr. Kempsey pode ser "Polly", mas ele é perigoso quando está tão irritado —, é que esses atos de intimidação vêm ocorrendo há semanas. *Semanas.*

A turma 3KM se escondeu por trás de um silêncio sepulcral.

— SEMANAS!

A turma 3KM levou um susto.

— E *nenhum* de vocês pensou em falar comigo! Fico enojado. Enojado e assustado. Sim, assustado. Daqui a cinco anos vocês poderão votar! Vocês, supostamente, são a elite. Que tipo de cidadãos vocês vão ser, 3KM? Que tipo de policiais? Professores? Advogados? Juízes? "Eu sabia que aquilo estava errado, professor, mas não era da minha conta." "Melhor deixar outra pessoa abrir o bico, professor." "Eu tinha medo de ser o próximo se dissesse qualquer coisa, professor." Ora, se essa *falta de hombridade* é o futuro da sociedade britânica, que Deus nos ajude.

Eu, Jason Taylor, sou um dedo-duro.

— Ainda que eu desaprove enfaticamente o *modo* como Taylor trouxe ao meu conhecimento esse assunto lamentável, pelo menos ele *fez* isso. Menos dignos de nota são Chaceley, Pike e Briar, que só falaram sob pressão. Para a vergonha *coletiva* de todos vocês, foi necessário o ato impensado cometido por Taylor nesta manhã para que os eventos fossem forçados a vir à tona.

Todos os garotos das primeiras filas se viraram pra olhar pra mim, mas parti direto pra cima do Gary Drake. — *Que* foi, *Gary?* — (o Carrasco tinha me dado passe livre naquela tarde. Às vezes acho que o Carrasco também anda visitando a sra. De Roo.) — *Ainda* não conhece minha cara depois de três anos?

Os olhos se voltaram pro Gary Drake. E aí pro sr. Kempsey. O professor responsável pela nossa turma *deveria* ter me atacado por eu ter falado enquanto ele falava. Mas não fez isso. — E então, Drake?

— O quê, professor?

— Fingir não estar entendendo é o último recurso dos tolos, Drake.

Gary Drake parecia realmente confuso. — O quê, professor?

— Você está se repetindo, Drake.

Gary Drake lindamente esmagado. Wayne Nashend e Ant Little suspensos. E tudo indica que o sr. Nixon vai expulsar Neal Brose.

Agora eles *realmente* vão querer destruir minha cara a chutes.

Neal Brose costuma sentar bem na frente na aula de inglês, exatamente no meio da sala. *Vai lá*, disse o Gêmeo Inexistente, *pega o lugar do desgraçado. Ele merece.* E foi isso mesmo que eu fiz. David Ockeridge, que normalmente senta ao lado do Neal Brose, escolheu um lugar mais pro fundo. Mas Clive Pike, logo ele, colocou a mochila do meu lado. — Tem alguém sentado aqui? — O bafo do Clive Pike tem cheiro de salgadinhos Outer Spacers sabor queijo & cebola, mas e daí?

Fiz uma cara de *Vai fundo.*

A srta. Lippetts deu uma espiada em mim enquanto a gente dizia em coro "Boa tarde, senhorita Lippetts". Foi um olhar tão breve e dissimulado que parecia nem ter existido, mas existiu. — Sentem-se, 3KM. Peguem os estojos, por favor. Hoje exercitaremos nossa dócil mente jovem com uma redação sobre o *seguinte* tema... — Enquanto a gente pegava o material, a srta. Lippetts escreveu no quadro-negro.

UM SEGREDO.

Giz batendo e deslizando é um som reconfortante.

— Tamsin, por favor, tenha a bondade.

Tamsin Murrell leu. — "Um segredo", professora.

— Obrigada. Mas o *que* é um segredo?

Depois do almoço, todo mundo leva um tempo pra engrenar.

— Bem, vejamos: um segredo é algo que podemos ver? Tocar?

Avril Bredon levantou a mão.

— Avril?

— Um segredo é uma informação que nem todo mundo possui.

— Ótimo. Uma informação que nem todo mundo possui. Informações sobre... quem? Você? Outra pessoa? Sobre *algo*? Ou tudo isso?

Após uma pausa, alguns garotos responderam baixinho. — Tudo isso.

— Sim, concordo com vocês. Mas façam uma pergunta a si mesmos. Um segredo continua sendo um segredo se não for verdadeiro?

Era uma pergunta bem enrolada. A srta. Lippetts escreveu:

A SENHORITA LIPPETTS É NANCY REAGAN.

Quase todas as garotas riram.

— Se eu pedisse a vocês que ficassem na sala depois da aula, esperasse até ficarmos sozinhos e então declarasse isso em voz alta, muito séria, vocês diriam "Não! Sério? Uau! Que segredo!"? Duncan?

Duncan Priest estava com a mão levantada. — Eu telefonaria pro hospício de Little Malvern, professora. Ia pedir que reservassem um quarto pra senhora. Um quarto com colchão macio em todas as paredes. — O pequeno fã-clube de Duncan Priest deu risada. — Isso não é um segredo, professora! É só conversa fiada de uma maluca caduca.

— Agradeço sua avaliação concisa *e* rimada. Como disse o Duncan, supostos "segredos" que são nitidamente falsos não podem ser considerados segredos. Se um número suficiente de pessoas *acreditasse* que eu sou Nancy Reagan, isso me causaria problemas, mas ainda assim não poderíamos considerar isso um "segredo", não é? Seria mais uma ilusão coletiva. Alguém pode me dizer o que é uma ilusão coletiva? Alastair?

— Ouvi falar que um monte de americanos acha que Elvis Presley ainda está vivo.

— Belo exemplo. Contudo, agora revelarei a vocês um segredo *verdadeiro* sobre mim. Como é um *pouco* constrangedor, peço que *por favor* não saiam espalhando por aí durante o recreio...

A SENHORITA LIPPETTS É UMA SERIAL KILLER.

Agora metade dos garotos também riu.

— *Shhh!* Enterro minhas vítimas debaixo da rodovia M50. Por isso não existem provas. Ninguém suspeita. E *este* segredo? Ainda é um segredo? Se ninguém, e estou falando realmente de *ninguém*, tiver a menor suspeita?

Um silêncio interessado cresceu.

— Sim... — murmuraram alguns dos garotos, enquanto outros murmuravam: — Não...

— Não se a senhora fosse uma assassina esquizofrênica — afirmou Duncan Priest. — Que nunca se lembra dos crimes que comete. Que poderia de repente... *atacar* sem mais nem menos, fazer picadinho de alguém com um machado por não ter feito o dever de casa, *créc sgüich sbloft*, mandar os pedaços pelo esgoto, desmaiar e aí acordar novamente como a tranqüila srta. Lippetts, professora de inglês, e pensar "Nossa, sangue nas minhas roupas de novo? Que estranho, isso sempre acontece comigo na lua cheia. Ah, enfim. Pra máquina de lavar". Aí *seria* um segredo que ninguém conhece, certo?

— Que imagens deliciosas, Duncan. Obrigada. Mas imagine *todos* os assassinatos que *ocorreram* no vale do Severn desde, vamos ver, desde o tempo dos romanos. Todas essas vítimas, todos esses assassinos, mortos e transformados em pó. Será que *esses* atos de violência, sobre os quais ninguém, lembrem-se, ninguém pensou por mais de mil anos, também poderiam ser considerados "segredos"? Holly?

— Segredos, não, professora — respondeu Holly Deblin. — Mas são... informações perdidas.

— Certo. Então podemos concordar que um segredo precisa de um agente humano que *saiba* dele, ou pelo menos o registre por escrito? Um segredo precisa de um detentor. Um guardião. Emma Ramping! O que você está cochichando com a Abigail?

— O quê, professora?

— Levante-se, Emma, por favor.

Preocupada, a magricela Emma Ramping se levantou.

— Estou dando uma aula. O que você estava dizendo para a Abigail?

Emma Ramping se escondeu por trás de uma expressão muito arrependida.

— É uma informação que nem todo mundo possui?

— Sim, professora.

— Fale mais alto, Emma, para que os espectadores possam escutar!

— Sim, professora.

— Ah-rá. Então você estava contando um segredo para a Abigail?

Relutante, Emma Ramping fez que sim com a cabeça.

— Que apropriado. Bem, por que não compartilha esse segredo conosco? Agora. Em voz alta e clara.

Emma Ramping começou a ficar terrivelmente vermelha.

— Vou fazer um trato com você, Emma. Deixo você escapar desta se explicar por que lhe agrada dividir esse segredo com a Abigail, mas não com o resto da turma.

— Porque... não quero que todo mundo saiba, professora.

— Emma está nos dizendo algo a respeito de segredos, 3km. Obrigada, Emma. Sente-se e não peque mais. Como podemos *liquidar* um segredo?

Leon Cutler levantou a mão. — Contando pros outros.

418

— Isso, Leon. Mas para quantas pessoas? Emma contou seu segredo para a Abigail, mas isso não o liquidou, não é? Quantas pessoas precisam ficar sabendo para que um segredo se torne um ex-segredo?

— Um número suficiente de pessoas — disse Duncan Priest —, pra mandar você pra cadeira elétrica, professora. Por ser uma *serial killer*.

— Quem seria capaz de reconstruir a radiante espirituosidade de Duncan sob a forma de um princípio geral? Quantas pessoas são necessárias para liquidar um segredo? David?

— Quantas — David Ockeridge pensou sobre o assunto — forem necessárias, professora.

— Necessárias para o *quê*? Avril?

— Necessárias pra mudar — Avril Bredon franziu o cenho — seja lá qual for a *natureza* do segredo, professora.

— Um raciocínio consistente, 3κм. No fim das contas, talvez nosso futuro esteja em mãos seguras. Se a Emma nos contasse o que contou para a Abigail, *este* segredo morreria. Se meus assassinatos fossem expostos no *Malvern Gazetteer*, *eu* acabaria... bem, morta. Especialmente se o Duncan fizer parte do júri. É uma escala diferente, mas o princípio é o mesmo. Bem. Minha próxima pergunta é algo que realmente me intriga, porque não tenho certeza da resposta. Quais segredos *devem* ser tornados públicos? E quais *não* devem?

Ninguém se ofereceu pra responder.

Pela qüinquagésima ou centésima vez naquele dia, pensei em Ross Wilcox.

— Quem pode me dizer o que esta palavra significa?

ÉTICA

Uma névoa de giz surge no rastro das palavras.

Uma vez procurei a palavra "ética" no dicionário. Aparece

nos livros das *Crônicas de Thomas Covenant*. Significa moralidade. Mark Bradbury já tinha levantado a mão.

— Mark?

— A resposta está no que a senhora acabou de dizer, professora. Ética tem a ver com aquilo que a gente deve ou não fazer.

— Uma resposta muito esperta, Mark. Na Grécia de Sócrates, você seria considerado um ótimo retórico. Seria *ético* revelar *todos* os segredos?

Duncan Priest pigarreou. — Parece bastante ético revelar o *seu* segredo, professora. Pra impedir que estudantes inocentes sejam fatiados.

— Na mosca, Duncan. Mas você abriria a boca *neste* caso?

O NOME VERDADEIRO DO BATMAN É BRUCE WAYNE

Quase todos os garotos da sala cochicharam, admirados.

— Se *este* segredo fosse revelado, o que fariam todos os maiores criminosos do planeta? Christopher?

— Explodiriam a mansão de Bruce Wayne em pedacinhos, professora — suspirou Christopher Twyford. — Seria o fim do Homem-Morcego.

— E isso seria uma grande perda para a sociedade, não seria? Assim sendo, às vezes é ético *não* revelar um segredo. Nicholas?

— Como no caso da Lei de Segurança Nacional. — Nicholas Briar geralmente não abre a boca na aula. — Durante a Guerra das Falklands.

— Exato, Nicholas. Línguas soltas afundam navios. Agora, pensem nos segredos de *vocês* — (A ligação entre a carteira do Ross Wilcox e sua perna perdida. O Omega Seamaster do meu avô, destruído. Madame Crommelynck.) — Nossa, que silêncio repentino. Certo, será que *todos* os seus segredos são do tipo "Sim, Eu Devo Contar" ou "Não, Eu Não Devo Contar"? Ou será que existe uma terceira categoria que, eticamente falando, *não* é tão claramente definida? Segredos particulares, que não afetam mais ninguém? Segredos triviais? Segredos complexos, que podem ter conseqüências incertas se forem revelados?

Sins murmurados, cada vez mais fortes.

A srta. Lippetts pegou um giz novinho da caixa. — Todos nós acumulamos mais desses segredos ambíguos à medida que envelhecemos, 3KM. *Mais*, não menos. Acostumem-se com eles. Quem consegue adivinhar por que estou escrevendo esta palavra...?

REPUTAÇÃO

— Jason?

A 3KM se transformou num radiotelescópio apontado pro dedo-duro da turma.

— Reputação é aquilo que sofre algum prejuízo, professora, quando um segredo é revelado. Sua reputação como professora iria por água abaixo se provassem que a senhora *é* uma *serial killer*. A reputação de Bruce Wayne como um zé-ninguém que não machucaria nem uma mosca estaria acabada. Com Neal Brose é a mesma coisa, não? — (Se eu posso triturar uma calculadora solar em pedacinhos, que se dane essa regra dizendo que preciso sentir vergonha de dedurar um garoto e fazer ele ser expulso. Na verdade, que se danem todas as regras.) — *Ele* tinha um belo segredo, não é? Wayne Nashend sabia, Anthony Little sabia. E alguns outros. — Gary Drake, à minha esquerda, ficou olhando bem pra frente. — Mas, assim que o segredo dele foi revelado, sua *reputação* de...

Pra surpresa de todo mundo, a srta. Lippetts deu uma sugestão: — Garoto de ouro?

— Garoto de ouro. Que termo *excelente*, senhorita Lippetts — (Pela primeira vez em só Deus sabe quanto tempo fiz por merecer algumas risadas em sala de aula.) — Essa reputação foi destruída. Sua *reputação* entre os garotos, de ser um... casca-grossa com quem você não deve se meter, também foi destruída. Sem uma reputação por trás da qual esconder *seu* segredo, Neal Brose está... totalmente... completamente...

Diga, incitou o Gêmeo Inexistente, *Desafio você a dizer.*

— ...fodido, professora. Fodido e acabado.

Aquele silêncio escandalizado tinha sido obra *minha*. E foi feito com palavras. Palavras e mais nada.

Em dias bons, a srta. Lippetts *ama* seu trabalho.

Minha mente estava em carne viva de tanto pensar em como meu pai e minha mãe iam reagir ao que eu tinha feito naquele dia. Pra me distrair, tirei a árvore de Natal do armário. E a lata de bombons Quality Street onde ficam os enfeites. Já era quase 20 de dezembro e meus pais nem tinham *mencionado* o Natal. Minha mãe passa sete dias por semana na galeria e meu pai anda sempre viajando pra entrevistas que só rendem mais entrevistas. Montei a árvore, com as luzinhas e tudo. Quando eu era pequeno, meu pai comprava árvores de verdade do pai do Gilbert Swinyard. Minha mãe comprou essa árvore artificial na Debenham's de Worcester dois anos atrás. Reclamei que não tinha cheiro de nada, mas ela comentou que não era *eu* quem precisava passar o aspirador e tirar as agulhas de pinheiro cravadas no tapete. Pensando bem, ela tinha razão. Quase todos os enfeites são mais velhos do que eu. Até o papel de seda em que estão embalados é antigo. Penduricalhos cobertos de neve que meu pai e minha mãe compraram pro primeiro (e último) Natal que passaram sozinhos, sem Julia e eu. Um garotinho de coral cantando uma nota aguda, a boca formando um círculo perfeito. Uma família feliz de bonecos de neve feitos de madeira. (Naquela época, nem tudo era feito de plástico.) O Papai Noel mais

422

gordo da Lapônia. O Anjo Precioso da mãe da mãe da minha mãe. Anjo Precioso é feito de vidro soprado. Diz a lenda que minha bisavó ganhou ele de presente de um príncipe húngaro caolho num baile em Viena, pouco antes da Primeira Guerra Mundial.

Pise nele, disse o Gêmeo Inexistente. *Vai se espatifar como um bombom.*

De jeito nenhum, respondi ao Gêmeo Inexistente.

Aí o telefone tocou.

— Alô?

Sons metálicos e abafados. — Jace? É a Julia. Quanto tempo, hein?

— Parece que você está no meio de uma nevasca.

— Liga pra mim. Estou sem moedas.

Disquei o número. A ligação estava melhor.

— Oi. Ainda não tivemos nevascas por aqui, mas estou *congelando*. Mamãe está em casa?

— Não. Ainda está na galeria.

— Ah...

Dava pra ouvir Joy Division no fundo.

— O que houve?

— Absolutamente nada.

"Absolutamente nada" sempre é alguma coisa. — O *que* foi, Julia?

— Não... nada. É que tinha um recado da mamãe quando voltei pro dormitório hoje cedo, só isso. Ela me telefonou ontem à noite?

— Pode ser. Qual era o recado?

— Dizia: ligue pra casa imediatamente. Mas nosso porteiro amável e supereficiente... quem dera... não anotou o horário da ligação. Liguei pra galeria na hora do almoço, mas a Agnes disse que a mamãe tinha ido pro advogado. Liguei de *novo*, e ela ainda não tinha voltado. Aí pensei em ligar pra você. Mas não precisa se preocupar.

— Advogado?

— Deve ser coisa de negócios. Papai está?

— Foi pra umas entrevistas em Oxford.

— Certo. Legal. Claro. E ele... você sabe. Está lidando bem?

— Ah... Vai indo. Pelo menos não vive mais trancado no escritório. No fim da semana passada ele usou arquivos do Greenland pra fazer uma fogueira no jardim. Dean e eu ajudamos. A gente usou gasolina! Parecia *O inferno na torre*. Aí esta semana o advogado de Craig Salt falou pro papai que um entregador ia passar aqui à tarde pra pegar todo o material de informática, e que se ele não colaborasse ia ser processado.

— E o que o papai fez?

— Quando o furgão estacionou, ele atirou o disco rígido pela janela do meu quarto.

— Mas o seu quarto fica no primeiro andar.

— Eu sei. E você precisava ter ouvido o *estouro* do monitor! Aí ele disse pro entregador: "Mande meus cumprimentos ao Craig Salt!".

— *Meu Deus!* Que reviravolta.

— Ele também andou redecorando a casa. Seu quarto estava no topo da lista.

— É, a mamãe contou.

— Você ficou chateada?

— Olha... não. Nunca tive a intenção de manter o quarto do mesmo jeito pra sempre, como uma espécie de santuário da Julia ou algo assim. Mas isso faz você se dar conta das coisas mais rápido. "Certo, você tem dezoito anos, cai fora. Faça uma visitinha ao asilo daqui a uns trinta anos, se estiver de passagem." Ah, Jace, não ligue. Ando melancólica.

— Mas você ainda vem pra casa no Natal, né?

— Depois de amanhã. Stian vai me levar. A família dele tem um mansão nos confins de Dorset.

— Stan?

— Não, Stian. Norueguês, Ph.D. em linguagens de golfinho. Não mencionei ele na minha última carta?

Julia sabe *exatamente* tudo que "menciona" nas cartas.

— *Uau.* Ele conversa em golfinhês com você?

— Ele programa computadores que talvez façam isso muito em breve.

— E o que aconteceu com o Ewan?

— Ewan é um *fofo*, mas ele está em Durham, eu estou aqui e... bem, acabei com tudo. No fim das contas foi pro nosso bem.

— Ah. — Mas o Ewan tinha um MG prateado. — Eu gostava do Ewan.

— Anime-se. Stian tem um Porsche.

— *Nossa*, Julia. Que modelo? Um GT?

— E *eu* vou saber? Um preto. Mas e aí, o que *vamos* ganhar de Natal?

— Um tubinho de Smarties. — Velha piada da família. — Nem olhei, pra dizer a verdade.

— *Sei!* Você *sempre* mexe nos presentes.

— Juro, nem olhei. Vale-discos e vale-livros, provavelmente. Eu nem pedi nada. Por causa do... você sabe, do emprego do papai. E eles não me perguntaram. Mas, enfim, quem é que costumava tocar os discos de Natal em *novembro* e me fazer ficar de guarda pro caso de eles voltarem das compras?

— Lembra daquela vez em que você não ficou de guarda? Eles pegaram eu e a Kate vestidas com as roupas de casamento da mamãe e dançando "Knowing me, knowing you". Falando nisso, por acaso a festa que não aceita imitações, a Magnífica Discoteca Natalina do Centro Comunitário de Black Swan Green, já aconteceu?

— Começa daqui a mais ou menos uma hora.

— Você vai com alguém?

— Dean Moran vai. E mais uns garotos da minha turma.

— Ah, *eu* te falei da minha vida amorosa...

Conversar sobre garotas com a Julia ainda é novidade. — Porque você *tem* uma vida amorosa. Eu meio que *gostava* de uma garota, mas ela... — (*está ajudando o amor da vida dela a andar com uma perna de plástico*) — ... não está interessada.

— Azar o dela. Tadinho de você.

— O estranho é que eu a vi na escola semana passada e... é meio esquisito, mas...

— A paixão se evaporou?

— Sim. Do nada. Como é que *isso* acontece?

— Ah, pergunte à minha vida, irmãozinho. Pergunte a Aristófanes. Pergunte a Dante. Pergunte a Shakespeare. Pergunte a Burt Bacharach.

— Na verdade acho que nem vou pra discoteca.

— Por que não?

Porque hoje fiz Ant Little e Wayne Nashend serem suspensos e Neal Brose ser expulso, e eles devem estar por lá.

— Não estou muito natalino este ano.

— Que bobagem! Vai lá! Use sapatos, não tênis. E *engraxe.* Aqueles jeans pretos que a gente comprou pra você no Regent. E aquele blusão mostarda com gola V, se estiver limpo. Coloque uma camiseta branca por baixo. Nada com logotipos, é brega. Nada de tons pastel ou roupas esportivas. Não use *de jeito nenhum* aquela gravatinha *nojenta* com teclas de piano. Bote uma *gotinha* do Givenchy do papai nas guelras. Nada de Brut. Brut é tão sexy quanto detergente. Pegue um pouco da musse da mamãe e levante um pouco a franja, pra não ficar parecendo um lobinho. Dance até cansar e talvez uma fada madrinha pouse bem no seu nariz.

— Tá bom. — *Se eu não for, Brose, Little e Nashend vencem.*

— Mandona.

— Pra que serve um advogado que não é mandão? Olha, tem uma fila aqui no telefone. Diz pra mamãe que eu liguei. Fale que vou passar a noite vendo se ela deixou algum recado. Até bem tarde.

O vento frio e contundente me empurrava adiante, cada passo levando o dedo-duro da turma pra mais perto de Brose, Nashend e Little. Logo depois da srta. Throckmorton, o centro comunitário flutuava na escuridão ártica como uma arca iluminada. Nas janelas, vitrais com cores de discoteca. Michael Fish disse que a área de baixa pressão sobrevoando as ilhas Britânicas tinha vindo dos Urais. Os Urais são a versão soviética das montanhas Rochosas do Colorado. Silos de mísseis intercontinentais e abrigos antinucleares se escondem nas profundezas, aos pés das montanhas. Existem cidades dedicadas inteiramente às pesquisas, tão secretas que não têm nome nem aparecem nos mapas. É estranho pensar num sentinela do Exército Vermelho empoleirado numa torre de vigia cercada de arame farpado, tremendo de frio por causa deste *mesmo* vento gelado. O oxigênio que ele expirou pode ser o oxigênio que inspirei.

Julia veio com aquela conversa pra desviar minha atenção de alguma outra coisa.

Pluto Noak, Gilbert Swinyard e Pete Redmarley estavam no saguão. Não sou exatamente a pessoa favorita deles desde que me expulsaram dos Fantasmas um dia depois de me admitirem. Eles não me azucrinam, só agem como se eu não existisse. Quase sempre isso não me incomoda. Mas hoje eles estão com um garoto mais velho que eles. Meio barbudo, mal-encarado, com uma jaqueta de couro marrom e uma camisa da seleção de rúgbi da Nova Zelândia. Pluto Noak cutucou o garoto e apontou pra mim. Quando notei que minha rota de fuga estava bloqueada por um bando de meninas, o garoto do uniforme de rúgbi já estava bem na minha frente. — É *esse* aqui?

— É! — respondeu Pluto Noak. — É esse aí.

O saguão ficou bem silencioso.

— Tenho uma *novidade* pra você. — O garoto agarrou meu casaco com tanta força que a costura pareceu rasgar. Ele tremia de desprezo. — *Você* azucrinou o garoto errado. — Os dentes da frente não se separavam quando ele falava, só os lábios se mexiam. — Seu cuzão, gayzão, covardão, mongolão, chorão, merdão, escrotão, toscão, criança, veadão, cagão de...

— Josh. — Pluto Noak agarrou o braço do garoto. — Josh! *Esse* aí não é o Neal Brose. Esse é o *Taylor*.

Aí o tal de Josh olhou pro Pluto Noak. — Este aqui não é o Neal Brose?

— Não. É o Taylor.

Apoiado na porta do banheiro, Pete Redmarley atirou um confeito Minstrel pro alto e apanhou com a boca.

— *Este* aqui — Josh olhou pro Pluto Noak — é *aquele* Taylor? Pete Marley mordeu o Minstrel. — Ahn-hã.

— *Você* é o Taylor — Josh largou meu casaco — que dedurou o casalzinho de marginais que estava pegando dinheiro do *meu* irmão à força?

— Quem — minha voz falhou —, quem é seu irmão?

— Floyd Chaceley.

O delicado Floyd Chaceley tinha um irmão mais velho de *apavorar*.

— Então sou eu mesmo *aquele* Taylor.

— Bem — Josh alisou meu casaco —, então tudo bem, *Aquele* Taylor. Mas, se um de *vocês* — todo mundo no saguão se encolheu diante daquela cara feia — *conhece* esses tais Brose, Little e Nashend, digam pra eles que eu tô *aqui*. Digam que eu tô esperando, *agora*. Digam que eu quero *conversar*.

* * *

No salão do centro comunitário, um pessoal dançava "Video killed the radio star". A maioria dos garotos, descolados demais pra dançar, tinha se reunido no mesmo lado do salão. No outro estava a maioria das garotas, também descoladas demais pra dançar. Discotecas são complicadas. Você fica parecendo um completo imbecil se começa a dançar muito cedo, mas, depois que a música decisiva vira tudo de pernas pro ar, você fica parecendo um pobre infeliz se não começa a dançar. Dean conversava com o Floyd Chaceley ao lado da janelinha por onde vendem doces e latas de bebida. — Acabei de conhecer seu irmão — falei pra ele. — Nossa. Nunca quero ter problemas com *ele*.

— Irmão adotivo. — Graças a mim, Floyd tinha passado a manhã inteira na sala do Nixon, fornecendo provas contra Neal Brose. De repente podia até estar me odiando. — É, ele é legal. Devia ter visto ele mais cedo. Ameaçando botar fogo na *casa* do Brose.

Senti inveja do Floyd por já ter ajustado as contas com os pais dele.

— Acho que Nashend e Little também não vão aparecer esta noite. — Dean surgiu do meu lado e me ofereceu uma mordida do seu chocolate Curly-Wurly. Floyd comprou uma Pepsi pra mim. — *Olha só* a Andrea Bozard! — Dean apontou pra mesma garota que fingia ser um pônei nas aulas da srta. Throckmorton e fazia ninhos usando bolotas como ovos. — Com aquela minissaia de babados.

— O que tem ela? — quis saber Floyd.

Dean fez uma cara de cachorro ofegante. — *Delícia*, hein?

Quando "Frigging in the rigging", dos Sex Pistols, começou a tocar, os punks de Upton saíram pogando. Steve, irmão mais velho do Oswald Wyre, deu uma cabeçada na parede e o pai do Philip Phelps precisou levar ele de carro pro hospital de Worcester por causa do risco de entrar em coma. Mas, como a música tinha feito alguns dos garotos começarem a (mais ou menos) dançar, em seguida o DJ colocou pra tocar "Prince charming", do Adam & The Ants. "Prince charming" tem uma coreografia especial, mostrada pelo Adam Ant no clipe. Todo mundo forma uma fila e faz um X com os pulsos no ar enquanto se mexe no ritmo da música. Como todo mundo queria ser o Adam Ant, que está sempre um passo à frente dos outros, a fila foi subindo e descendo o salão cada vez mais rápido até o pessoal estar praticamente correndo. Depois veio "The lunatics (Have taken over the asylum)", do Fun Boy Three. Não tem como dançar essa música a menos que você seja o Errado. Talvez o Errado escute um ritmo secreto que ninguém mais ouve.

— Errado, seu idiota! — gritou Robin South.

Errado nem percebeu que ninguém mais estava dançando.

Segredos são mais influentes do que a gente imagina. A gente mente pra manter eles escondidos. A gente desvia conversas pra evitar falar deles. A gente tem medo de que os outros descubram nossos segredos e contem pro mundo inteiro. A gente pensa que o segredo está sob *nosso* controle, mas não é o *segredo* que usa a *gente*? E se os loucos moldam os médicos mais do que os médicos moldam os loucos?

Entrei no banheiro e encontrei Gary Drake.

Antigamente eu teria congelado, mas não depois de um dia como aquele.

— Beleza? — disse Gary Drake. Antigamente ele teria feito um comentário sobre eu não conseguir achar o pau dentro da calça. Mas de uma hora pra outra eu fiquei popular o bastante pra merecer um "beleza?" de Gary Drake.

O frio de dezembro entrava pela janela.

Um levíssimo movimento da minha cabeça disse pro Gary Drake: Só.

Bitucas de cigarro flutuavam no rio amarelo de mijo fumegante.

"Do the locomotion" fez as garotas formarem um trenzinho que serpenteou pelo salão. Depois veio "Oops upside your head", que tem uma coreografia meio parecida com movimentos de remador. Não é uma dança pra garotos. Mas "House of fun", do Madness, é. "House of fun" fala sobre comprar camisinhas, mas a BBC não censurou a música a tempo, porque a BBC só percebe sentidos ocultos semanas depois do sujeito mais retardado de Fracassoshire. Errado saiu dançando como se estivesse sendo eletrocutado e começou a ser imitado por outros garotos, primeiro como piada, mas depois porque aquilo realmente funcionava. (Tem um Errado escondido em todos os grandes inventores.) Aí veio "Once in a lifetime", dos Talking Heads. *Essa* era *a* música decisiva, que transformava não dançar em algo mais ridículo que dançar. Aí, eu, o Dean e o Floyd entramos na dança. O DJ ligou o estrobo. Só por um tempinho, porque estrobos fazem o cérebro explodir. Dançar é como caminhar por uma rua cheia de gente, ou milhões de outras coisas. Não é nada difícil desde que você não pense no que está fazendo. Durante a tempestade do estrobo, pelo meio de uma floresta noturna e tempestuosa de pescoços e braços, enxerguei a Holly Deblin. Holly Deblin dançava uma coreografia que lembrava uma deusa indiana, balançando, mas meio que serpenteando as mãos. Holly Deblin *talvez* tenha me enxergado no meio da floresta noturna e tempestuosa, porque ela *talvez* tenha sorrido. (*Talvez* não é tão bom quanto *certamente*, mas é um milhão de vezes melhor que *não*.) Aí veio "I feel love", da Donna Summer. John Tookey começou a mostrar uma nova mania de Nova York chamada *break-dancing*, mas saiu girando descontrolado até atingir um grupo de garotos que desabaram como pinos de boliche. Precisou ser resgatado pelos amigos do meio de uma chuva de saltos femininos. Durante "Jealous guy", do Bryan Ferry, Lee Biggs ficou com Angela Bullock. Os dois começaram a se agarrar num cantinho e Duncan Priest se postou bem do lado deles, imitando uma vaca parindo. Mas as risadas também eram de inveja. Angela Bullock usa sutiã preto. Aí, durante "To cut a long story short", do Spandau Ballet, Alastair Nurton ficou com Tracey Impney, uma gótica gigante de Brotheridge Green. "*Are* 'friends' electric?", de Gary Numan & Tubeway Army, veio em seguida, e Colin Pole e Mark Badbury dançaram como robôs brilhantes. — Esta música *mata a pau*! — Dean berrou no meu ouvido. — É tão *futurista*! Gary Numan tem um amigo chamado "Cinco"! Vai dizer que não é *sensacional*? — Dançar é um cérebro do qual os dançarinos são apenas os neurônios. Quem dança *pensa* que está no comando, mas está apenas obedecendo a ordens muito antigas. "Three times a lady", dos Commodores, limpou o salão. Só restaram namorados que se beijavam e gostavam de estar sendo vistos e ficantes que se agarravam e esqueciam que estavam sendo vistos. Quem estava na segunda opção já passava pra terceira. Paul White ficou com Lucy Sneads. Depois veio "Come on Eileen", dos Dexys Midnight Runners. Uma discoteca também é um zoológico. Alguns animais ficam mais selvagens do que são durante o dia, outros se tornam engraçados, outros fazem mais pose, outros ficam mais tímidos, outros mais *sexy*. Holly Deblin, claro, tinha ido pra casa.

—Achei que você tinha ido pra casa.

Uma placa de SAÍDA brilhava no escuro, num tom alienígena de verde.

—Achei que *você* tinha ido pra casa.

O piso de compensado do salão vibrava. Atrás do palco tem uma salinha bem pequena, cheia de pilhas e mais pilhas de cadeiras. Também tem meio que uma estante enorme, com três metros de altura e tão larga quando a salinha. É ali dentro que guardam as mesas de pingue-pongue. Sei onde fica a entrada escondida.

—Não. Eu estava dançando com o Dean Moran.

—Ah, é? — Holly Deblin fez uma voz de ciúme, bem engraçada. — E o que o Dean Moran tem que eu não tenho? Ele *beija* bem?

—*Moran? Que nojo!*

"Nojo" foi a última palavra que falei como alguém que nunca tinha beijado uma garota. Sempre me preocupei com isso, mas beijar não é tão complicado. Os lábios *sabem* o que fazer, assim como as anêmonas-do-mar sabem o que fazer. Beijos fazem a gente rodar como Xícaras Voadoras. O oxigênio que a garota expira, você inspira.

Mas os dentes se batem, às vezes até demais.

—Opa. — Holly Deblin recuou. — Desculpa!

—Tudo bem. Posso colar de volta.

Holly Deblin despenteou meu cabelo cheio de musse. A pele do pescoço dela é a coisa mais macia em que já *toquei*. E ela deixa. Isso é o mais incrível. Ela *deixa*. Balcão de perfumes de loja de departamentos, esse é o cheiro de Holly Deblin. Isso, o meio do mês de julho e Tic-Tac de canela. Meu primo Hugo calcula que já beijou umas *trinta* garotas (e não só beijou) e agora já deve ter chegado às cinqüenta. Mas só existe *uma* primeira.

—Ah — ela disse. — Roubei um pouco de visco. Olha só.

—Está todo esmagado e...

Durante meu segundo beijo, a língua de Holly Deblin entrou na minha boca como um arganaz encabulado. Parece uma visita à nojentolândia, mas é molhado e secreto. Minha língua também queria entrar na boca de Holly Deblin, e eu deixei que ela fizesse isso. *Esse* beijo acabou porque eu esqueci de respirar. — Esta música — falei, todo ofegante — que está tocando agora. É meio hippie, mas é *linda*.

Com garotos, não se pode usar palavras como "lindo" do jeito que dá pra usar com garotas.

— "#9dream". John Lennon. LP *Walls and Bridges*, 1974.

— Se foi pra me impressionar, *funcionou*.

— Meu irmão trabalha na gravadora Revolver. Tem uma coleção de discos que vai até Marte. Mas como você conhece *este* esconderijo?

— A salinha? Eu vinha jogar pingue-pongue aqui. Achei que hoje ia estar trancada. Mas obviamente me enganei.

— Obviamente. — As mãos da Holly Deblin deslizaram por baixo do meu blusão. Anos ouvindo Julia e Kate Alfrick falando sobre mãos bobas me alertaram a não fazer o mesmo. Aí a Holly Deblin meio que estremeceu. Achei que podia estar com frio, mas ela meio que deu uma risadinha.

— O que foi? — Fiquei com medo de ter feito alguma coisa errada. — O que foi?

— A cara do Neal Brose na aula de metalurgia hoje de manhã.

— Ah. Isso. Essa manhã toda parece um borrão pra mim. O dia inteiro.

— Gary Drake afastou ele da furadeira, sabe, e aí apontou pro que você estava fazendo. Brose não entendeu de primeira. Aquela *coisa* que você estava aniquilando na morsa era a *calculadora* dele. Aí, *aí* ele entendeu. Ele pode ser um baita safado, mas não é burro. Ele entendeu o que ia acontecer depois daquilo, e depois, e depois. Sabia que tinha se lascado. Ficou sabendo naquele *exato* momento.

Brinquei com o colar de contas de Holly Deblin.

— Eu também fiquei bem surpresa — ela disse.

Nem fiz ela se apressar.

434

— Quer dizer, eu *gostava* de você, Taylor, mas achava que você era... — ela não queria dizer nada que pudesse me deixar magoado.

— Um saco de pancadas humano?

Holly Deblin encostou o queixo no meu peito. — É. — Afundou um pouco o queixo. — O que aconteceu, Taylor? Com você, quero dizer.

— Coisas. — Quando *ela* me chamou de "Taylor", parecia mais íntimo que "Jason". Eu ainda estava tímido demais pra chamar ela de qualquer coisa. — Este ano todo. Olha, não quero falar sobre o Neal Brose. Outra hora, tá bom? — Tirei uma munhequeira bordada do pulso dela e coloquei no meu.

— Ladrão. Arranje *seus* próprios acessórios da última moda.

— Eu *tô* fazendo isso. Esse é o primeiro da coleção.

Holly Deblin agarrou minhas orelhas *ligeiramente* grandes com todos os dedos e guiou minha boca até a dela. Nosso terceiro beijo durou "Planet Earth", do Duran Duran, *inteirinha*. Holly Deblin guiou minha mão até onde eu pude sentir seu coração de catorze anos batendo contra a minha palma.

— Olá, Jason. — A sala de estar, iluminada pelas luzes da árvore de Natal e pela lareira a gás, me lembrava a casa do Papai Noel. A televisão estava desligada. Pelo que dava pra ver, meu pai estava apenas sentado ali, no meio daquela escuridão que parecia artificial. Mas o tom de voz revelou que ele sabia de tudo sobre Neal Brose e a Casio esmigalhada. — Aproveitou a discoteca?

— Nada mau — (Ele não queria saber da discoteca.) — Como foi lá em Oxford?

— Oxford foi Oxford. Jason, precisamos ter uma conversinha.

Pendurei minha parca preta no cabide, já sabendo que eu era um homem condenado. "Uma conversinha" significava que eu ia me sentar e meu pai ia me aplicar um sermão, mas acho que a Holly Deblin devia ter mexido com a minha cabeça. — Pai, posso começar?

— Tudo bem. — Meu pai parecia calmo, mas vulcões também parecem calmos antes de mandarem meia montanha pelos ares. — Vai em frente.

— Tenho duas coisas pra contar. Coisas importantes, sério.

— Acho que posso adivinhar uma delas. Ouvi falar que você teve um dia movimentado na escola.

— Sim, isso é uma das coisas.

— O senhor Kempsey telefonou mais cedo. Contou do garoto expulso.

— Neal Brose. É. Eu... eu vou pagar a calculadora.

— Não precisa. — Meu pai estava exausto demais pra ter um chilique. — Amanhã cedo vou mandar um cheque pelo correio para o pai dele. *Ele* também me telefonou. O pai do Neal Brose, digo. Na verdade, ele *me* pediu desculpas — (*Isso* me surpreendeu.) — Pediu que eu esquecesse da calculadora. Vou mandar o cheque assim mesmo. Se ele resolver não descontar, é uma escolha dele. Mas acho que isso vai deixar essa história toda em pratos limpos.

— Bem...

— Sua mãe talvez queira fazer algum comentário sobre isso, mas... — Meu pai encolheu os ombros. — O senhor Kempsey também comentou que você andava sofrendo intimidações. Fico triste por você não se sentir à vontade para conversar sobre isso conosco, mas nem tenho como me irritar com você. Não acha?

Lembrei do telefonema da Julia. — Mamãe está em casa?

— Sua mãe... — os olhos do meu pai ficaram inquietos — ...vai passar a noite na Agnes.

— Em Cheltenham? — (Não fazia sentido. Minha mãe nunca passa a noite em lugar nenhum, exceto na casa da tia Alice.)

— Foi um *vernissage* que se estendeu demais.

— Ela nem disse nada no café-da-manhã.

— Qual a segunda coisa que você queria me contar?

Aquele momento levou doze meses pra desaguar ali.

— Vamos, Jason. Duvido que seja tão ruim quanto você pensa.

Ah, é sim. — Eu estava... — (o Carrasco trancou "patinando").

— Hã... janeiro passado, quando o laguinho da floresta estava congelado. Eu estava por lá com outros garotos. Usando o relógio do vovô. O Omega... — (o Carrasco bloqueou "Seamaster"). Dizer aquilo no mundo real se parecia mais com um sonho do que as dúzias de pesadelos que eu tive sobre dizer aquilo. — O relógio que ele comprou quando estava na... — (*Céus*, agora eu não conseguia dizer "Marinha") — ...em Aden. Mas aí eu caí... — não dava mais pra recuar — ...e esmaguei o relógio em pedacinhos. Passei o ano inteiro tentando encontrar um novo, juro. Mas o único que achei custava umas novecentas libras. E eu não tenho tanto dinheiro. Obviamente.

O rosto do meu pai nem tremeu. Não moveu um músculo.

— Sinto muito mesmo. Fui um idiota por sair com ele.

A qualquer *segundo* aquela calma se estraçalharia e meu pai ia me *aniquilar*.

— Ah, não importa — (Adultos costumam dizer exatamente isso exatamente quando mais importa.) — Era só um relógio. Ninguém se machucou, ao contrário do que aconteceu com aquele garoto, coitado, o Ross Wilcox. Ninguém morreu. De agora em diante, tome mais cuidado com coisas frágeis, só isso. Sobrou *alguma coisa* do relógio?

— Só a pulseira e o estojo, pra dizer a verdade.

— Guarde. Algum artesão pode conseguir colocar peças de outro Seamaster no relógio do vovô. Nunca se sabe. Quando você estiver cuidando de reservas naturais com mil acres no vale do Loire.

conexão entre *isso* e toda *esta*... confusão. Polly Nurton não é de fazer rodeios, como a senhora sabe. Ficou perguntando que organização respeitável gostaria de ter um adúltero como gerente. Sem dúvida ele conseguiu para ela o contrato com o Greenland anos atrás, quando os dois começaram sua... *ligação*.

— Você está me dizendo que eles já estão... há muito tempo?

— Ah, sim! Cometeram a primeira... indiscrição *anos* atrás. Na época ele confessou para a Helena e jurou que colocaria a outra fora da sua vida. Helena o perdoou. Pelo bem da família. Até se entende. Porque, bem... — (as pessoas tendem a cochichar essa palavra, pra não trazer má sorte) — ..."divórcio" é um passo drástico. Talvez eles não tenham se encontrado durante todos esses anos, talvez tenham. Polly Nurton não falou e eu não sou enxerida. Mas, depois que alguém corta um merengue de limão, não adianta querer fazer ele ficar inteiro com *lágrimas*.

— É *verdade*, senhora Bendincks. Verdade *verdadeira*.

— Mas Polly sabe o seguinte. Quando o negócio da fulana afundou no ano passado... logo depois que o marido dela deu no pé e a deixou com o bebê... sem dúvida por ter farejado algo de podre no reino da Dinamarca, digamos assim, ela voltou para o antigo namorado.

— Que *descarada*!

— Isso foi agora em janeiro. Polly disse que ela teve uma espécie de colapso. Talvez tenha tido mesmo, talvez não tenha. Mas começou a telefonar para a casa dele a qualquer hora do dia, o tempo todo, *esse* tipo de situação. Aí ele pegou uma *montanha* de dinheiro emprestado sem contar nem uma *vírgula* para a própria esposa. E deu a casa da família como garantia.

— Não tem como não ficar do lado da pobre senhora Taylor, não é?

— Ora, *exatamente*! Ela não sabia de *coisa nenhuma* até mexer nos extratos bancários do marido. Que *jeito* de colocar a *própria* casa no prego! Dá para *imaginar* como ela deve ter se sentido *enganada? Traída?* O irônico é que a galeria da Helena em Cheltenham está com filas que dobram a esquina. A *Home & Country* vai fazer uma matéria sobre a galeria no mês que vem.

— Se quer saber — bufou a sra. Rhydd —, *ela* se comportou como uma reles *prosti...*

A sra. Rhydd meio que se esvaziou assim que botou os olhos em mim. Larguei a *Smash Hits* e caminhei até o balcão. Ando ficando especialista em agir como se nada estivesse errado.

— *Olá!* Jason, não é? — Gwendolin Bendincks ligou o sorriso em potência máxima. — Você não deve se lembrar de uma velha coroca como eu, mas nos conhecemos no verão passado, na casa do vigário.

— Eu lembro da senhora.

— Aposto que ele diz isso para *todas* as garotas! — (A sra. Rhydd teve a decência de parecer envergonhada.) — Bem, o homem da previsão do tempo falou que esta noite teremos muita neve. Você *adoraria*, não? Andar de trenó, construir iglus, guerrear com bolas de neve.

— Como vão — a sra. Rhydd mexeu numa pistola de remarcar preços — as *coisas*, meu amor? Vocês se mudam hoje, não é?

— O pessoal da transportadora está colocando as coisas pesadas no caminhão. Minha mãe, minha irmã, Kate Alfrick e a chefe da minha mãe estão embalando as últimas coisas, e aí mandaram eu passear por umas horas pra me... — (o Carrasco bloqueou "despedir").

— "Para dizer *au revoir* a Black Swan Green" — interrompeu Gwendolin Bendincks com um sorrisinho travesso. — Mas você pretende nos visitar *logo*, não é? Cheltenham não fica nos confins do mundo, afinal de contas.

— Acho que não.

— Você está encarando tudo isso com muita coragem, Jason

— ela uniu as mãos como se tivesse capturado um gafanhoto —, mas quero deixar claro que se o Francis... o vigário... e eu pudermos ajudar você de *algum* modo, nossa porta estará sempre aberta. Diga isso para sua mãe.

— Claro — *conheço um poço onde* você *pode se afogar* —, claro.

— Olá, meu jovem. — O sr. Rhydd surgiu dos fundos da venda. — O que vai ser?

— Cem gramas de balas de ruibarbo e creme de ovos e cem gramas de gengibre cristalizado. — Gengibre cristalizado faz minha gengiva arder, mas minha mãe adora. — Por favor.

— É pra já, meu jovem. — O sr. Rhydd subiu na escada pra alcançar os potes.

— Cheltenham é um lugar divino. — Gwendolin Bendincks voltou a se dedicar a mim. — Antigas estâncias hidrominerais têm muita personalidade. Sua mãe está alugando um lugar *espaçoso*, Jason?

— Ainda não vi.

— E seu pai, vai ficar em Oxford? — (fiz que sim com a cabeça). — Já conseguiu um novo trabalho? — (fiz que não com a cabeça). — É que só agora as firmas estão voltando das festas de fim de ano, é por isso. Mas, ainda assim, Oxford não fica nos confins do mundo, afinal de contas. Não é, senhora Rhydd? Aposto que não vai demorar para você visitar seu pai, não é?

— Nós... ainda não conversamos muito sobre isso.

— Uma coisa de cada vez. Muito sábio de sua parte. Mas você deve estar empolgado com a nova escola! É como eu *sempre* digo. Um estranho é apenas um amigo que você ainda não conhece — (Que imbecilidade. Eu não conheço o Estripador de Yorskhire, mas tenho certeza de que ele não seria meu amigo.) — Mas, então, sua antiga casa em Kingfisher Meadows já está oficialmente à venda?

— Acho que logo estará.

— Estou perguntando porque a casa do vigário se mudou para um bangalô na estrada de Upton, mas é apenas temporário. Diga para sua mãe pedir ao corretor dela que dê um toque ao Francis antes de anunciar a casa. Sua mãe vai preferir fazer negócio com um amigo a fazer com um forasteiro qualquer que ela nunca viu mais gordo. Lembra daqueles terríveis Crommelynck, que nos enganaram? Você diz isso para ela? Promete, Jason? Palavra de escoteiro?

— Claro, prometo — *Daqui a uns quarenta anos.* — Palavra de escoteiro.

— Prontinho, meu jovem — disse o sr. Rhydd, fechando os sacos.

— Obrigado... — Enfiei a mão no bolso pra pegar o dinheiro.

— Não, não. Hoje é por conta da casa. — O rosto do sr. Rhydd é um desastre, completamente inchado, mas um rosto e sua expressão podem ser totalmente diferentes. — Presente de despedida.

— Obrigado.

— Ora, vejam *só!* — cantarolou Gwendolin Bendincks.

— É verdade — disse a sra. Rhydd, nada empolgada. — Vejam *só.*

— Boa sorte. — O sr. Rhydd fechou meus dedos sobre os sacos de papel. — E muito obrigado.

Hoje Black Swan Green virou a Vila dos Mortos porque está passando *007 contra o foguete da morte* na tevê. Dizem que é o último filme do Roger Moore como James Bond. Nossa televisão está nos fundos do caminhão de mudança. Normalmente eu teria ido assistir na casa do Dean, mas ele foi pra White-Leaved Oak com o pai dele pra visitar a avó, que mora pros lados de Chase End. Meus pés me levaram na direção do lago na floresta. O sr. Rhydd foi gentil em me dar as balas de ruibarbo e creme de ovos de graça, mas hoje elas estavam com gosto de ácido cristalizado. Cuspi fora.

Florestas no inverno são lugares quebradiços.

A mente flutua de um galho a outro.

Ontem meu pai veio buscar o resto das coisas dele. Minha mãe tinha deixado tudo em sacos de vinil preto na garagem, porque ela precisava de todas as malas. Ela e Julia estavam na galeria em Cheltenham. Eu estava sentado num baú, assistindo ao *Happy days* na tevê portátil. (Até Hugo me contar que *Happy days* se passa nos anos 50, eu achava que a série era sobre os Estados Unidos de *hoje*.) O motor de um carro desconhecido parou bem na frente da nossa casa. Pela janela da sala, vi um Volkswagen Jetta azul-celeste. Meu pai saiu do banco do passageiro.

Eu não tinha visto meu pai desde a noite em que beijei a Holly Deblin, quando me contou que ele e a minha mãe estavam se separando. Duas semanas inteirinhas. Nós meio que conversamos por telefone quando eu estava na casa da tia Alice no Natal, mas foi horrível, horrível, horrível. O que eu devia dizer? "Obrigado pelo kit Meccano avançado e pelo disco do Jean Michel Jarre?" (Foi isso que eu disse.) Minha mãe e meu pai não se falaram, e minha mãe não perguntou o que ele tinha dito.

Quando vi o Jetta azul-celeste, o Verme chiou: *Cai fora daqui! Vai se esconder!*

— Oi, pai.

— Oh! — A expressão no rosto do meu pai lembrava um montanhista no instante em que sua corda se rompe. — Jason. Eu não esperava que você... — Meu pai ia dizer "estivesse em casa", mas mudou a frase. — Não ouvi você.

— Eu escutei o carro. — Obviamente. — Mamãe está no trabalho. — Ele sabia disso.

— Ela deixou umas coisas para mim. Vim buscar.

— É. Ela me disse.

Um gato cinza-lua entrou na garagem e deitou em cima de um saco de batatas.

— Bem... — disse meu pai. — Como está a Julia?

Meu pai queria perguntar *Julia me odeia?* Mas isso nem mesmo a Julia poderia responder. — Ela está... bem.

— Ótimo. Ótimo. Mande um oi.

— Tá. — *Por que você mesmo não faz isso?* — Como foi o Natal?

— Ah... foi legal. Silencioso. — Meu pai olhou pra pirâmide de sacos de lixo. — Foi horrível. Por motivos óbvios. E o seu?

— O meu também foi horrível. Tá deixando a barba crescer, pai?

— Não, eu só não... talvez eu deixe. Não sei. A família Richmond está bem?

— Tia Alice está do jeito que você pode imaginar, toda agitada por causa... você sabe.

— Claro.

— Alex ficou o tempo todo jogando no computador BBC. Hugo está dissimulado como sempre. Nigel anda resolvendo equações quadráticas pra se divertir. O tio Brian...

— ... ficou bêbado como um lorde e não parou de tagarelar a meu respeito?

— Pai, o tio Brian é um idiota?

— Ele sabe *agir* como um idiota. — Um nó se desfez no meu pai. Ele parece vazio e infeliz, mas está definitivamente mais tranqüilo. — Mas a maneira como uma pessoa age não representa o que ela é. Não necessariamente. Melhor não julgar tanto. Talvez esteja acontecendo alguma coisa que a gente não saiba. Entende?

— Entendo.

A parte mais terrível é que ser amistoso com meu pai faz com que me sinta desleal com minha mãe. Por mais que eles *digam* "Nós dois ainda amamos você", a gente *precisa* escolher. Palavras como "pensão alimentícia" e "melhores interesses" nunca dão folga. Dava pra enxergar um vulto sentado dentro do Jetta azul-celeste. — Por acaso é... — Eu não sabia *como* chamá-la.

— Cynthia me deu uma carona, sim. Ela adoraria dar um oi, se... — (um organista enlouquecido tocou meus acordes de pânico) — ...se você quiser. — Um tom de súplica distorceu a voz do meu pai. — Tudo bem?

— Tá. — Eu não queria. — Tá.

Do lado de fora da caverna da garagem, a chuva caía tão levemente que nem chegava a cair. Antes que eu chegasse ao Jetta, Cynthia saiu. Não é uma gostosona peituda *nem* uma bruxa de olhar maligno. É mais desmazelada que minha mãe, *sem dúvida*, e mais pálida. Cabelos castanhos num corte chanel, olhos castanhos. Não se parece *nadinha* com uma madrasta. E logo mais é exatamente isso que ela vai ser.

— Olá, Jason. — A mulher com quem meu pai tinha preferido passar o resto da vida no lugar da minha mãe olhou pra mim como se eu estivesse apontando uma arma pra ela. — Sou a Cynthia.

— Oi. Eu sou o Jason. — Aquilo era muito, muito, *muito* esquisito. Nenhum de nós tentou estender a mão. Na janela de trás do carro um adesivo dizia BEBÊ A BORDO. — Você tem um nenê?

— Bem, agora a Milly já está mais crescidinha. — Se você escutasse a voz dela ao mesmo tempo que a voz da minha mãe, diria que a minha mãe tem um sotaque mais chique. — Camilla. Milly. Eu e o pai da Milly, meu ex-marido, nós já... Bem, ele saiu de cena. Como se diz.

— Certo.

Da sua ex-garagem, meu pai ficou olhando pra sua futura mulher e pro seu único filho.

— Bem. — Cynthia abriu um sorriso infeliz. — Venha nos visitar quando quiser, Jason. Existem trens diretos de Cheltenham para Oxford. — A voz da Cynthia tem metade da altura da voz da minha mãe. — Seu pai adoraria que você fizesse isso. *Mesmo*. Eu também. Estamos numa casa ampla e antiga. Tem um riacho nos fundos do quintal. Você pode até ter o seu... — (ela estava quase dizendo "seu próprio quarto"). — Bem, você é bem-vindo a qualquer hora.

Tudo que eu consegui fazer foi assentir com a cabeça.

— Quando tiver vontade. — Cynthia olhou pro meu pai.

— Há quanto... — comecei, assustado de repente com não ter nada pra dizer.

— Se você... — ela começou no mesmo segundo.

— Pode falar...

— Não, você primeiro. Mesmo. Pode falar.

— Há quanto tempo — (nunca um adulto tinha me deixado falar primeiro) — você conhece meu pai? — Eu queria que a pergunta soasse animada, mas do jeito que saiu eu lembrei a Gestapo.

— Desde que éramos garotos — Cynthia se esforçava pra amenizar qualquer significado adicional — em Derbyshire.

Há mais tempo do que ele conhecia minha mãe, então. Se meu pai tivesse se casado com essa Cynthia desde o começo, em vez de se casar com a minha mãe, e eles tivessem tido um filho, será que teria sido eu? Ou um garoto totalmente diferente? Ou um garoto que seria metade eu?

Tantos possíveis Gêmeos Inexistentes me deixavam zonzo.

Cheguei ao lago da floresta e lembrei da vez que brincamos de Buldogues Britânicos quando o lago congelou janeiro passado. Vinte ou trinta garotos, deslizando e berrando por *todo* canto. Tom Yew tinha interrompido o jogo quando chegou montado na Suzuki pela mesma trilha que eu tinha acabado de tomar. Ele tinha sentado exatamente no mesmo banco em que eu estava sentado lembrando dele. Agora Tom Yew está num cemitério num morro sem árvores num monte de ilhas das quais a gente nunca tinha *ouvido falar* até janeiro passado. Tudo que restou da Suzuki de Tom Yew está sendo desmontado pra consertar outras Suzukis. O mundo não deixa nada em paz. Vive colocando finais em começos. Folhas caem dos salgueiros como se arrancadas por pinças. Folhas caem no lago e se dissolvem em lodo. Qual o sentido disso? Minha mãe e meu pai se apaixonaram, tiveram a Julia, tiveram a mim. Então se *des*apaixonam, Julia se muda pra Edimburgo, minha mãe pra Cheltenham e meu pai pra Oxford com a Cynthia. O mundo nunca pára de desfazer o que o mundo nunca pára de fazer.

Mas quem disse que o mundo precisa fazer sentido?

No meu sonho, uma bóia de pescaria apareceu na água, laranja e preto brilhante, a pouco mais de um metro de distância. Quem segurava a vara de pescar era o Errado, sentado no outro canto do banco. Esse Errado do sonho era realista nos mínimos detalhes, até no cheiro. Percebi que eu devia estar acordado. — Ah. Tudo bem, Mervyn? Nossa, eu estava sonhando com...

— Bom dia, flor do dia.

— ... alguma coisa. Faz muito tempo que você está aqui?

— Bom dia, flor do dia.

De acordo com meu Casio, eu tinha dormido só dez minutos. — Eu devo ter...

— Logo vai nevar. Nevar de montão. O ônibus da escola vai atolar.

Eu me espreguicei e minhas juntas estalaram. — Não está assistindo a *007 contra o foguete da morte*? — Minhas juntas desestalaram.

Errado olhou pra mim com uma cara bem triste, como se *eu* fosse o louco oficial da vila. — Aqui não tem tevê. Eu tô pescando, ó. Vim ver o cisne.

— Black Swan Green não tem cisnes. É a piada da vila.

— Micose. — Errado enfiou a mão dentro da calça e deu uma boa coçada na virilha. — Micose.

Um pintarroxo aterrissou em cima do azevinho, como se estivesse posando prum cartão de Natal.

— E aí, Merv... qual foi a maior coisa que você já pescou nesse lago?

— Nunca pesquei foi é nada. Não deste lado aqui. Eu pesco ali no lado estreitinho, perto da ilha, né?

— E qual foi a maior coisa que você já pescou no lado mais estreito?

— Também nunca pesquei foi é nada no lado estreitinho.

— Ah.

Errado olhou pra mim com os olhos quase fechados. — Peguei um peixão uma vez. Assei num espeto lá no quintal. O mais gostoso era o olho. Foi na primavera passada, isso. Ou na primavera de antes. Ou na que veio antes dessa aí.

Os uivos da sirene de uma ambulância ecoaram baixinho pelo meio das árvores nuas.

— Será que é alguém morrendo? — perguntei pro Errado.

— Debby Crombie indo pro hospital. O nenê tá saindo.

Gralhas faziam crá... crá... crá, como velhos que esqueceram por que subiram a escada. — Hoje eu vou embora de Black Swan Green.

— A gente se vê.

— Provavelmente não.

Errado levantou uma perna e soltou um peido tão alto e borbulhante que o pintarroxo se assustou e saiu voando pra longe do azevinho.

A bóia laranja continuava imóvel na superfície da água.

— Merv, lembra daquela gatinha que você achou no ano passado, toda congelada? Aquela que você chamou de Kit-Kat?

— Não gosto de Kit-Kat. Só de Crème Egg e de Twix.

A bóia laranja continuava imóvel sobre a água.

— Quer essas balas de ruibarbo e creme de ovos?

— Quero não. — Errado enfiou o saco no bolso do casaco. — Não especialmente.

Aquele negócio passou *tão baixo, tão* perto, por cima da nossa cabeça, que eu poderia ter tocado com os dedos nele se o susto não tivesse feito eu me encolher no banco. De primeira não entendi o que era. Um *planador*... meu cérebro se debatia com a forma daquilo, um *Concorde... um anjo mutante caindo na Terra...*

Um cisne deslizou pela ladeira de ar até se encontrar com seu reflexo.

Um reflexo de cisne deslizou pela ladeira feita de lago até se encontrar com o cisne.

Um pouco antes do impacto, aquele pássaro *gigante* escancarou as asas, e suas patas com membranas pedalaram como num desenho animado. O cisne pairou e aí caiu de barriga na água. Patos reclamaram, mas um cisne só percebe o que lhe interessa. Esticou e desesticou o pescoço exatamente como meu pai faz depois de passar muito tempo dirigindo.

Se cisnes não existissem de verdade, teriam sido inventados pela mitologia.

Saí da posição de pânico. Errado não tinha nem piscado os olhos.

A bóia laranja subia e descia nas marolinhas.

— Desculpa, Mervyn — falei pro Errado. — Você estava certo.

Nunca dá pra saber pra onde o Errado está olhando.

Tinham cortado os arbustos do matagal que escondia a Casa na Floresta. Uma pilha de galhos brancos desfolhados repousava num gramado que não tinha o costume de receber luz. A porta de entrada estava entreaberta e alguém estava usando uma ferramenta com motor dentro da casa. Logo ela se aquietou. Nottingham Forest estava jogando com West Bromich Albion num rádio todo respingado de tinta. Começaram a martelar.

O caminho do jardim estava totalmente limpo. — Oi?

Mais marteladas.

— Oi?

No meio do corredor, um mestre-de-obras da idade do meu pai, mas bem mais musculoso, segurava uma marreta numa das mãos e um cinzel na outra. — Posso ajudar, filho?

— Eu... não quero, hã... incomodar.

O homem fez um gesto de *Peraí só um pouquinho* e desligou o rádio.

— Desculpa — falei.

— Tem problema, não. A turma do Cloughie está patrolando a gente. Meus ouvidos estão até doendo. — Aquele sotaque podia ter vindo de outro planeta. — E estou mesmo com precisão de um descanso. Botar impermeabilizador não é *brinquedo*. Devo estar é doido de fazer isso sozinho. — Ele sentou no primeiro degrau da escada, abriu a garrafa térmica e se serviu de café. — Mas diga lá: o que posso fazer por você?

— Tem... por acaso uma senhora idosa vive aqui?

— Minha sogra? A senhora Gretton?

— Bem velha. Roupas pretas. Cabelo branco.

— É ela, sim. A vovó da Família Addams.

— Tipo isso.

— Ela se mudou pro puxadinho da nossa casa, ali do outro lado. Você conhece ela, é?

— Eu — (o Carrasco sufocou "sei") — imagino que isso vai

parecer esquisito, mas há um ano eu machuquei o tornozelo. Quando o lago da floresta congelou. Era já bem tarde. Eu meio que vim mancando do lago até aqui, e aí bati na porta...

— Então era *você?* — O rosto do mestre-de-obras se iluminou, surpreso. — Ela fez você ficar bom usando o negócio aquele... cataplasma, né?

— Isso. Funcionou mesmo.

— Pode apostar que funciona! Ela deu um jeito no meu pulso faz uns anos. Negocinho milagroso. Mas a patroa e eu, olha, a gente *jurava* que ela tinha inventado você.

— Me inventado?

— Já antes do derrame, ela era meio... fora da casinha, tipo assim. A gente achou que você era um dos — ele fez uma voz de filme de terror — *meninos afogados no lago.*

— Ah. Bem. Ela tinha caído no sono quando eu fui embora e...

— Isso é bem a cara dela! Aposto que deixou você trancado e tudo o mais, né?

— Deixou mesmo. Aí eu nunca agradeci por ela ter ajeitado o meu tornozelo.

— Pode fazer isso agora, se quiser. — Pra não queimar os lábios, o homem sugou o café como se fosse um aspirador de pó. — Não garanto que ela vai lembrar da sua cara nem falar alguma coisa, mas hoje ela está num dia bom. Está vendo aquela casa amarela ali atrás, mais pra diante das árvores? É ali.

— Mas... eu achava que essa casa ficava a... *quilômetros* de qualquer lugar.

— *Esta* casa aqui? Que nada! Fica bem no meio do caminho entre Pig Lane e a pedreira onde os ciganos acampam no outono. Este mato inteiro aqui tem só um punhadinho de acres, sabe? É do tamanho de uns dois ou três campos de futebol, no máximo. Está longe de ser uma Amazônia. Não chega nem a ser a floresta de Sherwood.

* * *

— Na vila tem um garoto chamado Ross Wilcox. Era um dos garotos que estavam no gelo no ano passado, quando a senhora me encontrou na frente da sua casa...

Rostos muito velhos ficam parecidos com bonecos e podem pertencer a qualquer sexo. E a pele fica transparente.

Ouvi o clique de um termostato, e um aquecedor começou a zumbir.

— Pronto, pronto — murmurou a sra. Gretton. — Pronto, pronto...

— Não contei isso pra ninguém. Nem pro Dean, meu melhor amigo.

O quarto amarelo tinha cheiro de chá, criptas e carpetes.

— Em novembro, na Goose Fair, eu achei a carteira do Wilcox. Cheia de dinheiro. *Recheada*. Eu sabia quem era o dono porque tinha uma foto dele. A senhora precisa entender que o Wilcox passou o ano passado inteiro pegando no meu pé. Fez um monte de... coisas bem cruéis. Coisas sádicas. Aí eu fiquei com a carteira.

— É assim mesmo — murmurou a sra. Gretton. — É assim mesmo...

— Wilcox ficou maluco. Mas o dinheiro era do pai dele, e o pai do Wilcox é um baita psicopata. Como estava morrendo de medo *disso*, o Wilcox brigou com a namorada. Por causa *disso*, a namorada dele se agarrou com o Grant Burch. Por causa *disso*, Ross Wilcox roubou a moto do Grant Burch. Quer dizer, a moto era do irmão do Burch. Wilcox se acidentou com a moto, derrapou na encruzilhada. Perdeu — isso só dava pra sussurrar — metade da perna. Da *perna*. Entende? A culpa é *minha*. Se eu tivesse... devolvido a carteira, Wilcox estaria andando. Já foi ruim ter que vir mancando do lago até aqui no ano passado. Mas o Ross Wilcox... a perna dele termina num... toco.

— Hora de dormir — murmurou a sra. Gretton. — Hora de dormir...

Pela janela dava pra ver o quintal e a casa onde Joe, o mestre-de-obras, morava com a família. Um cachorro do tamanho de um crocodilo passou se sacudindo todo, com um sutiã vermelho enorme na boca sorridente.

— Ziggy! Ziggy! — Uma gigante toda ofegante e furiosa correu atrás dele. — Volta aqui!

— Ziggy! Ziggy! — Dois garotinhos correram atrás da gigante. — Volta aqui!

Será que dentro da sra. Gretton senil existia uma sra. Gretton lúcida, ouvindo tudo que eu dizia, me julgando?

— Às vezes eu tenho vontade de enfiar um dardo de atletismo nas têmporas, pra ver se consigo parar de *pensar* na minha culpa. Mas aí eu penso que bem, se o Wilcox não fosse tão babaca eu *teria* devolvido. Se a carteira fosse de algum outro dono, menos talvez o Neal Brose, eu teria falado "Ei, seu idiota, você deixou cair isto aqui". Na hora. Então... o Wilcox também tem culpa, né? E se as pessoas *também* fossem culpadas pelas conseqüências das conseqüências das conseqüências de tudo que fazem, ninguém ia sair de casa, certo? Então eu *não* tenho culpa de o Ross Wilcox ter perdido a perna. Mas tenho. Mas não tenho. Mas tenho.

— Tô até aqui — murmurou a sra. Gretton. — Tô até aqui...

A gigante agarrou uma das pontas do sutiã. Ziggy ainda estava com a outra.

Os dois garotinhos berraram empolgados.

Eu não travei *nenhuma* vez em toda a minha conversa com a sra. Gretton. Será que não é o Carrasco que causa as travadas? Será que é *a outra pessoa*? As expectativas da outra pessoa. Será que é por *isso* que eu consigo ler perfeitamente em voz alta numa sala vazia, ou pra um cavalo, pra um cachorro, ou pra mim mesmo? (Ou pra sra. Gretton, que até podia estar escutando *alguma* voz, mas tenho certeza absoluta de que não era a minha.) Será que um pavio se acende quando tem um humano escutando, como numa dinamite dos desenhos de Tom e Jerry? Será que se você não consegue dizer a palavra antes que o pavio queime inteiro, tipo uns dois segundos antes, a dinamite explode? Será que a causa das travadas é o *stress* de ouvir o pavio fazendo *sssssssss*? Será que dá pra fazer esse pavio ter um comprimento *infinito*, pra dinamite nunca explodir? Como?

Não se importando *sinceramente* com o tempo que a outra pessoa teria de esperar até eu conseguir. Dois segundos? Dois minutos? Não, dois *anos*. Enquanto eu estava sentado no quarto amarelo da sra. Gretton, tudo pareceu tão óbvio. Se eu conseguir alcançar esse estado de indiferença, o Carrasco vai tirar o dedo da frente dos meus lábios.

Ouvi o clique de um termostato e um aquecedor parou de zumbir.

— Levou séculos — murmurou a sra. Gretton. — Levou séculos...

Joe, o mestre-de-obras, bateu no batente da porta. — Tudo numa boa?

Uma fotografia em preto-e-branco de um submarino num porto congelado estava pendurada na parede, bem ao lado do meu casaco. A tripulação estava no convés, batendo continência. Fotografias antigas e pessoas velhas combinam. Puxei o zíper da parca preta. — É o Lou, irmão dela. — Joe encostou a unha quebrada num rosto. — Este aqui, ó. — Lou era pouco mais que uma sombra lançada por um nariz.

— Um irmão? — Aquilo era familiar. — A sra. Gretton falou que eu não devia acordar o irmão dela.

— Quando, agorinha?

— Não, janeiro passado.

— É meio difícil acordar o Lou. Um destróier alemão afundou o submarino dele em 1941, perto das Órcades. Ela — Joe apontou com a cabeça pra sra. Gretton — nunca conseguiu superar, tadinha.

— Nossa. Deve ter sido horrível.

— Guerra. — Joe falou aquilo no mesmo tom que usava pra responder qualquer pergunta. — Guerra.

O jovem tripulante do submarino afundava num vazio branco.

Mas, pelos olhos de Lou, quem estava afundando era *a gente*.

— Está na hora de ir.

— Certinho. E eu tenho que voltar pra impermeabilização.

Meus pés faziam um barulho crocante ao pisarem na trilha que levava de volta pra Casa na Floresta. Apanhei uma pinha perfeita. Nuvens carregadas de neve tinham deixado o céu encoberto.

— De onde você é, Joe?

— Eu? Não dá pra saber pelo jeito que eu falo?

— Sei que não é Worcestershire, mas...

Ele forçou o sotaque ao máximo. — "Sou um *brummie*, meu guri."

— Um *brummie*?

— Isso. Quem nasce em *Brum* é *brummie*. Brum é *Birmingham*.

— Então *brummie* é isso.

— Outro dos grandes mistérios da vida — Joe acenou com com um par de alicates pra se despedir — enfim revelado.

— *MORTO!*

Pelo menos foi o que *escutei*. Mas quem ia gritar *essa* palavra na floresta, e por quê? Será que tinha sido "torto"? Ou "porto"?

Bem onde a trilha escondida da Casa na Floresta se encontra com a trilha que vai pro lago, escutei passos se aproximando a toda a velocidade. Me espremi entre dois pinheiros com troncos em forquilha, pra me esconder.

A palavra voou pelo meio das árvores como uma flecha, bem mais próxima. — *MORTO!*

Poucos segundos depois, Grant Burch passou *voando* a mil. Quem gritava não era ele. Estava branco de terror. Quem podia ter assustado Grant Burch daquele jeito? O pai mecânico do Ross Wilcox? Ou Pluto Noak? Ele sumiu antes que eu tivesse a idéia de perguntar.

— CÊ TÁ *MORTO*, BURCH!

Philip Phelps surgiu com tudo, a uns vinte passos de distância do Grant Burch. Mas não era o Philip Phelps que *eu* cohecia. *Este* Philip Phelps estava inchado e vermelho de ódio, uma raiva pura que só se acalmaria ao ter nas garras o corpo inerte e quebrado de Grant Burch.

— *MOOORRRRTOO!!!*

Philip Phelps tinha crescido bastante nos últimos meses. Eu nem tinha percebido até ver ele passar rugindo pelo meu esconderijo.

Logo os garotos e a fúria foram engolidos pela floresta.

Como Grant Burch tinha feito o dócil Philip Phelps perder a cabeça daquele jeito? Nunca vou saber. Foi a última vez que botei os olhos naqueles dois.

O mundo é um diretor de colégio que pune nossos erros. Não estou falando de Jesus nem sendo místico. É mais como quando você vive tropeçando num degrau oculto, dia após dia, até *finalmente* entender: Cuidado com esse degrau! Tudo que a gente tem de errado, se somos egoístas demais, ou *mansinhos* demais, ou qualquer coisa demais, é sempre um degrau oculto. Ou você sofre as conseqüências de nunca perceber o erro ou, um belo dia, você *percebe* e o corrige. Mas o engraçado é que depois de você botar na cabeça que *aquele* degrau oculto existe e pensar mais uma vez *Ei, no fim das contas a vida não é uma merda tão grande, BUM!* Você sai rolando por uma nova escadaria de degraus ocultos.

Sempre existem outros.

Minha lata de caldo de carne OXO fica escondida numa tábua solta do piso onde ficava minha cama. Tirei ela dali pela última vez e sentei no peitoril da janela. A srta. Throckmorton ensinou pra gente que, se os corvos forem embora da Torre de Londres, ela vai desabar. Essa lata de OXO é o corvo secreto do número 9 da Kingfisher Meadows, em Black Swan Green, Worcestershire. (A casa não vai desabar, mas uma nova família vai se mudar pra cá e um novo garoto vai chamar este quarto de seu sem nunca, nunca *mesmo*, pensar em mim. Assim como eu nunca, nunca mesmo, pensei em quem morou aqui antes da gente.) Na Segunda Guerra Mundial, essa lata de OXO foi e voltou de Cingapura com meu avô. Antigamente eu encostava o ouvido nela pra escutar chineses puxando riquixás ou caças Zero japoneses, ou uma monção levando embora uma vila construída sobre palafitas. A tampa é tão apertada que chega a *peidar* quando a gente abre. Meu avô guardava cartas e fumo solto ali dentro. Agora a lata guarda uma amonite chamada *Lytoceras fimbriatum*, um martelinho de geologista que era do meu pai, o filtro do único cigarro que fumei na vida, *Le Grand Meaulnes* em francês (com um cartão de Natal da Madame Crommelynck enviado de uma cidade de montanha na Patagônia que não aparece no *Atlas do Mundo* do *The Times*, assinado por *Mme. Crommelynck e Seu Mordomo*), o nariz de concreto de Jimmy Carter, um rosto esculpido em borracha de pneu, uma munhequeira bordada que roubei da primeira garota que beijei na vida e o que sobrou de um Omega Seamaster que meu avô comprou em Aden antes de eu nascer. Fotos são melhores que nada, mas coisas são melhores que fotos, porque as coisas eram parte do que estava *ali*.

O caminhão de mudança acordou com uma sacudida, engatou a marcha e desceu pela Kingfisher Meadows até chegar à estrada principal. Yasmin Morton-Bagot e minha mãe carregaram uma última caixa pra dentro do Datsun Cherry. Uma vez meu pai chamou Yasmin Morton-Bagot de *ricaça falastrona*, mas parece que ricaços falastrões podem ser tão cascas-grossas quanto Hell's Angels. Julia colocou um cesto de roupas, um cordão de varal gasto e um saco de prendedores no Alfa Romeo de Yasmin Morton-Bagot.

Pelos meus cálculos, faltavam cinco minutos pro lançamento.

A cortina de renda no quarto do sr. Castle se mexeu. A sra. Castle aproximou o rosto do vidro, parecendo uma afogada. Deu uma olhada na minha mãe, na Julia e em Yasmin Morton-Bagot.

Como são grandes os olhos da sra. Castle.

Quando ela sentiu que eu estava observando, nossos olhares se encontraram. Rápida como um peixinho, a cortina de renda se fechou.

Julia recebeu o sinal telepático e olhou pra cima.

Aí eu meio que acenei.

— Mandaram eu buscar você. — Os passos da minha irmã adentraram meu quarto. — Vivo ou morto. Pode começar a nevar a qualquer momento. O rádio informou que camadas de gelo e mamutes peludos estão se aproximando da M5. É melhor a gente ir.

— Tá bom. — Não saí do meu lugar no peitoril da janela.

— Tudo fica bem mais alto sem tapetes e cortinas, né?

— É. — Como se a casa não estivesse usando roupa nenhuma. — Bem mais. — Nossas palavras em voz baixa retumbavam, e até a luz do dia parecia um pouquinho mais clara.

— Sempre tive inveja do seu quarto. — Julia se apoiou no peitoril da minha janela. Depois que você se acostuma, percebe que o novo corte de cabelo fica muito bem nela. — Daqui dá pra ficar de olho nos vizinhos. Espionar os Woolmere e os Castle.

— *Eu* tinha inveja do *seu*.

— Hein? Esquecida no sótão como uma bugiganga vitoriana?

— Dá pra ver a trilha pra cavalos que vai até as colinas Malvern.

— Quando caía uma tempestade eu pensava que o teto inteiro ia sair voando, como no *Mágico de Oz*. Eu ficava paralisada de medo.

— É difícil de imaginar.

Julia brincou com o pingente de platina em forma de golfinho que tinha ganhado do Stian. — O que é difícil de imaginar?

— É difícil de imaginar *alguma* coisa deixando você paralisada de medo.

— Bem, irmãozinho, por *trás* desta fachada destemida vive alguém que *morre* de medo de incontáveis coisas. Mas como a gente foi burro. Por que nunca trocamos de quarto?

A casa cheia de ecos repetiu essa pergunta aos seus cantos mais distantes, mas nenhuma resposta voltou.

Nosso direito de estar ali ficava mais tênue a cada minuto.

Umas fura-neves tinham brotado na parte meio pantanosa do quintal, perto da estufa do meu pai. Da ex-estufa do meu pai.

— Como era o nome daquela brincadeira — Julia olhou pra baixo — de quando a gente era criança? Eu expliquei pro Stian. A gente ficava se perseguindo, dando voltas em volta da casa, e o primeiro que alcançasse o outro vencia. Lembra?

— "Voltas-em-Volta-da-Casa".

— *Isso!* Que nome mais adequado. — Julia estava tentando me animar de novo.

— É. — Deixei ela pensar que estava funcionando. — E uma

vez *você* se escondeu atrás do tanque de diesel e ficou me olhando passar correndo durante meia hora, que nem um completo idiota.

— Não foi meia hora. Você se deu conta em no máximo vinte minutos.

Mas pra Julia está tudo bem. Na segunda-feira o namorado legal dela vai chegar a Cheltenham com seu Porsche negro, ela vai entrar e voltar voando pra Edimburgo. Na segunda-feira *eu* vou ter que ir pra uma escola nova numa cidade nova e ser o Garoto Novo Cujos Pais a Propósito Estão Se Separando. Ainda nem tenho o uniforme certo.

— Jason?

— Oi.

— Por acaso você sabe por que Eliot Bolivar parou de escrever poemas pra revista da paróquia?

Seis meses atrás Julia me deixaria apavorado se dissesse isso, mas agora a pergunta era séria. Será que estava blefando pra eu me revelar? Não. Desde quando ela sabia? Mas e daí?

— Ele colocou os poemas naquela fogueira que o papai acendeu pra queimar a papelada do Greenland. Pelo que me contou, a fogueira transformou todos os poemas em obras-primas.

— Espero — Julia mordeu uma ponta de unha — que ele não tenha desistido de escrever. Ele tem talento literário. Quando topar com ele de novo, diga que eu pedi a ele que não desista, tá bom?

— Tá.

Yasmin Morton-Bagot remexeu no porta-luvas e tirou um mapa.

— O mais esquisito — tamborilei os dedos na lata de oxo — é ir embora da casa sem o papai. Sei lá, agora era pra ele estar correndo pra todo lado, desligando o aquecedor, a água, o gás... — Aquele divórcio era como os filmes-catástrofe em que uma rachadura em ziguezague aparece no meio da rua e um abismo se abre aos pés de alguém. Eu sou esse alguém. Minha mãe está de um lado com a Julia, meu pai está do outro com a Cynthia. Se eu não pular pra um dos lados, vou cair na escuridão sem fundo. — Conferindo as janelas, só mais uma vez, conferindo os disjuntores. Como quando a gente saiu de férias pra Oban, pro Peak District ou sei lá onde.

Até agora não chorei por causa do divórcio. Não é agora que eu vou chorar.

Que saco, não *posso* chorar! Daqui a uns dias vou fazer catorze anos.

— Vai ficar tudo bem — a delicadeza da Julia piora tudo — quando terminar, Jace.

— Não *parece* nada bem.

— É porque ainda não terminou.

Agradecimentos

Agradeço a Nadeem Aslam, Eleanor Bailey, Jocasta Brownlee, Amber Burlinson, Evan Camfield, Lynn Cannici, Tadhg Casey, Stuart Coughlan, Louise Dennys, Walter Donohue, Maveeda Duncan e sua filha, David Ebershoff, Keith Gray, Rodney Hall, Ian Jack, Henry Jeffreys, Sharon Klein, a livraria Kerr em Clonakilty, Hari Kunzru, Morag e Tim Joss, Toby Litt, Jynne Martin, Jan Montefiore, Lawrence Norfolk, Jonathan Pegg, Nic Rowley, Shaheeda Sabir, Michael Schellenberg, Eleanor Simmons, Rory e Diane Snookes, Doug Stewart, Carole Welch e à Senhora de Cabelos Brancos de Hay-on-Wye por me aconselhar a manter o coelho, que mesmo assim escapou do manuscrito final.

Um agradecimento especial aos meus pais e Keiko.

Um ancestral distante do primeiro capítulo apareceu em *Granta* 81. Um ancestral recente do segundo capítulo apareceu em *New writing* 13 (Picador). O quinto capítulo contém pesquisas feitas em *The battle for the Falklands*, de Max Hastings e Simon Jenkins (Pan Books, 1997). O oitavo capítulo cita *Le Grand Meaulnes*, de Alain-Fournier (Librairie

Fayard, 1971). O nono capítulo cita O *Senhor das Moscas*, de William Golding (Faber & Faber, 1954), com permissão. Este romance deve certos detalhes ao livro de memórias de Andrew Collins, *Where did it all go right?* (Ebury Press, 2003).

ESTA OBRA FOI COMPOSTA EM ELECTRA POR OSMANE GARCIA FILHO E
IMPRESSA PELA GEOGRÁFICA EM OFSETE SOBRE PAPEL PÓLEN SOFT DA SUZANO
PAPEL E CELULOSE PARA A EDITORA SCHWARCZ EM AGOSTO DE 2008